本书为广东外语外贸大学所承担省“211 工程”三期重点学科建设项目“人文学中心建设——比较文化视野的文学通化研究”系列成果之一

人文学丛书　第二辑

主编　栾　栋

走向熔铸：全球化时代的文学研究

李亚旭　著

暨南大学出版社
JINAN UNIVERSITY PRESS

中国·广州

图书在版编目（CIP）数据

走向熔铸：全球化时代的文学研究／李亚旭著．—广州：暨南大学出版社，2012.8
（人文学丛书·第二辑）
ISBN 978-7-5668-0342-9

Ⅰ．①走…　Ⅱ．①李…　Ⅲ．①世界文学—比较文学—文学研究
Ⅳ．①I106

中国版本图书馆 CIP 数据核字（2012）第 211317 号

…………………………………………………………………………

走向熔铸：全球化时代的文学研究
著　　者：李亚旭

丛书策划：史小军
责任编辑：郭　婷
责任校对：何　力

地　　址：中国广州暨南大学
电　　话：总编室（8620）85221601
营销部（8620）85225284　85228291　85228292（邮购）
传　　真：（8620）85221583（办公室）　85223774（营销部）
邮　　编：510630
网　　址：http：//www.jnupress.com　http：//press.jnu.edu.cn
排　　版：广州市广海照排设计中心
印　　刷：佛山市浩文彩色印刷有限公司
开　　本：787mm×960mm　1/16
印　　张：18.75
字　　数：317 千
版　　次：2012 年 8 月第 1 版
印　　次：2012 年 8 月第 1 次
定　　价：39.80 元

总 序

栾 栋

克服“单面人”生产和突破“块垒式”教学，探索宽基础、大口径、深层次培养通识通才的途径，是世界所有高校的重大难题，也是广东省建设文教大省不可回避的关隘之一。近几年我们以省重点扶持学科——比较文学为依托，进行了集约性融通的尝试，一系列成果聚焦于“人文学中心建设——比较文化视野的文学通化研究”。2008 年底，我们以此为题，获省“211 工程”三期重点学科建设工程立项，一个融通人文学科的核心实践在广东外语外贸大学拉开序幕。

何谓人文学？从学科脉络上讲，她是研究文史哲互根的学问；从学术本质上看，她是求索中西学融会的艺术；从学理辐射而论，她是探讨教科文贯通的方略；从学丛变数展望，她是文科大类场域趋通的津渡。我们将之作为文学化感通变的“核心加速器”，从“比较文化视野”多向度运作，以推动中外语言文学的通化性研究。这是我们创新团队数十年的精心设计，是我校长期师资建设和学术积累的集成绽放，是我校比较文学在本科、硕士、博士学位授权点和博士后流动站配套后的新拓展，尤其是我校作为省属涉外型重点大学对“明德尚行，学贯中西”校训的认真践履。

“人文学中心”是广东省文科基地重点项目建设的一个工作站。本中心面向海内外招聘学术带头人和教研骨干，大力推动国内外同行间的多向交流，旨在打破近代以来人文领域分科治学人为分界的局限，同时坚守合理的规则，以具有长远规划、长期积累和趋向性影响的重大项目实施，带动人文主干学科多面建设。

从省文科基地已经完成的“人文学研究”成果和全校人文力量的整合情况来看，以“人文学中心建设——比较文化视野的文学通化研究”为题，全面推进省“211工程”三期重点学科建设项目的效率日益加强。广东外语外贸大学的人文人为学校、全省和全国高教界践履这一历史使命的努力正在稳步付诸实施。

本团队积极进行中外语言文学的教研改革，力求在人文学探索上有较大的突破，把中心建成教学科研、学术交流和资料信息的综合平台，努力实现省内领先、国内出色的目标，扩大在国际学术界的知名度。增强实力，协调运作，承担对本学科发展具有中长期导向作用的重大课题，使中心成为在国内外有一定影响力的人文学高层次人才培养基地和文史哲通化研究的资料中心。

“人文学丛书”是“人文学中心”建设的一个信息窗口，她将本项目的水平标高展现给社会。“人文学丛书”也是“文学通化研究”的一个交流平台，她把本团队融贯文史哲和勾兑中西学的成败利钝呈现出来，与学界同仁品鉴。这套丛书包含三个方面的内容，其一是人文学原理与方法探要，其二是中外文史通义问题求索，其三是中外文学通化现象研究。毋庸讳言，这样一套丛书的编著，连同上述“人文学中心”建设的重大任务，都属于既“吃螃蟹”也“尝蜘蛛”的艰险行动。但是全球化的历史潮流迫使我们斗胆进取，面对国际教科文演变的一道难题，中国的人文学者总得交出自己的答卷。

“人文学丛书”第一辑的十部著作已于2011年出版发行，此次第二辑十部著作整装待发。本辑的第一本是栾栋教授主编的《人文学概论》。这部书稿既是一本研究性的著作，也是一种人文学的切题教材。绪论部分首先从学科发生学体察，循序渐进地揭示了人文学的生态概观；其次是从古代艺文志逆推，道动于反地回溯了人文学的古根远源；再次从学术场合论发凡，圆观宏照地擘画了人文学的毗邻大类；最后从学术集约论综述，深入浅出地阐明了人文学的学品基质。正文部分共分三编，以栾栋教授关于“文史哲互根”的命题作为提纲挈领的聚焦点，钻仰古今人文学术大师的人文深衷和思想智慧，把握人文学作为重大研究领域的时代精神。第一编是对华夏人文化成的探索，主要揭示《周易》、《道德经》、《论语》、《庄子》、《史记》、《文心雕龙》等古代典籍的人文思想，说具体点，是从人文学的角度，阐发中国文史通义的学术精华。第二编主要以现代人文大师作为研究对象，我们选取蔡元培、王国维、陈寅恪、鲁迅、钱穆、唐君毅、钱锺书作为钻仰的楷模。大师级的学者远不止这七位，仰泰山朝北斗，是概而论之。人文巨擘是人文学园地的参天大树，是人文学建设的光辉灯塔。他们给了我们榜样，给了我们智慧，照亮了我们前进的方向。第三编是对西方人文学发展的回溯与解析，尤其对西方人文学思想的萌芽期（大致经历了古典人文主义）、兴盛期（近现代人文主义）和重构期（后现代人文主义）作了擘肌分理的研究。从古希腊、文艺复兴到现代主义以及后现代主义，西方的人文学在宗教中洗练，在主义中磨合，在科技中陶冶，有如江河千回百转而入海，在人文学的节点上找到了重审人文的平台。简单地讲，这本《人文学概论》是对人文学历史、现状及各类形态的透视，也是对古今人文学术大师的一次瞻拜。人文学作为一个重大研究领域正在悄然兴起，这本概论既是一次学术巡礼，也是一种教材建设。我们将这本著作献给高校的学科建设，虔诚地祝福人文学。

第二本是陈桐生教授的《〈论语〉十论》。如题所示，全书共探讨了十个论题。“《论语》成书论”力求真实地还原孔门七十子后学“记”、“辑”、“论纂”的情形；“《论语》地位论”试图纠正“《论语》之外，免谈孔子”的偏颇；“《论语》分期论”将全书四百八十六章语录划分为四个时期；“《论语》文体论”探讨《论语》文体渊源及其创新；“《论语》渊源论”追溯孔子学术思想渊源；“《论语》仁学论”论述孔子仁学及其他伦理概念；“《论语》礼乐论”研究孔子的礼乐思想；“《论语》孔子论”讨论《论语》中的孔子自述和弟子时人对孔子的评论；“《论语》人性论”研讨孔子的人性学说；“《论语》教育论”探讨孔子教育言论的方法论意义。在十个论题后面，附有《论语》简注。陈教授研究孔子及其思想多年，在《论语》研究方面的造诣尤其深厚。他通过上述论题的探讨，旨在帮助读者了解《论语》的相关知识及其思想内涵，可谓大手笔撰写国学的通识著作，对儒学研究者是不可多得的参考书，对普通读者更属案头必备。

第三本是王焱副教授的《得道的幸福——庄子审美体验研究》。以幸福问题作为庄学的价值取向在国内外尚不多见。本书是一个耐人寻味的学术探索。作者以审美体验为中心，以实现幸福为旨归，对庄子体道的内在机制与外部效应进行全方位的考察。庄子的审美体验即得道体验，而得道正是庄子所认为的终极幸福。本书对庄子审美体验的发生基点、获得途径、呈现特质、终极依据等进行了系统研究，并对庄子审美体验学说的外部效应，即其历史与现实意义进行了尽可能广泛的扫描式和深入的揭示。古老的思想在本书中变为现代美学话语，诸如，何为得道，为何得道，如何得道，都讲得通俗易懂。得道即领会宇宙精神，达致最高境界。得道之人能享有“至乐”、“逍遥游”、“与物为春”的生命体验。得道是对本性的回归，是对自我与世界原初亲密关联的恢复。要达至体道之境，不仅需要运用高明的处世之方安顿生命，还需要有特别的精神修炼术，使心灵免于无谓的痛苦，重返空明。庄子的审美体验学说能为现代人提供谋求幸福的生命智慧，同时也蕴涵着自身的危机。我们相信，读者不仅能从其中领会庄子的人文思想，同时可以体悟得道的幸福和谋幸福的门径。

第四本是肖四新教授的《欧洲文学与基督教》。基督教在近两千年的发展过程中，已经积淀为一种对欧洲社会的价值观念、伦理准则和生存方式产生巨大影响的文化现象，也构成了欧洲文学的精神底蕴。但基督教的内涵是复杂的，而且是一个动态的历史概念，有其发展变化的历程，这种复杂性与动态性也体现在欧洲文学中。本书在对基督教内涵进行辨析的基础上，以欧洲文学发展史为线，欧洲文学中的经典作家作品为点，从基督教内涵在欧洲文学中的嬗变这一角度出发，对欧洲文学与基督教的关系进行梳理与辨析。本书认为，自中世纪以来，欧洲文学在其发展过程中走过了一条对基督教“顶礼膜拜—反思与反叛—回归与超越”的变迁之路。作者对欧洲文学与基督教关系的解读体现出西方人文主义思想的总体导向。基督教不是文学，但是基督教孕育和孵化了欧洲两千多年来的一种信仰性的文学。信仰性的文学不是宗教，然而信仰性的文学包蕴同时也披露了文学与宗教之间复杂的关系。肖四新教授的解读深入浅出，脉络分明，为读者提供了打开欧洲文学与基督教关系的一把钥匙。

第五本是李亚旭博士的《走向熔铸：全球化时代的文学研究》。如题所示，该书论述的重点问题是全球化时代的文学研究，其基本主张是全球化时代的文学研究应该走“熔铸”之路。作者对比较文学学科发展史与全球化的内在联系作了全面、系统的考察，并从全球化进程各个阶段的特点出发对比较文学法国学派、美国学派与中国学派的学科理论给予“了解之同情”和平实之阐释。他认为，文学的世界性交流与世界市场不断扩展的历史相互影响、相互塑造。简言之，比较文学的学科发展史，是比较文学研究领域从有影响关系的跨国别文学到没有影响关系的跨国别文学、跨学科领域扩展的历史，其世界文学视野从有共同文学源头的欧洲文学，扩展到了东西方跨异质文学的比较研究。这一发展历程是对全球化从以欧洲为中心的资本主义全球化，向以美国为中心的东西方（世界性）全球化推进的反映。本书在讨论比较文学与全球化的“能量流动”的基础上，提出比较文学的一个新趋势，即走向栾栋教授所主张的“熔铸性研究”，并进而论证了此举对于中国软实力建设的必要性与可行性。

第六本是法国让·贝西埃的《文学理论的原理》。贝西埃是巴黎新索邦大学比较文学教授，曾任国际比较文学学会会长。该书是他的代表作之一。作者发现文学研究的危机与人们对作品的某种盲视相关，这种盲视又与文学本身的模糊性和不确定性有密切的关系。本书从哲学、历史和修辞学的多重视野，翻检欧洲文学的重大文类（les grands genres）、重要诗学和文学思潮。第一部分聚焦于作品之场；第二部分探讨作品之体；第三部分解析作品之行；第四部分论述作品自立性、体裁、作者和读者之间的关系。该书是西方高校文学研究的必读书，翻译者是著名教授史忠义先生。史先生是我们外国文学文化研究中心的兼职研究员。他曾先后在洛桑大学和巴黎大学就读，获两所名校的两个博士学位。贝西埃先生行文诡异，尽量不用名词，而用代词和关系从句。其风格既与文学的复杂性和多样性盘根错节，也与他本人的思想特点互为表里。史教授的译文深得贝西埃原著的精神气质。如果说贝西埃的这部著作为我们提供了西方文学理论变化的一个范例，那么史忠义教授的译文则为我们提供了解读贝西埃以及西方文论变化的一个绿色通道。

第七本是外国文学文化研究中心的兼职研究员刘介民教授和广州市华夏学院刘小晨老师的著作《哈拉维赛博格理论研究——学术分析与诗化想象》。西方著名的跨学科学者堂娜·哈拉维（Donna Haraway）思想激进且前卫。她的“赛博格宣言”（The Cyborg Manifesto）是当代重要的一股文化思潮，影响遍及西方社会的方方面面。本书是对当代赛博格理论和方法的专题研究。论域涵括以下主要问题：当代赛博格的理论构思、学术话语、科学哲学等相关方面。作者对这些问题作了深入、严格而又简明的论证。譬如对哈拉维思想体系围绕着“人的本质是什么”这个核心问题的探讨；又如对连接大脑与机器的赛博格系统是否可以用机器替换人体的思维模式研究；再如对人体越来越受到现代科学技术的影响，特别是生物技术和信息技术的发展趋势的影响研究。作者对哈拉维赛博格理论的探讨相当深入，将之放到西方后现代人文思潮的大背景中进行阐发和评介，这对读者理解哈拉维赛博格理论及其在整个外国文学发展进程中的意义很有帮助。从本书的字里行间，我们还可以感受到作者传介西方科学哲学思想的良苦用心，读者或可从中获得如何自主创新的学术启发。

第八本是吴云霞博士的《文化传承的隐形力量——越南的妇女生活与女神信仰》。在地域分布上，包含中、日、韩、越的东亚文明是一个可以互相阐释的整体，本书依据对越南民俗的实地考察，从女神信仰这一视角切入东亚精神的内核。作者主要采用民族志的研究方法，考察了越南北部红河三角洲地区一个古老村落的日常生活与风俗场景，勾勒出越南妇女的生计模式、家庭分工、信仰空间与精神传统。由于广泛参与家庭及公共事务，妇女的权威性得以彰显，逐步形成与儒释道思想并存的女神信仰传统。传说与民俗的互补共建令越南女神体系异彩纷呈。本书梳理了女神信仰的故事源头与思想脉络，展现了越南本土文化的特色。东亚文明以儒家文化为内核，结合各国本土观念，形成了独特的民俗。以越南女神信仰为代表的东亚女神信仰融合了儒释道思想，成为一种巫俗，而东亚妇女在衣食住行、婚丧嫁娶等生活层面则切实传承着各自的民族文化，这是以往被忽略的文化潜流。作者侧重研讨越南妇女民俗，分析女神信仰对女性人格的塑造作用，提出“母性精神”在当代社会对女性发展的指导价值。作者从神话语境中探寻越南女神信仰的脉络，于妇女民俗叙述中揭示越南女性的成长。本书的笔调自然流畅，从神话与越俗虚实相生的评介中，展示了女神与女性之间彼此互释的研究路径。

第九本是张竞生博士的《卢梭教育理论之古代源头》。张竞生是我国民国时期第一批留洋（法国）博士，广东籍的新文化运动名人。该书原著是法文。著名作家张培忠先生对张竞生及其著作非常关注，他积极谋划，多方运筹，从法国发掘采编，并请莫旭强教授将之翻译成了中文。作者系统地揭示了启蒙运动思想家卢梭教育思想的古代源头，对于理解卢梭及其思想具有重要的价值。作为“五四”时期的弄潮儿，张竞生将其思想在大江南北广为传播。鲁迅、林语堂等同代人都给予张竞生以相当高的评价。作为北大名教授和“五四”时期的思想家，张竞生是我国新人文研究不可或缺的一位学术人物。本书在前两章对卢梭教育思想的古代源头进行了清晰的总体理论梳理，并分别用智力教育、道德教育、宗教教育、政治教育、女子教育共五章对卢梭教育理论的形成详加分析，以历史考证的方法，揭示了卢梭的学说体系及其与柏拉图、普鲁塔克、亚里士多德、法沃里努斯、西塞罗、色诺芬、瓦罗等古代思想家的异同。在张竞生眼里，卢梭是一个伟人，是一位天才。然而，他并不满足于仅仅寻找和理清卢梭教育学说的源头，一味赞颂启蒙运动的巨人。他对卢梭思想的局限性和诸多缺憾，也有批评指陈。卢梭的教育思想对西方乃至全世界都具有极大的影响。相信读者通过对本书的阅读，可以加深对卢梭的人本教育和自然教育思想的理解。

第十本是强海燕教授和郭葆玲老师主编的《北美大学人文课程研究》。强海燕教授是国内外知名的教育学专家。她是华南师范大学教育学博士生导师，是广东外语外贸大学的客座教授，也是外国文学文化研究中心的兼职研究员。本书是强教授率领我们团队的中青年骨干教师共同攻关的学术成果之一，也是大学人文通识教育专题研究方面颇具参考价值的学术结晶。作者从跨文化比较的视角，探讨了北美十所知名大学人文教育课程的理念、目的、传统与现代发展，特别关注其中所体现的人文精神。“人文教育课程”研究在通识教育的框架下展开，主要探讨文史哲、艺术与社会科学、写作等科目对“完整的人”的形成所起的至关重要的作用。其中历史篇为读者展示北美国家高等教育及其人文教育课程演变的历史脉络；个案篇对十所选样大学逐一进行微观考察；比较篇分别对世界一流大学、综合性大学、理工科大学、本科教学型大学的人文教育课程进行比较分析，总结不同类型大学人文教育课程的独特性。结语部分揭示了北美大学人文教育课程本质属性的变化和发展，在课程设置模式上的多元性，在课程内容上的动态性和时代感，以及在课程结构和层次水平设计上的科学性，在人文课程两种导向上的利弊问题等普遍性特点。这些发现与思考将对我国大学人文教育课程的建设起到参考、对照、启发和借鉴作用。

上述十种论著从不同角度阐发了人文学的一些大的方面。从表面上看，这些著作云行雨施，各有所专，与建设人文学中心的主旨若即若离，实际上它们都很切近人文学思想的大主题，每部书都从治学理路上体现“文史哲互根”的思想，从学术格局上追求“中西学融通”的大端，在学科交叉上体现“教科文通化”的愿景。细心的读者可以从每本书的字里行间看到历史与人文的磨砺，看到思想与逻辑的扭结，看到学问与学科的切磋。这些都昭示着人文学在起根发苗。

这套丛书的主编是广东外语外贸大学外国文学文化研究中心主任栾栋

教授。他是广东省“211 工程”三期重点学科建设项目“人文学中心建设——比较文化视野的文学通化研究”的首席科学家。该丛书的总策划是暨南大学出版社总编辑史小军教授。

“人文学丛书”的出版渐入佳境。人文学中心建设的四个创新团队在夜以继日地工作。在本辑的十部著作付梓之时，第三辑的撰写正有条不紊地进行。此外，人文学研究走出去的思路也在酝酿中。对于广东外语外贸大学的人文学者而言，人文学中心建设是一个持之以恒的学术追求，人文学研究未有穷期。

2012 年 8 月 1 日

于广州白云山麓

前　言

全球化视域下的比较文学

在比较文学一百多年的发展历程中，中西学者都注意到了比较文学跨国别的学科特点，“跨国别”这一概念正成为中西诸多比较文学理论著述认可的学科共识。如果说“跨国别”是比较文学学科定义的立论基础，并且是区分比较文学与国别文学的标准的话，那么，“跨国别”文学比较研究又是如何产生的呢？在法国学者创建比较文学学科之前，欧洲已经存在跨国别的文学研究了。美国学者韦斯坦恩认为，在罗曼语系的文学世界中，比较文学方法的运用最早可以追溯到但丁。受韦斯坦恩观点的启发，国内比较文学界甚至将比较文学的学科前史追溯至古希腊，曹顺庆说：“可以说，从古希腊、古罗马到中世纪，再到文艺复兴和启蒙运动时期，整个欧洲的古代文学研究和文学研究史都可以看作欧洲现代比较文学的史前史，这段历史不仅催生了十九世纪现代比较文学学科的诞生，而且已经潜在地蕴涵了现代比较文学各个阶段所涉及的领域。”① 从学科范式来看，将但丁所运用的方法归属于美国学派的平行研究，这就混淆了比较文学与文学比较的关系。比较文学跨国别研究的前提是国别文学的独立性已经确立，也就是说，各个国家已经形成了国别性的文学传统和文学特色，然而这种情形只有到了19世纪启蒙运动之后才有可能出现。因此，古希腊、古罗马、文艺复兴和启蒙运动时期的“比较文学”应该是文学的比较研究，特别是文艺复兴时期，文学比较的目的是确定民族语言和民族文学的独立性与民族特色，处于这一历史时段的文学比较研究还不具备文学的世界性视野。因此，我们认为，比较文学的学科特点是将跨国别的文学研究从文学比较中区分出来，这一区分的前提是国别文学或者民族文学独立性已经确立并以国别文学的形式重新参与到文学交流活动中来，这一过程与全球化的兴起有着密切的联系。

---

① 曹顺庆：《比较文学学科史》，成都：巴蜀书社2010年版，第5页。

比较文学与全球化的关系问题曾经引起中西比较文学界的重视。2001年8月11～14日清华大学与美国耶鲁大学联合举办了第三届“中美比较文学双边讨论会”，会议的总主题就是“比较文学的全球化：走向新的千年”。会后，清华大学学者王宁撰写了《比较文学的全球化》① 一文，详细地介绍了讨论会的情形，该文显示诸多中美学者的发言已经涉及比较文学与全球化的关系；2004年，在国际比较文学第17届年会上，中国比较文学学会会长乐黛云所作的发言为《全球化时代的比较文学——中国视野》，全球化与比较文学学科建设特别是中国比较文学的本土性与国际性之间的关系是乐教授此次发言的重点。之后，随着全球化理论在中国的进一步传播，不断有学者讨论全球化时代文化的多元（文化本土）与一元（文化一体）的辩证关系，这些探讨对深入论述比较文学与全球化的关系具有重要意义。即便如此，国内比较文学界还鲜有学者继续讨论比较文学学科理论与全球化的联系。然而，比较文学学科理论史的研究不能就学科论学科，而是必须打破学科疆域将比较文学学科发展史置于全球化的时代背景中，从而以全球化的视野重新审视比较文学的学科建制过程和学科理论特点。

我们认为，讨论全球化与比较文学学科发展史的关系必须坚持历史与逻辑一致的辩证唯物主义方法。比较文学学科建制至今已有100多年的历史，当我们站在21世纪重新观照比较文学的学科历史时，我们应该如何总结100多年来比较文学纷繁复杂的学科材料呢？学者邓晓芒在谈论哲学史的写作方法时说：“所以哲学史应该这样来写，把人类的哲学思想看作一个整体，凡是能够促进人类哲学思想的，他在人类哲学史上就会留下一笔。如果你不能够促进，你只是凭自己的天才，你跟其他人无关，你提出来一个东西，那么你怎么就知道别人就不如你聪明？别人可能也提出过。而且你提出的那个东西很可能就在别人提出的范围之内。”② 邓晓芒在这里提出了一个所有历史写作都适用的观点——史的写作应该具备历史感的整体性。这种整体性要求将人类的思想当做一个整体来进行考察，从而在纷繁复杂的历史材料中发现历史发展的逻辑规律，这正是马克思关于历史与逻辑一致的基本要求。邓晓芒解释马克思历史与逻辑一致的方法时说：“历史和逻辑的一致，我们可以在历史中看到逻辑，看到它的发展规律，

---

① 王宁：《比较文学的全球化》，《国际学术动态》2001年第6期，第18～24页。

② 邓晓芒：《哲学史方法论十四讲》，重庆：重庆大学出版社2008年版，第8页。

也就是它的进步，它从低级到高级的发展，它的目的性。在这里，我们要为目的性翻案，我们所认为的目的性当然不是以往的那种目的性，而是哲学意义上的，把历史看成是有目的的，认为历史是向人生成的这样一个目的。我们对这种发展规律有一种历史感、感悟，一种体验，并且因此也有一种评价，评价就是一种态度，我们对它的感悟就是有一种态度。于是，历史与逻辑就在这样一种内在关系之中。”① 邓晓芒强调了历史的合目的性。当我们站在一个新的时间点反观学科的发展历史时，历史从抽象的形式上表现出范畴之间的内在联系与发展过程，历史杂乱的材料顿时具有从最简单的关系发展到比较复杂的关系的逻辑一致性，这种一致性是研究者从思想观念上对历史材料的“统觉”所产生的结果。因此，历史与逻辑一致的关键就在于如何从复杂而又看似没有内在联系的历史材料中得出抽象的范畴。黑格尔在这一方面为我们树立了典范。恩格斯在《卡尔·马克思〈政治经济学批判〉》一书中虽然批评了黑格尔颠倒现实与范畴的关系，但他还是非常赞赏黑格尔在“历史与逻辑一致”上的这种历史感。恩格斯说：“黑格尔的思维方式不同于其他哲学家的地方，就是他的思维方式有巨大的历史感作基础。形式尽管是那么抽象和唯心，他的思想发展却总是与世界历史的发展紧紧地平行着，而后者按他的本意只是前者的验证。……他是第一个想证明历史中有一种发展，有一种内在联系的人。尽管他的历史哲学中的许多东西现在在我们看来十分古怪，但如果把他的前辈，甚至把那些在他以后敢于对历史作总的思考的人同他相比，他的基本观点的宏伟，就是在今天也还值得钦佩。在‘现象学’、‘美学’、‘哲学史’中，到处贯穿着这种宏伟的历史观，到处是历史地、在同历史的一定（虽然是抽象的歪曲了的）联系中来处理材料的。”② 黑格尔虽然错误地理解了意识与物质的关系，但他在思维方式上的历史感却充分说明，逻辑是精神科学研究唯一适用的方法。恩格斯接着说：“逻辑的研究方式是唯一适用的方式。但是，实际上这种方式无非是历史的研究方式，不过是摆脱了历史的形式以及起扰乱作用的偶然性而已。历史从哪里开始，思想进程也应当从哪里开始，而思想进程的进一步发展不过是历史过程在抽象的、理论上前后一贯的形式上的反映；这种反映是经过修正的，然而是按照现

① 邓晓芒：《哲学史方法论十四讲》，重庆：重庆大学出版社 2008 年版，第 40 页。

② 恩格斯：《卡尔·马克思〈政治经济学批判〉》，《马克思恩格斯全集》（第 13 卷），北京：人民出版社 1975 年版，第 531 页。

实的历史过程本身的规律修正的，这时，每一个要素可以在它完全成熟而具有典范形式的发展点上加以考察。”① 逻辑之所以能够取得与历史一致的发展形式，是因为逻辑与历史具有相同的思想进程，概念是摆脱了历史偶然性以后的历史研究方式，概念之间的演绎也具有从简单到复杂的发展历程，这种历程与历史的发展过程是相对应的。逻辑关系是现实历史的抽象概括，而现实历史的内在联系又通过逻辑的演绎合目的性地展示出来，历史因此摆脱现实的杂乱性而获得了逻辑上的明晰性。全球化视域下的比较文学研究应该采取这种历史与逻辑一致的辩证唯物主义方法，这就需要我们从纷繁复杂的学科史料中抽象出学科发展的思想进程，使思想进程与历史进程相一致。如果我们把跨国别文学研究当做比较文学学科理论的基石，那么19世纪以来的比较文学学科理论史就是资产阶级推动下的全球化的必然产物。世界市场的不断扩展促进文学的跨国别交流，从而使跨国别文学研究成为一种时代性与世界性的研究思潮。法国学派和美国学派处于全球化发展与学科理论发展的不同阶段，因而它们对比较文学学科对象存在着不同的理解。中国学派由于中国在全球化中的特殊地位，其学科理论表现出更鲜明的民族特色。我们认为，以历史与逻辑相一致的方式反思全球化与比较文学学科史的关系，不仅可以梳理出文学研究从作为方法的文学“比较”到作为学科的“比较文学”的发展过程，而且还可以更好地反思比较文学中国学派的民族特色，从而为比较文学中国学派的建设提出更为合理的建议。

以历史与逻辑相一致的方法反思全球化与比较文学的内在联系，关键在于从全球化进程与比较文学学科发展史的具体现实中概括出抽象的规定。马克思为这种从具体到抽象，再从抽象到具体的研究过程作出过专门的论述。马克思认为，经济学的研究有两条道路，一条道路是从实在和具体开始，以此抽象出概念；另一条道路是以思维中的具体为结果，使“抽象的规定在思维行程中导致具体的再现”，马克思认为后一条道路才是科学上正确的方法。他曾这样论述这一观点，“从实在和具体开始，从现实的前提开始。因而，例如在经济学上从作为全部社会生产行为的基础和主体的人口开始，这似乎是正确的。但是，更仔细地考察起来，这却是错误

① 恩格斯：《卡尔·马克思〈政治经济学批判〉》，《马克思恩格斯全集》（第13卷），北京：人民出版社1975年版，第532～533页。

的。……因此，我从人口着手，那么，这就是一个混沌的关于整体的表象，经过更切近的规定之后，我就会在分析中达到越来越简单的概念：从表象中的具体达到越来越稀薄的抽象，直到我达到一些最简单的规定。于是行程又得从那里回过头来，直到我最后又回到人口，但是这回人口不是一个混沌的关于整体的表象，而是一个具有许多规定和关系的丰富的总体了。……后一种方法显然是科学上正确的方法。具体之所以为具体，是因为它是许多规定的综合，因而是多样性的统一。因此，它在思维中表现为综合的过程，表现为结果，而不是表现为起点，虽然它是实际的起点，因而也是直观和表象的起点。"① 显然，第二条道路是具有历史感的道路，它既是历史与逻辑的相一致，又是具体—抽象—具体的辩证运动。马克思所论述的方法对我们的启示就在于：我们必须从比较文学学科史的实在性中抽象出思维具体的内在规定性，并从历史整体性去考察思维具体的逻辑发展过程。据此，我们认为，比较文学学科发展史是一个学科对象不断扩展的过程。当我们在21世纪反思100多年来的比较文学学科史与学派理论时，比较文学从"国际文学关系史"到没有影响关系的"跨国别文学研究"再到"东西方跨异质文化研究"的学科领域的扩展过程，正好与全球化的发展趋势有着内在的一致性，与人们对异质性他者的认识变化有着紧密的联系。也就是说，随着全球化的不断推进，人们对异质文化的认识也在不断改变，这种改变一方面是资本主义体系世界性扩张的结果，另一方面也促进了比较文学学科理论的发展。比较文学的学科特点是文学的跨国别交流，这一特点是全球化推动下的时代产物——世界市场的不断扩展促使国别文学走进了相互交流、相互影响的境域，促进了文学的世界性视野的形成，从而催发了比较文学学科建设的热潮。国内比较文学界知名学者乐黛云认为，比较文学作为一门将文学研究从一个民族扩展到两个或两个以上民族文学的学科，其诞生需满足两个条件："其一，民族文学的建立及充分发展；其二，跨文明视域的形成。"② 从全球化的进程来看，比较文学的诞生与现代民族国家形成后所导致的西方国家意识和国别文学独立性的强化密切相关。比较文学的发展是随着西方资本主义市场经济全球化的外在扩张而兴起的文学文化交流活动。美国学派平行研究之所以有现实意

---

① 马克思、恩格斯：《马克思恩格斯全集·导言》（第13卷），北京：人民出版社1975年版，第37~38页。

② 乐黛云等：《比较文学原理新编》，北京：北京大学出版社1998年版，第40页。

义，就在于在全球化的进程中，原来互不影响、平行发展的民族文化也不得不进入相互影响的境域。中国传统文化的现代化是被西方打开大门后的“被现代化”，因此，中国比较文学存在着影响研究与平行研究相互交错的复杂现象：现代文学是在西方文化等影响下的传统文学的现代化，而古典文学则是与西方文化传统平行发展的独立体系。中国现当代文学是在与西方平行发展的传统文化的隐性制约下接受西方影响的文学现代化，中国古典文学的现代阐释则是接受西方文化视角对平行发展的文化传统的重新建构。我们应该承认，中国现当代文化的发展与学科建构带有浓厚的西方色彩，而这种西方色彩正是全球化赋予中国文学的特点。

由此可见，比较文学学科的诞生、发展历程与全球化的进程有着内在的联系。这种联系如果借用新历史主义的表述，可以称之为两者之间的“能量”交换。全球化的社会能量“流入”比较文学学科建构之中，对比较文学学科理论发挥着“背景”的影响作用，比较文学则以“编码”的方式在“前景”实现着全球化的“能量”。可以说，比较文学是全球化时代文学研究的经典范式。从这个角度来看，比较文学法国学派、美国学派与中国学派的学科理论就不再是纯粹的理论更迭问题。因为这些学科理论更迭的背后是人类在全球化进程中对异性他者意识的不断变化，也是经济、政治、文化之间“争执”的平衡结果。

一、跨国界的民族文学：欧洲从文学比较到比较文学

国内比较文学界倾向于将1886年波斯奈特《比较文学》一书的出版作为比较文学学科诞生的标志性事件。在此之前，欧洲各国已经出现了比较文学讲座（维尔曼）、各国比较文学史（安贝格）、比较文学批评实践（圣伯夫）等具有“世界文学”视野的文学讲座和理论著述，这些可以视为比较文学学科诞生前的“黎明曙光”。这样确切的学科历史叙事，当然有利于教材讲述比较文学的学科建制过程，以至于当我们把比较文学作为19世纪文学史研究的新范式时，我们对19世纪以前更为悠久的文学比较历史作了明确的划界。问题就在于，作为文学比较方法的“比较”是如何化身为作为集合名词的“比较文学”学科的？这个问题是克罗齐极力反对比较文学学科建制的有力依据。事实上，法国学者在回应这个问题时以“比较文学不是比较”为出发点，重新定义比较文学为“国际文学关系

史”，从而确定了比较文学与文学比较的分界线。我们认为，法国学派“国际文学关系史”的定义包含两个前提：第一是现代意义上的民族国家已经走上历史舞台。欧洲法、英、德、意等国有了独立的国家意识和民族文化意识，这一过程与欧洲文艺复兴后现代民族国家的建构过程相吻合。第二是欧洲诸国打破国家界限，兴起国家之间的文化交流热潮。欧洲诸国原来就有文化交流传统，这种交流在19世纪由于资本主义市场经济的发展和科技能力的提高而达到了新的高峰。国内比较文学界对欧洲各国文化的联系多有论述，相对忽视了法国学派的学科建构与资本主义市场经济同步发展的特点。事实上，法国学派“国际文学关系史”的定义与资本主义推动下欧洲共同市场的开拓同样有着密切的联系。

欧洲诸国原本就有良好的文化交流传统，这种文化交流在文艺复兴以后随着民族国家的建立开始发生了变化。国内学者看到了欧洲诸国文化的同源性与文化交流的传统，却忽视了随着资本主义的发展欧洲诸国在文化交流中所兴起的国家意识，而法国比较文学巨擘梵第根在论述比较文学的历史时倒是注意到了这种区别。他认为文学比较早已有之，而比较文学的诞生却是19世纪以后的事情。他说：“在古代，只有希腊和拉丁作者的那些对比，以及后者对于前者的从属关系。在中古世纪，在基督教的西欧的新兴文学之间，到处都有着来往，到处都有着相互的影响；可是到现在构成了罗曼语学家和日耳曼语学家的广大的领域的这些频繁的接触，却不是当时学者研究的对象。在文艺复兴时代和古典时期的初期，各国文学都对希腊人和罗马人负着种种的债①；可是当时的学者、批评家，却大都只限于指出一些假借之处。那‘比较’只及于指出抄袭，或建立价值之批判。”② 梵第根的论述表明，欧洲诸国在“文艺复兴时代和古典时期的初期”有共同的文化源头，各国作家通过模仿、借鉴古希腊罗马文学开始自己的文学创作，此时的欧洲文化之间的交流属于一“洲”之内的自然交往，当时的学者还不具备比较文学的“世界文学”视野。然而，这种情形在文艺复兴后期发生了变化。从某种意义上说，但丁的《论俗语》是这一时期民族意识觉醒和国别文学形成的理论先声。新兴的欧洲国家提倡运用民族语言和本土语言进行创作，有针对性地吸取古希腊罗马文学精华形成

---

① 此处栾栋认为译文不当，应该译为“有得益于”而非负债。

② 梵第根著，戴望舒译：《比较文学论》，长春：吉林出版集团有限责任公司2010年版，第5页。

具有国别特色的文学传统，从而使欧洲文学发生了深刻的结构性变化。杨周翰认为这一时期“一系列封建统一国家如法国、英国、西班牙、葡萄牙、波兰、俄国等先后建立，为近代资产阶级国家打下了基础”①。民族国家的不断出现形成了现代人政治共同体——民族国家体系。不同民族文化之间的交流开始被看作是不同主权国家间的文化外交事件。正如美国学者杜赞奇所说：“现在已经清楚，民族主义的新颖之年……在于其世界性的民族国家体系。上一个世纪中，这一扩散到全世界的体系视民族国家为惟一合法的政体形式。从外部看，民族国家在明确的、虽不无争议的领土界限内宣称自己拥有主权。从内部看，国家声称自己代表全民族所有成员，并由此逐步扩展其社会功能。”② 不同民族国家的形成，紧接着的国别文学的民族意识和本土意识的强化都在不断冲击着欧洲传统的文化交流，使欧洲的文化交流从自然模仿、借鉴古希腊罗马文学走向了有各自特色的国别文学之间的相互影响这一发展道路。这种跨越国家界限的文学交流在18、19世纪的欧洲又与资本主义市场经济同步发展，比较文学中的“文艺的共和国”视野与市场经济世界市场的不断拓展相互辉映。

值得我们注意的是法国学派比较文学学科理论建构时期的时代氛围，每一代学者在建构自身理论时总会受制于时代精神的效果历史意识。19世纪欧洲比较文学兴起之时，正是资本主义市场经济全球化发展的萌芽时期。③“‘地理大发现’和随之而来的殖民化过程在欧洲诱发了商业革命，促使资本主义生产方式在封建社会的母体中孕育成熟，并于17、18世纪导致了欧洲工业革命的爆发和世界贸易的发展，进而在18、19世纪欧洲国家相继爆发资产阶级革命，最终使资本主义生产方式取代封建社会的生产方式，从而推进了资本主义世界市场的形成。这一时期资本主义的自由贸易和殖民地掠夺已经充分显示出资本的扩张本性和能力。”④ 针对这一时期的时代精神，马克思有两段经典论述，这两段论述也被比较文学界作为世界

---

① 杨周翰：《欧洲文学史》（上卷），北京：人民文学出版社1990年版，第136页。

② 杜赞奇著，王宽明译：《从民族国家拯救历史》，北京：社会科学文献出版社2003年版，第6页。

③ 关于全球化发展进程，国内外学者有不同的见解，大多能够接受18世纪工业革命至19世纪欧洲工业革命的完成为全球化发展的萌芽阶段的观点。详见阎孟伟、朱丽君：《全球化的实质和进程与马克思的全球化理论》，《南开学报》2007年第1期，第79~85页。

④ 阎孟伟、朱丽君：《全球化的实质和进程与马克思的全球化理论》，《南开学报》2007年第1期，第79~85页。

文学形成的理论依据而不断引述。马克思认为:“资产阶级由于开拓了世界市场,使一切国家的生产和消费都成为世界性的了。……旧的、靠国产品来满足的需要,被新的、靠极其遥远的国家和地带的产品来满足的需要所代替了。过去那种地方的和民族的自给自足与闭关自守状态,被各民族的各方面的互相往来和各方面的互相依赖所代替了。物质的生产是如此,精神的生产也是如此。各民族的精神产品成了公共财产。民族的片面性和局限性日益成为不可能,于是由许多种民族的和地方的文学形成了一种世界的文学。”① 这段论述已经讲得很清楚,“世界的文学”形成的前提是资本主义市场经济物质生产和消费的世界性,民族的精神产品和物质产品一样被全球化打破了自给自足和闭关自守的状态,精神产品走出了国界进而互相依赖才能形成“世界的文学”。马克思还说过:“资本一方面要力求摧毁交往即交换的一切地方限制,夺得整个地球作为它的市场;另一方面,它又力求用时间去消灭空间,就是说,把商品从一个地方转移到另一个地方所花费的时间缩短到最低限度。资本越发展,从而资本借以流通的市场,构成资本空间流通道路的市场越扩大,资本同时也就越是力求在空间上更加扩大市场,力求用时间去更多地消灭空间。”② 马克思、恩格斯认为,是资本的力量将全球文化卷入了相互影响的境域,资本的积累程度越高,文学交流的境域就越大,这种扩展促进了文学世界视野的形成。透过这些经典论述,我们可以为19世纪兴起的比较文学思潮理出这样的发展脉络:欧洲民族国家成立、民族文学兴起—资本主义市场经济发展—物质生产的全球化萌芽—精神产品的跨国别交流—跨国界文学的互相影响—法国学派的影响研究。因此,法国学派比较文学理论的形成与资本主义市场经济的跨国界扩张是同步发展的,歌德和法国学者的世界文学、总体文学构想体现的是资产阶级发展市场经济的时代精神。

当然,比较文学在法国的兴起也受益于法国实证主义的哲学思潮,得力于浪漫主义文学运动。这些内容国内学者多有论述,笔者在这里就不作重复论述了。尽管韦勒克等美国学者强烈批评影响研究的“外贸”倾向,我们仍然要肯定影响研究是法国学者对全球化进程中国别文学之间的交流影响关系的精确把握,只要国与国之间的文化交流持续存在,影响研究就

---

① 马克思、恩格斯:《马克思恩格斯选集》(第1卷),北京:人民出版社1972年版,第244~255页。

② 马克思、恩格斯:《马克思恩格斯全集》(第46卷),北京:人民出版社1980年版,第33页。

是全球化时代文学研究的经典范式。当然，我们也要警惕影响研究中的国家中心主义和文化扩张倾向。韦勒克警醒地说："法、德、意等国的比较文学研究有许多基本上出于爱国主义的动机，结果成了一种记文化账的奇怪做法，极力想尽可能多地证明本国对别国的影响，或者更为巧妙地证明本国比任何别国更全面地吸取并理解一位外国作家的著作。"① 影响研究蕴涵着先进文化"影响"后进文化的进化论机制，容易演变为变质了的文化"外贸"思维，而这种文化影响的"外贸"思维恰恰体现了商品经济萌芽时期的意识形态。

二、全球化与美国学派的平行研究

第二次世界大战后，世界经济中心从欧洲转移到了美国，殖民地国家纷纷独立，殖民地国家的民族意识和国家意识逐渐加强，于是，世界经济、政治、文化格局发生了改变，政治格局的多极化和文化形态的多元化取代了欧洲中心主义的霸权意识和经济、文化的垄断思维。这一阶段全球化的特点是："这个阶段显然是以非殖民化为基本特征的。第三世界国家在世界范围内的经济、政治和文化的交往中必然要强化主权意识，强调经济发展的自主性、政治过程的独立性和文化形态的特殊性，从而导致政治格局的多极化和文化形态的多样化。"② 美国学者在这一阶段适时提出了比较文学平行研究的设想，顺应了全球化的发展趋势，填补了法国学派的空白。我们认为，这一阶段世界文学交流有两个新特征：一是越来越多文化传统独立发展的国家由于全球化推动走入了相互交流的境域；二是曾经被殖民的国家在主权独立后也意识到了民族文化传统与西方文化平行发展的特点，从而增强了与西方文化平等对话的意识。基于这两个新特征，跨国别平行研究是顺应全球化进程的文学研究的又一经典范式。

美国学派平行研究的经典论述来自雷马克："比较文学是超出一国范围之外的文学研究，并且研究文学与其他知识和信仰领域之间的关系，包括艺术（如绘画、雕刻、建筑、音乐）、哲学、历史、社会科学（如政治、

① 韦勒克：《比较文学的危机》，《比较文学研究资料》，北京：北京师范大学出版社 1986 年版，第 56 页。

② 阎孟伟、朱丽君：《全球化的实质和进程与马克思的全球化理论》，《南开学报》2007 年第 1 期，第 79 ~ 85 页。

经济、社会学)、自然科学、宗教等。简言之，比较文学是一国文学与另一国或多国文学的比较，是文学与人类其他表现领域的比较。”① 这一定义的特点正如曹顺庆所说：“平行研究是对没有事实联系的不同的作家、作品、文学现象进行比较研究，论述其异同，总结出文学发展带有规律性的东西。它对文学与其他学科，包括艺术、哲学、历史、宗教、自然科学等进行比较研究，从而揭示出人类知识体系的共通性及文学的独特性。”② 从世纪末全球化的发展状况反观美国学派，我们更清楚地体会到美国学派“不管他们之间是否有影响或有多大影响，都是卓然可比的”这一观点对于全球化进程中的各国文学交流所具有的积极意义。一方面，市场经济、科学技术、网络应用的全面发展将世界上越来越多的国家卷入了相互交流的境域；另一方面，随着民族国家主权的确立，越来越多的殖民地国家摆脱了对西方的依附关系，文化传统的独立意识和民族意识不断增强。在此情况下，法国学派的影响研究无法描述文化传统独立发展的国别文学交流的事实，比较文学从影响研究走向平行研究是全球化深入发展的必然结果。

当平行研究成为比较文学学科范式后，新的问题随之出现。两种平行发展的文学是否可以比较？这种比较的目的是什么？对于前一个问题，即使是美国学者之间也有不同意见。相对于美国学者的保守，中国学者的态度则更为积极，异质文化的比较已经成为比较文学中国学派的理论基础；对于比较的目的是什么这一问题，中西学者的设想倒是近乎一致：平行研究的目的就是发现文学的规律。然而，要实现这一设想的问题就在于，中西学者所热衷的文学的“规律”已经被后现代文化解构得体无完肤了。“规律”这一概念来自近代自然科学，其方法论基础是归纳法。但是，即使是在美国，规律和归纳法也遭受到了致命的攻击，美国科学哲学家波普尔就质疑了归纳法的合理性。他认为，归纳原理的合理性是不可能得到确证的，科学的理论或命题不可能被经验证实，只能被经验所证伪。他明确指出：“归纳法是无效的，因为它或者导致无穷后退，或者导致先验论。”③

---

① 亨利·雷马克：《比较文学的定义和功用》，《比较文学研究资料》，北京：北京师范大学出版社1986年版，第1页。

② 曹顺庆：《比较文学教程》，北京：高等教育出版社2006年版，第157页。

③ 卡尔·波普尔著，舒炜光等译：《客观知识——一个进化论的研究》，上海：上海译文出版社1987年版，第92页。

中国学者设想通过“X_1：X_2：X_3：X_4：X_5……→Y，在这里，X_1、X_2、X_3、X_4、X_5……表示不同民族、不同语言、不同文化背景中的同类材料。它们可以是作家作品，可以是概念、术语和命题，也可以是彼此关联的不同学科中的相关问题；Y则表示研究者的新的见解”①。这种平行研究的归纳设想虽然避开了类比研究中材料的两极性，补充了多项性的材料，但其方法论基础仍然是近代科学方法的移用，无法经受当代哲学的检验。美国另一科学哲学家库恩则走得更远，他直接攻击了“规律”的确定性。在库恩看来，科学“规律”只是科学研究中科学共同体所接受的范式，而范式是可以通过科学革命而发生改变的，“范式一改变，这世界本身也随之改变了。……在革命之后，科学家们所面对的是一个不同的世界”②。库恩对规律的认识更为开放，这种开放的态度应该借鉴到文学研究领域中来。文学规律主宰了中西比较文学研究近百年的历史，但是文学是否具有如同自然科学一般的“规律”呢？这个问题还没有经受理性的检验。因此，我们认为，伽达默尔对文学经验的论述比文学规律的提法更适合于文学研究。

文学经验存在于每一个进入文学的“人”与外在于自己的东西的“相互和解”，它能使自己进入文学生活世界，从而具备文学的思维与文学的视域。伽达默尔认为这种经验才是精神生命的本质，“精神的生命其实正在于：在他在中认识自身。旨在达到自我认识的精神知道自身与陌生的‘实证东西’相分裂，并且必须学会使自身与这种实证东西相和解，因为它把这种实证东西认作为自己的和家乡的东西。由于精神消除了实证东西的坚固性，所以它与自身达到了和解。就这种和解乃是精神的历史性工作而言，精神的历史态度就既不是自我反映，也不是对它所经历的自我异化单纯形式的辩证取消，而是一种经验实在的并且本身也是实在的经验”③。经验的概念由于近代归纳法和自然科学的发展而被狭窄化为认识的低级形式。规律是物与物之间的必然联系，具有客观性、恒定性与可重复性，人面对规律只有服从而不能对抗。规律如果进入文学世界，则容易演变为对人的支配和限制。文学作为人的精神产品，人与文学经验应是天设地构的

① 王向远：《比较文学学科新论》，南昌：江西教育出版社2002年版，第87页。

② 库恩著，金吾伦、胡新和译：《科学革命的结构》，北京：北京大学出版社2003年版，第101页。

③ 伽达默尔著，洪汉鼎译：《真理与方法》，上海：上海译文出版社2004年版，第449～450页。

缘构关系。面对以往的文学经验，每一代新进入文学“游戏场”的“游戏者”可以服从、可以对举、可以替换、可以倒卷，文学经验也可以湮灭、可以死而复生、可以沉淀。经验期待人的来临，而人又开发了以往的经验，因此，经验与人之间是自由而灵动的开放关系。

平行研究解除了国别文学的疆域限制，放飞了法国学派固守的“实证”关系，然而它同时也将文学研究推进到了“不管他们之间是否有影响或有多大影响，都是卓然可比的”的学科泛化的危险境地。自美国学派提出平行研究后，针对异质文化之间可比性问题的争论之声就一直不绝于耳。可比性是现代科学思维和唯事实主义的另一种表达方式。异质文化之间的交流是当代全球化发展不可避免的客观事实，我们对于异质文化应该具备熔而铸之的魄力和胸怀，通异质文化之变，成一家之言应该成为平行研究的另一种智慧。对此，我们将在第八章借助栾栋的文学“熔铸说”作出专题论述。

三、全球化语境下的比较文学中国学派

中国比较文学的学科建设有自身的特点，这是国内比较文学界论证比较文学中国学派的前提。问题在于，如何确定自身特点？我们认为，应该把中国比较文学的研究实践和学科理论放在全球化的进程中加以考察，因为中国比较文学的学科发展和中国现代民族国家的形成、发展基本同步。1840 年鸦片战争之前，中国是与西方平行发展的“天朝上国”；鸦片战争之后，中国在相当长的历史时段中是被西方资本主义国家卷入全球化的半殖民地半封建国家；新中国成立以后，中国是主动参与全球化的主权国家。在这个过程中，随着中国在全球化进程中的地位变迁，中国知识分子对西方文化的态度也发生着微妙的变化，而中国比较文学的学科建构又与中国知识分子对西方文化的态度有着密切的联系。

中国比较文学的萌芽与中国现代民族国家的建构基本同步，比较文学进入中国知识分子的视野，首先在于其政治改良功能。杨周翰曾经比较了中西方比较文学起源之不同，他说：“西方比较文学发源于学院，而中国比较文学（或萌芽状态的比较文学）则与政治上和社会上的改良运动有关，是这一运动的一个组成部分。西方比较文学为什么在学院中兴起当然也有社会原因和其他原因（如哲学），不过直接起因是学院里要解决文学

史的问题。而中国比较文学则是首先结合政治社会改良，而后才进入校园的。”① 结合政治改良的比较文学，其实也是中国摆脱传统文化惰性，积极吸取西方文化建构现代民族国家的“工具”。近代资本主义的发展打破了中西文化平行发展的历史，将中华民族卷入到“文明中来了”②。在此期间，中国所面临的问题正如马克思所说的：要不灭亡，要不推行所谓的“文明制度”。中国知识分子积极学习西方文化，努力推动中国从传统形态向现代民族国家转化。因此，这个阶段的比较文学并非纯粹的中西文学比较，大家关注的是比较之外的东西，即吸取西方文明改造传统文化，从而促使中国进入现代国际社会。西方文化成为中国学者反思传统文化、批判传统文化和促进传统文化现代化的“他者”视角。

杨周翰列举了林纾的小说翻译、梁启超的小说革命理论、鲁迅《摩罗诗力说》的写作目的、王国维的阐发研究等近代学者的比较文学理论，用来说明现代中国比较文学研究的政治改良色彩。这个阶段的中西文学研究即使是“纯”学者的王国维也没有脱离社会实际，中国文化必须学习西方文化以促进中国文化现代化是这个阶段中国知识分子的共识。胡适在《试评所谓〈中国本位的文化建设〉》中说：“中国的旧文化的惰性实在大得可怕，我们正可以不必替‘中国本位’担忧。我们肯往前看的人们，应该虚心接受这个科学工艺的世界文化和它背后的精神文明，让那个世界文化充分和我们的老文化自由接触、自由切磋琢磨；借它的朝气和锐气来打掉一点我们的老文化的惰性与暮气。将来的文化大变动的结晶品，当然是一个中国本位的文化，那是毫无可疑的。”③ 胡适以西学促进中国传统变革的思想是“五四”时期知识分子的共识。“全盘西化”以促进中国现代化的思想在陈独秀身上表现得更为突出。1917 年，陈独秀在《新青年》上撰文说：“吾人倘以新输入之欧化为是，则不得不以旧有之孔教为非；倘以旧有之制度为非，则不得不以新输入之欧化为是，新旧之间绝无调和两存之余地。”④ 后来他又说：“若是决计革新，一切都应该采用西

---

① 杨周翰：《比较文学：界限，“中国学派”、“危机和前途”》，《镜子和七巧板》，北京：中国社会科学出版社 1990 年版，第 5 页。

② 马克思、恩格斯：《共产党宣言》，《马克思恩格斯选集》（第 1 卷），北京：人民出版社 1972 年版，第 255 页。

③ 胡适：《胡适论学近著》，济南：山东人民出版社 1998 年版，第 435 页。

④ 陈独秀：《答佩剑青年》，《新青年》1917 年第 3 卷第 1 号。

洋的新法子，不能拿什么国情的鬼话来捣乱。”[①] 陈独秀将中西文化截然对立，形成了“西方文化先进——中国文化落后”的二元对立结构，并要求以先进的西方文化来革新落后的中国文化，从而促进中国文化的现代化。概而言之，这一时期的中国比较文学凝聚了近代知识分子浓厚的民族情感和民族焦虑，是近代知识分子接受西方文化以促进中国近现代民族国家建设的有力武器。然而，我们也应注意到，由于这一时期的知识分子深受进化论思想影响，他们往往以“西方先进——中国落后”的二元结构评价中西文化的差异。因此，基于全盘西化意义上的现代化容易演变为以西方文化攻击、取代中国传统文化的西式现代化，从而对中国传统文化形成致命的打击。

新中国成立后，中华民族摆脱了被殖民的民族危机，成为与西方现代国家平等发展的主权国家，这一时期的知识分子更多地关注中国传统文化与西方传统文化的平行发展关系，民族文化的独特性与创造性成为中华民族立国的文化依据之一。季羡林先生的“送去主义”集中体现了新时期知识分子对民族文化的自豪以及在文化比较中确定文化自主性的自信心理。季羡林先生说：“当年鲁迅主张‘拿来主义’，我们现在要在拿来的同时，大力张扬‘送去主义’。你不来拿，我偏要送给你，但送之必有术。”[②] 从“拿来”到“送去”，从学习西方文化到中西文化平等再到中国文化送助西方文化，当代知识分子运作中西文化交流的逻辑已经发生了改变。近现代中西文化交流的逻辑是：你很强大，我转变自己以求融入你主导的世界。当代中西文化交流的逻辑则是：你很强大，我也很强大，我们必须平等地对话。在此逻辑下，我们才能理解曹顺庆提出“失语症”的焦虑，才能理解比较文学中国学派变异学的理论诉求。曹顺庆说：“就中国与西方文论而言，它们代表着不同的文明，在基本文化机制、知识体系和文学话语上是从根本上就相异的（而西方各国文学则是生长于同根的文明）。这种异质文论话语相互遭遇时，会产生相互激荡的态势，并相互对话，形成互识、互证、互补的多元视角下的杂语共生态，并进一步催生出新的文论话语。”[③] 曹顺庆对中西文化的认识体现了新时期知识分子的民族文化情结，

---

① 陈独秀：《今日中国之政治问题》，《新青年》1918 年第 5 卷第 1 号。

② 季羡林：《门外中国文论絮语》，《文学评论》1995 年第 6 期，第 5 ~ 13 页。

③ 曹顺庆：《比较文学学科理论发展的三个阶段》，《中国比较文学》2001 年第 3 期，第 1 ~ 17 页。

西方文化对中国文化的影响成为中国学者急需摆脱的“影响的焦虑”。可见，中国比较文学学科发展的复杂性必须放在全球化进程中才能清晰地展现出来。

四、从分判到熔铸：全球化时代的文学研究

21世纪是全球化的时代，这已经成为东西方学者的共识。全球化带给人类最大的冲击就在于，它突破了氏族—部落—部落联盟—民族国家—国家联盟的封闭性，营造了以地球群体或者全人类为主体的生活世界。当然，这是一个逐步实现的过程。在这一过程中，我们首先面临的是东西方文化的差异。比较文学作为跨国别文学研究的学科，在这一方面面临的挑战可谓是“春江水暖鸭先知”。比较文学界、哲学界不断有学者提出东西方异质文化的交流问题，我们认为，承认东西方文化异质性只是文化交融的第一个阶段，全球化时代的文化应该突破异质性的分判，走向星球文化视野下的文化熔铸。从这个角度来看，比较文学又是需要“扬弃”的、“在路上”的学科。

“分判”是哲学家牟宗三提出来的概念，它突出了中西哲学的差异性。牟宗三说：“普遍性自是有的，但不是只有普遍性，特殊性亦是有的，也不是只有特殊性……此特殊性是由于真理是要通过生命来表现的，特殊性是由生命这里来讲的。同样一个观念，通过个别的个人来表现就有所不同。”① 中西哲学有普遍性，这就是会通；这种普遍性经由不同的民族表现出来，就构成了中西哲学不同的形态，这就是分判。牟宗三这里讲的会通有些简单化，大有观念在先的嫌疑，而他所说的中西哲学的分判，则是国内学者的共识，也是比较文学跨文化研究的立论基础。邓晓芒认为中西文化比较的第三个阶段就是同中之异：“所以到了第三个阶段呢，人们就致力于去发现同中之异。前一阶段是发现异中之同，本来是不同民族的文化，然后我们从中发现相同的、相通的方面。而更高的阶段呢，就是要在相同、相通的里面再去发现不同的地方。”② 分判概念突出了中西文化的差异性，我们甚至可以说，认识到中西文化的差异，并期望在这种差异中互

① 牟宗三：《中西哲学之会通十四讲》，上海：上海古籍出版社2008年版，第3页。
② 邓晓芒：《哲学史方法论十四讲》，重庆：重庆大学出版社2008年版，第334页。

证、互通、互补、共存，是人类突破冷战思维后的最大进展，也是中国比较文学界对整个比较文学发展作出的贡献之一。

然而，承认分判只是全球化时代文学研究的第一个阶段。人类文化需要在这种特殊性中进展到以地球文明为载体的普遍性，这种普遍性的文学研究就是会通。关于异质文化的会通问题，学者们虽然已经有了许多探讨，但总是难以像分判那样得到普遍的认可。原因正如潘一禾引用人类学家的发现，“一个部落敌视另一个部落是人类最本能的反应之一，除非有一个共同的目标将他们凝聚在一起。否则，部落的敌视会使他们分道扬镳”①。在全球化进程中，如果我们纠缠于意识形态、领土边界、本土文化等“部落”意识，异质文化之间的会通即使可能实现，也会演变成文化之间的“十字军东征”。异质文化之间的会通，需要对异质文化有一种超越于国家利益和学科疆域的豁达心胸。异质文化的影响不是进步国家对落后国家的“恩惠”与“外贸”，而是全球化时代文化走出国界所带来的新机遇。全球气候变暖、核武器的毁灭性威胁等人类发展的共同困境关联着全球人类的命运，需要以全球的智慧加以应对。由此可以预见，随着全球化的不断推进，人类会不断发展出全球性视野的思维方式，以此代替“部落”意识的封闭性与排外性。对此，栾栋评论道：“这是一次以全球为村落的走向宇宙的序曲。此后展开的境域至少是以全球为当下基点、以宇宙为未来舞台、以文明存亡为终极关怀的学术旨归。”② 汉代司马迁“通古今之变，成一家之言”，其通化已经具备囊括多元民族文化、融通历史的魄力，当代文化的会通也必须以开放的心态对待异质文明。从地球文明的整体性出发去思考人类未来的命运，这将是全球化进程带给我们的机遇与挑战。

然而，我们应注意到的是，强调地球文明并不是文明的一体化。从比较文学的发展来看，文化的会通面对的是人类的共同命题，需要调动诸多智慧加以考量，而文化的分判恰好能为文化的会通提供源源不绝的智慧。牟宗三讲到会通时说：“普遍性与特殊性均要承认，这样就可解消二律背反。以其有普遍性，通过中华民族或希腊、罗马民族来表现也可以沟通。可相沟通就有其普遍性，由此可言会通，若无普遍性就不能会通。虽……

① 潘一禾：《西方文学中的跨文化交流》，杭州：浙江大学出版社 2007 年版，第 2 页。
② 栾栋：《守望·开放·更新》，《郑州大学学报》2003 年第 5 期，第 9 ~ 11 页。

可以会通，但可各保持其本来的特性，中国的保持其本有的特色，西方也同样保持其本有的特色，而不是互相变成一样。”① 因此，会通并不会消除分判的特殊性，它不是以一种文化形态取代异己文化。在地球文明中，异质文化其实就是国家文化中的地方文化或民族文化，汉语、英语、法语、德语……都是地球村的方言。人类在全球化时代需要培养的就是异质文化之间的互识、互补和互动。中国比较文学学会会长乐黛云认为：“事实上，在全球资讯时代，人类所面临的问题仍然是历史上多次遭遇的共同问题：如生死爱欲问题，即个人身心内外的和谐生存问题；权力关系与身份认同问题，即人与人之间的和谐共处问题；人和外在环境的关系问题，即人与自然之间的和谐共存问题。追求这些方面的‘和谐’是古今中外人类文化的共同目标，也是不同文化体系中的文学所共同追求的目的。”② 正因为有共同的问题，我们才能想象文明的普遍性。文学是人类最具创造性及人文关怀的领域，必将为人类文化的会通性发展作出应有的贡献。

比较文学中国学派已经有30多年的发展历史，30多年来我们面对西方文化的强势涌入，倍感西方文化对本国传统文化形成的压力，从而强调“越是民族的就越是世界的”，这自有合理之处。然而，当我们将注意力集中到中西文化之差异时，我们也忽略了比较文学在全球化语境中带给我们的机遇。作为跨国别的比较文学研究，它试图超越的是意识形态文学与民族国家文学，当代文学发展的趋势应该是异质性文学的熔铸性会通。只有熔铸，文学才可能是世界的文学。全球化语境中的中国文化已经浸染着西方的文化色彩，文化之间的融合也越来越明显。乐黛云认为：“我们今天用以和世界交流的中国文化也不是所谓‘固有的’、原封不动的、只待发掘出来的‘宝贝’，而首先是我们用当代意识对这些既成之物——包括哲学典籍、文学艺术作品、既成的经济法律制度等加以诠释和利用。……当代中国人也很难完全排除百余年来的西方影响，复归为一个纯粹传统的中国人。”③ 当我们摆脱了意识形态的局限、民族国家的界限后，西方文化对于我们来说无疑又是促进传统文化创新的他者维度。在全球化的发展进程中，单一的中国文化或者西方文化都不能承担创造“地球村”文化的重任，未来的文化创造需要熔铸中西，需要跨越学科边界，从而对文化守望

① 牟宗三：《中西哲学之会通十四讲》，上海：上海古籍出版社2008年版，第5页。
② 乐黛云：《比较文学发展的第三阶段》，《社会科学》2009年第9期，第172页。
③ 乐黛云：《比较文学与比较文化十讲》，上海：复旦大学出版社2004年版，第6页。

者提出了更高的要求。中西文化已经走在相互交融的路上，我们应该更为开放地参与文化的融通，以兼他而在、他化而去的胸怀来会通中西文化，创造出指向宇宙的文化成果。这正是本书以“走向熔铸”为题的重要原因。

目　录

第一编
中西文学比较思维与世界文学视野的兴起

本编是对比较文学学科前史的研究，重点考察的是比较文学学科前史中长期存在的文学比较现象，并揭示全球化与比较文学的世界文学视野兴起之间的内在联系。国内比较文学界普遍认为，比较文学的学科建制缘起于 1886 年波斯奈特《比较文学》专著的发表，研究的重点也是比较文学学科建制后法国学派、美国学派、苏联学派和中国学派的学科理论。在比较文学学科理论建构之前，中西方各有历史悠久的文学比较传统，这种传统蕴涵着中西方文化对“比较”的不同认识。法国学派以“比较文学不是文学比较”的断言建立起比较文学学科，它其实是从学科建设上将比较文学与文学比较传统划开界线。从文学研究范式的外延来看，文学比较的外延要大于比较文学，可以说，作为学科的比较文学只是从中西方文学比较传统中结出的花果。本编试图研究的是中西方充满活力的文学比较形态和对“比较”的不同认识，以及这些不同的认识在全球化进程中由于世界文学视野的兴起又如何发展为全球性的集合名词“比较文学”的。我们认为，中国文学“比较”思维既有方法论意义上的科学性，又具有中国传统文化“比”的诗性，这种“比”的诗性最能体现中国文学比较活动的民族特色。然而，在比较文学的学科建制过程中，西方方法论意义上的“比较”逐渐遮蔽了中国诗性的“比”，比较文学学科建设成为西方科学性“比较”思维的一家独语。可见，尽管中国学者积极创建比较文学中国学派，但是在中国比较文学的学科建构中已经蕴涵着西方文化遮蔽中国传统文化的不平等关系。

第一章

中国“比”的诗性智慧

比较文学是一个外来的学科。“比较文学”作为学科概念在我国大概到了“五四”时期才被介绍进来。[①] 1920 年章锡琛在《新文学》上发表了对日本评论家本间久雄《新文学论》的译文，其中涉及波斯奈特的《比较文学》一书和洛里哀的《比较文学史》一书；1930 年傅东华翻译了洛里哀的《比较文学史》，并在序言中将法语的 littérature comparée 解读为“比较的文学史”，这是国内最早涉及法国学派比较文学学科理论的译文。一般认为，“比较文学”一词正式进入中国就是从这一译文开始的。由此可见，中国的“比较”是对法语 comparée 的翻译。应该说，这个译法非常得体，西方的“比较”方法、比较文学等概念据此毫无滞碍地进入了中国学者的视野。然而，法文的 littérature comparée 是 19 世纪实证主义和科学时代的产物，带有浓厚的唯事实主义和理性思维色彩，因此，以此对译的“比较”被国内学者视为比较异同、寻求规律的基本方法。“比”是人类思维的本性。中国也有“比”的诗学方法，这种方法与西方 comparée 原属平行发展的运思模式，“五四”这一特定历史时期将这两种文化传统推进了相互对视的境域，其结果是西方科学性“比较”取得了压倒性的胜利。从此以后，中国的“比”被西方的“比较”卷而藏之，消逝在理性时代的科学呼声中。西方“比较”对中国“比”的取代体现了比较文学学科理论建构过程中的文化不平等现象。

“比”在中国很早就出现了，甲骨文已有多处“比”字及其运用。“比”字与“匕”有一义相通，在甲骨文中又与“从”字形相似，因此，“比”之本义与转义就显得更为复杂。自许慎《说文解字》释“比”为“密”，释“匕”为“相与比叙”、“匕亦所以用比取饭”后，匕的本义、比与匕之关联引起了诸多学者的讨论，争论至今仍未有定议。2004 年至 2005 年比较文学界著名学者方汉文连续撰文释义“比较”的方法论意义，论证比较与“比”和“匕”的词源关系，这是国内学者较早从考据学与阐释学角度追溯“比较”的文化渊源，对于重新认识中国“比较”思维的民族特色有所裨益。当然，国内比较文学界论述中国之“比较”还没有意识到中西“比较”之异同，未能结合语言学界的成果为中国之“比较”正名。而现代语言学界考证“比”、“匕”字义时又深受科学思维的影响，未能结合当代人类学的成果还原远古先民的思维特点，从而被一些看似不合

---

① 乐黛云、张文定：《比较文学》，北京：中国文化书院 1987 年版，第 34 页。

理的释义所迷惑。我们认为，华夏民族的比较思维有两方面的含义：一方面是“比”之义项随文明发展而不断更迭出新，本义—转义—引申义共同烘托出丰富多彩之“比”；另一方面是表达“比”义项的思维方式随着“比”义项的转化而不断人文化。这两个方面互为表里，从表面看是“比”的意义在更替，实际上每次“比”意义的转换也是先民思维方式在改变。因此，追溯“比”的民族特色既要小心翼翼地在考古学和语言学方面求证，也要大胆地设想远古先民思维模式及其生活世界，通过先民的思维模式体会到中国“比”的智慧。

第一节　比较思维的根性：“匕”与“比”

“比”之根性是从人类学的视角讨论“比”的“匕”、“柶”、“妣”义项之间的关联。许慎释“比”之义项有：匕、柶、妣、密。从语言学看，“匕”是母性动物的生殖器，“柶”是祭礼器具，“妣”为女性祖先，这三个义项风马牛不相及，如何能够同出于“比”呢？因此，许慎释“比”之义项引起了一些语言学家的质疑，认为许慎可能误读了古文之“比”与“从”。我们认为，必须从人类学的角度才能理解许慎所释“比”之义项。从原始思维来看，“匕”、“柶”、“妣”这三个义项体现了先民物性思维与巫术思维，是物性思维和巫术思维的词义保留。“比”义项根深处的物性思维与巫术思维是华夏民族比象思维及诗性智慧生发的摇篮。

释“比”先释“匕”，因“比”与“匕”义有关联。许慎在《说文解字》一书中释“匕”：“匕，相与比叙也，从反人。匕，相匕箸也。”[①] 段玉裁对“匕”注解说：“比者，密也。叙者次第也。以妣籀作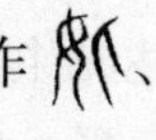、、也。此制字之本义。今则取饭器之义行而本义废矣。”[②] 段玉裁对“匕箸”也做了注释，他说：“匕箸，尤比箸。箸，直略切。释从匕之意。”[③]

① 许慎撰：《说文解字》，杭州：浙江古籍出版社 2006 年版，第 384 页。
② 许慎撰：《说文解字》，杭州：浙江古籍出版社 2006 年版，第 384 页。
③ 许慎撰：《说文解字》，杭州：浙江古籍出版社 2006 年版，第 384 页。

段玉裁的注释中有以下几点应该引起注意：第一，段玉裁认为，匕字之“密”义是本义，现行的饭器之义是后发引申而来的意义；第二，“匕”字形籀文有为，这刚好是许慎释比时选取的字形的一边，《石刻篆文编》中比的金文也有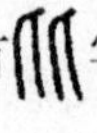字形，由此可见，“比”与“匕”在字形上应有密切的关联；第三，段玉裁还注意到了匕字的其他两个字形，即、，字形现代文字学家少有注意；第四，段玉裁注意到作为饭器意义的“匕”是“从匕”，两个意义词源同体，这恰好是现当代诸多文字学家生疑的地方。现当代诸多语言学家无法理解“密”义与“饭器”义如何能够同源于“匕”。我们认为，段玉裁的注解已经从文字学上穷通了甲骨文之“匕”义，但未能从人类学的角度对“匕”做词源学的考察，也没有说明“匕”字四义项相互之间的关系，因此引起了现当代文字学家的质疑。

现当代不少文字学家质疑匕的“柶”义，从文字学上质疑许慎释“匕”为“柶”。“匕”又云“柶”，来自许慎的释读。许慎《说文解字》谓匕“一名柶”，又说“礼有柶”①。许慎认为，“匕”也可以视作“柶”，是一种礼器。段玉裁注解“匕”字时，认为许慎混合了“匕”、“柶”之用途，“匕”是饭器，而“柶”是礼器。王筠《说文释例》中进一步质疑“匕”之“柶”义，他说：“匕字两形各义，许君误合之。比叙之比从反人，柶则象形字，断不能反人而为柶也。”② 杨树达先生在《殷墟文字甲编考释》中引用了王筠等人的说法，“《说文八篇》上匕部云：‘匕，相与比叙也，从反人，亦所以用比取饭，一名柶。’王筠《说文释例》云：‘匕字两形各义，许君误合之。比叙之比从反人，柶则象形字，断不能反人而为柶也。’朱骏声《说文通训定声补遗》亦谓：‘二义当异形，许君误合之。’树达按王朱二君谓训柶者当别为一字，其说碻不可易矣”③。显然，杨树达先生同意王筠和朱骏声的看法，也认为“匕”为“柶”，当是许慎误认字形。“柶”是盛酒的礼器，这种礼器之运用记载多见于《仪礼》，因此，大家都认可“匕”、“柶”异源的说法。问题就在于，“匕”在《仪礼》中也有作礼器之用。《礼记·杂记》曰：“枇以桑，长三尺，或曰五

① 许慎撰，段玉裁注：《说文解字注》，上海：上海古籍出版社1988年版，第385页。
② 王筠：《说文释例》，北京：中国书店1983年版，第816页。
③ 李圃主编：《古文字诂林》，上海：上海教育出版社2004年版，第457页。

尺。毕用桑，长三尺，刊其柄与末。”郑玄注曰：“朼所以载牲体者此谓桑祭也。吉祭，朼用棘。朼音匕，本亦作朼。”[①] 从《仪礼》来看，匕也是一种礼器，匕与柶之区别仅在于材质不同。段玉裁、王筠、朱骏声和杨树达等文字学家所质疑的匕与柶之关系正以此为依据。不过，既然朼与柶仅区别于材质，也就存在着柶从朼分化而来的可能。香港中文大学学者张洁据此认为：“柶虽然和匕一样都有作礼器的功用，但它的形制跟匕又不一样；匕有取饭的功能，但柶只能做盛酒的礼器。因此，柶也不是匕的本义。……匕的最初用途就是匕饭具，这正是匕的本义。”[②] 认清匕与柶之区别，我们可以确认“匕”是周礼中的一种礼器，但将匕这种礼器追溯到“匕饭具”还不彻底。众所周知，匕饭具应是农业社会才有的礼器，而在农业社会发展之前，人类社会普遍有过漫长的渔猎时代，这一时期“匕”担当的应该不会是饭器的功能。

曹诗成对“匕”的理解值得我们注意。曹诗成也质疑了许慎的说法，他认为“匕”是象形字，“诗成疑器物之‘匕’，当为象形，不应与比叙之‘匕’并论。盖古人造字，先具体而后抽象，先象形而后会意，‘匕’，器物，岂得反从会意之‘匕’而假借乎?”从造字法认清“匕”是象形字，能够在考古上找到依据。1962 年 12 月 8 日，陕西永寿县出土了一件铜匕，该匕柄部平直，勺部内有两行铭文。中部是扁平状长方形，中间有一条凸起直棱，勺部右边较齐直，左边较薄利，形似勺而稍浅，与勺有别，既可操饭，又可叉肉。据考订，此匕应属于西周中期以后的器皿。由此可见，在西周，匕尚有匕牲醴之功用。曹诗成经过详细的考证，认定“匕”是渔猎时代分食之器。曹诗成说：“由上记载，知‘匕’之用途，为由鼎中取肉，加于俎也。此虽礼经之文，实则古渔猎时代最简单而最普遍之食肉方法。其法：将鱼兽之全体或分体入‘鼎’、‘镬’中煮之，熟则以‘匕’出之，置于‘俎’上，以刀或手裂噉之。……由以上四证，知‘匕’之形似‘叉’。其知之也，以字之源及渔猎时代食肉生活之需要，故曰‘匕之初形’。其为用也，当远在周人制礼之前。盖周初已入高级农业时期，人类食物渐以谷蔬为主，‘俎’上之肉，多设而不食，礼毕归之于

① 《十三经注疏》整理委员会编：《仪礼注疏》，《十三经注疏》，北京：北京大学出版社 2005 年版，第 1376 页。

② 张洁：《“匕”本义探寻》，《湖北职业技术学院学报》2009 年第 3 期，第 51 页。

家，然古风犹存，太古之生活，尚可想见也。”[①] 曹诗成所谓的太古生活，应是设想渔猎时代之祭祀情状。可以设想，远古先民祭祀时，以“鼎”、“镬”煮肉，氏族之人围着“鼎”、“镬”载歌载舞以示祭祀。舞后，即由酋长持匕入“鼎”、“镬”叉肉，分而食之。据此，我们可以确证，匕牲醴应早于匕饭具。当然，我们还要追问，匕牲醴之“匕”又是从何而来的呢？

“匕”之原初象形涉及“匕”与“妣”之关联，现代文字学家对此多有讨论。罗振玉认为：“考妣之匕，引申而为匕箸字，匕必有偶，犹父之与母相匕矣。”[②] 他将“考妣”的“妣”认作“匕”的本义，“匕箸”之“匕”为引申义，也就是说，他认为“匕”之器用来自于“妣”之引申。本义与引申义需在字源、字形或字义上有所关联，“妣”为女性之称词，因此，“匕”应与女性有关。郭沫若、吴其昌、杨树达等文字学家都认为，“匕”即为女阴之象形。郭沫若考证说：“且，实牡器之象形，故可省为；匕乃匕柶之引申，盖以牝器似匕，故以匕为妣若牝也。”[③] 郭沫若认为“匕”的原始义是“匕柶”，因为牝器形似匕，所以引申出牝器之义，用于标示母牛。“匕柶”是“匕”之引申义这一观点值得商榷。段玉裁、王筠、朱骏声和杨树达等文字学家质疑了“匕”与“柶”的同源性，“朼”是从“匕”引申而来的礼器，“柶”作为礼器与“朼”还是有着材质的区别。“匕”是女阴象形，从人类思维发展历程看，女阴象形实为远古先民的畜群意识，礼器已经发展为神性意识了。况且，从“匕”的诸多甲骨字形上看，“匕”之形态无论怎么看都不似礼器。因此，“匕柶”应该是女阴象形的引申，而不是本义。郭沫若的这一说法颠倒了匕器与牝器的先后关系。吴其昌说：“殷人造文，凡阳性之生物，则旁增‘’为‘符徽’。阴性之生物，则旁标‘’为符徽。‘’‘’皆象其生理体官别异之特状也。以今隶写之，则‘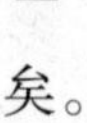’作‘土’，‘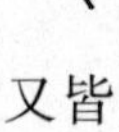’作‘匕’矣。百兽皆然，人亦不外，故得称母为匕矣。金文龟契，又皆以‘’为匕匙，匕首之匕，

① 曹诗成：《匕器考释》，李圃主编：《古文字诂林》，上海：上海教育出版社 2004 年版，第 457 页。

② 罗振玉：《殷墟书契考释三种》，北京：中华书局 2006 年版，第 160 ~ 161 页。

③ 郭沫若：《郭沫若全集》（第 1 卷），北京：科学出版社 1982 年版，第 38 页。

按匕匙即匕首之状，正象阴性体官之形，故得以其名名之，而亦呼为‘匕’矣。吴越方语至今呼‘阴也’为‘匕’，是其证……罗（指罗振玉）之言曰：‘《说文解字》：牝，畜母也。从牛，匕声。’母畜对牡而称牝，殆犹母对父而称‘匕’。他畜亦有牝，故或从羊，或从豕，或从犬，或从马。”① 吴其昌先生对匕之解读可谓达诂，既兼顾到字形之规则，又考虑到字体之象形。杨树达先生也认为匕是女阴象形，“盖自有人类，即有男女之分，名女曰匕，引申之，女子专有之器官亦曰匕”②。杨树达先生还进一步考订确认母畜之“牝”是由人旁推及兽。牝、牡二字是对文，牝从匕与牡从土道理相通，都是远古先民反取诸身别物造文的具体体现。“匕”作动物与女阴用，在甲骨文中多有表现，郭沫若、杨树达等文字学家均对此有所举例，可以证之确切。明了“匕”为女阴象形，我们就容易理解“匕”与“妣”之关系了。杨树达先生对此也有论述：“匕者，妣字之初文也。”③ 他认为“匕”是“妣”的本字，“妣”当为女阴之“匕”的引申义。杨树达先生对此作过考证：“妣龟甲文皆作匕，不作妣；金文妣辛殷、戈妣辛鼎、木壬鼎、妣己觚、妣己爵皆作匕，作义妣鬲、召仲作生妣鬲、陈侯午殷皆作而作妣者仅见于殷侯一器，盖妣为最后起之字也。……然则字何以从反人也？曰：凡圆颅方趾之类皆人也，然人之中有男女之别焉，造文者艰于形构，小变人之形以表人类中之女，固事理之宜也。至《礼记·曲礼》称‘生曰父曰母，死曰考曰妣’，许君从其义，释妣为没母。其实匕妣之初义，第为别于雄牡之称名，初无生死之别。《曲礼》所称，乃后世文治大进以后分别指辞耳。”④ 我们认为，杨树达先生已经从文字学上将“匕”、“妣”二字之关系说透彻了。“匕”是女阴之象形，用作表称雌性动物之符号，后又表称母，为“妣”。周公制礼作乐，尊尊亲亲，妣为后世文治所敬仰，“匕”缘起处的粗鲁和野蛮逐渐被人性之光芒掩盖。文字学可以解读“匕”、“妣”之字形字义及其演化，但不能还原“匕”缘起时远古先民的生活世界。我们还必须借助人类学的成果推证“匕”、“妣”、“比”的性底性。

---

① 吴其昌：《殷墟书契解诂》，李圃主编：《古文字诂林》，上海：上海教育出版社 2004 年版，第 453 页。

② 杨树达：《积微居小学金石论丛》，北京：中华书局 1983 年版，第 272 页。

③ 杨树达：《积微居小学述林》（卷二），北京：中华书局 1983 年版，第 39 页。

④ 杨树达：《积微居小学述林》（卷二），北京：中华书局 1983 年版，第 39 页。

性底性是栾栋在探索文学系谱学时提出来的创见。栾栋先生认为文学有他缘，需艰难跋涉到性底性之根底："探索'性底性'，即系谱学的刨根问底。此处特别将物性、巫性、吾性提出来强调。物性是指：物，杂色牛，象征品类之多样。文学之物性，文学中的亚人性，其中沉淀着抹不掉的物性牵连和畜群意识。物性牵连是最遥远的自然积淀，畜群意识是最深沉的文学底色，二者共同构成了文学肇始的自然质地。"① 栾栋先生对性底性的论述启发我们从文字的人性深入跋涉到其物性处去剖析先民的生活世界及其运思方式。从"匕"之字形与字义演变来看，"匕"之性底性可以直通先民的物性，即栾栋所言的物性牵连与畜群意识。从原始思维来看，"匕"之原初当为母系社会中的女阴崇拜。美国人类学家摩尔根通过考察澳洲部落的婚配制度认为："以性为基础的婚级组织和以亲族为基础的未成熟的氏族组织，目前正流行于那些说卡米拉罗依语的澳洲土著之中。这些土著居住在悉尼以北的达令河流域。……我们在澳洲以外任何蒙昧人的部落中至今还不曾发现过这种以性为基础的组织。然而，这些与世隔绝的孤岛居民发展是很缓慢的，同时，以性为基础的组织要比氏族组织更为古老，我们可以根据这两点作出下面的推测，即人类当中凡是有过氏族组织的各支各族可能在氏族组织以前曾普遍地有过以性为基础的组织。"② 摩尔根的考察说明：以性为基础的组织形态广泛存在于母系社会和父系社会之中，性别特征曾经是构成远古先民社会组织形态的基础，其中母系社会"世系是按母系下传的，子女均属于母亲的氏族"③。反之，父系社会世系是按照父系下传的，子女均属于父亲的氏族。人类学考古发现，在以性为基础的社会组织中存在着普遍的生殖崇拜，母系社会崇拜女阴，父系社会则崇拜阳具。这一方面是因为群体的独立性和延续性必须依赖性的血缘关系得以确定，另一方面也由于远古先民的思维模式和畜群意识促使先民容易对性产生神秘感。人类早期阶段的母系社会崇拜女阴，这从社会形态而论是母系社会中女性地位高于男性的具体体现，考古所发现的半坡文化女性的陪葬品明显多于男性可为例证。女性女阴的生殖能力对生命的延续具

---

① 栾栋：《辟文学通解》，《文学评论》2008 年第 3 期，第 192 页。

② 摩尔根著，杨东莼、马雍、马巨译：《古代社会》，南京：江苏教育出版社 2005 年版，第 40 页。

③ 摩尔根著，杨东莼、马雍、马巨译：《古代社会》，南京：江苏教育出版社 2005 年版，第 41 页。

有明显的作用，而生殖的过程和原因又极为神秘，远远超出了先民的理解能力，因此，女性生殖器和生殖过程更容易被先民以巫术的形式神秘化，从而具有巫性色彩。马林诺夫斯基曾这样表述这一现象："按事实来说，只要稍将人文学的文字涉猎一下，便可相信许多仪式与信仰的核心都是人生的生理时期，特别是转变时期，如受孕、怀胎、生产、春机发动、结婚、死亡等时期，即如对于受孕的信仰和脱生、精灵入怀、巫术孕娠等，都以不同的形式存在于任何部落。"[①] 女阴是人类繁殖的身体器官，生殖崇拜的神秘性自然地集中于这一器官。文字学家所考证"匕"为女阴之象形，其字形体现了先民生活世界中对女阴的敬拜心理，这种女阴崇拜根源于先民对自然界生殖行为的物性化和巫性化理解，是先民物性思维与巫性思维交融的体现。""之人形为女性身体象形，人体身上的笔画标注的是女性最重要的身体器官——女阴。""与""在先民的日常生活中都有重要意义，母系社会""的文化意蕴更为突出。先民以""获得群体认同，同""即同母系，随着群体的不断繁殖强大，""就演变成多氏族的共同母系远祖。因此，"匕"对于先民而言既是一种宗教制度同时也是一种社会制度，其出现时间应该早于图腾，其文化功能类似于后来的图腾崇拜。弗洛伊德认为："氏族图腾被一群以其名字来命名的男男女女所崇拜，他们相信自己与其具有同一血缘，是同一祖先的后裔，而且由相互之间的共同义务以及对于图腾的共同信仰联结在一起。因此，图腾崇拜既是一种宗教制度也是一种社会制度。"[②] 父系社会""的社会功能为""所取代。随着文治的发展，特别是到了周公制礼时，""就顺理成章地演化为宗族之女性祖先"妣"了。

女阴崇拜最早是物性思维，这种思维方式早于巫术思维，但其原理又与巫术思维相类似。这是一种以"物"为表征的思维方式。在物性思维阶段，人类的语言尚不发达，人与人之间的交流以可见之物为直接中介。维

① 马林诺夫斯基著，李安宅译：《巫术科学宗教与神话》，北京：中国民间文艺出版社 1986 年版，第 21 页。

② 弗洛伊德著，赵立玮译：《图腾与禁忌》，上海：上海人民出版社 2005 年版，第 127 页。

科认为："logic（逻辑）这个词来自逻葛斯（logos），它的最初的本义是寓言故事（fabula），派生出意大利文 favella，就是说唱文（类似中国的平话）。在希腊的寓言故事也叫做 mythos，即神话故事，从这个词派生出拉丁文的 mutus，mute（缄默或哑口无言），因为语言在最初产生的时代，原是哑口无言的，它原是在心中默想的或用作符号的语言。斯特拉博在一段名言里说，这种语言存在于有声语言之前。在宗教时代天神理应作出这样的安排，因为当时人们按宗教的特性要把默想看作比说话更重要。因此，最初的民族在哑口无言的时代所用的语言必然是从用符号开始，用姿势或用实物，与所要表达的意思有某种联系。因此，逻葛斯对希伯来人来说，也可以指事迹，对希腊人来说，也可以指实物。"① 维科的论述是人类学史上对无言诗的最早阐述。我们认为，先民无言诗的思维方式即是物性思维。处于这一阶段的先民，他们的语言词汇还不够丰富，发音还不够明晰，对事物的认识以物表意。先民从与物质世界的接触中掌握了物的功能，于是，他们借助具体的物性、物形传达自己的情感与意欲，借助物的世界表征人与世界的关系，并以物为中介描述人与人之间的亲缘关系。在无言诗的世界中，万物有灵，其灵性寄存于具体的事物之中。因此，在"哑口无言的时代所用的语言必然是从用符号开始，用姿势或用实物，与所要表达的意思有某种联系"，实物成为意义传述的中介。由此可知，母系社会的女阴崇拜离不开具体的女性生殖器，必须借助这一具体的物性器官，先民才能赋予生殖过程以神秘性，并通过这一过程将女阴的生殖力移植到世界万物上。原始社会的物性思维我们当然无法还原，但是借助弗雷泽讲述的金枝巫术故事，我们可以反推先民物性思维的特点。弗雷泽在《金枝》中讲述了一个广为流传、之后被当作人类学资料而被广泛引用的故事：在罗马附近内米湖畔的阿里奇亚森林中，有一座狄安娜的神庙。此处神庙祭司职位的继承有一个特殊的规定。神庙附近有一棵特殊的大树，树上的树枝只有外地逃奴才能采折。祭司提剑日夜看守着这棵大树，格杀任何敢于靠近此树之人。若有逃奴成功地折取了一截树枝，即可获得与祭司决斗的资格，若能杀死祭司，即可接替祭司职位，并获得"森林之王"的称号。② 根据弗雷泽的考察，在地中海沿岸的一些原始部落里，人们对

① 维科著，朱光潜译：《新科学》，北京：人民文学出版社 2008 年版，第 172 页。

② J. G. 弗雷泽著，徐育新，汪培基，张泽石译：《金枝》，北京：新世界出版社 2006 年版，第 1 ~ 2 页。

他们的部落首领抱有一种神奇的看法："认为部落和自然界的繁荣昌盛有赖于部落首领的生命力，只要他们的首领强壮而有生殖力，他们部落就能团结在一起，他们的食物供给就有保障。如果首领体弱多病，那么庄稼也会如此。因此，当他们的部落首领精力衰竭后就应该被杀死，可以吃他的肉，喝他的血，把他的力量继承下来。"① 早期"金枝"巫术有一个重要的思维特点，即先民是通过具体的人的身体状况来想象万物的生殖能力：首领年轻健康、性能力旺盛，万物就有强大的繁殖能力；反之，首领年老体弱，万物就没有生殖能力。因此，必须杀掉年老首领，通过吃肉喝血的行为来继承首领的力量。在这种思维模式中，首领的生殖力与万物的繁殖力直接合一，其巫术效果必须借助具体的人来实施。女阴具有生殖能力，母系社会子女归母亲所有，母亲这一形象既是氏族认同的具体形象，同时又是万物繁殖能力的象征。因此，尽管早期的"匕"具有女阴崇拜意义，对其是否也有类似于"金枝"的习俗我们还无法具体证明，但是透过"金枝"习俗我们还是可以比较清楚地了解到物性思维的野性与畜性意识，这正是原始先民最为根源的思维方式。

"比"从"匕"到"柶"的意义引申是先民思维能力进一步发展的结果，物性思维的野性与具象性逐渐为图腾思维的象征性所取代，巫术思维成为这个阶段先民最为主要的思维方式。弗洛伊德从心理学角度论证氏族成员对于图腾的矛盾情感，"'塔布'一词具有两种相互对立的含义。我们认为：一方面，它意指'神圣的'、'被圣化的'；另一方面，它又具有'神秘的'、'危险的'、'禁止的'和'不洁的'含义"②。女性的生殖器对于先民来说是一种被神圣化了的器官，对之有相当多的禁忌，先民害怕它，担心自己不小心触犯了这些禁忌而遭受惩罚，而这种担心在进行图腾餐时却获得了解除。根据世界人类学的实证资料，我们可以假定，先民在崇拜女阴时应该也有类似于进行图腾餐的活动。在每年固定的时间，同一群体的先民围绕着捕猎来的图腾动物载歌载舞，歌舞后宰杀图腾，共食其阴器以获得图腾所具有的神圣感和群体认同感。更为原始的阶段甚至可以设想为宰杀年老的女性或者女巫。弗雷泽在《金枝》中所论述的"金枝国王"习俗堪称典型。这种献祭性的共餐图腾行为在远古时代是一种重要的

---

① 朱立元：《西方美学通史》（第七卷），上海：上海文艺出版社1999年版，第8页。

② 弗洛伊德著，赵立玮译：《图腾与禁忌》，上海：上海人民出版社2005年版，第27页。

仪式活动。弗洛伊德根据罗伯逊·史密斯的人类学资料也认为："此类献祭仪式是一种公共庆典活动，一种由全民族成员共同庆贺的节日。一般说来，宗教就是共同体的一种公共事务，宗教职责就是社会义务的一部分。凡是献祭活动包括有一场盛宴的地方，那里的盛宴也少不了有一种献祭活动在其中。这种献祭性盛宴是这样的一种场合，其中，每一位个体成员都纵情狂欢，它所强调的是存在于他们之间、他们和神之间的相互依赖关系。"① 节日性共餐图腾活动有两种重要的功能：一方面，群体在图腾的中介作用下获得了认同感，"祭祀性群体，包括神以及作为牺牲的动物在内具有相同的血缘关系，共属同一氏族的成员"②。另一方面，共餐图腾使群体获得了图腾的神圣性，"氏族成员通过共享其图腾而获得了神圣性；他们强化了其与图腾以及他们之间的认同作用，他们的节日感以及从中产生的一切都可由下述事实予以解释，即他们已经将那图腾为载体的神圣生命纳入到了自己的身体"③。正因为共餐图腾有如此重要的意义，这种节日庆典活动当是先民重要的仪式活动。随着人类巫术思维的进一步发展，共餐"匕"的野蛮性与畜群性逐渐为象征性的礼器所替代，这种替代过程也可以在弗雷泽所讲述的"金枝国王"习俗中找到例证。早期"金枝"习俗是氏族成员杀掉活生生的首领，并吃他的肉、喝他的血；后期"金枝"习俗见演变为象征性地鞭打国王，以象征性的行为喻示老首领的死亡和新首领的诞生。通过分析"金枝国王"习俗的演变过程，我们可以设想：华夏民族早期先民的图腾餐仪式是由杀掉女巫或者年老的女性进而演变为猎食动物阴器，最后演变为象征性的巫术行为，即以像"匕"之器具进食祭品而象征性地具有"匕"之功用。"匕"与女阴相似，当具有女阴之神性，而形似女阴之"匕"器具所接触过的祭品也传递了女阴的神性。通过这种方式，最为原始的共餐"匕"的仪式就转变为以"匕"器共食祭品了。"匕"原初的兽性与野蛮逐渐文明化，其远古的生活状态也逐渐沉淀在人类文明化过程的最底层。文字学家仅从理性思维理解华夏先民之生活世界，当然就不能通透"匕"之远古身影了。

从"匕"到"柶"再到"妣"的意义转换，其实也是华夏先民思维方式的不断演进。从早期的物性思维到图腾思维，先民不断脱却人的动物

---

① 弗洛伊德著，赵立玮译：《图腾与禁忌》，上海：上海人民出版社2005年版，第161页。
② 弗洛伊德著，赵立玮译：《图腾与禁忌》，上海：上海人民出版社2005年版，第164页。
③ 弗洛伊德著，赵立玮译：《图腾与禁忌》，上海：上海人民出版社2005年版，第169页。

性、野性与思维的直接性。许慎释“匕”为“密”、“柶”，这种释义是从“匕”之功能立义。许慎也许无法理解“匕”字之起源，也无法理解“匕”在先民的群体生活中所发挥的作用，但他凭借“匕”在各种不同语境中的意义恰当地把握到了“匕”的引申义。“密”是“匕”的社会功能，是从母系社会群体因“匕”而产生的认同感进而引申出来的意义。“柶”是先民从畜群意识到巫术思维发展中的象征性器具，“匕”器具表征着先民共食象征性“匕”而产生的神圣性。因此，“柶”可为祭祀时礼器。“妣”是“匕”经由了文明洗礼后的顺势而上，“匕”之女阴象形转换为表征整体的女性祖先，改头换面成为礼乐制度祖宗崇拜的重要组成部分。人类文明的发展经历过畜群意识（物性）—巫性—神性—人性的艰难历程，“匕”的人文意义见证了人性思维对物性思维、巫性思维、神性思维的逐步遮蔽历程。

第二节　比较的诗性：比象思维

“比”与“匕”当有密切联系，二者不仅在字形、字义上非常接近，而且在先民的生活世界中有着深厚的渊源。比，许慎释为“比，密也，二人为从。反从为比，凡比之属皆从比。古文比。”[1] 许慎选取“比”之字形为“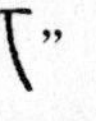”，此字形可视为两个“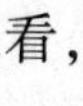”之合体。从字义来看，“比”与“匕”皆有“密”义，“比”之“密”义诸多学者认为是对甲骨文“从”之误认。甲骨字形“从”与“比”相近，因此，李孝定认为：“许书‘反以为比’之说故就篆体为言。然求之甲骨文从比二字。其形体亦略同。故难确指某之必为‘从’，某之必为‘比’也。屈氏所举诸例泰半均可‘从’‘比’两读义皆顺通。”[2] 单从字形、字义而论，“比”与“从”难以辨清，如若从“匕”、“比”之间的文化关联入手，直接从先民的思维方

① 许慎撰：《说文解字》，杭州：浙江古籍出版社 2006 年版，第 386 页。

② 李孝定：《甲骨文字集释第八》，李圃主编：《古文字诂林》，上海：上海教育出版社 2004 年版，第 485 页。

式理解“比”之社会行为，则“比”之“密”义带有巫术性质。当代学者朱自清、王昆吾、赵沛霖、刘怀荣等人对“比”之原始意蕴皆有所揭示，可为我们进一步探讨“比”义提供参照。《周易》“比”卦“亲诸侯，建万国”的神性寓意，透露出“比”从巫性到神性的思维，是我们跨界理解“比”之人文精神的中介。

结合文字学与人类学的研究成果，我们可以重塑“比”义的发展路径：匕（女阴崇拜）—比舞（巫术仪式）—比（部落会盟）—比（比兴思维），在这一意义转换过程中，《周易》起着过渡的中介作用。一方面，比卦承接“比”的巫性思维，是巫性思维的神性化，在思维方式上与原始的“比”保持着连贯性；另一方面，《周易》又是轴心期理性思维的肇始，“比”的意义逐渐摆脱“比舞”的仪式性，理性的意义逐渐凸显。正因为《周易》成书于原始文化与文明文化的过渡阶段，其思维模式更应引起我们的注意。刘怀荣对《周易》比卦也极为重视，在其《赋比兴与中国诗学研究》一书中设有专节讨论比卦内容。他认为：“这一古代文化传统（指部落会盟传统）与比之本义的联系，是由《周易》以极为理智的方式表达出来的，且在《易传》和《易》学研究中又有基于新的时代文化特点的发挥。”① 刘教授虽然已经看到了比卦的两栖特点，但他对比卦的解读仅局限于王弼的释义，阐释的是比卦的内涵，从而混淆了“比”的意义与比性思维，实为可惜。我们认为，《周易》比卦可以从两个方面来考察：一方面考察《周易》比卦的思维模式，另一方面考察比卦中“比”的义项。这两个方面看起来虽然缺少联系，但实际上比卦之所以能够表达比“辅弼”的义项，很大程度上是受制于整个《周易》系统的思维模式的。《周易》是华夏人文之肇始，其思维模式具有浓厚的诗性智慧，这种诗性智慧连接了比卦的卦象与“比”所传达的义项。

《周易》是“象”思维的文化成果，“象”思维与巫术思维是两种不同文化系统的文明形态。巫术思维以言语和动作行为表达主观欲念，其目的在于通过主观欲念的客体化来控制客观事物。人类学研究表明，巫术思维是支配先民文化生活与日常行为的无意识系统，这种思维模式还未能将世界从自身的欲念中区分出去。弗洛伊德在谈论弗雷泽相似律与接触律的巫术思维后，指出巫术思维的基本原则是观念中的联想在指导着先民，他

① 刘怀荣：《赋比兴与中国诗学研究》，北京：人民出版社2007年版，第80页。

说："人们曾经有可能在临近性联想之基础上建构传染性巫术体系的事实表明，那附着在愿望和意志之上的重要性已经推衍到所有那些屈从于意志的心理行为之上。一种过高的评价就这样被赋予了所有的心理过程——一种对待外部世界的态度，即是说，从我们关于现实和思想之关系的认识这个角度来看，不能不说这种过高的评价被给予了后者。观念中的事物比现实中的事物更加重要：不管人们对后者做了什么，其后果都不可避免地在前者中产生出来。"① 巫术思维未能区别观念中的事物与现实中的事物之间的关系，从而将观念中的事物联系强加给现实中的事物，这种思维模式是先民寻求以话语、动作的巫术思维支配现实事物的深层结构，比之根性处的女阴崇拜以及"比舞"所体现的正是这种思维模式。《周易》的文化媒介是"象"，国内学者认为其思维模式是"象"思维（陈良运等先生对此多有论述），即客观事物的符号化。也就是说，先民意欲中的事物在《周易》中是以线条的方式表现出来的。主观欲念与客观事物之间的直接关系被符号所隔断，符号成为主观欲念与客观事物之间的中介。当世界万物进入人类创制的符号系统时，认识事物就逐渐演变为对符号的解读。在符号发展的原始阶段，符号的解读其实就是天神意志的解读，巫术思维开始演变为神性思维。维科认为："最初的人类都用符号说话，自然相信电光箭弩和雷声轰鸣都是天神向人们所做的一种姿势或记号。因此从'nuo'（做手势）这个词派生出 numen 即'神的意志'这个词，用一种更崇高和更有价值的意象来表达天帝雄威这种抽象意义。他们相信天帝用这些记号来发号施令，这些记号就是实物文字，自然界就是天帝的语言。各异族民族普遍相信这种语言的学问就是占卜，希腊人把它称为神学，意思也就是神的语言的学问。从此，天帝就获得了令人畏惧的雷电王国，成了人神之王。"② 在"天神意志—符号"的文化系统中，人的主观意念退隐了。人成为释义者，即天神意志的解读者；符号就是天神意志的征兆，是天神意志的外显。"天神意志—符号"的文化系统是人类文明宗教阶段的主要特征，在西方学者认为，这一阶段是人将自己的意志拱手让给了神。

维科所论述的符号思维处于人类文明发展的宗教阶段，这一思维仍然带有原始文化的诗性特征。弗洛伊德指出："如果我们愿意接受前文所提

---

① 弗洛伊德著，赵立玮译：《图腾与禁忌》，上海：上海人民出版社 2005 年版，第 105 页。
② 维科著，朱光潜译：《新科学》，北京：人民文学出版社 2008 年版，第 163 页。

出的从人类的观点来看的宇宙进化论，即它先后经历了泛神论阶段、宗教阶段及科学阶段，那么，再去理解‘思想全能’在其中兴衰更替就不是什么难事。在泛神论阶段，人们将‘全能性’归诸其自身。在宗教阶段，人们则将它转移到神的身上，但并未真正地将它从自身中拱手让出，因为他们仍然保留着依据他们自己的意愿运用各种不同的方式对神施加影响的权力。而从科学的观念来看宇宙，其中就不再有人类万能的任何的存身之地了；人类认识到了自己（在宇宙中）的渺小，而且不得不屈从于死亡以及自然界中其他的必然性。”① 弗洛伊德论述人类文化的发展历程深受孔德的影响，他认为宗教阶段是泛神论阶段与科学阶段的过渡。泛神论阶段，人不能区分意念与现实，他们以自我意念理解事物之间的联系，具有泛神论的思维全能特征；宗教阶段，人将意念的全能性献给了天神，但对事物之间联系的解释仍然以观念中的事物代替客观联系，也就是说，天神的意志是人自己强加于天神的自我意志。这就是所谓的保留着依据自己的意愿对神施加影响的权力。《周易》的“象”思维要早于孔德、弗洛伊德所论述的宗教阶段，它的根茎深植于巫术思维，带有巫术思维的神秘性，即将“象”即符号全能化了。《周易·说卦》陈述了八个卦象的具体内涵，指出：“神也者，妙万物而为言者也。动万物者莫疾乎雷，桡万物者莫疾乎风，躁万物者莫熯乎火，悦万物者莫悦乎泽，润万物者莫润乎水，终万物始万物者莫盛乎艮。故水火相逮，雷风不相悖，山泽通气，然后能变化既成万物也。”②《周易》卦象雷、巽、离、兑、坎、艮对应着自然界雷、风、火、泽、水、山六种现象，这六种自然现象各有自己的特性，如春雷能鼓动万物，风能吹拂万物，火能干燥万物，泽能愉快万物，水能滋润万物，山能终始万物，这是先民理解中的六种自然现象的属性。当这六种自然现象以符号的形式表现出来后，自然属性也就转化为符号的属性。因此，在《周易》的卜筮系统中，八种卦象分别注入了八种自然现象的属性，卦象的运作也就是自然现象的运作。从这个角度而言，符号与其所代表的自然现象是相比拟、相一致的关系。根据弗洛伊德对宗教阶段思维特点的描述，我们也可以认定，《周易》的“象”思维仍然保留着先民依据自己的意愿运用各种不同的方式对符号施加影响的远古遗存，“象”的具体内涵

---

① 弗洛伊德著，赵立玮译：《图腾与禁忌》，上海：上海人民出版社 2005 年版，第 109 页。

② 陈鼓应、赵建伟：《周易今注今译》，北京：商务印书馆 2005 年版，第 715 页。

及其与现实之间的联系还保留着原始思维的痕迹。

在“人—符号—事物”的文化系统中，人对事物的认识第一次以固定的、静态的方式传承了下来，原始文明的言语、动作活动逐渐被符号活动所替代。从民族思维的历史生成过程来看，比舞与比卦就是这两种类型的文化形态。刘勰认为，符号性的文化活动是华夏文明的肇始。刘勰在《文心雕龙·原道》中说：“人文之元，肇自太极，幽赞神明，《易》象为先。”[①] 刘勰追溯了华夏文明的发展历程，认为太极是文明的开端，也就是说，华夏文明可以“太极”的出现为界，太极之前为远古文化，太极之后为人文文化。而从思维方式来看，太极思维方式为“象”思维，也就是所谓的符号思维，太极之前的思维可以归纳为物性（无言诗）思维或巫性（仪式性动作）思维，这两种思维模式的重要区别就在于思维的媒介发生了改变。“比舞”以舞蹈形式表现“比”的内涵，是原始文化动作性的仪式行为；“比卦”则以卦象表达“比”的意义，是文明文化符号思维的具体体现。《周易》能够通过符号（卦象）与爻象指示人事的吉、凶、悔、吝之现实状态，显然是先民思维方式在发生改变。国内易学家普遍认为，《周易》的知识系统奠基于“以彼物比此物”的类比性思维。我们认为，这种类比性思维具有诗性智慧的特征，诗性智慧是整个《周易》系统能够在先民生活世界中运转的基础。从东西方文明形态来看，类比性思维又区别于科学的比较方法。科学的比较方法是对客观事物属性之间的对比研究，作为主体的人是比较研究的设计者，他独立于客观事物之外，其目的是通过对比来探讨客观事物的属性；类比性思维则是以一种状态的事物（符号）比拟另一种状态的事物，这两种事物一显一隐，一具体一抽象，一已知一未知，比较的目的不在于探讨事物的属性，而在于解读隐藏的、抽象的、未知的事物的状态。两种不同性质的事物能够互相比拟，这源于人们对事物之间关系的认识。从前面我们对《周易》象与物之关系的解读来看，华夏先民的比拟是诗性的比拟。维科认为：“诗性智慧是人类世界最初的智慧，这种智慧大体上有三方面的特征：一是诗性隐喻的以己度物，二是诗性逻辑的想象性类概念，三是诗性文字的以象见义、象形会意。”[②]《周易》“象”的确立有以己度物和想象性类概念的特征，而《周

---

① 刘勰著，周振甫译注：《〈文心雕龙〉译注》，南京：江苏教育出版社2006年版，第55页。

② 转引自李建中：《古代文论的诗性空间》，武汉：湖北人民出版社2005年版，第28页。

易》“象”的解读有以象见义、象形会意的特点。

著名易学家高亨在讲解《周易》结构时说：“《易经》六十四卦，各有卦象，每卦六爻，各有爻象（爻的阴阳）与爻数（爻的位次）。这叫做象数。《易经》既是筮书，筮人自然要根据卦爻的象数来判断人事的吉凶。”① 高亨对《易经》结构的讲解透露出《易经》在思维行为上的两大特点。其一，筮人是以卦爻象解读人事，这就摆脱了巫术行为的仪式性。巫术是以身体活动展示观念对象，达到与图腾合一的目的。布留尔在研究澳大利亚各部落仪式活动时说：“仪式和舞蹈的目的，是要通过神经兴奋和动作的忘形失神（在较发达的社会中或多或少也有类似的情形）来复活并维持这样一种与实质的联系，在这种联系中汇合了实在的个体、在个体中体现出的祖先、作为该个体的图腾的植物或动物种。”② 用卦爻象解读人事则不一样。卦爻象是一套符号系统，这套符号系统对每一“象”都有事先的规定——卦辞与爻辞。筮人占卜只是就象与辞断定吉凶，身体的动作随之转化为语言的活动。《周易·系辞》说：“《易》无思也，无为也，寂然不动，感而遂通天下之故。”③ 无思无为的卦爻象构成独立自足系统，占卜行为是对这一系统的适应，也使这一系统“在”起来。这一类型的语言活动很自然地形成占卜之事—占卜之象—占卜者解读的关系，其中，占卜之象起着中介作用，即占卜之事转化为象，占卜者通过解读象来断定占卜之事。先民原始的舞蹈行为转化为符号行为，一种由动作行为体现的文化观念逐渐为符号行为所替代，人类的文化形态也从此发生了改变。其二，“象”思维模式的兴起逐渐取代了巫术互渗思维的神秘性，事物—实像—假象—观念符号等逐渐理性化了的“象”模糊了巫术思维中人和图腾（神）之间的神秘性，从而导致比兴思维中巫术关联的脱落。闻一多先生指出：“歌谣中称鸟者，在歌者之心理，最初本只自视为鸟，非假鸟以为喻也。假鸟为喻，但为一种修辞术，自视为鸟，则图腾意识之残余。历史愈久，图腾意识愈淡，而修辞意味愈浓……”④ 从“自视为鸟”到“以鸟为喻”，这一过程在《周易》中已经表现得很明显。《易传》在注解《易

① 高亨：《周易大传今注》，济南：齐鲁书社 1983 年版，第 3 页。

② 列维—布留尔著，丁由译：《原始思维》，北京：商务印书馆 1997 年版，第 85 页。

③ 陈鼓应、赵建伟：《周易今注今译》，北京：商务印书馆 2005 年版，第 621 页。

④ 闻一多：《诗经通义·周南》，《闻一多全集》，北京：生活·读书·新知三联书店 1982 年版，第 107 页。

经》中卦爻象与天地万物之关联时已经没有原始的图腾意识了，图腾意识被更为高级的以己度物和想象性类概念所替代。维科说："由于人类心灵的不确定性，每逢堕在无知的场合，人就把他自己当做权衡一切事物的标准。"① "人们在认识不到产生事物的自然原因，而且也不能拿同类事物进行类比来说明这些原因时，人们就把自己的本性移加到那些事物上去，例如俗话说：'磁石爱铁。'"②《周易》整套卦象的确立具有维科所论述的特征。《周易·说卦》："昔者圣人之作《易》也，将以顺性命之理。是以立天之道曰阴与阳，立地之道曰柔与刚，立人之道曰仁与义。兼三才而两之，故《易》六画而成卦；分阴分阳，迭用柔刚，故《易》六位而成章。"③ 可见，《周易》整个卦象包括天、地、人三个类，这三个类群合成统一的整体。其中，人这一类别显然是以人事活动、人类心理状态附加到卦爻象中的。从八卦卦象来看，卦象都是由阴、阳两爻组成，阴为"--"、阳为"—"，这两种卦象从科学角度来看就是两组线条，线条及其不同位置能够指称现实世界中男与女、中男与中女、少男与少女的关系，这就说明先民是以诗性的眼光来看待整个卦象的。诗性的眼光同时也使《周易》卦象具有人的生命特征，使卦象活了起来。

诗性智慧的积淀最终形成了华夏思维方式的主体特征。在整个问一占一断的卜筮结构中，《周易》之卦象同时具有以象见义、象形会意的诗性特征。根据通行的符号学理论，符号是能指和所指的统一体。卦象作为一种符号性思维，其能指即为具体的线条，而其所指当为线条所隐含的意义。这些线条能隐含意义及其所隐含之意义都需要我们以另一种眼光来看待它们。在《周易》的文化系统中，线条被赋予了神性。《易传·系辞》（上）说："是故天生神物，圣人则之。天地变化，圣人效之。天垂象，见吉凶，圣人象之。河出图，洛出书，圣人则之。"④ 联系前面弗洛伊德对宗教阶段文明特征的论述，我们认为，先民是以天启式的征兆意识来看整个《周易》卦象的。卦象是天帝意志之启示，是万物律动之比类，圣人用"象"描述了意志和律动，因此，卦象的"所指"指向了神秘性的天启。巫师的功能就在于依据卦爻"象"解读圣人赋予"象"之天启意志。《周

① 维科著，朱光潜译：《新科学》，北京：人民文学出版社 2008 年版，第 81 页。
② 维科著，朱光潜译：《新科学》，北京：人民文学出版社 2008 年版，第 96 页。
③ 陈鼓应、赵建伟：《周易今注今译》，北京：商务印书馆 2005 年版，第 704 页。
④ 陈鼓应、赵建伟：《周易今注今译》，北京：商务印书馆 2005 年版，第 627 页。

易·系辞》说："圣人设卦观象系辞焉，而明吉凶。刚柔相推而生变化。是故吉凶者，失得之象也。悔吝者，忧虞之象也。变化者，进退之象也。刚柔者，昼夜之象也。六爻之动，三极之道也。是故君子所居而安者，易之象也。所乐而玩者，爻之辞也。是故君子居则观其象而玩其辞，动则观其变而玩其占，是以自天佑之，吉无不利。"① 现实生活中的吉、凶、悔、吝等现实问题成为"象"解读的重点。巫师释读吉凶等现实问题所依据之卦爻"象"、"辞"是确定的，而所问之事却包罗万象，随时空和问者之不同而展示不同的情景，因此，巫师解读卦爻象不在于读出"象"之抽象意义或者原本意义，而在于适应具体情境来作出最为"合理"的解读和判断。释"象"行为实际上是一种实践智慧的行为。

《周易》思维方式的诗性智慧也影响到了"比"意义之生发。先秦诸多典籍中"比"的和合义项体现的正是物我之间的亲密关系。《周易·比卦》曰：

比：吉。原筮，元，永贞，无咎。不宁方来，后夫凶。

初六，有孚比之，无咎。有孚盈缶，终来有它，吉。

六二，比之自内，贞吉。

六三，比之匪人。

六四，外比之，贞吉。

九五，显比：王用三驱，失前禽，邑人不诫，吉。

上六，比之无首，凶。②

比卦中之"比"应有两重意义，一方面是作为思维方法的比象思维，这一思维方式是下坤上坎的六条线条能够表达"比"的意义的内在话语，对此思维方式我们在前面已做了解读；另一方面是"比"的具体内涵，即先民通过卦象表达的"比"的意义。我们认为，类比思维是整个《周易》意义表述的内在语法，比卦是展示这一语法的具体形态之一，它们是一与多的关系。比卦䷇，下坤上坎，坤为地，坎为水，有水顺大地、地纳百川的吉兆气息。其爻象五阴爻一阳爻，阳爻居九五之位，是五阴辅一阳之

---

① 陈鼓应、赵建伟：《周易今注今译》，北京：商务印书馆2005年版，第586页。

② 陈鼓应、赵建伟：《周易今注今译》，北京：商务印书馆2005年版，第96页。

象。高亨注解此卦爻象时说："卦之九二为阳爻，为刚，居下卦之中位，是为'刚中'。大人为刚。刚中象大人受正中之道。初六、六三、六四、六五、上六皆为阴爻，为柔，围绕九二之刚，是为五柔应一刚，是为上下皆应，简称应，象上下之人皆应和大人。"① 此爻象释读也可以转用于比卦。比卦九五为阳为尊，初六、六二、六三、六四、上六为阴为下，是五阴辅弼一阳。孔颖达《周易正义》曰："比，吉也者，释亲比为善，言相亲比而得吉也。比，辅也者，释比所以得吉，由比者人来相辅助也，下顺从者，在下之人，顺从于上，是相辅助也，谓众阴顺从九五也。"② 因此，比卦之象当是阴阳各得其位、各得其序、天施地化、阴阳和合。比卦六个爻辞讲述了六种"比"的现象：初六为"心无私吝，则莫不比之。著信立诚，盈溢乎质素之器，则物终来无衰竭"③，简言之可为"臣辅其君则无咎"④；六二为"臣在朝内辅其君"⑤；六三为"辅助暴君，将受其伤害"⑥；六四为"臣在朝外辅其君"⑦；九五为"臣以光明之道辅其君"⑧；上六为"臣辅其君被杀而头落地"⑨。这六爻，从六个方面说明了臣辅弼其君的境况、遭遇和吉凶，是典型的"假外象喻人事"的爻象——人事的论说结构。从比卦看"比"义，"比"的"亲密"义项转化为"辅弼"，这是国家形态出现后对君臣关系的理解与释读。刘怀荣认为，《周易》"比"卦的这些释义是以理智方式表达时代文化的特点，他说："这一古代传统与比之本义的联系，是由《周易》以极为理智的方式表达出来的，且在《易传》和《易学》研究中又有基于新的时代文化特点的发挥。"⑩ 也就是说，比的义项与传统之"比"义一脉相承，比仍有"密"义，不过《周易》是在部落会盟传统和国家朝会制度的基础上表达"亲密"，因此，其义项相应转化为"辅弼"。

《周易》之后，"比"的义项与"比"的思维方式走向合流，"比"既

---

① 高亨：《周易大传今注》，济南：齐鲁书社1983年版，第120页。
② 孔颖达：《周易正义》，北京：北京大学出版社2000年版，第64页。
③ 孔颖达：《周易正义》，北京：北京大学出版社2000年版，第64~65页。
④ 高亨：《周易大传今注》，济南：齐鲁书社1983年版，第127页。
⑤ 高亨：《周易大传今注》，济南：齐鲁书社1983年版，第128页。
⑥ 高亨：《周易大传今注》，济南：齐鲁书社1983年版，第129页。
⑦ 高亨：《周易大传今注》，济南：齐鲁书社1983年版，第129页。
⑧ 高亨：《周易大传今注》，济南：齐鲁书社1983年版，第129页。
⑨ 高亨：《周易大传今注》，济南：齐鲁书社1983年版，第130页。
⑩ 刘怀荣：《赋比兴与中国诗学研究》，北京：人民出版社2007年版，第80页。

是“亲密”又是事物之间的求同思维。先秦典籍中多有出现的“比”义项与《周易》比卦义项相类。苏州大学学者方汉文为了阐释中国的比较意识，在传统典籍中搜寻到了诸多“比”字：

比，亲也。（《论语·里仁》）
比，犹亲也。（《周礼·大司马》）
比谓昵狎。（《荀子·为政》）
比是亲狎之法。（《论语·为政》）
比犹同也。（《礼记·乐记》）
比者比同也。（《周书·武顺》）
比，齐同也。（《诗经·六月》）
比，和也。（《汉书·晁错传》集注）
比，合也。（《国语·吴语》）
比，和也。（《汉书·扬雄传》）
比，合也。（《汉书·律历志》）

方汉文认为，古代典籍中的比具有“密”、“亲近”、“和合”的意思，这些义项从两个方面表达了同一性的观念，其一是以同为同，即“从空间的邻接、关系的亲近达到互相之间的沟通与认同，……它是从不同事物之间的空间位置接近发展为认同，这种认同是对事物同一性的肯定，承认同一性是比较的基本观念”。[①] 其二是以异为同，即：“这种联系不是建立在完全认同的基础上，而是保持各自的特征，在互相作用中形成异与同的对应关系，但这种对应关系又表现为一种统一。”[②] 比同求同和比异求同此时已成为寻求事物之间同一性的思维方法，这种思维方法经由墨子的总结而成为具有华夏民族特色的比较思维。《墨子·小取》中说：“辟也者举也物而以明之。侔也者，比辞而俱行也。援也者，曰：‘子然，我奚独不可以然也。’推也者，以其所不取之，同于其所取者，予之也。是犹谓也者，

---

① 方汉文：《比较主义学科方法的思维方式之源》，《西北大学学报》2005 年第 5 期，第 133 页。

② 方汉文：《比较主义学科方法的思维方式之源》，《西北大学学报》2005 年第 5 期，第 133 页。

同也。吾岂谓也者，异也。"[①] 墨子时代，人们的思维方法已经摆脱了原始思维的巫术性与神秘性，走向逻辑性与人文性。庄春波先生在探讨墨子与华夏思维方式的转变时指出墨子的"侔—比"方法是演绎—分类法，他说："侔是齐、等，比肩而行为侔；比辞而生也为侔。'侔—比'之法取其等同为类。这种推理形式，是在原判断主项、宾项附加'侔'（齐等）辞，从而推出一个新的判断。这种形式的'侔'式推论，按其本质是演绎—分类法，它的复合形式是多辞相比而俱行。"[②] 比辞俱行的"比"依然是类比的思维，这种思维方法在后来的文学研究中不断运行、沉淀，最终构成了具有民族特色的比较思维。庄春波先生对墨子比辞俱行思维方式的揭示对探讨华夏比较思维有重要的启示意义。华夏民族的"比"不是通过科学的比同较异来说明对象的属性，相反，华夏民族的"比"是借助相似的语词比拟对象来实现的，对象的属性不是通过明晰的判断句表述出来，而是再一次蕴涵在语词中。我们认为，对象之间比辞俱行的深层结构依然是表述者对对象关系的诗意理解。

中华民族之"比"源远流长，根茎深远。它一路跋涉而来，走过了物性之野蛮，穿越了巫性之迷雾，最终走向了具有诗性智慧的比辞俱行的思维方式。当然，在"比"之发展过程中，"比"仍然保留着中华文化诗性智慧的特点，因此同时兼有理性与诗性之特征，这种诗性文化与文明文化两栖的特色，构成了华夏民族比较思维与西方比较方法的重大区别。

第三节　诗性比较：以《二十四诗品》为例

《周易》之后，以象见义的诗性智慧沿着两条路线继续发展，一是抒情言志，即诗学创作中"比"思维的积淀；二是析理陈义，即诗学理论中以象喻诗的比类思维。在这两条路线中，图腾意识、仪式行为的巫术性被"以彼物比此物"的人文性所取代。人逐渐从物中凸显出来，获得了旁观物的思维能力。刘怀荣在论述比的思维积淀与华夏诗学的生成时说："以

① 孙诒让：《墨子间诂》，《诸子集成》（第五卷），长沙：岳麓书社1996年版，第331页。
② 庄春波：《墨学与思维方式的发展》，北京：中国书店1997年版，第108页。

已知、具体的事物来说明未知、抽象的事物，即‘以彼物比此物’的比，是修辞或表现手法，但从人类文化发展的一般规律来看，它首先是一种以类比联想为特征的认知方式和思维方式。由于原始人词汇的贫乏和抽象能力的低下，采用具体事物来进行思维和表达这种思维，就成了早期人类思维的一般特征。一方面，这种具象化的思维方式在后来的文明发展中又在艺术思维中得到了充分的展开。”① 从前面的分析我们可以看出，《周易》的比象思维已经不同于原始人的思维方式了。先民未能区分客观事物与观念中的事物，因此，他们将观念事物全能化了。《周易》是符号思维，客观事物进入了符号世界，人们通过符号（象）解读它们背后的天帝意志，形成了言—象—意的阐释结构。问题就在于，华夏民族这种以象见义的具象思维是否也可以称为“比较”呢？我们认为，比辞俱行的“比象”与比同较异的“比较”在思维方式上还是存在着细微的差别的。“比较”是主体对客体上帝式的观照，客体之间的同异经由主体的比对清楚地显现出来；“比象”则是主体参与了比较，对象之间的相似性存在于主体的理解之中，他（她）不明说某一物，而以另一他（她）认为可以比拟的对象对该事物加以转述。这种存在于主体内心而以象言说的相似性需要理解者感悟式的理解，这就增添了比象言说与理解的诗意，这也是我们认为中国比较思维是诗性智慧②的原因。中国比较思维的两栖性就在于中国文论往往将比较方法与比象思维融为一体。中国传统文化更倾向于以具有诗性智慧的比象思维来探讨文学问题，从而形成了中国诗论鲜明的诗性特色。

为了进一步考察从“比”生发出来的象喻思维与比较方法的异同，我们选取了司空图的《二十四诗品》作为阐释案例。司空图《二十四诗品》之所以进入我们的视野，原因在于《二十四诗品》是具有鲜明的民族特色的文论著作，其言说方式与《周易》极为相似，可以比附《周易》，进而论述《周易》、《二十四诗品》一脉相承的“比象”智慧。在阐释《二十四诗品》的言说方式之前，我们必须区分诗学创作之“比”与文论言说方式之“比”。这两种“比”虽然都有以象见义的共同点，但是文论之象比诗歌之象更强调思之逻辑性与客观性，突出的是象外之意，因此，

---

① 刘怀荣：《赋比兴与中国诗学研究》，北京：人民出版社 2007 年版，第 84 ~ 85 页。

② 维科指出，诗性智慧是原始人类所特有的思维方式。根据维科的论述，李建中概括了诗性智慧三个方面的特征，其中第三方面就是诗性文字的以象见义、象形会意。比象思维是以象见义上的诗性智慧。

文论之象喻与诗歌比兴之象是有区别的。这一点钱先生曾经做过细致的辨析。他指出："《易》之有象，取譬明理也。'所以喻道，而非道也。'（语本《淮南子·说山训》）。求道之能喻而理之能明，初不拘泥于某象，变其象也可；及道之既喻而理之既明，亦不恋着于象，舍象也可。到岸舍筏，见月忽指，获鱼兔而弃筌蹄，胥得意忘言之谓也。词章之拟象比喻则异乎此。诗也者，有象之言，依象以成言；舍象忘言，是无诗矣，变象易言，是别为一诗甚且非诗矣。"① 钱钟书先生认为，诗之象在于抒情言志，因此，象与情志不可分离；《周易》之象在于析理陈义，因此，象不附着于义。文论之象是《周易》之象，象与义可以互相脱离，象之目的在于明义，得意忘象是文论主要的思维方式。李建中先生在论述儒家"比德"的言说方式时也指出，儒家"比德"的言说方式就是以象见义的诗性智慧。他说："或比或兴，是《诗经》常用的艺术手法，具有鲜明的诗性特征，因为无论是以物喻人（比）抑或以物起情（兴），其心理实质都是原始思维所特有的以己度物、物我同一。儒家文化'比德'的人格诉求，实际上是以'比兴'的话语方式言说理论问题，从而在先秦这一理性的时代部分地遗存了原始人类的'诗性智慧'。"② 由此可见，文论之象喻是区别于诗歌"比兴"手法的诗性智慧，从这一区别来看，象喻是带有比较性质的文学研究方式。它的目的是言说对象之所"是"，这种言说带有将该对象与其他对象区别开来的"比较"意识，但又不同于西方科学性的比较方法。

我们首先应该明确，《二十四诗品》的言说方式是以象见义的比象思维，具有我们前面所论述的诗性智慧。《钦定四库全书总目》将《二十四诗品》列入诗文评类，纪晓岚说《二十四诗品》："凡分二十四品：曰雄浑，曰冲淡，曰纤秾，曰沉著，曰高古，曰典雅，曰洗炼，曰劲健，曰绮丽，曰自然，曰含蓄，曰豪放，曰精神，曰缜密，曰疏野，曰清奇，曰委曲，曰实境，曰悲慨，曰形容，曰超诣，曰飘逸，曰旷达，曰流动。各以韵语十二句体貌之。"③ 韵语是诗歌的语言，体貌是人之形体容貌，即以诗歌的语言论说诗歌的二十四种风格形貌。杨廷芝在《诗品浅解自序》中进

---

① 钱钟书：《管锥编》（第一册），北京：中华书局1986年版，第12页。

② 李建中：《儒释道文化与古代文论的诗性传统》，《古代文论的诗性空间》，武汉：湖北人民出版社2005年版，第31页。

③ 纪昀等著：《钦定四库全书总目》，北京：中华书局1997年版，第2739页。

一步说："邑朱敦甫先生闻见博洽，髦而好学，以文字交。一日，出司空图《诗品》嘱予曰：'诗盛于唐，而诗品尤风雅之宗，浅学未易窥也。以表圣指事类形，罕譬而喻，寄兴无端，涉笔成趣，诚于钟嵘《诗品》、严羽《沧浪诗话》外，别抒心得，以树一帜，苟非深于诗者，不能得其言外意也。子盍为后生解之！'"① 这段论述说明了《二十四诗品》的象喻具有如下两方面的特征：一方面是其论说方式为指事类形、罕譬而喻、寄兴无端的比兴方法，另一方面是《诗品》之读法乃为得其言外意。这两个方面都是象喻言说方式的典型特征。《二十四诗品》的言说方式也引起了当代学者的关注，陈莉认为《二十四诗品》是意象批评："意象批评，简单地说，就是运用意象思维来展示思考结果的批评模式，是研究文学现象时从思考到表达都运用意象的过程。意象不是具体的艺术形象，但又具有艺术形态的生动可感性，不是抽象的概念，又不乏概念的普遍概括性，它使理论接受者通过真切的情景还原和体悟以达到对抽象理论的深切领会，引起接受者对生活和生命的无限的感慨。生命之树常青，理论并不总是灰色的，这是中国古代以司空图《二十四诗品》为代表的一系列意象批评理论给人的印象。"② 她用意象概念总括了《二十四诗品》的言说方式，虽然淡化了这种言说方式的比兴特点，但基本上讲出了《二十四诗品》言说方式的特征。李建中也认为《二十四诗品》是有唐一代象喻说诗之最为"伟观"者，他说："纵观唐代诗性文论中，最为'伟观'者，非表圣《二十四诗品》莫属。整整二十四首四言诗，其规模之广篇幅之大，唐代论诗诗中无有出其右者。不惟有诗之体，更有诗之辞：举凡比兴、夸饰、象征、意象、境界等等，在《二十四诗品》中错综成文，吐纳自如。仅以'象喻'为例，表圣用以品貌诗之风格意境的，既有人物形象，亦有自然景象，还有植物、动物、器物等等。唐代诗文理论的象喻之法，至唐末表圣蔚为大观，仅此一例，便足证《二十四诗品》为唐代诗性文论之总归。"③ 李建中较为系统地论证了《二十四诗品》象喻言说方式的诗性特征，持论公允而可信。

---

① 郭绍虞：《诗品集解 · 续诗品注》，北京：人民文学出版社 2006 年版，第 60 页。

② 陈莉：《司空图〈二十四诗品〉中的意象批评模式研究》，《唐都学刊》2006 年第 3 期，第 63 页。

③ 李建中：《〈二十四诗品〉：古代文论的诗眼画境》，《古代文论的诗性空间》，武汉：湖北人民出版社 2005 年版，第 119 页。

当代学者虽然注意到了《二十四诗品》言说方式的诗性特征，却并没有进一步分析这种言说方式与现代比较思维的区别。为了说明这个问题，我们先从古代文论“比较”方法的运用说起。曹顺庆主编的《比较文学学科史》设有专章论述中国比较文学学科前史的六种情况：南北文学的影响与比较；“格义论”：媒介学上的实践；“诗无达诂”：潜在的接受理论；“溯流别”：渊源学理论的实践；作家、作品异同论；跨学科理论的实践。[①]这六个方面是以现当代比较文学学科理论为知识背景，从古代文学研究史中摘取出来的六种比较类别。我们认为，南北文学的影响与比较、“溯流别”、作家作品异同论和诗画关系论等文学比较研究都运用了现代意义上的比较方法，因此，我们可以通过这几个方面的具体例子来阐释古代文学的比较思维。南北文学的影响与比较，曹顺庆选取了魏征《隋书·文学传序》中的论述：“然彼此好尚，互有异同；江左宫商发越，贵于清绮；河朔词义贞刚，重乎气质。气质则理胜其辞，清绮则文过其意。理深者便于时用，文华则宜于咏歌。此其南北词人得失之大较也。若能掇彼清音，简兹累句，各去所短，合其两长，则文质彬彬，尽善尽美矣。”[②]魏征的这段论述对南北文学之优点与缺点的评价很是客观，因此也成为古代南北文学比较的定论。从方法论上看，这段论述是通过一组组词义相反的词组来凸显文化的差异。其中：江左—河朔、宫商—词义、清绮—气质、理胜其辞—文过其意、时用—咏歌，这五对相对的词组构成了两种文化类型的特点。在这段比较中，被比较双方同时出场，被比较双方的特点一一对应。从词义的运用上看，魏征的此段论述从词义的纵向组合中选取了一组词语，被比较的另一方的词语也相对确立，这是典型的差异比较法。作家、作品异同论也是采取了这种比较方式，曹顺庆选取的是文学史上谈及比较多的李白与杜甫的比较。严羽《沧浪诗话》对此二人有比较精到的论述，严羽论述李、杜说：“李杜二公，正不当优劣。太白有一二妙处，子美不能道；子美有一二妙处，太白不能作。子美不能为太白之飘逸，太白不能为子美之沉郁。太白《梦游天姥吟》、《远别离》等，子美不能道；子美《北征》、《兵车行》、《垂老别》等，太白不能作。论诗以李杜为准，挟天子以令诸侯也。少陵诗法如孙吴，太白诗法如李广。少陵如节制之师。”[③]

① 曹顺庆：《比较文学学科史》，成都：巴蜀书社 2010 年版，第 576～603 页。
② 曹顺庆：《比较文学学科史》，成都：巴蜀书社 2010 年版，第 582 页。
③ 严羽著，郭绍虞校释：《沧浪诗话》，北京：人民文学出版社 2006 年版，第 166～170 页。

这段论述在结构上与前文类似。其结构为：李白—杜甫，李白妙处—杜甫妙处，飘逸—沉郁，李广—孙吴，这四组词组的对立结构正好解读了李白、杜甫诗歌之长处。从这两个古代文学比较的例子我们可以看出比较方法运用的特点：一是比较双方同时出现，以甲—乙对立的方式构成对应结构；二是甲乙双方的对立结构由相应对立的词组进一步阐释。这种比较结构能够出现的前提是，词汇库有大量的对应词组，也就是说，随着文化的不断发展，我们积累了大量的词组，能够从中选取具有相反概念的词汇表述相对应的对象。比较方法奠基于人们对客观事物多样性的认识，因此，彭庭选在论述比较方法时说："比较并不是人们凭空想出来的。尽管比较按其形式来说是主观的，但它的来源是客观的，它包含着不依赖于人的内容。它不是人们头脑中所固有的，而是客观辩证法在人们头脑中的反映。因此，比较是有客观性的。所谓客观性，是它存在于一切客观事物中。众所周知，客观世界是由无限多样的事物和现象组成的，在时间和空间上都是无限的统一物质整体。其中每一事物、现象都不能孤立地存在和发展，而是处于错综复杂的普遍联系和永恒运动之中，都要依赖于周围事物的存在而存在、发展而发展。"① 客观事物的多样性及其相互联系催生了比较方法的发展，也就是说，当你表述一种事物或者事物的某一方面时，必有另一事物或事物的另一方面与之相对，语言表述搅动了事物之间的联系，也活跃了表达事物之间关系的词汇。要很好地表述事物就需要词汇库中有非常丰富的相互关联的词汇。显然，这是一种科学的比较方式，也是人类文明高度发展的结晶。

我们下面进一步探讨《二十四诗品》的言说方式是否具备这些特点。司空图是以诗的形式论述诗歌的风格意境的，二十四品即二十四韵。这种言说方式有一个特点，即所言说的对象蕴涵于韵中。例如第二品冲淡，司空图是这样论说的："素处以默，妙机其微。饮之太和，独鹤与飞。犹之惠风，荏苒在衣。阅音修篁，美曰载归。遇之匪浅，即之愈希。脱有形似，握手已远。"② 冲淡本是非常超脱的文学风格，"妙机其微"难以言说，杨振刚《诗品解》引《皋兰课业本原解说》称冲淡："陶元亮据其最。唐人如王维、储光羲、韦应物、柳宗元亦为近之。……要非情思高远，形神

---

① 彭庭选：《比较方法及其在认识中的作用》，《江汉论坛》1991 年第 11 期，第 41 页。

② 郭绍虞：《诗品集解·续诗品注》，北京：人民文学出版社 2006 年版，第 5 ~ 6 页。

萧散者，不知其美也。”[①] 可见冲淡是只可以意会却难以言传的风格，正如陶渊明诗云：“此中有真意，欲辨已忘言。”对于此格，任何以“冲淡是……”的定义方式论述，都会使冲淡风格落入俗套且有失偏颇。而司空图在这里却巧妙地连用了六句四言诗，从不同角度言说了冲淡，但又没有一字涉及冲淡。“饮之太和，独鹤与飞”以乾卦作譬，以飞鹤为象。人能“保合太和”，顺自然之理，明六时之成，乘飞龙御天，既有正气又能顺势顺时，冲和之气溢于寰宇；鹤本有清高飘逸之品性，独鹤高飞，冲淡之脱俗超凡出于象外。“犹之惠风，荏苒在衣”是又一譬喻，郭绍虞先生说：“犹如惠风，惠风者春风也。其为风，冲和淡荡，似即似离，似在可觉又似与不可觉之间，故曰荏苒在衣。……对这样柔缓的惠风，只觉襟袖飘荡，好似没有刺激到皮肤，然而通体绝无不适之感，其为冲淡何如也！”[②] 郭先生之释读极有诗意，春风微微，似可觉又似不可觉，襟袖飘荡，似有似无，如此意象说的是冲淡之淡泊。“阅音修篁，美曰载归”还是譬喻，修竹之林，有美妙悦耳之音飘荡，时有时无，张目不见其琴，用心听时音声远在竹林之外，无心遇之，音声又似在耳边。郭先生又说：“长竹之下，明玕微动，其声清以和，其境幽以静，身经其间，一声两声，无意遇之，也等于有心就之。”[③] 此解也是突出冲淡之淡泊。这六句诗，王济亨翻译为：

冲淡的生活宁静而又安逸，
且把万物的精微妙机体味。
随时汲取大自然太和之气，
思绪像白鹤一样高翔低飞。
一阵爽神的清风掠过大地，
拂动田园诗人敞开的葛衣。
掠过竹林，但闻洞箫依稀，
漫步归去，扰乱无涯情思。
平淡无奇的生活饶富诗意，
何须刻意探寻深奥的哲理。

---

① 郭绍虞：《诗品集解·续诗品注》，北京：人民文学出版社 2006 年版，第 5 页。
② 郭绍虞：《诗品集解·续诗品注》，北京：人民文学出版社 2006 年版，第 6 页。
③ 郭绍虞：《诗品集解·续诗品注》，北京：人民文学出版社 2006 年版，第 6 页。

淡远的境界岂容刀雕斧饰，
着意点染却反而十不得一。①

这六句诗仿佛《周易》六爻象之象辞，从六个方面言说了冲淡之特点。从表面上看，这六句诗与冲淡没有形成比较关系，一方面，冲淡一直没有出现；另一方面，言说冲淡的六句诗是独语，冲淡也没有反过来言说这六句诗。然而，从语言学角度来看，冲淡与这六句诗还是构成了对应的关系。首先，是冲淡从词汇的聚合关系中选定了这六句诗。《二十四诗品》中也有其他的诗句，诗人甚至还可以自己创作其他本诗集中没有的诗句，但司空图就是从无限的可能性中确定了这六句诗，且运用这六句诗解说了冲淡之内涵，因此，从语言的聚合关系来看，冲淡与这六句诗构成了内在的比较关系。我们可以图示如下：

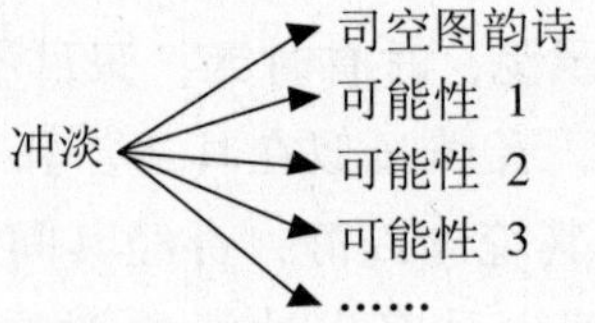

从图示中可以看出，司空图韵诗与聚合关系中的其他可能性是有对比关系的，纵向关系的可能性 1、可能性 2、可能性 3 等其他的可能性与司空图韵诗并列。选取其中的某种可能，需要和其他可能比较，通过比较才能确定最符合冲淡诗品的表达方式，这一过程其实也就是司空图对冲淡的理解和确定过程。其次，是冲淡规定了六韵诗的释读，而六韵诗之释读又规定了冲淡之含义。两者关系可图示如下：

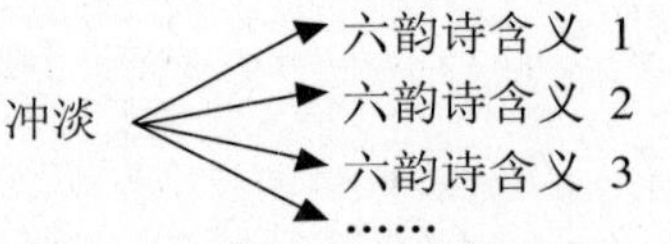

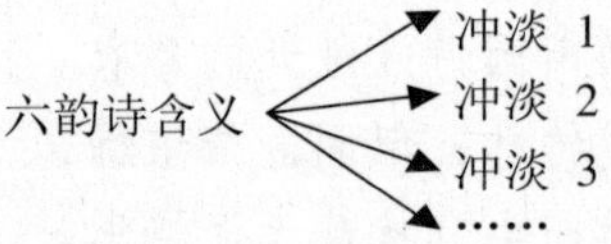

图示中，冲淡与六韵诗在意义上互相规定。诗无达诂，六韵诗可以有多种阐释，每一韵诗也有多种阐释的可能。然而，当这六句韵诗组成并列结构时，其意义就形成了相互规定的态势。前一诗句影响后一诗句，前后

① 王济亨：《司空图〈诗品〉注译》（一），《山西师范大学学报》1983 年第 4 期，第 28 页。

诗句相互勾连，共同烘托出冲淡之意义。杨廷芝在《〈诗品〉浅解凡例》中总结《诗品》释读要领时说："诗品取神不取形，切不可拘于字面。……如'手把芙蓉'、'后引凤凰'等句，单论字面，意旨何属，就题训绎，不过一言其心貌俱古，一即楚狂歌凤之意。又如'萧萧落叶，漏雨苍苔'，若滞于景象，则古人无限精神如何传得出。此类甚多，在识其义而推广之耳。"① 杨廷芝所举读《诗品》的方法也可用于冲淡，六韵诗不仅仅是诗作，韵诗的内涵必须和所言说之对象构成比较关系，言说对象规定了韵诗的解读。同时，冲淡难以用概念言说，是韵诗在或递进或并列的言说中表现了冲淡之义。郭绍虞先生说："此诗在前面极写冲淡之貌，最后四句始写冲淡之神，冲淡本不可说，这样一路说来，亦就活跃于纸上矣。"② 显然，冲淡之意义与每一韵诗之间都有对应关系，六韵诗从整体上确定了冲淡的内涵。

我们从《诗品》的言说方式中可以看出，中国以象见义的言说方式不同于西方的比较方法。以象见义也有比较，其比较侧重于求同，即从多方面、多角度言说对象，揭示出对象的属性。这种"比"与《周易》思维方式和"比"之意义一脉相承。《周易》比卦之"比"已有辅弼之意义，其爻象也是五阴辅一阳的结构，爻象从多方面揭示了蕴涵在象中的意义。因此，象与象义之比较不在于较其短长，而在于和合其意义。比象论诗，象与义互相塑造，义不仅仅是象之所指，象也不仅仅是义之能指，象留有空间邀请读者加入补白。因此，象中有义，义中蕴象，象的在场是义的来临，义的敞开也是象的呈现，这样的象义思维与西方符合能指与所能的确定性关系迥然不同。以象见义显然带有诗性智慧的特点，是原始文化在文明文化时期的积淀，体现了中国文化两栖机制的运作特点。栾栋在论述中国文化的两栖机制时说："中国文化经久不绝的关键在于它是一种原始文化和文明文化的独特的结合体。它的根须一方面深潜在原始时代的丰富积累之中汲取营养，另一方面伸展到文明社会的肥田沃土中获得沾溉，我们因此可以称之为典型的两栖文化。"③ 中国文化的两栖机制锻造了中国"比较"的诗性智慧，形成了中国"比较"的民族特色。

---

① 郭绍虞：《诗品集解·续诗品注》，北京：人民文学出版社 2006 年版，第 64 页。

② 郭绍虞：《诗品集解·续诗品注》，北京：人民文学出版社 2006 年版，第 7 页。

③ 栾栋：《略论中国文化的两栖机制》，《陕西师范大学学报》1994 年第 4 期，第 48 页。

第二章

西方“比较”方法与文学比较研究

西方在比较文学学科建制之前也有历史悠久的文学比较传统。曹顺庆在考察了欧洲比较文学的学科前史后认为："可以说，从古希腊、古罗马到中世纪，再到文艺复兴和启蒙运动时期，整个欧洲的古代文学史和文学研究史都可以看作欧洲现代比较文学的史前史，这段历史不仅催生了十九世纪现代比较文学学科的诞生，而且已经潜在地蕴涵了现代比较文学各个阶段所涉及的领域。"[①] 曹顺庆对比较文学学科前史的考察是目前国内最为系统的西方"文学比较"史研究活动。然而，曹顺庆的比较文学学科前史考察混淆了"文学比较"与"比较文学"之间的区别。其论著《比较文学学科史》将生气勃勃的文学比较研究强行纳入了影响研究、平行研究、跨学科研究的框架中，并以影响研究理论的萌芽、平行研究理论的雏形和跨学科研究理论的肇始来概括西方文学比较研究的特点。我们认为，这种概括有削足适履之嫌，反而遮蔽了西方文学比较活动的特点。比较的方法渊源深远，比长较短可以说是人类的天性，因此，文学批评家游弋于作家、作品之林，以个人才性对诸多作家、作品进行比较研究，他们所运用的比较方法要比"比较文学的方法"更为久远、更为灵动。

让我们抛开比较文学方法的限制，尝试着从文学比较的经典形态进入西方文学比较史的研究。从西方文学比较的历程来看，西方的文学比较各有侧重：早期古希腊的文学比较重在阐释诗与戏剧"种"的特点，既有文学技巧的传授也有"文学"学科的规范，是西方文学哲学化探索的肇始；贺拉斯《诗艺》总结了古希腊文学的特点，重在模仿希腊文学以建设罗马文学，是西方古典主义文学研究的典范；18、19 世纪随着西方科学观念的兴起，文学比较重在阐发作家、作品之间的优劣，比较成为作家与作品之间的比长较短。当我们反思西方文学比较的整个历程时，我们发现西方文学比较的科学意识在不断增强，比较方法在不断完善，形成了三个阶段的三种经典形态：古希腊文学比较以亚里士多德《诗学》为集大成之作，它是科学方法的比较独立于诗性隐喻的首次尝试；古罗马文学比较以《诗艺》为滥觞，体现了比较方法向文化传承的教化观念演进的可能；18、19 世纪的文学比较则是科学方法对文学经验的理性分析。这三种经典形态的文学比较各有特色、相互交错，形成了西方丰富多彩的文学比较传统。我们认为，西方的"比较"与中国的"比较"最核心的区别就在于：西方在

① 曹顺庆：《比较文学学科史》，成都：巴蜀书社 2010 年版，第 5 页。

古希腊时期就将“比较”从原始文化中剥离出来了，“比较”演化为科学的方法，其诗性智慧被“理性”所遮蔽。因此，西方的“比较”在轴心期即使形成了思维方法与隐喻修辞双峰并峙的局面，但其内核却依然是理性思维。这种情形在亚里士多德的《诗学》一书中已有体现。

第一节 《诗学》中的比较思维

比较的思维方法贯穿于亚里士多德的《诗学》之中。《诗学》现存二十六章，主要讨论史诗与悲剧。其内容按照罗念生先生的分类可划分为五部分：第一部分为序论，包括第一章到第五章，第二部分包括第六章到第二十二章，第三部分包括第二十三章到第二十四章，第四部分即为第二十五章，第五部分即第二十六章。① 从方法论角度来看，《诗学》中的比较思维集中体现在以下三个方面：第一，通过比较来确定摹仿所使用的种差；第二，通过比较来确定悲剧的定义、情节安排及写作技法；第三，通过比较来评定悲剧与史诗的高低。这三方面的比较有其共同点：先穷举种差的各对象，找出其异同，然后确定种差的属性。《诗学》中的这一比较思维其实还带有经验分析的味道，并不是纯粹的逻辑演绎思维。从《诗学》中我们可以看出，比较的方法已经是亚里士多德论述、创制知识的工具。《诗学》第二十一章还论述了隐喻字的特点及其运用，作为方法的比较与作为修辞的比喻在《诗学》这里已经全然分科了，这种区分是西方文学比较思维特点的集中体现。

一、《诗学》中的比较思维

对于《诗学》的比较思维，国内学术界研究得不多。大家关注的还是《诗学》的主体内容：摹仿说、悲剧论和艺术的功用。我们认为，《诗学》的言说方式蕴涵的比较思维是一种侧重于概念分析的理性思维方法，这种思维方法与同一时期华夏民族的比象思维有一定的差异。张尚仁在讨论了

---

① 亚里斯多德著，罗念生译：《诗学》，北京：人民文学出版社 1997 年版，第 110 ~ 111 页。

古希腊哲学思想后认为："古代希腊哲学的认识史，在欧洲认识史中属于对主体、客体和主体与客体的统一开始形成概念的认识阶段。亚里士多德哲学是这一认识阶段中所达到的认识成果的集大成者。"① 文学研究隶属于哲学认识范畴，从方法论上看，主体在对《诗学》进行文学比较时已经不做情感的投入，他们所分析的概念纯粹是从对客体的比较中抽象出来的。马强据此认为，《诗学》是纯理论的思维，"西方人一开始就十分重视纯理论的研究，善于运用逻辑的方法，追求范畴的严密和体系的完整，而非简单地进行经验归纳。这一切推动了西方科学的长足进展。亚里士多德就是其中的代表性的人物"②。这一看法有点抬高了古希腊的比较思维，实际上，《诗学》的比较思维正走在经验归纳与逻辑演绎的道路上。朱光潜先生对这一思维概括说："在《诗学》和《修辞学》里，他用的都是很谨严的逻辑方法，把所研究的对象和其他相关的对象区分出来，找出它们的同异，然后再就这对象本身由类到种地逐步分类，逐步找出规律、下定义。"③ 这一概括更为准确地说明了比较的方法在《诗学》中的运用与作用。

《诗学》以比较的方法确定摹仿艺术的种差。亚里士多德在给事物下定义时贯彻的是"属 + 种差"的定义方式，诸多艺术门类在"属"上都归于艺术一类，而在种差上存在着区别。种差上的区别就是艺术的分类标准。亚里士多德一开始就从种差上为艺术分类："史诗和悲剧、喜剧和酒神颂以及大部分双管箫乐和竖琴乐——这一切实际上是摹仿，只是有三点差别：即摹仿所用的媒介不同，所取的对象不同，所采的方式不同。"④ 通过这三方面种差的比较，亚里士多德将艺术门类进行了划分，比如他说："有一些人（或凭艺术，或凭经验），用颜色和姿态来制造形象，摹仿许多事物，而另一些人则用声音来摹仿。"⑤ 这是从摹仿的方式来明确画家、雕刻家与游吟诗人、颂诗人、演员和歌唱家的区别。前者用颜色和姿态摹仿事物，后者用声音摹仿事物。在论述悲剧与喜剧的区别时，亚里士多德也是以比较的方式加以分析的，他说："摹仿者所摹仿的对象既然是在行动

① 张尚仁：《欧洲认识史概要》，北京：人民出版社 1983 年版，第 94 页。
② 马强：《智慧的火花》，《文教资料》2008 年第 1 期，第 34 页。
③ 朱光潜：《西方美学史》，北京：人民文学出版社 1979 年版，第 66 页。
④ 亚里斯多德著，罗念生译：《诗学》，北京：人民文学出版社 1997 年版，第 3 页。
⑤ 亚里斯多德著，罗念生译：《诗学》，北京：人民文学出版社 1997 年版，第 4 页。

中的人，而这种人又必然是好人或坏人——只有这种人才具有品格，因此他们所摹仿的人物不是比一般人好，就是比一般人坏。”① 而悲剧与喜剧的区别就在于所摹仿的对象：“喜剧总是摹仿比我们今天的人坏的人，悲剧总是摹仿比我们今天的人好的人。”② 可见，亚里士多德是通过比较的方法来确定知识之间的关系的。艺术这一“属”内的诸多种差依据摹仿的媒介、摹仿的对象与摹仿的方式被划分为不同的类型，具体表现为绘画、颂诗、史诗、喜剧、悲剧等艺术门类，在相互的比较中，各艺术门类的特点也随之得以展现。

《诗学》在论说悲剧定义与创制方法时也蕴涵着比较思维。《诗学》的主体部分是论述悲剧的定义与创制方法，亚里士多德首先给悲剧下了一个定义：“悲剧是对于一个严肃、完整、有一定长度的行动的摹仿；它的媒介是语言，具有各种悦耳之音，分别在剧的各部分使用；摹仿方式是借人物的动作来表达，而不是采用叙述法；借引起怜悯与恐惧来使这种情感得到陶冶。”③ 这一定义是通过比较摹仿方式、摹仿媒介和摹仿效果这三方面的内容而确定的，因此，悲剧的定义是一个在比较中确定的定义。这一比较性的定义囊括了悲剧的六大要素，同时也确立了悲剧创制的技巧性要求。亚里士多德在论述悲剧情节安排时就以是否能够引起怜悯与恐惧情感为标准，他说：“悲剧所摹仿的行动，不但要完整，而且要能引起恐惧与怜悯之情。如果一桩桩事件是意外地发生而彼此间又有因果关系，那就最能产生这样的效果；这样的事件比自然发生，即偶然发生的事件，更为惊人。”④ 为了达到悲剧的效果，亚里士多德在情节安排的“突转”、“结构布局”等方面也提出了要求。比如在情节“突转”上，他要求不能写“好人由顺境转入逆境”，不应写“坏人由逆境转入顺境”，也不应写“极恶的人由顺境转入逆境”，只能写“不十分善良，也不十分公正的人由于犯了错误由顺境转入逆境”。在布局上，亚里士多德要求的是单一的布局，他通过比较单一布局与双重布局说：“第二等是双重的结构，有人认为是第一等，例如《奥德赛》，其中较好的人和较坏的人得到相反的结局。由于观众的软心肠，这种结局才被列为第一等，而诗人也为了迎合观众的心

① 亚里斯多德著，罗念生译：《诗学》，北京：人民文学出版社 1997 年版，第 7 页。
② 亚里斯多德著，罗念生译：《诗学》，北京：人民文学出版社 1997 年版，第 8 ~ 9 页。
③ 亚里斯多德著，罗念生译：《诗学》，北京：人民文学出版社 1997 年版，第 19 页。
④ 亚里斯多德著，罗念生译：《诗学》，北京：人民文学出版社 1997 年版，第 31 页。

理，才按照他们的愿望而写作。但这种快感不是悲剧所应给的，而是喜剧所应给的。”① 从这些言说方式可以看出，亚里士多德的论述是非常理性的。他首先通过比较种差确定悲剧的定义，然后以悲剧所要达到的引起怜悯与恐惧情感的要求确定悲剧的情节安排。在论述这些内容时，亚里士多德的个人情感与客体始终保持着距离，他论说的是对象之间的关系，而不是个人的情感体验。

《诗学》在批评方法上也运用了比较的思维。亚里士多德的很多诗学理论是针对其老师柏拉图的理论而提出来的，因此，柏拉图的诗学理论成为亚里士多德的诗学理论的比较对象。《诗学》中一些经典的论述往往来自与柏拉图的诗学理论的比较。例如，在论述诗能否摹仿真理时，亚里士多德认为诗比历史更真实，他说：“诗人的职责不在于描述已发生的事，而在于描述可能发生的事，即按照可然律或必然律可能发生的事。……写诗这种活动比写历史更富于哲学意味，更被严肃地对待；因为诗所描述的事带有普遍性，历史则叙述个别的事。”② 这段论述表面上看是诗与历史的比较，实际上是对柏拉图所持诗是“摹仿的摹仿”、“诗与真理隔着三层”的观点的反叛。在对悲剧效果的认识上，亚里士多德的观点也与其老师对举。柏拉图认为，摹仿诗人引发了群众的“感伤癖”和“哀怜癖”，使人的性格中理智失去了控制，因此破坏了“正义”；亚里士多德则针锋相对地认为，悲剧能够净化情感。朱光潜先生在论述卡塔西斯（净化）的含义时总结说：“亚里斯多德的这种‘净化’说正是针对柏拉图对诗人的控诉。柏拉图说，情绪以及附带的快感都是人性中‘卑劣的部分’，本应该压抑下去而诗却‘滋养’它们，所以不应留在理想国里。亚里斯多德替诗人申辩说：诗对情绪起净化作用，有益于听众的心理健康，也就有益于社会，净化所产生的快感是‘无害’的。”③ 朱光潜先生也认为亚里士多德的很多观念是对柏拉图的反判，柏拉图与亚里士多德构成了比较关系。陈康先生说：“在亚里士多德寻求智慧的过程中，柏拉图的影响之广是惊人的。在这项研究中，亚里士多德思想的每一个主要方面都以柏拉图哲学为背

---

① 亚里斯多德著，罗念生译：《诗学》，北京：人民文学出版社 1997 年版，第 41 ~ 42 页。

② 亚里斯多德著，罗念生译：《诗学》，北京：人民文学出版社 1997 年版，第 28 ~ 29 页。

③ 朱光潜：《西方美学史》，北京：人民文学出版社 1979 年版，第 87 页。

景。”[①] 亚里士多德的思想是对柏拉图哲学的继承和发展，“吾爱吾师，吾更爱真理”，比较的方法更为集中地体现了亚里士多德思想对柏拉图哲学的扬弃。在一些具体的诗学主张上，亚里士多德也是运用比较的方式阐发自己的观点。比如在史诗与悲剧的关系上，亚里士多德认为，史诗与悲剧种类相同，但在长短与格律方面存在着差异：“悲剧不可能摹仿许多正发生的事，只能摹仿演员在舞台上表演的事；史诗则因为采用叙述体，能描述许多正发生的事。”[②] 通过具体的比较，亚里士多德认为悲剧优于史诗，他说：“如果悲剧在这几方面胜过史诗，而且在艺术效果方面也胜过史诗(这两种艺术不应给我们任何一种偶然的快感，而应给前面说的那种快感)。那么，显而易见，悲剧比史诗优越，因为它比史诗更容易达到它的目的。”[③] 在亚里士多德看来，悲剧与史诗也构成了对比的关系。在比较中，悲剧的特性得以显现，其地位得以确立。

《诗学》的比较方法是理性的思维方法，全然没有原始思维的诗性智慧。古希腊哲学从泰勒斯开始就逐渐摆脱了神话思维的影响，开始运用概念、推理和论证的方法来说明世界，这是人类认识方式与认识能力的飞跃。汪子嵩先生主编的《希腊哲学史》在探讨古希腊哲学与神话的关系时说：“随着人类认识能力的提高，将这种想象性的猜测转变，飞跃成为一种理性的思维，就产生了哲学。”[④] 飞跃是一种质的变化，哲学斩断了人类思维中神话的脐带，以新的姿态开辟出人类文化的新纪元。亚里士多德是这次文化飞跃的集大成者，他在思维方法上吸取了苏格拉底、柏拉图等哲学家的智慧，去除了原始思维的想象性、以己度物和以象见义的诗性，开创了抽象高蹈的形式逻辑思维模式。汪子嵩等先生说：“亚里士多德的《工具论》概括了前人论证中的正确与错误，首创了形式逻辑。由于当时的实际需要以及数学的影响，亚里士多德主要研究的是演绎法，特别是三段论式；同时，他也发展了苏格拉底的归纳法思想，认为归纳是从特殊到一般的方法，因此，如果没有归纳也就没有一般的知识。他开始为经验科

① 陈康：《智慧——亚里士多德寻求的学问》，范明生：《古希腊罗马美学》，上海：上海文艺出版社 1999 年版，第 406 页。

② 亚里斯多德著，罗念生译：《诗学》，北京：人民文学出版社 1997 年版，第 86 页。

③ 亚里斯多德著，罗念生译：《诗学》，北京：人民文学出版社 1997 年版，第 106～107 页。

④ 汪子嵩等：《希腊哲学史》，北京：人民文学出版社 2004 年版，第 84 页。

学的研究提供了方法。"[①]《诗学》中的比较更为灵活，比较可以是三段论的辅助，也可以是走向归纳结论的桥梁，《诗学》没有形式逻辑的凌虚蹈空，也没有归纳的呆板僵化，它更切实、深刻地论述了艺术的本质。因此，《诗学》的比较方法在今天仍然值得我们借鉴。

二、《诗学》中隐喻理论的理性诉求

比的思维在《诗学》中有另一层面的运用：隐喻。隐喻是比喻的一种方式，即以具体的、可见的事物言说不在场的另一事物或者抽象的观念。从人类文化发展的规律来看，隐喻原是远古先民的认知方式和思维方式，具有想象性和以己度物的诗性特征。隐喻到了亚里士多德手里则发生了质的变化，它从一种原始的思维方法发展为有意为之的修辞手法。语言学家埃科认为："隐喻这个论题，是亚里士多德首次在《诗学》中提出的。"[②]埃科所谓的首次，指的就是亚里士多德第一次运用理性思维论述了隐喻的理性运用，也是第一次将隐喻从先民的思维方式转化为文明时代的一种修辞技巧。在城邦注重演说能力的时代氛围中，亚里士多德关注的不是原始人如何理解物我关系，而是更加注意语言运用的技巧。汪子嵩等先生在《希腊哲学史》中描绘了古代希腊修辞学盛行的状况，他说："在古代希腊修辞学早有创立和研究，至公元前5世纪希腊城邦政治生活活跃，演说和论辩是政治上谋进取、法庭上舌战取胜的重要手段，智者修习修辞术风靡一时。"[③]早熟的城邦民主制催生了修辞术，从而使隐喻的诗性披上了理性的外衣。亚里士多德论述隐喻，最为直接的方式就是运用智者的学说，顺应时代氛围而将隐喻限制在修辞技巧的范围内。亚里士多德说："姑且把修辞术定义为在每一事例上发现可行的说服方式的能力。"[④]埃科从亚里士多德的定义中敏锐地体会到了隐喻的理性色彩，他直接从语言学的角度来阐释隐喻，埃科说："隐喻被定义为是使用另一种类型的名词，或被定义

---

① 汪子嵩等：《希腊哲学史》，北京：人民文学出版社2004年版，第92页。

② 翁贝尔托·埃科著，王天清译：《符号学与语言哲学》，天津：百花文艺出版社2006年版，第179页。

③ 汪子嵩等：《希腊哲学史》，北京：人民文学出版社2004年版，第316页。

④ 亚里士多德著，颜一、崔延强译：《修辞术·亚历山大修辞学·论诗》，北京：中国人民大学出版社2003年版，第8页。

为由一对象的真正名词到另一对象的转移，通过由类到种或类推作用可以出现的一种行为。这是一种语言的运用能力与技巧。”① 可见，理性思维遮蔽了隐喻的诗性智慧，冷冰冰的利益算计取代了隐喻所蕴涵的诗性温情，人及其利益开始在文化生活中凸显，成为支配文化活动的“上帝”。亚里士多德《诗学》中的隐喻思想正是这一新的时代精神的体现。

亚里士多德在《诗学》中探讨了隐喻的运用，理性的思维始终贯穿于其研究方法之中。亚里士多德认为，隐喻字是字的一种类型，他说：“隐喻字是属于别的事物的字，借来作隐喻，或借‘属’作‘种’，或借‘种’作‘属’，或借‘种’作‘种’，或借用类同字。”② 亚里士多德在这里论说的是隐喻的形成及其种类。隐喻字表述了两种事物，在场的是字自身所指示的对象，不在场的是隐喻字所传达的事物。隐喻既然是借其他事物的字来表述这一事物，它必然涉及甲事物（别的事物）、乙事物（所表述事物）和隐喻字这三者的关系。隐喻字原用于表述甲事物，现在不表述甲事物，而用来表述乙事物，从认识论的角度而言，其目的就在于以熟悉的甲事物替代听众不熟悉的乙事物，从而使人们更好地认识乙事物。亚里士多德所讲的隐喻类型：借属作种、借种作属、借种作种，说明了甲乙事物之间存在着种与属的联系。参与引喻的甲乙两事物，二者之间往往是一方比较容易感知，而一方难以被认识，所以，隐喻是人们认识陌生事物、知晓陌生事物的有效途径。亚里士多德在其《修辞学》中说：“不费劲就能有所领悟，对于每个人说来自然是件愉快的事情；每个字都有一定的意思，所有能使我们有所领悟的字都能给我们极大的愉快。奇字不好懂，普通字的意思又太明白，所以只有隐喻字最能产生这种效果。”③ 亚里士多德从认知心理的角度论述隐喻的认知效果，隐喻的诗性智慧已经被理性的分析与现实的利益考量所取代了。维科论述的隐喻是先民认识事物的思维方式，它内在于先民的日常生活，构成了先民所认为的物我关系；而亚里士多德的隐喻理论则将隐喻看作词语的经营方式，他凸显的是隐喻作为文明人为了达成既定目的而有意识地使用词语的方法这一特点。这中间

---

① 翁贝尔托·埃科著，王天清译：《符号学与语言哲学》，天津：百花文艺出版社 2006 年版，第 180 页。

② 亚里斯多德著，罗念生译：《诗学》，北京：人民文学出版社 1997 年版，第 73 页。

③ 亚里士多德著，罗念生译：《修辞学》，北京：生活·读书·新知三联书店 1991 年版，第 176 页。

的区别体现了古希腊文明以理性思维方式取代先民诗性思维的人文进程，隐喻从诗性智慧升格为一种技巧性的文学手法。

亚里士多德还论述到了隐喻的类同性，这种类同布莱克称之为比较理论。亚里士多德说："类同字的借用：当第二字与第一字的关系，有如第四字与第三字的关系时，可用第四字代替第二字，或用第二字代替第四字。有时候诗人把与被代替的字有关系的字加进去，以形容隐喻字。"① 类同字的隐喻是最受人欢迎的，亚里士多德认为这种隐喻能够"使事物活现在我们眼前"②。隐喻的四种类型都能达到这种效果，只不过借属作种、借种作属和借种作种这三种类型是借语词的形象性使事物活现于眼前。比如亚里士多德所举的例子"俄底修斯曾做万件勇敢的事"、"用坚硬的铜火罐割取血液"等，语词之间的换用增加了句子的形象性。类同性的隐喻则揭示了事物之间的相似与类同关系，是相似性基础上不同事物之间的比较关系。因此，隐喻词的选用会影响隐喻的效果。隐喻词实际上就是事物之间类似关系的体现，因此，"隐喻关系不能太远，在使用隐喻来称谓那些没有名称的事物时，应当从切近的、从属于同一种类的词汇中选字，这些字一说出来就该让人明白这种切近的关系"③。类同性隐喻的比较在词语的聚合关系中进行，第二字与第四字之所以能够相互替代，就是因为词语的聚合关系体现了事物之间的相似性。朱全国在论述隐喻时引用了修辞学家布莱克的观点："如果一个作者认为隐喻就是把一种业已存在的类似或相似性呈现出来，他所持的这种看法我就称之为比较理论。"④ 布莱克从比较理论的角度来论述隐喻，他着重的是隐喻所体现出来的事物之间的关系。然而，不管是在亚里士多德还是布莱克的理论中，隐喻背后的诗性思维都已经完全消失，隐喻成为诗人有意为之的艺术手法。

从修辞效果来看隐喻，它的理性色彩更为突出。《诗学》中的隐喻，从修辞效果来看，它首先是一种悲剧的修辞技巧。亚里士多德是在论述名词的种类时讲到隐喻字的，他认为隐喻字应该隶属于双字复合名词，它们

① 亚里斯多德著，罗念生译：《诗学》，北京：人民文学出版社1997年版，第73～74页。

② 亚里士多德著，颜一、崔延强译：《修辞术·亚历山大修辞学·论诗》，北京：中国人民大学出版社2003年版，第187页。

③ 亚里斯多德著，颜一、崔延强译：《修辞术·亚历山大修辞学·论诗》，北京：中国人民大学出版社2003年版，第167页。

④ 朱全国：《亚里士多德的隐喻观分析》，《前沿》2010年第10期，第146页。

在悲剧中的运用可以形成高雅而不平凡的风格。亚里士多德说："风格的美在于明晰而不流于平淡。最明晰的风格是由普通字造成的，但平淡无奇，克勒俄丰和斯忒涅罗斯的诗风格即是如此。使用奇字，风格显得高雅而不平凡；所谓奇字，指借用字、隐喻字、衍体字以及其他一切不普通的字。"[①] 通过选用隐喻字避免风格的平凡，是针对悲剧的写作技巧而言的，因而亚里士多德在论述了诸多隐喻字用法后总结说："关于悲剧，即借动作来摹仿的艺术，我们所讲的已经够了。"[②] 在亚里士多德看来，讲到了隐喻字的运用，他对悲剧所有的理论也就介绍完毕了。从悲剧风格的角度来论述隐喻字，隐喻就是悲剧的修辞技巧，通过这一修辞技巧，悲剧避免了平淡，增强了审美价值。这种将隐喻作为服务于某种目的的修辞技巧的观点，体现的正是理性的技术思维。这一技术思维在亚里士多德的另一修辞学专著《修辞学》中也有体现。亚里士多德认为，修辞的目的就在于使演讲语言具有说服力和表现力，他说："易于学会的东西自然是使所有人都感到愉快的东西；而文字表达某种含义，因而凡是便于我们学习的文字都是极其令人愉快的。生僻字令人难懂，规范字则是人人都会；所以，隐喻字最能造成上述效果。"[③] 通过隐喻的方式赋予平凡的语言以表现力，从而引起观众的注意、煽动起观众的感情进而获得观众的认可，这正是法律演讲、议政演讲和宣德演讲所要达到的目的，而隐喻就服务于此目的。法国哲学家利科曾对亚里士多德分别在《诗学》与《修辞学》中论述隐喻感到惊奇，他说："我们特别感兴趣的就是修辞学与诗学的这种二分，因为在亚里士多德那里隐喻就属于这两个领域。"[④] 然而，利科还只是从修辞学角度来看亚里士多德的隐喻理论，没有体会到隐喻所蕴涵的理性思维。亚里士多德是将隐喻作为一种服务于某种目的的表达技巧来加以分析的，《修辞学》服务于演说的效果，《诗学》服务于悲剧风格的塑造，在这两本专著中的隐喻都是用于增强演说效果的技巧，这种技巧如用于悲剧，则悲剧所产生的情感效果更为明显；用于演说，则演说更能打动人，从而达到演说的目的。因此，隐喻在两者之间有内在的一致性与连贯性。隐喻的方

---

① 亚里斯多德著，罗念生译：《诗学》，北京：人民文学出版社 1997 年版，第 77 页。

② 亚里斯多德著，罗念生译：《诗学》，北京：人民文学出版社 1997 年版，第 81 页。

③ 亚里士多德著，颜一、崔延强译：《修辞术 · 亚历山大修辞学 · 论诗》，北京：中国人民大学出版社 2003 年版，第 185 页。

④ 保罗 · 利科著，汪家堂译：《活的隐喻》，上海：上海译文出版社 2004 年版，前言第 7 页。

法、构成、内容必须顺应使用隐喻的目的，因隐喻目的的转换而改变，这正是亚里士多德隐喻理论的主要特点。

《诗学》中的比较方法与隐喻理论是希腊轴心期理性精神的文明成果。“轴心期”是德国哲学家雅斯贝尔斯提出来的概念，雅斯贝尔斯认为，人类文明经历了史前时代、古代高度文明时代、轴心时代和科技时代这四个发展阶段，其中轴心期是人类文明发展的“突破期”，这一时期是史前时代、古代高度文明时代集聚能量并实现突破的时期，从而奠定了以后人类文明发展的基础和标准。亚里士多德时代和先秦孔孟时代均属于雅斯贝尔斯所言的轴心期文明。然而，中西轴心期文明所奠定的基础和标准却有着内在的差异，中国文明保存着史前时代、古代高度文明时代的诗性智慧，古希腊文明则割裂了与诗性智慧的联系，将诗性智慧抛弃在后而投向理性思维的怀抱。张光直先生分析了中西轴心期文明转变的差异，认为“一个是我所谓世界式的或非西方的，主要代表是中国；一个是西方式的。前者的一个重要特征是连续性，就是从野蛮社会到文明社会，许多文化、社会成分延续下来，其中主要延续下来的就是人与世界的关系、人与自然的关系。而后者即西方式的是一个突破式的，就是在人与自然环境的关系上，经过技术、贸易等新因素的产生而造成一种对自然生态系统束缚的突破”①。轴心期这种文化转变的差异形成了中西比较思维的不同形态。中国比较思维依然保留着诗性智慧，是诗性智慧“以象见义”特征在文明时代的延续，是人与自然、人与世界诗性关系的持续存活；西方比较思维则斩断了与神话的联系，诗性智慧转变为理性思维，人与自然、人与世界的类似性想象被理性的逻辑、冷漠的利益算计所取代。《诗学》体现出科学方法的“比较”与诗学方法的隐喻（比喻）的分流。亚里士多德以比较的方法讨论诗学的隐喻，形成了以科学方法研究诗学的传统。可见，尽管中国学者将西方 littérature comparée 翻译为比较文学，但中西文化在轴心期的“比较”思维还是有着内在的差别的。

---

① 张光直：《考古学专题六讲》，北京：文物出版社 1986 年版，第 17～18 页。

第二节　古典主义的文学比较

西方的文学比较在相当长的历史时段中具有古典主义的倾向。古典主义源于拉丁文“classicus”，意思是“典范的”。多米尼克对古典主义这样解释：“它以适度的观念、均衡和稳定的章法、寻求形式的协调和叙述的含蓄为特征；它主张摹仿古代作家，弃绝对罕见事物的表现，控制情感和想象，遵守各种写作体裁所特有的规则。”① 当代西方文学史上的古典主义一般有两种含义，它既指 17 世纪初至 19 世纪初从法国兴起而后在欧洲各国流行的一种文艺思潮，也指一种重视理性和规则的创作方法。我国也有学者将古罗马文学及其文艺理论称为古典主义，将法国等欧洲国家 17 世纪初兴起的文艺思潮称为新古典主义。古罗马文学的古典主义以贺拉斯及其《诗艺》为典型，17 世纪欧洲出现的新古典主义文学以法国诗人布瓦洛的《诗艺》为代表，这两个阶段的古典主义强调的是后发民族的文学对先进民族文学特别是古希腊文学的模仿，其所谓的“典范”是在模仿对象意义上的经典性对象。需要明确的是，作家进行了模仿的目的不是为了总结文学发展的规律，而是为了吸纳先进文学以成就本民族的文学创作。古典主义的模仿体现出了不同文化之间的跨越性，从这个意义上讲，它又是一种比较文学的学科前史。依据多米尼克对古典主义的描述，将罗马文学称为古典主义也是有所依据的。贺拉斯的《诗艺》体现的正是古典主义的文学研究形态。笔者认为，《诗艺》阐发的文学思想，特别是其中蕴涵的古典主义倾向不仅仅是对罗马文学实践的简单总结，其对西方文学传统的延续也有重要的意义。古典主义也以文学比较研究为基础，这种研究的目的不在于论述抽象的文学理论，而在于总结文学经验、为民族文学吸取先进的文学经验，从而为振兴本民族文学提供理论指导。本节以贺拉斯的《诗艺》为个案，重点探讨古典主义比较思维中的模仿、借鉴与创新机制，从而开发出迥异于科学方法的“比较”思维的另一种可能。

---

① 多米尼克·塞克里坦著，艾晓明译：《古典主义》，北京：昆仑出版社 1989 年版，第 1 页。

一、模仿典范与古罗马文学的形成

西方文学在古希腊时期已经达到了自己的第一个高峰，艺术门类繁多、成就斐然，特别是在史诗和戏剧方面取得了令人瞩目的成就，形成了自己的文艺思想和文学传统。古希腊军事实力在希腊化时期开始衰落，但其文化成就是当时各民族所难以企及的，以致后来古罗马虽然在军事上战胜了古希腊，但是在文化上却远远比不上古希腊。因此，如何对待古希腊已经取得的突出成就是军事强盛但文化落后的古罗马不得不面对的现实问题。古罗马文化直接接受的是伊达拉里亚文化，而伊达拉里亚文化是在古希腊文化的影响下发展起来的，因此，古罗马文化曾受古希腊文化的间接影响并在其形成初期就已经带有古希腊文化的印记。王政时代后期，古罗马接受了古希腊赠送的从腓尼基人那里获得并改造了的字母符号，古希腊与古罗马在语言文字上开始有了亲缘关系，因此，古罗马借助文字的优势开始大规模地引入古希腊文化。古罗马在征服古希腊后更是从文化上全盘接受、追随古希腊文化，以致当时的罗马人就有"征服者被征服"的感叹。古罗马文学是古罗马文化的重要组成部分，从古罗马文学的发展历程来看，古希腊文学对古罗马文学的影响表现得尤为突出。

王政时代后期（公元前753—公元前509年）古罗马有了自己的文字。但是，从王政时代到第一次布匿战争的400多年间，古罗马竟然毫无文学创作。文字在古罗马人手里只是简单的实用工具。第一次布匿战争结束后，古罗马才开始有自己翻译过来的古希腊文学作品《奥德赛》。有意思的是，《奥德赛》的翻译者是出生于古希腊并曾被古罗马俘虏的李维乌斯·安德罗尼库斯。李维乌斯·安德罗尼库斯用拉丁文翻译了荷马史诗《奥德赛》，因为他首次运用拉丁文翻译古希腊诗歌，因此，他可以说是古罗马的第一位诗人。同时，他也在翻译的过程中将古希腊剧本改编介绍到古罗马。由此可见，直到李维乌斯·安德罗尼库斯开始翻译创作，拉丁文这一古罗马自己的文字才逐渐具有文学色彩，《奥德赛》也成为古罗马人的第一部拉丁文文学教材。李维乌斯·安德罗尼库斯的作品虽然已经失传，但是他在翻译古希腊文学中所运用的创作方式却成为古罗马作家创作的典范。在他之后，古罗马文学在相当长的时间里都是在翻译、摹仿古希腊文学。如尼维阿斯翻译了古希腊的悲剧和喜剧，摹仿古希腊作家阿里斯多芬，同时又力图在阿里斯多芬所创作的喜剧模式中表现古罗马上层人物的缺点；埃涅乌斯摹仿荷马史诗，由此创作了叙述传说时代到公元前2世纪的罗马史诗。古罗马文学至此才比较独立地发展起来，作家开始有意识地创作和自己的历史、语言、社会生活相关的文学作品。当然，对古希腊文学的翻译仍然是这一时期作家进行创作的主要方式，这在共和国末期的阿克齐乌斯身上表现得尤为明显。阿克齐乌斯写过四十多部悲剧，这些悲剧多是取材于神话，并以古希腊悲剧作家的作品为范本，但作品内容反映的却是古罗马的社会现实。阿克齐乌斯的悲剧是罗马共和时期文学创作“旧瓶装新酒”的典型。

古希腊文学一直是古罗马文学模仿的典范，古罗马文学是在翻译古希腊文学的过程中发展起来的。当然这可能和共和国时期古罗马统治阶级对文艺的严格审查有关。依据留传下来的《罗马法》可知，古罗马政府对文艺的控制非常严厉。法律规定，作家或文艺作品如果有损害共和国尊严的罪名，便可以判以大刑；同时，元老院和监察官也可以随时援引法律对作家、作品进行镇压。[①] 直到奥古斯都时期，即使在比较宽松的创作环境下，作家的创作仍然不是完全自由的，著名的爱情诗人奥维德就是因为其诗歌不符合古罗马精神而被流放，最后客死他乡。不过，我们应该注意到，古罗马在形成文字之后，并没有使用拉丁文整理自己的口头文学传统，拉丁文也不具备独立性的文学创作条件，因此可以说，古罗马文学完全是在接受古希腊文学的基础上发展起来的。我们可以假设，如果古罗马具备自己的文学传统，或者古罗马作家也用拉丁文进行独立创作，那么古罗马文学表现出来的形态还会不会与古希腊文学一致呢？当然，历史是不存在假设的，事实是古罗马只有在李维乌斯·安德罗尼库斯翻译古希腊文学的过程中，才开始了自己的文学历史，以此我们可以理解古罗马作家为何一直将古希腊文学作为自己的模仿对象这一问题。古罗马作家其实是在古希腊已经形成的文学模式中填充具有自己民族特色的新内容。王焕生在论及古罗马文学借鉴古希腊文学的特点时指出：“古罗马诗人和剧作家广泛吸收现成的、成熟的希腊文学成就，进行翻译、改作、加工，……古希腊的文学成就使得罗马诗人、作家可以直接承继经过长时间实践形成的各种文学体

① 朱龙华：《罗马文化与古典传统》，杭州：浙江人民出版社1996年版，第72页。

裁，从而使真正古典式的悲剧、喜剧、史诗等各种体裁在罗马迅速发展起来。”① 古罗马作家在面对古希腊文学传统时表现出极为明智又非常实用的态度，他们不考虑文学形式的创新问题，而是直接在古希腊文学的翻译和改作中学会文学创作的技巧，填充民族国家的时代内容，从而缩短了民族文学发展所需要的累积时间。古罗马文学从无到有的迅速发展充分体现了文学模仿对民族文学发展的作用，民族文学的发展不需要从头开始，它完全可以在借鉴、模仿的基础上超越所模仿的国家，形成独具民族特色的文学风格。

古罗马文学的发展对我们思考文学比较与文学传统的关系有较大的启发性。它启发我们除却比同较异这种比较性的思维外，比较还能发挥模仿和借鉴的功用。古罗马竟然可以通过对古希腊文学的翻译发展起来，并逐渐形成自己的文学特色，这是什么因素在起作用呢？古罗马文学的真正形成是在普劳图斯和泰伦斯登上文坛之后，在此之前，古罗马文学经历了学习古希腊文学的长期积累，这种积累直接刺激了古罗马文学观念和文学创作方法的形成。从普劳图斯和泰伦斯遗留下来的喜剧中我们可以看出，文学创作并不仅仅是浪漫主义所提倡的天才的作用。因为创作的天才也必须进入文学创作的历史链条，即文学传统中，这样他们才能从事所谓的“文学”工作。古希腊文学所形成的文学观念特别是文学模仿思想影响着古罗马文学的形成。如果没有模仿古希腊文学的传统，古罗马文学就不可能那么快地发展起来。可以说，是模仿的古典主义倾向造就了古罗马文学的快速发展。

二、《诗艺》中文学模仿的教化观念

贺拉斯的《诗艺》是古罗马古典主义文学观念的集大成之作，也是我们理解古罗马文学创作原则的主要材料。这封贺拉斯随手写给皮索父子的信件虽然写得随意且不拘形式，但其却具有深刻的理论性与历史感。它充分展现了贺拉斯的文学古典主义主张，为我们理解古罗马文学的发展提供了宝贵的资料。贺拉斯本人也得益于文学古典主义原则，他非常崇拜古希腊文学，积极模仿古希腊作家的创作。他是通过模仿古希腊文学而成长起

① 王焕生：《古罗马文学批评史纲》，南京：译林出版社 1998 年版，第 23 页。

来的一代名家。因此，贺拉斯对古罗马文学与古希腊文学的关系的看法切实反映了当时古罗马文学发展的现实，他的古典主义文学原则也是对当时古罗马文学创作实践的总结。

《诗艺》一文中包含很多关于文学创作的规范和要求的内容，涉及文学创作原则、创作过程、艺术批评等方面，这些已经是许多研究者的共识。而问题就在于，我们应该如何认识贺拉斯针对文学创作提出的文学模仿观念。《诗艺》涉及的文学创作规范可以从两大方面来加以诠释。一方面是对古希腊文学创作规范的学习和继承，另一方面是对文学创作本身的思考，其中最为主要且最有价值的部分是贺拉斯对模仿古希腊文学观念的阐释。贺拉斯认为这种模仿的观念奠基于古希腊文学与古罗马文学的比较研究，而其主体部分就是后进民族国家对先进民族国家文学的模仿和借鉴。

贺拉斯高度推崇古希腊文学，主张效仿古希腊典范作品，借鉴古希腊文学的艺术经验。他对皮索父子说："你们应当日日夜夜把玩古希腊的范例。……只要你我能够分辨什么是粗鄙，什么是砺石般的锋利文字，用我们的耳朵、手指辨出什么是合法的韵律，这一点便很明确了。"[①] 借鉴古希腊文学是当时古罗马文坛的主流，我们可以具体分析贺拉斯在如何学习古希腊文学上的主张。在题材选择上，他虽然不反对运用新题材，但更强调借鉴古希腊题材。他说："用自己独特的办法处理普通题材是件难事；你与其别出心裁写些人所不知、人所不曾用过的题材，不如把特洛亚的诗篇改编成戏剧。"[②] 贺拉斯在这里提倡改编古希腊戏剧，在贺拉斯之前的许多古罗马作家已经娴熟地运用了这种创作方式，如古罗马最著名的喜剧作家普劳图斯和泰伦斯都是改编古希腊喜剧的成功者。流传下来的泰伦斯喜剧在开场词中对此有许多论述，例如《两兄弟》的开场词说："狄菲洛斯有出喜剧叫《双双殉情》，普劳图斯把它改编成同名拉丁文剧本。古希腊原剧中有个青年，剧本开始时他从妓馆老板那里抢走了一个妓女，普劳图斯改编时把这个情节删去了没有采用，诗人把它拿来放在《两兄弟》里，逐字逐句地进行了翻译。我们即将上演的就是这部新剧……"[③] 普劳图斯和泰伦斯是在翻译古希腊戏剧的过程中自由地将古希腊原剧加以改造，他们

① 贺拉修斯著，杨周翰译：《诗艺》，《文艺理论译丛》1958 年第 2 期，第 61 页。
② 贺拉修斯著，杨周翰译：《诗艺》，《文艺理论译丛》1958 年第 2 期，第 56 页。
③ 王焕生：《两兄弟》，《古罗马戏剧选》，北京：人民文学出版社 2000 年版，第 308 页。

或是将两个古希腊戏剧糅合在一起形成新喜剧，如泰伦斯的《安德罗斯女子》是将米南德的《安德罗斯女子》和《佩林托斯》这两个戏剧糅合在一起；[①] 或是在古希腊喜剧的场景、人物、情节中糅合古罗马的现实生活、观念、语言，这一点做得最好的是普劳图斯。古罗马作家的这两种创作方式的基础是对古希腊作家、作品的模仿、改造和重新组合，这两种模仿的创作方式直接使用了古希腊作家所使用的题材，直接挪用了古希腊文学的结构和创作手法，是极为方便的文学创作方式。古罗马作家通过模仿这一方式迅速掌握了文学创作的技巧与方法。

奥古斯都时期的古罗马作家开始在古希腊文学复杂的情节、精巧的结构、动人的人物性格中表现古罗马的现实生活、思想观念和语言习惯，从而形成了具有古罗马特色的文学风格。当古罗马文学风格形成后，古希腊文学与古罗马文学的同与异就进入了文学理论家的视野。然而，古罗马的文学理论家多用古典主义的原则去比较古罗马文学与古希腊文学，这一文学比较虽然运用了比较的方法，但更多地强调了文学的模仿。贺拉斯在《诗艺》一文中要求作家"勤学古希腊典范，日夜不辍"，他在论及诗格的运用时说："帝王将相的业绩、悲惨的战争，应用什么诗格来写，荷马早已作了示范。……如果我不会遵守，如果我不懂得这些规定得清清楚楚的、形式不同的、色调不同的诗格，那么人们为什么还称我为诗人呢？为什么我由于一种错误的自尊心，宁肯保持无知而不顾去学习呢？"[②] 在贺拉斯看来，文学创作的诗格经由古希腊作家的文学实践已经形成了传统，古罗马作家必须模仿古希腊作家的创作才能掌握这种诗格，而且只有掌握了这种诗格的作家才能成为诗人。模仿古希腊作家是古罗马作家必须进行的首要工作。贺拉斯在谈到用字时虽然也强调古罗马作家要发明新字，但他又认为新字必须渊源于古希腊，他说："这种新创造的字必须渊源于古希腊，汲取的时候又必须有节制，才能为人所接受。古罗马人为什么单把这种权利给予凯奇留斯和普劳图斯，不给维吉尔和瓦留斯呢？如果我也有这种能力，为什么不允许我也扩大一下我的贫乏的词汇呢？为什么卡图和恩纽斯的妙笔可以丰富我们祖国的语言，为一些事物发明新的名呢？（每个

---

① 王焕生：《安德罗斯女子》，《古罗马戏剧选》，北京：人民文学出版社 2000 年版，第 242 页。

② 亚里斯多德、贺拉斯著，罗念生、杨周翰译：《诗学·诗艺》，北京：人民文学出版社 1962 年版，第 14 页。

时代）创造出标志着本时代特点的字，自古已然，将来也永远如此。”[①] 贺拉斯在用字上表现出比较矛盾的心态，一方面他强调古罗马作家要向古希腊作家学习，文字上要有古希腊的渊源；另一方面他又看到了文字的时代性，鼓励古罗马作家创作出具有时代特点的新字。贺拉斯的矛盾其实就是古典主义原则中模仿与发展的矛盾，这一矛盾心态贯穿了欧洲古典主义文学发展的整个过程。

应该看到，古罗马作家这种模仿古希腊的文学创作方式是古罗马文学得以快速发展的主要原因，因而我们不能简单地将贺拉斯这种学习古希腊的主张贬斥为“退步”[②]。相反，贺拉斯的这种古典主义的文学模仿观念是一种文学教化。根据洪汉鼎先生对教化的德文词分析我们可知，“Bildung（教化）来源于 Bilden（形成），包含 Bild（图像、形象、形式），而 Bild 既有 Urbild（原型）和 Abbild（摹本）的区分，又有 Vorbild（范本、模本）和 Nachbild（摹本、模仿）的区分”[③]。教化观念包含着原型与摹本的双重含义，柏拉图认为，现实世界只是理念世界的摹本，只有原型（eidos）是永恒不变的真实世界。亚里士多德虽然承认现实世界的真实性，但是他的质料与形式说仍然是原型与摹本关系的变形。他认为质料如果没有形式的统摄，只是杂乱无章地放置在一起，那么它们仍不能变为现实的东西；只有经过形式规定的质料，才能由可能性变为现实的东西。教化观念的产生受到柏拉图、亚里士多德哲学的影响。伽达默尔分析教化的概念史时指出：“构成教化本质的并不是单纯的异化，而是理所当然以异化为前提的返回自身。因此，教化就不仅可以理解为那种使精神历史地向普遍性提升的实现过程，而且同时也是创造物得以活动的要素。”[④] 教化涉及文学的原型与文学摹本的相互关系，是摹本对原型的模仿。因此，教化的实质是精神在“异己的东西里感到是在自己的家”——精神通由异化前提而返回自身，异化是精神由特殊性向普遍性提升的必要环节。经由教化，精神舍弃了自己的特殊性向普遍性提升，从而使自己成为普遍性的存在。可

---

① 亚里斯多德、贺拉斯著，罗念生、杨周翰译：《诗学·诗艺》，北京：人民文学出版社 1962 年版，第 139～140 页。

② 于杰：《亚里斯多德与贺拉斯文艺美学观异同比较》，《黑河学刊》1998 年第 2 期，第 57 页。

③ 洪汉鼎：《理解的真理》，济南：山东人民出版社 2001 年版，第 19 页。

④ 伽达默尔著，洪汉鼎译：《真理与方法》，上海：上海译文出版社 1992 年版，第 17 页。

见，教化的最终结果是使特殊性获得了社会共通感。伽达默尔说："我们所说的一种普遍的和共同的感觉，实际上就是对教化本质的一种表述，这种表述使得人们联想到某种广阔的历史关系。"① 伽达默尔所认为的共同的感觉是个体性的人所获得的社会感觉，通过这一感觉，个体的人成为社会认可的"类"的存在，而个体的人获得这一"类"性，必须得到文化传统的教化。

同理，文学也需要在教化中转变为普遍性的存在。文学形成了传统，就是一种社会性的存在，这种社会性会影响、规范和制约后来者的文学创作。古罗马文学在李维乌斯·安德罗尼库斯翻译、改编古希腊文学之前，自己也有神话、诗歌、民间剧等，但这些作品不是严格意义上的文学。古希腊文学进入古罗马，古罗马本土的神话、诗歌、民间剧等必须依附古希腊文学才能成为普遍意义上的作品，最终通过改编、糅合古希腊文学而形成古罗马文学，这一过程显示了古罗马文学舍弃自身特殊性、回归古希腊文学普遍性的必然要求。古罗马文学在古希腊文学的模型中表现了古罗马的社会现实、人物性格、伦理观念等现实的东西，从而使古罗马文学成为古希腊文学传统的一部分。可见，贺拉斯主张模仿古希腊典范并不是文学的退步，而是古罗马文学舍弃自身特殊性成为普遍性存在的必然要求。如果不模仿古希腊文学，古罗马文学要成长为具有自身特色的文学传统则需要更多时间的积累。因此，古典主义的文学模仿是后起民族进入文学传统的必经之路。

三、古典主义的文学比较与文学传统的延续

在比较文学看来，跨民族文学比较的目的是得出文学规律，这也是美国学派平行研究的学科理论基础。王向远认为："平行研究的第一种功能，是使文学现象'连类比物'、'相类相从'，从而为总结民族文学、世界文学中的基本规律而提供、整理大量相似、相同或相通的文学事实。"② 古典主义的文学比较则不强调文学规律，它所注重的是文学的规则，通过文学规则的提炼来确定文学传统。贺拉斯在《诗艺》中提出文学创作应该合

① 伽达默尔著，洪汉鼎译：《真理与方法》，上海：上海译文出版社 1992 年版，第 21 页。
② 王向远：《比较文学学科新论》，南昌：江西教育出版社 2002 年版，第 78 页。

适、统一，应该借鉴古希腊，应该以情动人、寓教于乐，选材要力所能及等规则。后人对贺拉斯提出的这些规则评价不一。在古典主义时期，西方学者多推崇贺拉斯；然而到了浪漫主义时期，贺拉斯提倡的创作规则成为浪漫主义抨击的对象。从文学传统的形成及其对后进民族的规定与约束功能来看，规则的提出对保持西方文学的同源性与促进其持续发展有着重要的作用。

文学规则对保持文学自身的普遍性是极为必要的。规则使文学由精神的不自觉的异己对象成为自觉的异己对象，文学创作的规则划定了文学创作的范围，符合规则的创作可以包含在文学范围内，反之，则被文学所抛弃。精神是直面文学规则的东西，也是直面异己的东西。精神只有进入异己的东西，经由异化，才能使自身舍弃特殊性、同化个体性，进而成为普遍性的存在。贺拉斯认为作家应该天才与训练并重，他说："苦学而没有丰富的天才，有天才而没有训练，都归无用；两者应该相互为用，友善团结。"① 训练就是对文学规则的获取和娴熟运用的过程。经过训练，个体才能进入文学的范围，进而成为具有普遍性的作家。可以说，规则提供了精神提升自身成为普遍性的通道。文学传统要保持内在统一性，从而使传统不断得以延续，规则就显得极为重要。

古典主义侧重文学创作的理性规范，自觉追问："过去给我们什么启示？我们与已逝的前辈们共有些什么？我们和我们周围的民族共有些什么？我们怎样才能最好地概括过去、现在和未来？什么是永恒的自然真实的面貌？在这里，我们有一种更理智、更综合、更稳定的思考方式，它倾向于系统化，倾向于接受那些已被证实是有价值的东西，倾向于利用那些代代相传的形式。"② 通过这种思考方式，我们可以使传统得以不断延续。我们可以通过具体考察《诗学》与《诗艺》在文学规则之间的相似性来认识贺拉斯的古典主义倾向对古希腊文学传统的延续所起的作用。王焕生先生比较了《诗学》与《诗艺》的相似之处，他指出："贺拉斯以绘画作比喻，对艺术需要统一、一致的论述令人想起《诗学》第 25 章中亚里士多德关于诗人同画家和其他造型艺术家一样，都是模仿者的提法；贺拉斯认为史诗应采用英雄格，并且以荷马为例，亚里士多德在《诗学》第 24 章

① 贺拉修斯著，杨周翰译：《诗艺》，《文艺理论译丛》1958 年第 2 期，第 65 页。
② 多米尼克·塞克里坦著，艾晓明译：《古典主义》，北京：昆仑出版社 1989 年版，第 4 ~5 页。

中也有类似提法；关于荷马史诗的特点，关于用机械把神请下来，关于三个演员的问题，关于合适等我们都可以在贺拉斯的《诗艺》中找到相对应的论述。"① 贺拉斯关于人物类型化的创作要求也可以在亚里士多德《修辞学》一书中找到相关论述。亚里士多德的《诗学》是对古希腊文学实践的总结，它的论述总结了古希腊文学的创作特点，规范了古希腊文学的发展方向，同时也限定了古希腊文学的范围。古罗马文学直接借鉴了古希腊文学，它是在继承古希腊文学传统的基础上发展起来的，因此，作为总结古罗马文学规范的《诗艺》在许多内容上与《诗学》相似就可以理解了。如果这两者总结出来的规范完全不同，那么古罗马文学与古希腊文学就将会朝着不同方向发展，而这与古罗马模仿古希腊文学的事实是相矛盾的。两者规范的相似性使古罗马文学能够理解古希腊文学，并使古希腊文学经验顺利地延续到古罗马文学创作中。可以预见，随着古希腊文学传统进一步延续，后人总结出来的文学规则还会与《诗学》及《诗艺》有很多相似之处。诸如法国新古典主义布瓦洛的诗学观点与贺拉斯《诗艺》有相近之处并不是偶然，而是文学传统自身延续的必然结果。

从贺拉斯的文学比较观念和伽达默尔对文学教化的论述来看，古典主义的文学比较就是典型的文学教化，这种比较不在于同异关系，也不注重通过类比总结文学规律，它注重的是文学传统的延续。贺拉斯主张借鉴古希腊文学，但他也没有完全否定创新，在语言方面他也主张不必逐字逐句地死搬硬译，在题材选择上他也认为作家也可以向生活索取养料。但是，他强调文学的创新必须有渊源，这种渊源在贺拉斯看来就是古希腊文学。这种以古希腊文学为典范的古罗马、古希腊文学比较确定了文学发展的规则，形成了西方文学的传统，为西方文学发展的同源性与持续性奠定了基础。

第三节　科学主义的文学比较

自《诗学》后，西方文学比较的科学性不断增强。在 20 世纪科学主

---

① 王焕生：《古罗马文学批评史纲》，南京：译林出版社 1998 年版，第 196 页。

义思潮盛行的背景下，西方兴起了科学主义文学研究的热潮。朱立元曾针对20世纪科学主义思潮说："所谓科学主义，是以自然科学的眼光、原则和方法来研究世界的哲学理论，它把一切人类精神文化现象的认识论根源都归结为数理科学，强调研究的客观性、精确性和科学性，其思想基础在本世纪主要是主观经验主义和逻辑实证主义。"① 科学时代的文学比较研究是科学主义思潮的产物，是西方科学主义思潮的一个重要组成部分，也是西方科学主义思潮在文学研究领域的具体体现。科学主义的文学比较几乎与近代西方自然科学的持续发展同步。16世纪，哥白尼通过长期观察发表了《天体运行论》，推翻了支配西方世界2000多年的传统观念"地心说"，引起了人们对科学观察方法的兴趣；17世纪，牛顿发现了三大定律、吉尔伯特发表了论磁体的巨著、雷文虎克发现了细胞、哈维通过动物解剖的方法发现并论证了血液循环论，这些都显示出英国自然科学革命发展达到了高峰，人们产生了运用自然科学的方法征服自然、改造自然的决心和信念。罗素为此总结说，这个阶段科学事业的发展带来的结果就是"使有学识的人的眼光见解彻底一变"②。

科学主义的文学比较是一种自下而上的文学研究，即以实证的方法取代抽象思辨与逻辑演绎。朱立元概括20世纪美学思潮的科学主义特点时说："英美的自然主义、实用主义、实在主义、逻辑实证主义等哲学思潮相继崛起，并对美学产生了重大影响。这些思潮汇合成强大的反传统美学的潮流，它们的共同特点之一就是反对纯哲学的抽象思辨，重视对艺术实践经验和艺术史事实的研究，力图从中发现和总结出切实可靠的美学规律。"③ 文学比较研究虽然不是美学思潮，但是在方法论和研究理念上与科学主义的美学思潮是相通的。科学主义的文学比较侧重于运用比较的方法解释文学现象，探究文学规律。我们认为，西方文学的南北文学比较论和丹纳的艺术哲学是科学主义文学比较研究的经典形态，也是比较文学学科建制前文学比较研究的高峰。

① 朱立元：《当代西方文艺理论》，上海：华东师范大学出版社1997年版，第2页。
② 罗素著，何兆武、李约瑟译：《西方哲学史》，北京：商务印书馆2004年版，第57页。
③ 朱立元主编：《西方美学通史》（第六卷），上海：上海文艺出版社1999年版，第111页。

一、南北文学比较论

西方南北文学比较论是依据西方文学发生、发展所处的南北地理环境的差异来讨论南北文学特质的一种文学研究。曹顺庆在《比较文学学科史》中将这种文学比较研究定义为地理环境比较论，并从方法论上将之归属于平行研究。曹顺庆认为："在欧洲，从古希腊开始就有学者和思想家注意到一个地区的气候、环境等与当地人的精神气质、文化艺术之间的密切联系。这虽然与现代比较文学相去甚远，但就跨越'地域'进行比较而言，二者之间又的确存在着内在的相通性。正是在这个意义上，我们将欧洲长期存在的关于地理环境与文学之间进行论述的思想看作比较文学史前史的重要组成部分。"① 从比较文学学科发展史来看，将地理环境比较论归属于平行研究，并认为它是比较文学学科前史的组成部分，这符合比较文学学科历史的实际。但是，简单地认为南北文学比较是平行研究，这就忽略了这种比较研究的自身特点。我们认为，南北文学比较研究是一种科学主义的文学比较研究，这种研究方式注重分析地理环境的特点，进而通过地理环境的特点论证人的性格特征，从而得出南北文学的特质。在南北文学的比较研究中，地理环境—人的性格—文学特质构成了可分析的因果联系。简单地说，有什么样的环境就会有什么样的性格，有什么样的性格就会有什么样的文学。此种因果联系的逻辑方式排除了形而上的思辨，其论述方式俨然就是自然科学的经验研究。斯达尔夫人的南北文学比较研究具有这方面的显著特点，可视为科学主义比较研究的代表。

斯达尔夫人认为文学是科学主义的描述方法，她抵制形而上学，推崇实证研究，是19世纪法国实证主义文学研究的奠基者之一。斯达尔夫人认为："社会的起源、语言的形成，这些是人类思想的最初几步，而我们对此却一无所知。一般说来，最令人生厌的莫过于形而上学了，它以自身的体系为依据而假想一些事实，却从来不以实际的观察作为基础。"② 斯达尔夫人反对形而上学地以逻辑演绎的方式探讨文学，她认为这种方式扼杀了鲜活的文学经验，是削足适履般地假想文学事实以验证演绎的文学理论的

① 曹顺庆：《比较文学学科史》，成都：巴蜀书社2010年版，第12~13页。

② 斯达尔夫人：《从社会制度与文学的关系论文学》，伍蠡甫、胡经之：《西方文艺理论名著选编》，北京：北京大学出版社1986年版，第4页。

正确性。斯达尔夫人推崇社会学的文学比较研究，她在《论文学》的开篇即说："我的本旨在于考察宗教、风尚和法律对文学的影响以及文学对宗教、风尚和法律的影响。"① 欧文·白璧德评价斯达尔夫人的文学观念时说："19世纪的第一年恰当地说是以斯达尔夫人出版她的《从社会制度与文学的关系论文学》为标志的。这个新的世纪比以往任何一个世纪都更坚持的文学与社会之间的这种关系，是因其与过去的突然分离而引人注目的。"② 从社会学的角度来探讨文学与社会、宗教、法律和时尚的关系，是自下而上的文学研究方式。在这种研究方式中，实证性的比较研究取代了自上而下的逻辑推演方法，表现出"客观"、"科学"的时代特征。比较作为这种研究方式的核心方法发挥着重要的作用。

斯达尔夫人认为，由于地理环境的差异，自古以来就存在着南北两系文学。她说："一种来自南方，一种源出北方；前者以荷马为鼻祖，后者以莪相为渊源。希腊人、拉丁人、意大利人、西班牙人和路易十四时代的法兰西人属于我所谓南方文学这一类型。英国作品、德国作品、丹麦和瑞典的某些作品应该归入由苏格兰行吟诗人、冰岛语言和斯堪的维纳亚诗歌肇始的北方文学。"③ 斯达尔夫人认为，这两种文学类型的形成与南方和北方的不同气候有密切的联系。南方气候温和、环境优美、物产丰富，因此，南方人耽于享乐，兴趣广泛；北方则土壤贫瘠，人们萦怀于心的不是逸乐而是痛苦。因此，"南方的诗人不断地把清新的空气、丛密的树林、清澈的溪流这样一些形象和人的情操结合起来。甚至在追忆心之欢乐的时候，他们也总要把使他们免于受烈日照射的仁慈的阴影搅和进去。他们周围如此生动活泼的自然界在他们身上所激起的情绪超过在他们心中所引起的感想。我觉得，不应该说南方人的激情比北方人强烈。在南方，人们的兴趣更广，而思想的强烈程度却较逊。……北方各民族萦怀于心的不是乐而是痛苦，他们的想象却因而更加丰富。大自然的景象在他们身上起着强烈的作用。这个大自然，跟它在天气方面所表现的那样。总是阴霾而黯淡。当然，其他种种生活条件也可以使这种趋于忧郁的气质产生种种变

① 斯达尔夫人著，徐继曾译：《论文学》，北京：人民文学出版社1986年版，第12页。

② 欧文·白璧德著，孙宜学译：《法国现代批评大师》，桂林：广西师范大学出版社2002年版，第1页。

③ 斯达尔夫人著，徐继曾译：《论文学》，北京：人民文学出版社1986年版，第145页。

化；然而只有这种气质带有民族精神的印记”[①]。法国和德国分别是南方文化和北方文化的代表，斯达尔夫人通过对比阐释了德国文学与法国文学的差异。斯达尔夫人认为，德国处于北方，气候严寒，因此，德国人习惯在沉思冥想中进行哲学推理，其性情是忧郁而严肃的，其文风晦涩，文学只是表达思想的工具；法国地处南方，气候温和，有丰厚的文化遗产和高雅的审美情趣，所以法国人轻松、乐观，比德国人更有才气，法国的文化氛围也更为自由。她总结德国与法国戏剧艺术时说：“这两个民族具有不同的才能，这可以在戏剧艺术中找到显著的例证，在法国作家中，行动、纠葛、事件等所引起的兴趣被千百倍地结合得更好，在德国作家中，内心印象的发展、强烈感情的秘密风暴等，却被研究得更多。”[②] 通过对两国的诗歌、戏剧艺术以及文学与社会关系的比较，斯达尔夫人认为，德国与法国在宗教与政治体制之间也存在着差异，两国文学也相差甚远，二者都具有局限性，必须互相取长补短。她说：“法国是马儿并不怎么剽悍，但缰辔的约束倒过于严厉了；而在德国，文学是很有独立性的，但成果却不够辉煌。”[③]

斯达尔夫人对南北文学的比较研究是非常成熟与圆通的。她从南北地理环境说起，通过地理环境的比较论述了南北文学在题材、内容与精神气质上形成差异的原因，同时她又详尽分析了德国文学与法国文学的特点，指出德国文学与法国文学由于在宗教、政治体制、环境与文化传统等方面的差异，从而形成了各具特色的国别文学，相互之间可以取长补短。科学性思维贯穿于斯达尔夫人的这种比较研究之中，从而使其研究视野更为开阔，论述更为公允，而且具有融通异国文化的广阔心胸。因此，她的比较研究得到了歌德的高度赞扬。歌德评价说：“那部论德国的作品的源头应该归于这样的社会交谈，它必须被看成一个巨大的成功，有了它，横亘在我们与法国之间那道由陈规陋矩构成的复杂难拆的墙被推翻了，那道宽阔的鸿沟也就被填平了，因此，穿越了莱茵河，随后又穿越了英吉利海峡，我们的邻人终于了解我们，现在，整个遥远的西方都为我们的影响敞开了

---

① 斯达尔夫人著，徐继曾译：《论文学》，北京：人民文学出版社 1986 年版，第 145 页。

② 斯达尔夫人著，丁世中译：《论德国的文学与艺术》，北京：人民文学出版社 1981 年版，第 4 页。

③ 斯达尔夫人著，丁世中译：《论德国的文学与艺术》，北京：人民文学出版社 1981 年版，第 87 页。

大门。”[①] 正因为在文学比较研究方面的成熟，比较文学学科史一般认为斯达尔夫人的分析方法已经是比较文学学科理论的具体实践了，管新福博士甚至认为：“她的理论建构和文本创作实践对后世比较文学学科的形成影响深远，在某种意义上，她是比较文学这一学科的真正开拓者，是比较文学之母。”[②] 从西方比较文学学科前史，特别是西方南北文学比较研究史来看，斯达尔夫人的南北文学比较研究确实是科学主义比较研究的杰作。

二、丹纳的实证性文学比较研究

法国文学批评家丹纳是被比较文学史忽略了的比较文学研究者。事实上，丹纳虽然没有关于比较文学的论著，但他的文学研究生涯却充满了比较文学色彩。李斯托威尔在《近代美学史评述》中明确指出：“和十九世纪形而上学家们的演绎方法相反，他也是经验的、历史的和比较的方法的奠基者。”在丹纳的美学论著中，比较方法的运用比比皆是。周均平说：“这里既有种族、民族特性的宏观比较（如拉丁族和日耳曼族的比较），又有种族、民族特性的微观比较（法国民族的想象力与意大利民族的比较）；既有不同民族流派的比较（威尼斯画派与法兰德斯画派的比较），又有不同民族作家的比较（莎士比亚与巴尔扎克的比较）；既有纵向的比较（三位不同民族、不同历史时期的艺术家三幅利达画的比较），又有横向的比较（古希腊神庙与古印度、埃及、巴比伦神庙的比较）；既有同一种类艺术内部的比较，又有不同类型艺术之间的比较。”[③] 可见，比较的方法贯穿于丹纳整个美学研究中，是丹纳构建美学思想的重要方法。丹纳的文学视野非常广阔，他往往博取多国文学材料论证自己的观点，这就使其文学研究具有跨国别的特点。可以说，丹纳的实证性文学研究包含着跨学科与跨国别的特点，是比较文学学科建制之前文学比较研究的典范。当然，丹纳的比较研究与当代比较文学所谓的“比较”又有区别，丹纳的比较是建筑

① 欧文·白璧德著，孙宜学译：《法国现代批评大师》，桂林：广西师范大学出版社 2002 年版，第 14 页。

② 管新福：《斯达尔夫人的比较文学观述评》，《贵州师范大学学报》2008 年第 1 期，第 93 页。

③ 周均平：《泰纳美学思想的历史地位、局限和影响》，《求是学刊》1989 年第 5 期，第 70 页。

于实证主义基础上的文学比较研究。

实证主义是流行于19世纪法国哲学领域的一种文化思潮，孔德是构建此哲学思潮的第一人。1826年，28岁的孔德开始举办“实证哲学”讲座宣传自己的实证主义思想；1830年，孔德发表了《实证哲学教程》第一卷；1842年，孔德发表了《实证哲学教程》最后一卷即第六卷。至此，孔德完成了实证主义哲学的体系建构，这一体系也开始对法国文学艺术产生重大影响。罗芃、冯棠、孟华在《法国文化史》中针对实证主义的这种影响说：“实证哲学对法国文学艺术产生重大影响是在50年代以后，那是孔德的实证哲学已经基本形成了体系的构建，在被思想界逐渐接受的同时，演化成了形形色色的实证论，并且与科学主义思潮相结合，在将近半个世纪的时间里支配了法国的思想及文学活动。”① 一般认为，活动于这个时期的文学批评家圣伯夫、丹纳、居约、勒南是实证主义文学批评的代表。所谓实证，就是自然科学的客观性研究方法。实证主义文学批评就是利用自然科学的理论和方法解释文学现象，寻求文学规律。因此，实证主义批评本身就是文学与自然科学的跨学科研究。实证主义思潮在法国流行的时候，丹纳已经是众望所归的著名学者，尽管有一些史料表明，青年时期的丹纳并没有阅读过孔德的著作，丹纳本人也对孔德颇有微词，但不可否认，主导丹纳文学研究理念的还是实证主义。白璧德在《法国现代批评大师》中说：“实际上，泰纳（傅雷译为丹纳，作者注）是作为实证主义者才对他的同代人和后代人产生巨大影响的。”② 作为一个实证主义者，丹纳的文学批评是圣伯夫和韦勒克批判的所谓“外部”研究。受孔德实证主义和达尔文进化论的影响，丹纳有意识地运用自然科学的学科知识和实证方法寻求艺术的发展规律。可以说，丹纳是实证主义哲学与自然科学理念运用于文学研究领域的实践者，也是19世纪法国实证主义与科学主义思潮运用于文学研究领域的集大成者。

丹纳的美学思想是立足于实证主义的文学与科学的联姻。丹纳认为，他的美学思想是现代的美学，与之区分开来的是形而上学的旧美学。对于这点丹纳曾详细论述：“我们的美学是现代的，和旧美学不同的地方是从历史出发而不从主义出发，不提出一套法则叫人接受，只是证明一些规

---

① 罗芃、冯棠、孟华：《法国文化史》，北京：北京大学出版社1997年版，第255页。

② 欧文·白璧德著，孙宜学译：《法国现代批评大师》，桂林：广西师范大学出版社2002年版，第159页。

律。过去的美学先下一个美的定义，比如说美是道德理想的表现，或者说美是抽象的表现，或者说美是强烈的感情的表现；然后按照定义，像按照法典上的条文一样表示态度：或是宽容，或是批判，或是告诫，或是指导。……我唯一的责任是罗列事实，说明这些事实如何产生。我想应用已经为一切精神科学开始采用的近代方法，不过是把人类的事业，特别是艺术品，看作事实和产品，指出它们的特征，探求它们的原因。科学抱着这样的观点，既不禁止什么，也不宽恕什么，它只是鉴定与说明。……美学本身便是一种实用植物学，不过对象不是植物，而是人的作品。因此，美学跟着目前精神科学与自然科学日益接近的潮流前进。精神科学采用了自然科学的原则、方向与谨严的态度，就能有同样稳固的基础，同样的进步。"① 丹纳的"现代美学"在如下三个方面践行着近代科学的理念。首先，丹纳的文学研究目的在于寻求文学规律，即通过文学现象的事实来分析和阐释文学规律。丹纳认为："（文学研究）全部工作只是用许多比较和逐步淘汰的方法，揭露一切艺术品的共同点，同时揭露艺术品与人类其他产物的显著的不同点。"② 其次，丹纳的研究方法是近代科学的事实分析方法。丹纳注重可靠的事实，热衷于通过罗列材料探求作品的原因，他甚至将艺术品看作"事实和产品"，将美学看作"实用植物学"。他说："我想把我的方法立刻应用在这个问题上。——我不提出什么公式，只让你们接触事实。"③ 最后，在研究态度上，丹纳的文学研究注重鉴定，从而对作品进行偏好性的评价。他说："科学同情各种艺术形式和各自艺术流派，对完全相反的形式与派别一视同仁，把它们看作人类精神的不同的表现，认为形式与派别越多越相反，人类的精神面貌就表现得越多越新颖。"④ 从这三方面我们可以看出，丹纳的文学研究借用了自然科学的理念和方法，从自然科学的角度对文学作品和文学现象进行了分析和阐释。因此，丹纳的文学研究注重的是科学性、客观性与规律性。这是文学在19世纪所遭受的科学"越界"，是科学对文学的学科"侵入"。文学与科学本属不同学科。古希腊文学是技艺学，是实践智慧，而科学属于理论智慧，这是两种不同的知识形态；文艺复兴以后，科学逐渐从哲学中分流出来，以其实证性、

---

① 丹纳著，傅雷译：《艺术哲学》，合肥：安徽文艺出版社1998年版，第49～50页。
② 丹纳著，傅雷译：《艺术哲学》，合肥：安徽文艺出版社1998年版，第50页。
③ 丹纳著，傅雷译：《艺术哲学》，合肥：安徽文艺出版社1998年版，第50页。
④ 丹纳著，傅雷译：《艺术哲学》，合肥：安徽文艺出版社1998年版，第50页。

客观性与中立性在学科林中独具一格；到了19世纪，欧洲浪漫主义文学思潮与科学主义比肩齐驱，英国帕金森著《文艺复兴和17世纪理性主义》，勃兰兑斯著《十九世纪文学主流》第五分册《法国的浪漫派》，这两部著作共同谱写了浪漫主义文学与科学主义哲学双峰并峙的奇异篇章；19世纪后叶，由于自然科学在改造物质世界方面所取得的伟大成就，自然科学一路高歌猛进，用科学理念和实验方法拉拢、引诱其他学科加入科学的阵营。丹纳的文学研究正是顺应这一时代精神的产物，其得失利弊正好是反思比较文学跨学科研究的经典个案。

在具体的文学研究实践中，丹纳以科学知识比对文学，通过文学现象的实证性分析、寻求文学的规律。丹纳善于利用自然界植物的生长特点比对文学创作的时代精神。例如，在探讨风俗和时代精神对美术的影响时，丹纳认为，不同气候环境会出产不同的植物，从南到北，先是芦荟和橘树，往后是橄榄树和葡萄藤，再往后是橡树和燕麦，再过去是松树，最后是苔藓，植物的排列不会错乱，什么样的气候环境就会生长与之相适应的植物。丹纳据此得出结论说："每个地域有它特殊的作物和草木，两者跟着地域一同开始，一同告终；植物与地域相连。地域是某些作物与草木存在的条件，地域的存在与否，决定某些植物的出现与否。"① 这是丹纳通过观察、研究自然界现象而得出来的结论。这个结论有扎实的事实基础，它可以被证实也可以被证伪，如果要考察结论的对错，只需像丹纳一样从南到北再实地研究一次就可以了。有了自然科学的结论，丹纳探讨文学与时代的关系就显得很有信心。他接着说："自然界有它的气候，气候的变化决定这种那种植物的出现；精神方面也有它的气候，它的变化决定这种那种艺术的出现。我们研究自然界的气候，以便了解某种植物的出现，了解玉蜀黍或燕麦，芦荟或松树；同样我们应当研究精神上的气候，以便了解某种艺术的出现，了解异教的雕塑或写实派的绘画，充满神秘气息的建筑或古典派的文学，柔媚的音乐或理想派的诗歌。精神文明的产物和动植物界的产物一样，只能用各自的环境来解释。"② 在自然界植物生长规律的启发下，丹纳得出了"精神文明的产物和动植物界的产物一样，只能用各自的环境来解释"的结论。这一结论实际上由两个部分组成，一方面是自然

① 丹纳著，傅雷译：《艺术哲学》，合肥：安徽文艺出版社1998年版，第47页。
② 丹纳著，傅雷译：《艺术哲学》，合肥：安徽文艺出版社1998年版，第48页。

界的动植物生长由气候环境决定，另一方面是精神文明产物的生产也由环境所决定。但是这两个部分的前提和结论又并不构成逻辑的推理关系，因为它们的中项不周延。它们组合在一起，只是一种类比性联想，因此，这两方面能够类比的前提被隐藏了。这一被隐藏的前提就是：精神产品的生产与动植物的生产规律是相同的。进一步说就是，人的精神生产与自然界的动植物生产是一样的。这一被隐藏的前提无疑忽视了人与自然界、动植物的区别，也就是说忽视了人的主观能动性。这是所有用自然科学理论来阐释文学现象的文学比较都难以避免的通病，而高明的文论家往往以自己的博学掩盖这一弊病。丹纳紧接着阐释意大利绘画史，指出“假定我们这个研究能成功，能把促使意大利绘画诞生、发展、繁荣、变化、衰落的各种不同的时代精神，清清楚楚地指出来；……指出每种艺术生存的条件：那么我们不但对于美术，而且对于一般的艺术，都能有一个完美的解释，就是说能够有一种关于美术的哲学，就是所谓美学”①。在这种美学思想的指导下，丹纳继续分析了古希腊戏剧、法国文化、意大利文艺复兴时期绘画、尼德兰绘画、哥特式建筑、荷兰绘画等诸多地区的文化艺术，这些分析阐明了文学艺术与种族、环境和时代的关系，但其内在的逻辑依然是精神产品与动植物产品的类比性联想，忽视了精神产品与动植物产品的本质区别。

丹纳运用自然科学方法阐释文艺现象，最终得出了文艺是种族、环境、时代的产物的主张。丹纳说：“我们可以如此断言：若干世纪的主流把我们导向一些不可预知的创造，这些创造全由这三个原始力量所产生和控制；……因为，我们在列举它们时，已接触到这些动因的整个范围；我们在考察那作为内部主源、外部压力和后天动量的‘种族’、‘环境’和‘时代’时，我们不仅彻底研究了实际原因的全部，也彻底研究了可能的动因的全部。”② 丹纳的文学三要素是游离于文学之外的跨学科研究，我们不应简单地否定这种“外部研究”，而应该更理智地分析文学的“外部研究”与文学之间到底是何种关系？它对阐释文学的作用在哪里？它又在哪些地方绕开了文学的本质？它对于比较文学跨学科研究有何启示？只有通过对这些问题的详尽分析，我们才能在丹纳的基础上进一步推进当代的比

① 丹纳著，傅雷译：《艺术哲学》，合肥：安徽文艺出版社 1998 年版，第 49 页。

② 泰纳：《英国文学史·序言》，伍蠡甫、胡经之：《西方文艺理论名著选编》，北京：北京大学出版社 1986 年版，第 155 页。

较文学研究。丹纳的“种族”概念是从遗传学、生理学和民族学角度来研究文学的，探讨的是文学在血统和智力上的共同点。丹纳在《英国文学史》中举例分析了古老阿利安人种族属性的特点，指出阿利安人“经过30个世纪的变革而起着变化，然而，在它的语言、宗教、文学、哲学中，仍显示出血统和智力的共同点，直到今天，这个共同点还把这一种族的各个支派结合起来”[①]。丹纳以种族概念说明作家在血统上的差异以及文化创造的族群渊源。应该说，丹纳是想深入到人性的根基处去阐释文学艺术的本质，这种跨学科研究为我们展示了作家背后更为广阔也更为深厚的群体渊源。作家不仅仅是实体性的个人，也是从生活世界中凸显出来的骄子，种族文化或者说族群文化是作家的精神家园。因此，“种族”概念能够帮助我们说明作家与其群体文化的关系。种族和环境构成了互动的关系，丹纳认为，人是自然环境与社会环境的天造地成。环境影响人的生存，掩盖人的“原始的倾向”，他说：“它们之于民族，有如教育、经历、条件、住所之于个人；而且它们似乎包罗一切，因为它们包罗一切外力，这些外力给予人类事物以规范，并使外部作用于内部。”[②] 丹纳运用了社会学、植物学、气候学、动物学等诸多自然科学知识阐释文学艺术与环境的关系。事实上，种族不仅仅是被动地适应环境，种族也在改造环境，自然界是“人化的自然”。在对种族与环境的动态关系的认识上，丹纳表现得很机械，缺乏马克思的辩证思维。我们应该认识到，种族、环境与时代三要素之间是辩证的关系，种族是环境的产物，环境是人化的环境，时代精神是种族与环境在某一特定时期的融合状态。种族、环境与时代和文艺创作者之间也是辩证的关系。一方面，文艺创作者是种族秀出之花朵，种族与环境是文艺创作者生长的坚实大地，时代精神是造就当下文艺创作者的生活世界，是文艺创作者与世界对话、在世界操持的上手状态。因此，种族、环境、时代影响了文艺创作，文艺创作是这三方面要素共同作用的结晶。另一方面，文艺创作者融合、改造种族、环境与时代的精神养料，他的创作是“天地精神皆备于我”后的纳旧成新。丹纳的美学思想论述了种族、环境与时代对文艺创作的影响，但他的思想具有机械性，周均平评价丹纳思

---

① 泰纳：《英国文学史》，伍蠡甫、胡经之：《西方文艺理论名著选编》，北京：北京大学出版社1986年版，第152页。

② 泰纳：《英国文学史》，伍蠡甫、胡经之：《西方文艺理论名著选编》，北京：北京大学出版社1986年版，第154页。

想说：“泰纳搬用达尔文进化论和自然科学观点，不仅不能真正科学地揭示社会事物和文艺现象的内在规律，反而使他的理论带有浓重的生物学色彩和机械决定论倾向。历史唯物主义从不否认自然科学观点的重要，并且自觉把自然科学成果作为自己历史观的自然基础，但却一贯地反对从根本上抹杀自然现象与社会现象、自然规律与社会规律、自然科学与社会科学的相对区别，反对把自然科学观点不加改造地直接搬用到社会科学领域。”① 机械地以自然科学类比人文科学，这就是丹纳美学思想的不足之处。我们认为，从种族、环境、时代等外部因素突围阐释文艺创作，借助丰富的自然科学知识来说明文艺的发生、发展，这种方法并非毫无可取之处。文艺之所以“是这样”，总有其“为什么会这样”的原因，韦勒克从内部研究说明文艺之“是”，也是对文艺为何会这样的原因的追溯，二者只不过是各自追溯的路径不同。任何追溯都有其存在的价值，只有那些缺乏辩证思维的、机械式的追溯才是失败的文学研究。

丹纳的文学比较思想在某些方面超越了当时诸多比较文学专家的理论著述，他不是为了比较而比较，他的文学比较蕴涵了他自己成熟的文学思想。丹纳的比较思想深受黑格尔的影响。黑格尔在论述艺术的经验研究方法时，指出艺术作品具有自己产生的特殊环境，他说：“每种艺术作品都属于它的时代和它的民族，各有特殊环境，依存于特殊的历史的和其他的观念和目的，因此，艺术方面的博学所需要的不仅是渊博的历史知识，而且是很专门的知识，因为艺术作品的个性是与特殊情境联系着的，要有专门知识才能了解它，阐明它。”② 黑格尔的这一段论述基本上包含了丹纳美学思想的三要素：种族、环境、时代。丹纳以此为出发点，融合了达尔文的进化论，将这三要素推演为决定文学发生、发展、衰亡的基本要素。由此可见，丹纳也是西方传统意义上的理性主义者，他的经验性的研究方法和跨学科、跨国别的比较只是论证自己文学思想的工具。当时的一些比较文学研究专家将比较的方法奉为法宝，只知为比较而比较，忽视了文学观念的提炼与阐发，从而陷入了争论“可比性”的泥淖而不能自拔，从某种程度上讲，丹纳的文学比较研究境界超越了这一类的比较文学研究专家。当然，丹纳的文学思想也存在诸多问题，国内外不少学者对此已有所警

---

① 周均平：《泰纳美学思想的历史地位、局限和影响》，《求是学刊》1989 年第 5 期，第 70 页。

② 黑格尔著，朱光潜译：《美学》，北京：商务印书馆 1997 年版，第 19 页。

觉，也提出了恰当的批评。尽管如此，丹纳的美学思想与研究方法仍然值得比较文学研究者借鉴，我们必须站在他的肩膀上继续推进比较文学学科建设，毕竟丹纳是法国学派建制之前法国最具影响力的文论家、美学家之一。

通过对中西方文学比较传统的追溯，我们认为，中西方在文学比较思维上存在着差异。西方的文学比较研究不断扬弃比较的诗性，不断追求比较的科学性，最终形成了科学主义的文学比较思潮；中国的文学比较虽然也有方法上的“比同较异”，但是保留了远古“比”的诗性智慧。因此，比象思维的诗性是中国迥异于西方比较方法的最具民族特色的传统。中国比象思维与西方“比较”原属平行发展、互不影响的范式，然而，当西方主导下的全球化将中国卷入世界市场后，中国在全球化中的边缘地位决定了比象思维必将为强势的科学性的比较所取代，这种取代在近现代甚至被以进化论的名义称为“落后国家的现代化”。仅从比较文学学科发展来看，全球性的比较文学学科建制热潮是以西方话语为基础的，中国传统的比象思维被西方比较所湮没。比较文学界自觉接受了以西方科学性比较为基础的学科体系，而忽视了中国比较思维的诗性智慧和中国在文学比较研究上的民族经验。可以说，比较文学学科 100 多年的发展史其实是西方文化观念取代中国民族智慧的不平等的文化活动。

第三章

全球化与世界文学理论

第一节　欧洲资本主义与全球化的兴起

全球化这个概念最早由西奥多·莱维特提出。1983 年，西奥多·莱维特在《哈佛商业评论》上发表题为《市场全球化》的文章，这篇文章成为全球化概念的原始出处。此后，“全球化”概念渗透到了公众领域，逐渐成为世纪之交最具代表性的文化术语之一。当代经济学家对全球化并没有一致的理解。国内学者多从马克思、恩格斯提出的有关资本主义的理论入手，将全球化理解为资本在全世界扩张的过程和结果，“全球化被普遍看作由于贸易、资金流动、技术创新、信息网络和文化交流在全球加速发展，使各国经济在世界范围高度融合，或者说，各国经济通过不断增长的各类商品和劳务输出输入，通过国际资金的流动，通过技术更快更广泛的传播，形成更深的相互依赖关系，导致全球统一的劳动分工加深，形成了更加一体化的世界经济”[①]。如果把全球化看作是世界资本主义经济发展的过程，那么“全球化”这个概念所指称的就不应该是 20 世纪才出现的新鲜事物，而是至少可以推前至 16 世纪左右。因为，欧洲资本主义的扩张历史可以追溯至 16 世纪前后：“欧洲资本主义的第一次扩张出现在 16 世纪前后，或者更确切地说，是在 1519—1521 年间第一次环海航行之后出现的。也有研究指出，从另外的角度看，人们关于世界连成一体的感觉，是从 19 世纪后期，确切地说是自 1884 年建立国际日期变更线和世界时区产生的，电报和信号的国际标准也在这个时期建立起来。”[②] 16 世纪的地理大发现促进了欧洲资本主义的快速发展，逐渐形成了世界市场，1870—1913 年是这一阶段发展的一个高潮，经济学界通常称之为：“全球化的第一个时代”。比较文学的学科建构是“全球化的第一个时代”的产物。正是在这一时期，人类意识到了民族之外、国界之外的他者与自我的密切联系。原本遥远的、甚至想象性的异域因商品交换而形成了实体性的交换关系，部

① 王洛林：《全球化与中国：理论与发展趋势》，北京：经济管理出版社 2010 年版，第 4 ~5 页。
② 王洛林：《全球化与中国：理论与发展趋势》，北京：经济管理出版社 2010 年版，第 50 页。

落意识因为自我与他者的紧密联系与深度交流而逐渐被世界意识所取代。我们可以作出这样的推断，欧洲资本主义的发展促进了世界市场的形成，而伴随着世界市场的持续发展，世界文学也逐渐进入了欧洲知识分子的视野，引发了他们讨论的兴趣。可以说，比较文学与世界市场是“背景”与“前景”的交互渗透，从新历史主义的角度来看，比较文学是世界市场的“前景”，世界市场充当着“背景”的作用。然而，世界市场以及世界意识又通过比较文学传达出来，比较文学在一定程度上是塑造世界市场的“文本”。“背景”与“前景”相互塑造的新历史主义观点启发我们将比较文学三大学派视为全球化时代比较文学研究的经典范式。

欧洲资产阶级是在封建社会中生成的封建社会的掘墓人，其萌芽最早可以追溯到14和15世纪地中海沿岸城市之间的雇佣劳动，这种新的生产方式扩大了商人和手工业者的影响力。马克思说：“在14和15世纪，在地中海沿岸的某些城市已经稀疏地出现了资本主义生产的最初萌芽，但是资本主义时代是从16世纪才开始的。”① 15世纪是西欧封建制度衰败的时期，这一时期新兴的城市中间阶级开始获得了公认的地位，逐渐主导了城市的工厂手工业，城市的手工业开始活跃起来，成为获取财富的新途径。随着城市的发展，手工业者、商人自身力量不断壮大，促使他们打破对主教、封建领主和王室官员的依附关系，开始成为新兴的社会力量并积极参与城市的管理活动。南京大学历史系教授沈汉对13世纪法国巴黎手工业者收入情况的分析可以说明当时手工业者的经济地位，他说：“根据1292年人头税登记表，一个毡帽制造者有19 000法郎的收入，一个织布业者有9 000法郎的收入，另有几个手工业者各有5 000法郎以上的收入，121个以上的手工业者年收入每人在1 000至5 000法郎之间，375个手工业者的收入每人在250至1 000法郎之间，这些都是高收入的手工业者，因为还有821名手工业者年收入在50至250法郎之间。”② 沈汉教授通过分析手工业者的收入情况得出结论：高收入的手工业者已经使用了雇佣劳动力。使用雇佣劳动力是资本主义生产方式区别于封建主义生产方式的起点，马克思认为：“资本主义生产实际上是在同一个资本家同时雇用人数较多的工人，因而劳动过程扩大了自己的规模并提供了较大量的产品的时候才出现的。

① 马克思：《资本论》，北京：人民出版社2004年版，第823页。

② 沈汉：《资本主义史》，北京：人民出版社2009年版，第207页。

人数较多的工人在同一时间、同一空间（或者说同一劳动场所），为了生产同种商品，在同一资本家的指挥下工作，这在历史上和概念上都是资本主义生产的起点。就生产方式本身来说，例如，初期的工厂手工业，除了同一资本家同时雇用的工人人数较多而外，和行会手工业机会没有什么区别。”① 资本主义生产方式以雇佣劳动为主，依靠在商品交换中实现劳动力的剩余价值来创造利润。商人、手工业者通过雇佣劳动力积累了大量财富，其经济地位随着财富的增长而日益凸显，最终取代了封建贵族成为城市司法和财政权的实际掌控者。以法国为例，法国第戎城“市政大权从13世纪就被富有的资产者家族独揽”，而阿拉斯城“1194年制定的选举制度实际上把管理城市的权力留给了富有的资产者”。商人与手工业者通过新的生产方式积累了大量的财富，又通过财富控制了政治，商人与手工业者开始登上了历史舞台，成为取代欧洲封建阶级的新兴阶级。到了16、17世纪，资本主义的组织与体系开始主导了欧洲世界，美国学者黄仁宇对此论述说：“十六七世纪以荷兰及英国为首的西欧国家，趁着宗教改革之发难，将封建制度的残余社会力量一扫而光，代之以新社会的国家组织与经济体系。这种组织与体系，以‘资本主义’称之。”②

资本主义生产方式促进了生产力的发展，刺激了世界市场的形成。商品必须通过交换才能实现剩余价值，而交换需要市场。因此，随着欧洲旧的生产方式向资本主义生产方式转变，欧洲商品交换所需要的市场也随之不断扩大，最终形成了世界性的市场体系。欧洲各国之间的商品往来历史悠久，早期商品交换集中于港口城市，通过海运方式实现城市之间的商品往来。15世纪地理大发现以后，世界贸易中心从地中海沿岸转移到大西洋和波罗的海沿岸。16世纪欧洲人口迅速增长，城市化的步伐加快，对粮食和农产品的需求更大，波罗的海地区为整个欧洲提供了大量的食品和原材料。从1643年斯德哥尔摩港的进出口贸易额来看，这一年“来自卢卑克港的货物进口总值为284 519瑞典元，占进口额的17.9%。来自葡萄牙的货物进口额为188 433瑞典元，占进口额的11.9%。来自格但斯克港的货物进口额为156 721瑞典元，占进口额的9.9%。来自哥德堡的货物进口额为106 707瑞典元，占进口额的6.8%。在斯德哥尔摩港的出口贸易中，出

---

① 马克思：《资本论》，北京：人民出版社2004年版，第374页。

② 黄仁宇：《资本主义与二十一世纪》，北京：生活·读书·新知三联书店2003年版，第8页。

口到荷兰诸港的货物为 1 040 547 瑞典元，占出口额的 53. 3%。出口到卢卑克的货物额为 470 406 瑞典元，占出口额的 20. 4%。出口到格但斯克和埃尔布隆格的货物额为 171 984 瑞典元，占出口额的 8. 8%。出口到丹麦的货物额为 63 450 瑞典元，占出口额的 3. 2%。出口到斯特拉松的货物总额为 62 114 瑞典元，占出口额的 3. 1%。出口到英格兰和苏格兰的货物额为 61 349 瑞典元，占出口额的 31%”①。单从斯德哥尔摩港的货物进出口情况来看，17 世纪的欧洲已经有了相当成熟的市场，各国的物产通过港口自由流通，既互补了各国资源的不足，也加强了各国的相互了解与文化交流。当然，刺激商品交换市场不断扩大的原动力是利润，通过交换获取利润并积累财富是资本主义商品交换的本质。

沈汉认为世界市场的形成经过了三个阶段：“世界市场形成的第一阶段，包括世界上大的地区早期的联系建立到地理大发现以后一个时期，严格地说，这个阶段一直持续到工业革命完成、新的交通运输工具如汽船和铁路运输开始之前。这一个阶段的第一个阶段，即海上探险和殖民掠夺的阶段，它通过不等价的掠夺，展开奢侈品的长途贸易。到 17 世纪后期以后，则建立了原材料输出和制造业产品输入的经济关系。第二个阶段开始于工业革命完成时期，到第二次世界大战结束后的二、三十年。到了这个阶段后期，世界市场已经巩固地建立，资本主义和帝国主义经济控制下的宗主国与依附国的关系最后形成。”② 从世界市场发展的过程来看，第一阶段是欧洲国家完成资本原始积累的重要时期，这一时期，欧洲国家通过殖民扩张和商贸活动掠夺了大量的贵金属。以巴西的黄金和墨西哥的白银为例，18 世纪巴西发现的金矿得到开采，大量的黄金流入西欧国家：“1701 年到 1720 年平均每年为 150 000 000 马克。1721 年到 1740 年平均每年为 490 000 000 马克。1741 年到 1760 年平均每年为 816 000 000 马克。自 1764 年起产量逐渐减少，到 19 世纪几乎不再有黄金出产。”③ 再看墨西哥的银矿，1765 年萨卡斯的博兰萨矿开始开采，之后墨西哥白银的产量逐年增加。沈汉认为：“这些贵金属迅速从西班牙与葡萄牙的殖民地运到母国，再转运到欧洲北部经济发达的国家，特别是输入英国，促进了流通和经济

---

① 沈汉：《资本主义史》，北京：人民出版社 2009 年版，第 77 ~ 78 页。

② 沈汉：《资本主义史》，北京：人民出版社 2009 年版，第 55 页。

③ 沈汉：《资本主义史》，北京：人民出版社 2009 年版，第 189 页。

的发展。"[①] 贵金属特别是黄金、白银是财富的象征，在商品交换过程中充当着货币的作用。世界各国尽管物产不一样、语言文字不一致，但黄金、白银的价值是大家所公认的，黄金与白银的世界性通行，促进了世界性商品交换的活跃。欧洲强国控制了大量的黄金、白银，从而掌握了商品交换时定价的主动权，它们因此加快了掠夺利润和积累财富的步伐。这种财富的快速积累又刺激了新兴资产阶级扩大生产和扩展市场的积极性，欧洲资产阶级开始在世界各地开展贸易活动以谋取利润。沈汉认为："商业利润和商业的再扩大，与工场手工业和金融资本形成有着千丝万缕的直接联系，无法把商业和工业完全分开，往往是纯粹商品市场的活动和经过劳动市场生产出来的商品的销售都在增加利润。……因此，商业活动在从封建社会向资本主义过渡时期是资本主义经济关系的一个重要的维度。诚然，从根本上说，商业特别是大规模商业在很大程度上要依靠工业，因此商业资本主义在资本主义形态中具有依附性，属于次要地位。至于市场（国内市场和世界市场）的形成则是资本主义活动必不可少的条件。同时也是社会交往的重要标志，是资本主义时代的特征。因此，它同样是资本主义的维度。"[②] 商品在不同地区的价格差异创造了利润的空间，例如英国科茨沃尔德的麻布运到巴西，卡利卡特的胡椒运到里斯本和威尼斯，因为商品存在地域的差价，所以存在着转运的利润空间。早期资本主义国家利用这种价格差异最大限度地赚取利润，又通过世界性的黄金、白银将世界各国联系起来，逐步纳入有共同货币交换的世界性市场。可见，世界市场的形成是资本主义活动必不可少的条件，也是商品交换不断推进的必然结果。资本主义的形成需要市场，市场的发展促进资本主义的发展，而资本主义的发展反过来又不断推动市场的扩展。世界市场与资本主义的生产方式从一开始就处于相互促进的动态过程之中。

第一次工业革命以后，英国率先启用了机器生产，生产效率得到快速提升，促进了欧洲商品生产的工业化发展与世界市场的进一步扩张。张秀玲对工业革命有这样一段论述："第一次工业革命指以大机器生产和广泛采用蒸汽动力为标志的工业革命，因它首先开始于英国，重要的新机器和新生产方法都是英国发明的；就世界范围来说，这次工业革命是以英国为

---

① 沈汉：《资本主义史》，北京：人民出版社 2009 年版，第 190 页。

② 沈汉、王建娥：《欧洲从封建社会向资本主义社会过渡研究——形态学的考察》，南京：南京大学出版社 1993 年版，第 129 页。

中心，通过新技术的传播带动后进国家，从而推动了近代工厂制度在欧美先进国家逐步建立，把人类带入了‘蒸气时代’的，因此，人们习惯于将此次工业革命称之为‘英国工业革命’。……英国工业革命不仅扩展到西欧和北美，推动了法、美、德等国的技术革新，而且影响到东欧和亚洲，俄国和日本也出现了工业革命的高潮，它标志着世界整体化新高潮的到来，也标志着世界大动荡、大裂变的开始。”① 美国、法国、德国等国家在1825 年英国取消机器禁运后获得了机器设备和先进技术，其农业和工业生产水平也得到了大幅提升。以美国为例，1820 年美国发明了马拉耕田机，之后又相继发明了玉米栽种机、捆扎机和各种搬运设备，其农业机械化的规模和水平甚至超越了英国。机械的大规模使用促进了生产力的发展，也刺激了资产阶级寻求国外市场的欲望。在机械化的工业生产过程中，资产阶级掠夺的是商品的剩余价值，而商品必须通过交换才能实现剩余价值，商品消费得越多，所获得的剩余价值也就越大。生产力发展后的欧美强国，其商品生产能力超过了本国的消费能力，因此，扩张国外市场以实现商品中的剩余价值成为资产阶级的迫切要求。交通运输技术的快速发展也加速了世界各国的联系。继英国开凿桑基布鲁克运河后，美国也掀起了开凿运河的高潮；1825 年，英国铺设第一条铁路，在欧洲、北美也相继兴起了铁路建设的热潮。马克思说：“自 1867 年最近的一次普遍危机爆发以来，已经发生了巨大的变化。由于交通工具的惊人发展，远洋轮船、铁路、电报、苏伊士运河，第一次真正地形成了世界市场。”② 交通运输业的发展，不仅加强了各国国内市场的联系，而且使世界各国之间的交往更加便利和频繁。这个阶段的世界市场是商品与原材料交换的市场。由此可见，世界市场促进了世界贸易的快速发展，为资产阶级倾销商品、攫取廉价原料和拓展利润丰厚的投资场所提供了便利。资产阶级凭借先进技术不断将农业国家纳入世界市场，亚非拉许多农业国家成为资产阶级倾销商品和掠夺原材料的殖民地。

大工业生产创造了世界市场，运输技术的变革增进了国家之间的交往。资产阶级为了掠夺利润而活动于世界各地，商品在世界各国流通，使

---

① 张秀玲：《工业革命——世界整合与裂变的双刃剑》，《山东大学学报》1999 年第 3 期，第 74 ~ 75 页。

② 马克思、恩格斯：《马克思恩格斯全集》（第 25 卷），北京：人民出版社 1975 年版，第 554 页。

国家与国家之间的联系更加密切。马克思曾经深刻地指出："机器的发明完成了工场劳动同农业劳动的分离。从前结合在一个家庭里的织布工人和纺纱工人被机器分开了。由于有了机器，现在纺纱工人可以住在英国，而织布工人却住在东印度。在机器发明以前，一个国家的工业主要是用本地原料来加工。例如：英国加工的是羊毛，德国加工的是麻，法国加工的是丝和麻，东印度和列万特加工的则是棉花等等。由于机器和蒸汽的应用，分工的规模已使脱离了本国基地的大工业完全依赖于世界市场、国际交换和国际分工。"[①] 马克思认为，大工业生产开创了世界历史，它使每个文明国家以及这些国家中的每一个人需要的满足都依赖于整个世界。这种世界性的相互依赖，当代学者伊曼纽尔·华勒斯坦认为是资本主义体系化的结果，他说："这一历史体系起源于15世纪后期的欧洲，它在空间上不断扩张，到19世纪后期囊括了整个地球。它今天仍然囊括着整个地球。"[②] 世界相互依赖，世界各国家之间虽然有政治的疆域，但是联系越来越紧密的世界市场打破了这种疆域，商品、资金、文化在各国之间加速流通，资本主义的生产方式走向了国际化，这就是1983年西奥多·莱维特所论说的"全球化"。

从世界市场的形成过程来看，世界文学这一概念的提出并不是歌德的兴之所至，也不是单纯的文学研究范式的改变。世界文学视野源自世界之间的实体性交往，如歌德所读到的中国小说《好逑传》就属于这种实体性交往的文化事件。王向远认为："比较文学学术谱系上的第二个阶段，是近代的'比较文学批评'（或称'比较文学评论'）。这种批评形态发源于、并且多见于近现代欧洲国家，后来（19世纪后）在欧洲的影响下，亚洲各国也进入了比较文学批评的时代。在欧洲，文艺复兴运动后各民族文学迅速成熟和发展，其间的联系日益广泛和深刻，各国文学的特性与全欧洲的普遍性共存，使得批评家要为某作家作品或某种文学现象作出定性与定位，就要运用国际的眼光与比较的方法。"[③] 将比较文学作为文学事件来看待，容易忽视文学世界性交流语境中的不平等关系。世界文学，或者说

---

① 马克思：《政治经济学的形而上学》，《马克思恩格斯选集》（第1卷），北京：人民出版社1975年版，第132～133页。

② 伊曼努尔·华勒斯坦著，路爱国、丁浩金译：《历史资本主义》，北京：社会科学文献出版社1999年版，第5页。

③ 王向远：《比较文学系谱学》，北京：北京师范大学出版社2010年版，第5页。

文学的世界性交流是世界市场不断扩展的必然结果，也是世界走向资本主义体系化的时代产物。在世界市场的推进过程中，世界分成了两个部分，“北欧、中欧、东欧一些国家：比利时、意大利、德意志、奥匈帝国、俄国以及东方的日本通过革命或改革摆脱农本经济的旧轨，实现了资本主义工业化，进入资本主义时代。亚非拉的多数国家则在列强的炮舰下失去了抵御能力，沦为欧美资本主义列强的殖民地半殖民地，成为资本主义的国际市场、原料产地和劳动力的供应地，成为他们投资的场所、牟利的乐园，成为资本主义经济的附属”①。世界成为了欧美强国主导下的资本主义世界，亚非拉的多数国家被迫卷入其中，成为向“核心”地区输送“剩余”的边缘地区。在这种时代背景中的世界文学是以资本主义“核心”国家的文化为主导的文学，也是“边缘”国家改变自己，从而融入资本主义体系的文学。

可见，世界文学是兴起于资本主义摇篮中的时代婴儿。世界市场的不断开拓，促进了人类对世界的整体性感知，19 世纪世界文学观念的形成与人类对世界的这种整体性感知有着密切的联系。王向远通过资料举证，说明了 19 世纪世界文学观念的形成与世界历史观念的形成有着因果关系。王向远说：“整个 18 世纪，在欧洲史学界和思想界是‘世界主义’的时代，尽管或多或少地带有欧洲中心主义倾向，但东方各国的历史还是纳入了他们的视野，初步构架起了‘世界历史’的框架体系，并形成了跨民族的、跨文化的、以宏观比较为特色的比较研究方法。……18 世纪后，许多有见识的欧洲文学家、思想家力图突破欧洲文学区域的限制，将亚洲或东方国家纳入文学视界，特别是将波斯、阿拉伯、印度和中国这样的东方文学大国收纳于视野中。”② 从人类的世界历史观念来看，世界文学与世界历史观念的形成源于世界性的商品交换，也就是说，有世界性的商品流通，必将有世界性的文化交流，也必将产生对世界文学的想象。世界文学只是这种世界性观念的一个组成部分，甚至是后起的较为成熟的部分。

---

① 张秀玲：《工业革命——世界整合与裂变的双刃剑》，《山东大学学报》1999 年第 3 期，第 76 页。

② 王向远：《比较文学系谱学》，北京：北京师范大学出版社 2010 年版，第 77 页。

第二节　歌德、马克思的世界文学理论

1827年1月31日，德国著名文学家歌德在翻阅一部中国传奇时对爱克曼说“世界文学的时代已快来临了”。歌德的这句话成为世界文学一词的最早出处。尽管歌德没有为世界文学下一个明确的定义，但是歌德以他天才的时代感触摸到了文学发展的新方向。之后，歌德又在不同场合论述了民族文学与世界文学的关系，这些论述引发了学者们孜孜不倦的探究热情。20年后，德国著名哲学家马克思与英国哲学家恩格斯也从资本主义生产方式的角度论述了世界市场与世界文学的关系，马克思、恩格斯的论述影响了一代代中国学者，并成为中国学者讨论世界文学的指导思想。歌德和马克思、恩格斯关于世界文学的论述是19世纪世界文学研究中最为精彩的一笔。当代学者李衍柱在评价歌德的世界文学观念时说：“歌德关于民族文学与世界文学的理论主张，虽然已过去近两个世纪，但随着时间的推移和资本主义市场经济的发展，特别是在当今数字化生存的信息时代，更显示出歌德提出的理论所包含的科学预见性与真理性。……关于‘世界文学’时代的到来以及世界总体文学之中各个民族文学之间相互学习、相互对话交流、相互吸取、借鉴的论述，不仅属于歌德所处的那个时代，而且属于未来。它对于我们正在建设有中国特色的社会主义和谐文化和文学艺术，显然有着重要的理论价值和现实的启迪意义。”① 这段评价也可以用来评论马克思、恩格斯的世界文学理论。歌德和马克思、恩格斯的世界文学论述是最早的具有全球化视域的文学观念，也是对文学世界性交流的最早感知与指称，这些论述开启了文学研究的新领域——比较文学，对全球化时代下的比较文学研究有重要的启发。

一、吸纳式的世界文学：歌德世界文学主张的再认识

歌德的世界文学主张依然是一个迷人的话题，因为歌德从没有给世界

---

① 李衍柱：《全球化视阈中的民族文学与世界文学》，《江西社会科学》2007年第2期，第73～77页。

文学作过明确的定义，因而使世界文学充满着广阔的阐释空间。国内比较文学界多从比较文学的角度来分析、评价歌德的世界文学主张，较多学者看到的只是歌德世界文学观念的冰山一角；视野稍微广一些的学者则尝试着从歌德的美学思想来论述世界文学的内涵，但他们论述的内容也还在世界文学的概念上打转。我们认为，歌德作为一个伟大的作家，他对世界文学的认识有理论性的阐发，也有创作层面上的考量，歌德之所思与所行既体现了19世纪伟大作家对世界文学的认识，也显示了世界文学所蕴涵的强大的生命力。因此，我们应该尝试着从理论与实践两个层面共同考察歌德的世界文学思想。本节将从理论上分析歌德世界文学思想所论述的内容，同时从歌德的写作实际论证世界文学所蕴涵的强大的生命力，这两个方面的论述都紧贴歌德的作家身份，力求打破理论疆域，从而将对世界文学的认识推上新的台阶。

从理论层面上看，世界文学是走出民族文学后的“新文学”。歌德提出世界文学这一概念缘于他对一部中国传奇的阅读，他在阅读的过程中感受到了中国传奇与贝朗瑞在处理道德题材上的差异，因此，他认为应该环视四周的外国民族文学的情况，他说：“我愈来愈深信，诗是人类的共同财产。诗随时随地由成百上千的人创作出来。这个诗人比那个诗人写得好一点，在水面上浮游得久一点，不过如此罢了。……每个人都应该对自己说，诗的才能并不那样稀罕，任何人都不应该因为自己写过一首好诗就觉得自己了不起。不过说句实在话，我们德国人如果不跳开周围环境的小圈子朝外面看一看，我们就会陷入上面说的那种学究气的昏头昏脑。所以我喜欢环视四周的外国民族情况，我也劝每个人都这么办。民族文学在现代算不了很大的一回事，世界文学的时代已快来临了。现在每个人都应该出力促使它早日来临。不过，我们一方面这样重视外国文学，另一方面也不应拘守某一种特殊的文学，奉它为模范。我们不应该认为中国人或塞尔维亚人、卡尔德隆或尼伯龙根就可以作为模范。如果需要模范，我们就要经常回到古希腊人那里去找，他们的作品所描绘的总是美好的人。对其他一切文学我们都应只用历史眼光去看。碰到好的作品，只要它还有可取之处，就把它吸收过来。”① 歌德的这段话含义非常丰富，一方面，歌德认为诗人必须超越本民族的界限，大胆地吸取其他民族文学中一切可取的养

---

① 爱克曼著，朱光潜译：《歌德谈话录》，北京：人民文学出版社2000年版，第113页。

分；另一方面，歌德又认为，一国文学可以接受其他民族的影响，但又不能奉之为模范，欧洲人的文学模范应该是回到古希腊。这两层意义看起来是矛盾的，因为既然民族文学已经不算什么了，就没有必要再固守古希腊文学了，古希腊文学是已经逝去了的民族文学。我们应该如何理解歌德表述中的这种矛盾呢？

歌德的这段论述并没有因为提出世界文学概念而排斥民族文学，韦勒克、沃伦在分析歌德的世界文学概念时说："'世界文学'这个名称是从歌德的'Weltliteratur'翻译过来的，似乎含有应该去研究从新西兰到冰岛的世界五大洲的文学这个意思，也许宏伟壮观得过分不必要。其实歌德并没有这样想。他用世界文学这个名称是期望有朝一日各国文学都将合而为一。这是一种要把各民族文学统一起来成为大合奏中演奏自己的声部。但是，歌德自己也看到，这是一个非常遥远的理想，没有任何一个民族愿意放弃其个性。今天，我们可能离这样一个合并的状态更加遥远了……"① 韦勒克和沃伦认为，歌德主张民族文学融入世界文学，民族文学是特殊的文学，世界文学是具有普遍性的文学，尽管这种普遍性文学还很遥远。实际上，韦勒克和沃伦对歌德世界文学的解读是过度的解释，也是一种片面的推导，这种解读直接影响了国内学者对世界文学的认识。比如高小康就认为歌德的"世界文学"观念是一元论的文化观念，他说："歌德的世界文学观念基于这样的文化观念：各民族文化和文学本质上是同类的，是可以在一个标准或模范的引导下共同发展的。这是一种一元论的文化观念。因此，他心目中的'世界文学'观念本质上是具有统一价值和发展逻辑的文学进步观念。换句话说，歌德的'世界文学'概念不是一个简单的全世界的集合概念，而是对全世界各民族文学发展的共同趋势和前景的期待。这样一个理想主义的文学观念的前提就在于不同文化应当具有共同的或统一的价值标准，而这种标准只能来自西方的理性主义精神。"② 王卫东、杨琳也认为世界文学具有普遍的、中心的话语权力，他们认为："隐藏在'世界文学'概念之后的是一整套话语权力，这种话语权力不是强迫人们做什么或不做什么，而是通过这种讲述赋予世界文学一种秩序。在这套话语中，'民族文学'是特殊的、边缘的，'世界文学'才是普遍的、中心

---

① 韦勒克. 沃伦著，刘象愚等译：《文学理论》，南京：江苏教育出版社 2005 年版，第 43 页。

② 高小康：《"世界文学"与全球化文学界说》，《社会科学辑刊》2002 年第 2 期，第 37～42 页。

的，只有符合超越于众多‘其他’民族文学的更高的‘模范’标准或价值尺度的文学才可能成为世界文学，全世界的文学可以而且应该服从于同一逻辑，在一个中心、一种典范的引导下发展并走向统一。”① 这种对世界文学的认识纯属是对歌德主张的过度阐释。歌德的论述并没有将民族文学统一在世界文学这一个中心的意思，相反，歌德所主张的是民族文学要越出自己的民族疆域，大胆地接受其他民族的优秀养分，而不是放弃个性。歌德认为，各民族都有自己的诗，都有自己的诗人，任何诗人都不能“自视”为唯一的诗人，任何人都要走出自己的国界，这种走出国界的交流才是文学的世界性交流。然而，走出国界并不意味着脱离自己的“根”，歌德在强调“向外学习”的同时又强调回到自己文学的源头，这源头可比保证文学的民族特点得以保存。由此可见，歌德的世界文学设想并非脱离了民族地基的“统一”的文学。歌德的世界文学是诗人走出国界的世界性文学视野，而不是一种实体性的文学。

王卫东、杨琳还通过举证歌德主张学习古希腊模范的话说明：“在歌德心目中，有一种文学——就是古希腊文学——才称其为‘典范’，其他民族的文学，充其量只能是‘其他’。古希腊文学就是标准，其他民族文学应该而且只能以这标准去衡量、选择。”② 这更是对歌德原话的误读。歌德原话中的“我们”应该放到具体的语境中去考察，这是歌德和爱克曼的对话，“我们”是歌德对爱克曼说的，首先确指的是歌德和爱克曼，即使是将“我们”理解为泛指所有人，歌德这段话也不是强调希腊文学是世界文学的标准。歌德首先强调的是要重视外国文学而不据守某一种特殊的文学，而古希腊文学也是一种特殊的民族文学。也就是说，所有的民族文学在歌德看来都是特殊的文学，都是应该“朝外面看一看”的文学，“朝外面看一看”就是要吸收它们的可取之处。因此，我们认为，歌德的这段话强调的是对世界所有民族文学的通观了解，然后吸收其他民族文学的可取之处，这是一种吸纳式的文学主张。所谓吸纳，吸取纳入也，即不管是哪个民族的文学，只要是可取的就积极地吸取过来，为我所用。这样的世界文学观念就不是建构一种实体性的世界文学，而是对文学的一种世界性的

---

① 王卫东、杨琳：《如何走出西化的文论话语》，《思想战线》2004 年第 4 期，第 79～83 页。

② 王卫东、杨琳：《如何走出西化的文论话语》，《思想战线》2004 年第 4 期，第 79～83 页。

豁达心态——超越了民族意识的心态。实际上，歌德所主张的世界文学并不是建构一种统一民族文学的实体性文学，也不是抛弃民族性的世界文学。他所主张的是立足于民族文学传统基础上的、积极汲取其他民族文学优长的文学。这就需要具有敢于打破民族界限的世界性胸怀，这种心胸能够促使作家吸取所有民族文学中可吸取的养分以成就自己。歌德还比较了贝朗瑞和中国传奇在处理道德题材上的差异，这段比较也说明歌德不仅关注民族文学之间的相同之处，也关注它们之间的差异。歌德说："我看见贝朗瑞的诗歌和这部中国传奇形成了极可注意的对比。贝朗瑞的诗歌几乎每一首都根据一种不道德的淫荡题材，假使这种题材不是由贝朗瑞那样具有大才能的人来写的话，就会引起我的高度反感。贝朗瑞用这种题材却不但不引起反感，而且引人入胜。请你说一说，中国诗人那样彻底遵守道德，而现代法国第一流诗人却正相反，这不是极可注意吗?"① 贝朗瑞和中国传奇在处理道德题材方式上迥然不同，但这并不影响中国传奇成为优秀的作品而贝朗瑞成为优秀的作家。歌德通过这一比较发现了民族文学各有所长，因此，他主张吸取他人所长以成就自我。歌德强调："任何人都不应该因为写过一首好诗就觉得自己了不起"，因为，其他民族也会有优秀的诗人。在此基础上，我们再理解歌德所谓的向古希腊的典范学习就会得出与之前不同的结论。歌德认为，古希腊文学有典范的意义，因为古希腊文学描绘的都是美好的人。因此，我们可以吸取它们的优秀成分以成就自己的文学创作。可见，在歌德眼里，古希腊文学也是一种"民族"文学，它是欧洲作家以之为基础吸纳其他民族文学的"前见"。文学的世界意识并不是抛弃民族文学，而是在民族文学的基础上吸纳他者以成就民族性的自我。因此，我们更倾向于将歌德与爱克曼的有关以古希腊文学为典范的谈话看作一个伟大的作家在指导年轻的爱克曼如何创作，而不是在提倡全世界文学只能有一种古希腊文学。

如果从歌德与中国文学的关系探讨歌德的世界文学主张，我们会发现歌德提倡世界文学的意义就远远超出了国内学者所理解的那种中心主义的文学。歌德与中国文学的关系问题是中外学者不遗余力热情探究的领域，诸多前辈学者所积累的材料为我们继续讨论歌德的世界文学主张奠定了扎实的基础。我们感兴趣的是，歌德在接受中国文学的影响以后，他本人的

① 爱克曼著，朱光潜译：《歌德谈话录》，北京：人民文学出版社 2000 年版，第 112～113 页。

思想与文学创作发生了什么变化？这是一种影响效果的研究，也是一种从一个伟大作家的实践层面探究世界文学究竟有何意义的效果史研究。

歌德早年对中国文学颇为反感，这是歌德“狂飙突进”式的浪漫主义情怀对中国文化的拒绝。歌德早期的世界观和文学实践深受赫尔德的影响，他讴歌激情，崇尚自由，反对思想和艺术上的任何束缚和桎梏。这个时期的歌德，引用郑克鲁先生的描述就是：“此时他是以追求个性自由、反对一切束缚为基础，以澎湃奔突的狂放激情为性格特征和美学特征的。这种激情是与他的天性、旺盛的求知欲、时代氛围乃至莎士比亚戏剧和民间文学学习分不开的。他的狂放激情和自由意识与当时死气沉沉、等级森严的德国社会形成了巨大的矛盾。”① 歌德的这种浪漫主义情怀使他对所阅读到的《大学》、《中庸》、《论语》、《孟子》、《孝经》和《小学》等注重儒家伦理修身的中国典籍不感兴趣；1770 年，歌德开始担任赫尔德的助手，在赫尔德的影响下，歌德开始接触当地民歌，在审美情趣上倾向于自然，从而反感华丽纤巧、缺乏真情实感的洛可可风格。而歌德认为中国文化具有洛可可的风格特征，因此，他对中国文化只停留在“轻描淡写式的讥讽上”。1796 年，歌德在其短诗《在罗马的中国人》中对中国进行了讥讽：

> 我昔在罗马，见一中国人。一切建筑物，无论古与今，在彼心目中，粗俗且沉沉。喟然长叹息：“汝等可怜人，奈何不三思。文木可作柱，屋顶赖支持。纸皮兼木板，亦可漆银朱。触发文明感，令人喜可知。惟我觉其人，审美徒支离，遐想入非非，谓可侔造化。康强以为病，身衰自认强。”

这首短诗讽刺了中国人对西方建筑物的认识。中国人批评西方建筑缺乏美感，认为应该漆上银朱这些华丽的装饰。对此，歌德认为是中国人不能理解西方建筑的康强，他反过来批评中国人是“身衰自认强”。从这首短诗可以看出，歌德理解中的中国文化是洛可可风格的典型：只追求华丽纤巧的表面而缺乏自然强健的内在力量，这当然是对中国文化的一种误解。方汉文主编的《东西方比较文学史》一书中就认为：“依歌德这样智

① 郑克鲁：《外国文学史》，北京：高等教育出版社 2001 年版，第 132～133 页。

睿的一代大家，未必不能识破已经异化了的中国园林和中国物品的迷雾，一切的误解，在于歌德与中国文化接触时的无心和先入为主，在于歌德真正的兴趣是古希腊罗马伟大的传统和对精神自由、个性独立以及情感自主的崇尚，而这一切与歌德接触到的中国文化无缘。因此，利温奇推断，如果此时，老子及其泛神论的神秘主义学说尚能留行于欧洲的话，就一定能吸引歌德了。”[①] 这就说明，文化之间的交流与影响和主体的先入为主的前见有密切的联系。海德格尔已经指出：“把某某东西作为某某东西加以解释，这在本质上是通过先行具有、先行视见与先行掌握来起作用的。解释从来不是对先行给定的东西所作的无前提的把握。……任何解释工作之初都必然有这种先入之见，它作为随着解释就已经‘设定了的’东西是先行给定的，这就是说，是在先行具有、先行视见和先行掌握中先行给定的。”[②] 歌德在接受中国文化之前，已经形成了自己的知识结构、审美倾向和创作主张，这是他从幼年时期开始接受家庭教育、学校教育和社会教育所形成的结果。当歌德自己的知识结构、审美倾向和创作主张与中国文化相异时，他很自然地采取了忽视或者讥讽中国文化的态度。可见，文化之间的交流与影响受到接受者前见的影响，排除前见进而设想统一的世界文学只是理论上的想象。

歌德对中国文化的态度在 1813 年发生了转变。在魏玛担任小公国首相期间，歌德对自己早年所追求的以个性自由、狂放激情为核心的人生理想产生了怀疑，他开始追求“客观性”和富于理性意味的新的美学理想和艺术理想。在这种新的美学理想的形成过程中，歌德重新认识了中国文化，对中国文化投入了较多的关注。利温奇认为：“歌德在 1813—1815 年和 1827—1828 年这两个时间段中曾认真努力于中国研究。”[③]歌德提出世界文学这一设想也正好处于这个阶段。也就是说，歌德是在自己的美学理想和艺术理想发生了变化以后才对中国文化投以较多关注的，而他本人所追求的理性意味的美学理想又刚好与其所读到的中国传奇相吻合。歌德在中国传奇中发现了中国文化对道德的理性克制与严格节制，这种克制和节制正

---

① 方汉文：《东西方比较文学史》，北京：北京大学出版社 2005 年版，第 474 ~ 475 页。

② 海德格尔著，陈嘉映等译：《存在与时间》，北京：生活·读书·新知三联书店 2000 年版，第 176 页。

③ 利温奇著，朱杰勤译：《十八世纪中国与欧洲文化的接触》，北京：商务印书馆 1991 年版，第 121 页。

是歌德晚年所欣赏的。因此，他开始与中国文化心心相印。方汉文主编的《东西方比较文学史》认为："歌德晚年这种积极入世，信奉有为哲学的思想倾向和宁静致远，退而思之的精神境界与中国文化中的孔孟儒教非常接近，与中国文学作品中的境界也非常相似，难怪歌德晚年能逆潮流而动，当社会风尚已疏远中国之时，他却能独独青睐中国。"① 这是一种精神层面上的相互吸引。我们以杨武能所翻译的歌德的部分日记为例说明歌德对中国文化的热情：

2 月 2 日。研究中国诗。

2 月 3 日。《花笺记》。晚上自修，继续读《花笺记》。

2 月 4 日。晚上，《中国的诗》。

2 月 5 日。同约翰谈《中国女诗人》。夜里继续研读中国文学。

2 月 6 日。抄定《中国女诗人》。

2 月 11 日。晚上向爱克曼博士朗诵中国诗。②

歌德对中国文化态度的转变启发我们，一种文化跨越国界进入另一国界，正如一本书静悄悄地躺在书架上等待读者的阅读。读者阅读书本，意味着书本所蕴涵的思想观念开始启动，这些观念将会对其读者产生影响。这种影响有正也有负，有大也有小，关键在于读者对书本所蕴涵的文化观念是否认同。歌德早期拒绝了中国文化，因为他所认识的中国文化和自己的审美理想迥然不同；歌德晚年对中国文化投入了大量的精力，主动接受中国文化的影响，是因为他自己的审美理想发生了变化，他在中国文化中找到了自己所要寻找的文化资源。因此，文化对人的影响，是人与文化的和合生发。人选择了接受某种文化，文化就会滋养选择它的人；人拒绝了某种文化，文化则继续等待接受它的人。

歌德青睐了中国文化，中国文化就开始滋养歌德。当歌德进入了中国文化的缘域，中国文化的精神特质就成为了歌德文学创作的资源。歌德晚年写了《中德四季晨昏杂咏》组诗，这 14 首长短不一的抒情诗就是歌德在研究中国文化和阅读中国文学作品的基础上所创作出来的，中国文化被

① 方汉文：《东西方比较文学史》，北京：北京大学出版社 2005 年版，第 485 页。
② 杨武能：《歌德与中国》，北京：生活·读书·新知三联书店 1991 年版，第 38 ~ 39 页。

歌德所吸纳，融入到歌德的文学作品中，成为歌德能够运用自如的又一有力武器。杨武能先生认为，这一组诗在三个方面受到中国文学的影响。首先是艺术形式上，组诗简短严正，语言精练简约，这是中国古典诗歌的特征。其次是恬淡清新的写作格调和含蓄委婉的抒情风格，有十足的中国味儿。诗作的思想和情趣上，也染上了中国智慧。再次是诗作中出现了许多中国词语和中国物事。① 以歌德组诗的第八首为例：

暮色徐徐下沉，
景物俱已远遁。
长庚最早升起，
光辉柔美晶莹！
万象摇曳无定，
夜雾冉冉上升，
一池静谧湖水。
映出深沉黑影。
此时在那东方，
该有朗朗月光。
秀发也似柳丝，
嬉戏在清溪上。
柳荫随风摆动，
月影轻盈跳荡。
透过人的眼帘，
凉意沁人心田。

此时的东方，不仅为歌德的文学创作提供了柳荫、月影等新的文学意象，也是歌德感情抒发理性而温馨的典范，而且还是歌德走出封闭、开启文学他化的参照系。东方文学是歌德文学世界的他者，歌德走进了东方文学，东方文学也促使歌德走出了封闭的过去，走进了多种文化和合生发的境域。歌德是德国文化的骄子，歌德又不是单纯的德国文化滋养下的骄子，歌德也吸纳了东方文化，于是，东西方文学在歌德身上和合缘构，成

---

① 杨武能：《歌德与中国》，北京：生活·读书·新知三联书店 1991 年版，第 69 ~ 71 页。

就了歌德世界文学的视野与世界性的文学成就。

东方文化的他者性促使歌德与过去相比发生了重大改变。歌德早期写的爱情诗感情抒发肆意、热烈奔放，如1771年5月他在斯特拉堡期间与他所爱的姑娘散步的即兴诗作：

哦，爱啊，爱啊，灿烂如金，你仿佛朝云漂浮山顶！你欣然祝福青田沃野，花香馥郁的大千世界。啊，姑娘，姑娘，我多爱你！你目光炯炯，你多爱我！像云雀喜爱太空高唱，像朝花喜爱天香芬芳，我这样爱你，热血沸腾，你给我勇气，喜悦和青春，使我唱新歌，翩翩起舞。愿你永远幸福，如同你爱我一样。①

这首诗将爱情抒发得热烈、直白而奔放。歌德晚年的爱情诗风格却发生了变化：

你美丽胜过最美的白昼，
有谁还能责备我
不能将她忘怀，更何况
在这宜人的野外。
同是在一所花园中，
她向我走来，给我眷爱；
一切还历历在目，萦绕于心，
我只为她而存在。

这两首诗的风格迥然不同。后一首诗中对花园增强了感情，但这感情平和而宁静，是达观睿智之人对情感的深挚抒发。可见，歌德是有意识地吸收中国抒情诗情感抒发的特点，也有意识地以中国文化因子强化感情的抒发，如后一首诗中运用的“花园”这一意象。东方文化促使歌德重新认识自己，也为歌德开启了新的文学视野，歌德接受了东方，也就意味着歌德改变了原来的自己，走向了一个东西方文化和合缘构的新境界。

歌德的世界文学主张和文学实践说明：世界文学不是一种想象性的、

---

① 余匡复：《德国文学史》，上海：上海外语教育出版社1991年版，第147～148页。

统一的文学对所有民族文学的改造和规范。民族文学也好，世界文学也好，都是人类在历史境域中创造出来的文化成果，它们的形成都是人与已有文化资源的文化人、人成文的和合生发过程。钱钟书论述风气时说："一个艺术家总在某些社会条件下创作，也总是在某种文艺风气里创作。这个风气影响到他对题材、体裁、风格的去取，给予他以机会，同时也限制了他的范围。……所以，风气是创作里的潜势力，是作品的背景，而从作品本身不一定看得清楚。"① 钱钟书说的是民族文学中的风气，其实，世界文学中艺术家的创作也受到风气的影响，只不过，世界文学给予了作家更多可以选择的风气。在世界文学氛围下，你也可以拒绝异己性的他者，你也可以接受异己性的他者。新的文学风气的进入不是为了消灭原有的民族文学传统，而是为民族文学传统提供更好的认识自己的视角，也为民族文学传统提供了走出自我封闭性的可能。从这个角度而言，世界文学与民族文学可以相互促成，可以和合发展。歌德晚年的文学实践就是这种和合发展的典范。

二、资本主义体系中的世界文学：马克思的世界文学思想

马克思的世界文学理论最为冷隽且最为深刻。马克思是一个辩证唯物主义者，他对世界市场的冷隽分析一方面揭示了世界文学的本质，另一方面指出了世界文学所蕴涵着的暴力性掠夺关系。国内学者往往将马克思的世界文学理论与歌德的世界文学主张对举，以马克思的论述作为分析歌德提出世界文学主张的时代背景，这种理解是对马克思世界文学主张的肤浅引用。我们认为，马克思的世界文学理论与歌德的世界文学主张性质不同。歌德揭示的是世界文学"善的机制"，他以一个作家的天才感悟触摸到了文化的世界性交流可能带来的机遇，并以自己的文学实践发挥了世界文学的功能；马克思则发现了世界文学"恶的机制"，他看清并挖掘出了世界市场所蕴涵的不平等关系，也机警地看到了世界文学所隐含着的暴力与掠夺。马克思的世界文学理论促使我们更冷静地认识世界文学的本质，并在全球化的语境中更好地认识民族文化所面临的处境与挑战。

马克思客观地分析了世界市场与资本主义的关系。世界市场与资本主

① 钱钟书：《谈艺录》，上海：上海古籍出版社 1994 年版，第 1 ~ 2 页。

义的形成相互促进，世界市场促进了资本主义的发展，资本主义的发展与强大推进了世界市场的扩展。马克思认为，中世纪的商业往来扩大了城市之间、国家之间的交往，同时也促进了资产阶级的资本积累，增强了资产阶级的力量。马克思说："随着商业往来集中在特殊阶级的手里，随着商人所促进的同近郊以外地区的通商的扩大，于是在生产和商业之间也立即产生了相互作用。城市彼此发生了联系，新的劳动工具从一个城市运往另一个城市，生产和商业间的分工随即引起了各城市间在生产上的新分工，在每一个城市中都有自己的特殊的工业部门占着优势。最初的地域局限性开始逐渐消失。"① 商业往来扩大了城市之间的物质交换，也扩大了国家之间的交流。在这种交流过程中，财富逐渐积累到了一部分商人手里。商人通过市场获取了利润，通过交换壮大了自己的力量。然而，商人自身力量的扩大又需要更大的市场，他们必须依赖市场的持续扩大来持续性地获得利润，商人与市场之间密切联系的直接后果就是资产阶级的发展壮大与世界市场的不断扩张。马克思一针见血地指出："商业和工场手工业产生了大资产阶级，而集中在行会里的是小资产阶级。"② "由此可见，现代资产阶级本身是一个长期发展过程的产物，是生产方式和交换方式的一系列变革的产物。"③ 迅速发展起来的资本主义生产方式适应了工业生产，推动了社会生产力的高速发展，也加快了资本主义生产关系对封建主义生产关系的取代进程。马克思说："以前那种封建的或行会的工业经营方式已经不能满足随着新市场的出现而增加的需求了。工场手工业代替了这种经营方式。行会师傅被工业的中间等级排挤掉了；各种行业组合之间的分工随着各个作坊内部的分工的出现而消失。"④ 商品交换这种新的生产关系催生了资产阶级，也推动了社会生产方式的变革。从某种意义上说，商品在全世界的流通不仅是物质在国家之间的交换，而且是新的人类生产方式的萌芽与发展。早期资产阶级顺应了历史发展的趋势，取代了封建地主阶级而成长为历史舞台的主角。

资产阶级在商品交换中诞生，在掠夺利润中发展壮大，一方面推动了世界市场的持续扩张，另一方面也给世界市场带来了不平等关系。资产阶

---

① 马克思、恩格斯：《马克思恩格斯选集》（第1卷），北京：人民出版社1975年版，第59页。
② 马克思、恩格斯：《马克思恩格斯选集》（第1卷），北京：人民出版社1975年版，第63页。
③ 马克思、恩格斯：《马克思恩格斯选集》（第1卷），北京：人民出版社1975年版，第252页。
④ 马克思、恩格斯：《马克思恩格斯选集》（第1卷），北京：人民出版社1975年版，第252页。

级需要不断开拓世界市场才能实现商品的价值。马克思说："不断扩大产品销路的需要，驱使资产阶级奔走于全球各地。它必须到处落户，到处创业，到处建立联系。"① 蒸汽和机器引发了工业生产的革命，大工业生产取代了传统的工场手工业，促进了生产力的发展。先进科学技术的大范围使用提高了生产率，导致物质产品的空前丰富。马克思充满感情地说："资产阶级在它的不到一百年的阶级统治中所创造的生产力，比过去一切世代创造的全部生产力还要多，还要大。自然力的征服、机器的采用，化学在工业和农业中的应用，轮船的行驶，铁路的通行，电报的使用，整个大陆的开垦，河川的通航，仿佛用法术从地下呼唤出来的大量人口，过去哪一个世纪能够料想到有这样的生产力潜伏在社会劳动里呢？"② 问题就在于，物质产品的丰富并不意味着全人类生活的同等富有。物质产品是资本生产的结果，也是资本掠夺剩余价值的媒介。生产出来的产品必须通过市场才能转换为商品，才能实现剩余价值，也才能满足资本的掠夺欲望。因此，物质生产力的发展意味着资产阶级需要更大范围的市场，也意味着先进生产关系国家对落后农业国家掠夺的开始。马克思说："资产阶级，由于一切生产工具的迅速改进，由于交通的极其便利，把一切民族甚至最野蛮的民族都卷到文明中来了。它的商品的低廉价格，是它用来摧毁一切万里长城，征服野蛮人最顽强的仇外心理的重炮。它迫使一切民族——如果它们不想灭亡的话——采用资产阶级的生产方式；它迫使它们在自己那里推行所谓文明制度，即变成资产者。一句话，它按照自己的面貌为自己创造出一个世界。"③ 世界只能是统一的政府、统一的法律、统一的关税的商品倾销的市场，这是资本主义扩张市场的逻辑。于是，坚船利炮不断地轰开封闭着的国家，农业国家不得不改变传统的经济发展方式与国家组织模式，不得不加入西方国家主导下的资本主义体系，并在这一体系中以开放自己为代价而获得生存空间。世界在资本主义体系的推动下越来越不平等。马克思说："资产阶级使乡村屈服于城市的统治。……正像它使乡村从属于城市一样，它使未开化和半开化的国家从属于文明的国家，使农民的民族从属于资产阶级的民族，使东方从属于西方。"④ 西方国家的发达一方面促

① 马克思、恩格斯：《马克思恩格斯选集》（第1卷），北京：人民出版社1975年版，第254页。
② 马克思、恩格斯：《马克思恩格斯选集》（第1卷），北京：人民出版社1975年版，第256页。
③ 马克思、恩格斯：《马克思恩格斯选集》（第1卷），北京：人民出版社1975年版，第255页。
④ 马克思、恩格斯：《马克思恩格斯选集》（第1卷），北京：人民出版社1975年版，第255页。

进了全人类技术水平的提高，另一方面也加剧了发达国家对后发工业国家的掠夺。因此，世界市场是一个不平等的市场，是西方发达国家主导下掠夺后发工业国家的市场。东方国家被迫加入资本主义体系，在某种程度上也是被迫接受资本主义的掠夺。

在资本主义制度下，世界市场被分成了不平等的东方和西方，世界公民也被分成了不平等的两个阶级：资产阶级与无产阶级。马克思对此有过论述："资产阶级时代，却有一个特点：它使阶级对立简单化了。整个社会日益分裂为两大对立的阵营，分裂为两大相互对立的阶级，资产阶级和无产阶级"[①]。根据马克思的理论，我们可以作出这样的推理：在资本主义体系下，民族国家的特殊性逐渐消失，每个国家的内部都存在着统一的对立阶级：资产阶级与无产阶级。阶级的对立性超越了国家的疆域，成为了世界性的对立的阶级联盟。所以，在马克思的眼里，民族的特殊性已经被阶级联盟所取代了。马克思说："大工业到处造成了社会各阶级间大致相同的关系，从而消灭了各民族的特殊性。最后，当每一民族的资产阶级还保持着它的特殊的民族利益的时候，大工业却创造了这样一个阶级，这个阶级在所有的民族中都具有相同的利益，在它那里民族独特性已经消失，这是一个真正同整个旧世界脱离并与之对立的阶级。"[②] 世界被划分为资产阶级与无产阶级，世界中的民族差异消弭于阶级对立之中，这就是马克思呼吁全世界无产者联合起来的理论推演的基础。当整个世界被划分为两个阶级，民族国家的界限就不算什么了，这两个阶级的成员随时可以越过国家界限各自联合在一起，当然这种联合的目的就是剥削与反剥削。在马克思眼里，资本主义发展的结局必将是世界成为一个统一的市场，世界的公民只有两种身份：作为剥削者的资产阶级与作为被剥削者的无产阶级，世界性的冲突是无产阶级与资产阶级的矛盾与斗争。在这种世界紧密联系的情况下，民族国家的历史与文化也是世界的历史与文化。可见，马克思的世界文学是两大阶级——资产阶级与无产阶级——对抗的理论推演，是一种各自联合但又对抗着的阶级联盟的文学想象。这种阶级对抗的极端情况是以战争的方式消灭民族与国家的差异，从而依靠强制性的外在力量将全世界卷入一个统一的"国家"。马克思冷隽的世界文学思想揭示了世界文

---

① 马克思、恩格斯：《马克思恩格斯选集》（第1卷），北京：人民出版社1975年版，第251页。
② 马克思、恩格斯：《马克思恩格斯选集》（第1卷），北京：人民出版社1975年版，第67页。

学发生、发展的阶级基础，也揭示了世界文学先天蕴涵着的不平等关系。各民族国家如果不警惕这种不平等关系，后发工业国家必将成为西方先进国家经济、政治、文化的附庸。

马克思、恩格斯关于世界市场的论述是对19世纪资本主义生产方式的理论描述与逻辑推断，既立足于19世纪现实的资本主义生产方式与阶级矛盾，又具有逻辑推演的特点。然而，我们必须承认，人类具有调节自我发展矛盾的能动性，理论性的逻辑推导有时会偏离历史的实际发展轨道。因此，从21世纪人类社会生活的发展进程来看，马克思的一些关于世界文学的设想，特别是整个世界发展为两个对抗性的阶级联盟等主张已经被当代社会所证伪了。人类对待异己性他者的意识不断进步，特别是第二次世界大战以后，西方资本主义国家逐渐意识到与异己性他者平等对话的重要性。世界市场特别是资产阶级与无产阶级、西方国家与后现代化民族国家对话的意识有望逐渐取代19世纪对抗、征服性的社会达尔文主义意识。从这一角度来看，我们可以将马克思、恩格斯关于世界文学的论述看作人类文化发展进程中的阶段性成就。

通过对世界市场形成机制与歌德、马克思世界文学思想的分析，我们可以得出这样的结论：

（1）世界文学视野的兴起与全球化有着内在的联系。世界文学的中心词是文学，文学是隶属于上层建筑的意识形态，它是经济基础的反映，世界文学也是人类某一特定历史时期特定的生产方式的反映。商品流通造就了资产阶级，资产阶级又扩大了商品流通的范围。可以说，资产阶级需要世界市场，资产阶级又扩展了世界市场。世界文学是资产阶级推动下全球化的生产方式与商品流通方式的必然产物。世界市场的扩大必将带来文学的世界性交流，在这个阶段，欧洲国别文学的特点已经凸显，亚非拉诸多国家传统文化的民族色彩也引起了欧洲国家的关注，欧洲国别文学之间的交流、欧洲与亚非拉民族文学之间的交流随着世界市场的扩张而开始活跃，世界性的文学交流随着世界市场的发展而成为全球化时代文学交流的现实。我们认为，资产阶级开拓世界市场是为了掠夺利润，世界文学只不过是这一掠夺过程的天然衍生物。因此，世界文学从来不是伟大诗人的浪漫想象，它扎根于现实的物质生产方式，它体现的是新的生产方式下人类社会生活与文化生活新的发展方向。我们不能拒绝世界文学，然而，我们也不能在世界文学的宏大叙事中迷失自我，我们必须理性地认识世界文学与物质生产方式的密切联系，从而清醒地认识中国的文化处境和制订适宜的文化发展战略。

（2）全球化进程与世界文学的发生、发展有内在的联系。全球化是对世界市场形成、发展过程的理论描述。经济的全球化带动了世界文学的持续发展，世界文学的发展又将促进人类文化的交流与相互理解，最终促进经济的全球化。当然，我们必须警惕经济全球化进程中西方国家对东方国家的掠夺，也必须警惕全球化进程中西方主导下的文化中心主义。全球化扩大了人类的交往范围，增进了人类文化的交流，这些积极因素促进了世界文学的发展，但是，全球化也是一种经济、文化地位不平等的交流，资产阶级掠夺利润的本性与欲望容易使其以全球化为借口推行世界经济、政治与文化的一体化，从而以西方的文化价值观念消弭民族文化的差异性。伊曼努尔·华勒斯坦认为，在世界体系中的扩展过程中，国家由于工业化水平和商品垄断能力的差异而形成“核心国家”与“边缘国家”两种体系。世界体系中的边缘国家必须融入世界体系才能参与商品交换的商品链。“资本主义世界体系和未进入世界体系的国家以及地区之间存在着一种‘融入’和‘边缘化’的关系，‘融入’是指世界体系之外的国家和地区不断进入世界体系的过程，而‘边缘化’则指世界体系不断包容新的国家和地区的过程。”① 世界文学的形成过程与资本主义的体系化有内在的联系，这一过程是资本主义掠夺农业国家的结果，也是农业国家融入工业化生产的被动性选择。我们认为，必须警惕资本主义体系化运动对民族文化差异性的消解。世界文学必须建立在民族文学的基础上，没有民族文学的世界文学只是个“空壳”，因此，世界文学与民族文学的发展并没有矛盾，民族文学的发展是世界文学持续发展的源泉与动力。

（3）人类在全球化发展进程中学会了如何对待异己文化，世界文学的发展趋势越来越扬弃马克思的理论构想，多元文化熔铸越来越成为当前全球化发展的新思维。马克思根据资本主义的发展趋势最终认定，世界必将形成两个互相对抗的阶级：资产阶级与无产阶级。这两个阶级的成员各自联合，因为他们有着各自的经济利益。马克思说：“现在存在着一种各民族的资产阶级兄弟联盟。这就是压迫者对付被压迫者的兄弟联盟、剥削者

① 伊曼努尔·华勒斯坦著，路爱国、丁浩金译：《历史资本主义》，北京：社会科学文献出版社1999年版，第9页。

对付被剥削者的兄弟联盟。一个国家中个别资产者之间虽然存在着竞争和冲突，但资产阶级却总是联合起来反对本国的无产阶级；同样，各国的资产阶级虽然在世界市场上互相冲突和竞争，但总是联合起来反对各国的无产阶级。”① 在马克思看来，世界是资产阶级联合起来剥削无产阶级，无产阶级联合起来反抗资产阶级剥削的不断斗争着的世界。此一世界消灭了民族国家的差异，消灭了民族文化的差异，也消灭了民族国家阶级对立的差异，在这种统一性的阶级对立中民族国家的界限消除了，共同的阶级关系冲破了国家与民族的差异，世界文学将会反映这种世界性的阶级关系与阶级斗争。马克思的这种世界文学思想是资本主义社会发展的理论推想，这种世界文学主张立足于阶级对立，是19世纪阶级对立意识的体现。我们认为，当前全球化的发展趋势越来越远离马克思当年的理论推想，基于共同阶级利益的世界文学越来越遥远，文学民族性是文学世界性的基石这一点越来越成为共识。当前，人类文化发展模式不再停留于19世纪优胜劣汰的进化论，多元文化并存，同时熔铸异己文化以促进民族文化飞跃性发展成为世界文学发展的新思维。

① 马克思、恩格斯：《论波兰》，《马克思恩格斯选集》（第1卷），北京：人民出版社1975年版，第287页。

小结

本编集中讨论了两个问题：一是中西方文学比较传统，二是全球化与世界文学视野的形成，这两个问题是国内比较文学界在探讨比较文学学科史时所忽视了的重要问题。通过对第一个问题的研究，我们认为，中西方在文学研究的比较思维上各有自己的传统。中国的比较思维延续着先民“比”的诗性，即使是轴心期比辞俱行的理性思维也仍然保留着远古的诗性智慧。“比象”思维是中国文学比较研究的经典形态。相反，西方在古希腊时期就已经理性地将隐喻的诗性从科学的比较方法中分离出去，经由亚里士多德《诗学》理论与方法的示范，西方的文学比较研究不断增强科学性，作为修辞手法的隐喻与作为研究方法的比较分别被置入不同的学科领域中加以运用。西方文学比较研究在18—19世纪的科学主义与实证主义思潮中达到了科学性的顶峰。可见，中西方在文学比较研究上各有特点，形成了平行发展、互不影响的民族文学比较研究的传统；通过对第二个问题的研究，我们努力说明比较文学的跨国别研究与世界文学视野的形成和资产阶级推动下的世界市场有着内在的联系。我们认为，全球化是推动文学比较研究向比较文学学科发展的内在动力之一，也就是说，比较文学是全球化发展的时代产物。通过马克思的理论，我们还阐发了全球化进程中东西方文化的不平等关系，西方资本主义国家是推动全球化发展的主导国家，东方国家是被纳入资本主义全球化体系的边缘国家，这种在资本主义体系中的不平等地位导致东方的文学比较传统被西方的文学比较传统所遮蔽。比较文学的全球性发展是以西方科学性意义上的“比较”为理论基础的，中国诗性的“比象”思维被科学的比较方法所取代，这种取代在19—20世纪初期的进化论中甚至带有文化歧视的色彩。在本编中，我们还详细地分析了歌德与马克思的世界文学思想。我们认为，歌德的世界文学思想具有熔铸各民族文学从而推进文学创作的豁达性，而马克思的世界文学思想则是以世界划分为两个对立的阶级联盟——资产阶级与无产阶级为基础的，论述的是共同的阶级矛盾与阶级关系的世界性文学活动。这两种世界文学主张都以资产阶级推动下的物质生产方式与生产关系的全球化运动为基础，有力地说明了全球化对世界文学视野形成的决定性作用。

第二编
全球化进程与比较文学学科理论

全球化进程中的比较文学学科理论是用“历史与逻辑一致”的方法对比较文学学科理论与全球化的内在联系所作的深入研究。国内比较文学界对比较文学学科史的研究局限于学科史中的学派理论与学派更替，忽视了对学派更迭的内在原因进行探讨。从“历史与逻辑一致”的角度来看，比较文学的学科发展史与全球化进程有着内在的联系。简言之，比较文学的学科发展史是比较文学研究领域从有影响关系的跨国别文学向没有影响关系的跨国别文学、跨学科领域扩展的历史，其世界文学视野从有共同文学源头的欧洲文学扩展到了东西方跨异质文学。我们认为，资本主义的生产方式与商品交换活动是全球化不断推进的内在动力，文学交流的世界性扩展是资产阶级不断扩展世界市场的结果。从全球化进程的角度来论述比较文学学科史，我们才能更好地阐释比较文学学科发展的时代背景，从而对法国学派、美国学派与中国学派的学科理论作出“同情式”解读。

在本编中，我们坚持历史与逻辑相统一的方法。当我们站在21世纪重新反思比较文学的学科发展史时，我们认为，比较文学的发展与全球化的进程有着内在的联系，并且，比较文学的这种发展还尚未成熟，还是“在路上”的学科。从表面上看，比较文学学科发展史是法国学派、美国学派与中国学派等学派理论的更迭变迁史，实际上，这种学科理论的变迁与人类对世界文化的整体性认识的改变有着内在的联系。当人类对世界文化整体性的认识发生改变时，人类对比较文学学科理论的论述也会作出相应调整。可以说，全球化给予了人们世界文学的视野，全球化的不同进程也促使这种视野不断地改变。从全球化进程来论述比较文学学科发展史探讨的正是人类的世界文学视野与比较文学学科理论的内在联系。邓晓芒说：“我们的哲学观点不是从天上掉下来的，我们就是通过总结以往历史上的各个哲学家的历史进程，我们站在巨人的肩膀上面，我们比他更上一层楼，因为我们处在历史的最前列。历史发展到今天，我们是处在历史的最末阶段，当然后面还有，但是至少在目前，我们处在历史的终点。我们可以回顾以往，从里面总结出我们自己的哲学。”① 从全球化进程来反思比较文学学科史的意义就在于，当我们站在全球化发展了100多年的今天反思比较文学的发展历程时，我们更为清楚地看清了全球化进程对比较文学学科发展史的影响，也更清楚地了解了人类在全球化发展的不同阶段对世界

① 邓晓芒：《哲学史方法论十四讲》，重庆：重庆大学出版社2008年版，第11页。

文学的不同理解，从而能够更富有同情心地理解法国学者、美国学者与中国学者建构比较文学学派理论的出发点与时代意义。

为了更好地说明全球化进程与比较文学学科理论之间的相互塑造关系，同时摆脱马克思主义物质决定意识、意识反作用于物质的描述理论与实践的模式，我们有意识地引入了当代新历史主义的一些理论，这些理论能使我们对比较文学学科史与全球化进程的内在关系的判读更为灵活。新历史主义认为，文学与历史是相互影响、相互作用、相互塑造的动态交换关系。于尔根·皮得斯说："在我们理解文学与其历史语境之间的关系问题上，新历史主义的主要贡献之一就是，认为文学与历史相互塑造，文学与历史都参与到文化形成的动态交换之中。"[①] 张进在评述新历史主义"社会能量的流通"的历史与文学关系时进一步指出："在新历史主义看来，在历史现实与意识形态之间有一种普遍的社会能量在往返流通；从具体的社会事实到笼统的社会现实（某些词语的、听觉的和视觉的踪迹）都具有一种能量……一方面，这种能量或力量可以通过编码（encode）而进入文学艺术作品；另一方面，文学艺术作品又不停地释放着它们的能量，对同代的或后代的读者观众产生影响，进而对社会现实发生作用。即是说，这种社会能量又通过文学艺术而发挥其意识形态功能。"[②] 新历史主义对历史与文学的这些论述启发我们更为灵动地认识全球化进程与比较文学学科史的关系。我们认为，全球化的世界意识进入文学领域，其社会能量促进、催发着文学研究向跨国别的比较文学学科迈进，而比较文学的世界文学意识又是全球化意识形态的"文本编码"，这种编码一方面体现着全球化的意识形态，另一方面也在文学研究层面上塑造着全球化。正是从这两方面着眼，我们将比较文学三大学派视为全球化时代文学研究的经典范式，而这三大学派之间的理论更迭也体现了全球化进程中的能量转换。

---

① Jurgen Pieters, ed., *Critical Self-fashioning*, Frankfurt am Main, 1999. p.104.

② 张进：《新历史主义与历史诗学》，北京：中国社会科学出版社2004年版，第105页。

第四章

法国学派与全球化

第一节　全球化文学研究的开端：法国学派的他缘而来

法国学派的“他缘而来”探讨的是法国学派在什么背景下创建起来的这一问题。法国学者为什么会提出建构“比较文学”的主张？其理论主张为什么又强调比较文学的科学性？这些问题值得我们刨根究底式地追问。当然，我们所论述的法国学派指称的是兴起于19世纪末，鼎盛于20世纪20年代，终结于60年代韦勒克质疑比较文学学科理论之后。曹顺庆认为必须区分“法国学派”与“法国的比较文学”，他说：“在我们的探讨之前，首先需要区分两个截然不同的概念：一是‘法国学派’，它是一个历史性的、阶段性的和空间性的三维概念；二是‘法国的比较文学’，它是一个现在时的概念、发展的概念和总体的经过整合的一国之比较文学研究的整体性概念。切莫把这两者混为一谈。”① 曹顺庆认为法国学派是有特定所指的概念，它是特定历史时期、特定学科理论表述的学派性学科理论。曹顺庆说：“由此观之，作为一个特定时代标签的法国学派，形成于上个世纪二十年代，鼎盛于三五十年代，终结于六十年代以后。该派以巴登斯贝格、梵第根、阿扎尔、伽列和基亚为主要代表，尊奉实证主义和科学主义原则，以文学世界主义（实则是欧洲中心主义）和总体文学为旨归，注重资料考据，事实联系和文学关系的影响研究，忽略作品的文学价值和美学分析，兴起于文学史与文学批评，终成为一门独立学科。”② 而法国的比较文学则是不断发展中的比较文学，法国学派是法国比较文学的一个阶段性成果。只不过，在比较文学的发展过程中，法国学派是法国比较文学最具有代表性和典型性的学科理论，因而我们一般用法国学派指称法国的比较文学研究。

马克思主义认为：“历史不外是各个时代的依次交替。每一代都利用以前各代遗留下来的材料、资金和生产力；由于这个缘故，每一代一方面在完全改变了的条件下继续从事先辈的活动，另一方面又通过完全改变了

---

① 曹顺庆：《比较文学学科理论研究》，成都：巴蜀书社2001年版，第111页。

② 曹顺庆：《比较文学学科理论研究》，成都：巴蜀书社2001年版，第144页。

的活动来改变旧的条件。”① 先辈遗留下来的材料、资金和生产力影响着下一代人的建设，这一代人利用自己的聪明才智创造性地利用前辈的资源，又能够开拓出新的文化世界。比较文学的学科建构亦是如此。曹顺庆说：“任何一门学科的诞生与发展，都有一个历史形成的过程，都与其所处时代的社会思想、文化背景及自然科学的发展不相分离，当然更是其内在的学理逻辑推动的必然结果。作为一门学科的比较文学之所以首先形成于十九世纪的欧洲，是有其深远的历史背景。”② 法国学者建构法国学派学科理论，一方面是在前辈文化资源基础上的创新，另一方面也是在新的历史条件下回应新的文化现象的选择。曹顺庆认为，法国学派在19世纪的发端受到五个因素的影响：第一，席卷全欧的浪漫主义思潮和对浪漫主义文学的研究促进了各国间文学的相互交流，深化了各国文学的相互影响；第二，“世界文学”概念的提出也是促进比较文学兴起的强大的思想动力；第三，资本主义的大工业生产和经济的飞跃发展，以及资本主义国家的对外扩张与殖民，促进了世界主义意识的进一步加强以及各民族精神产品的世界化；第四，实证主义哲学及社会思潮在思想观念上和方法上都对比较文学学科的兴起与形成产生重大影响；第五，多科学“比较热”的兴盛从方法论上也催生了比较文学学科的兴起。③ 这五个要素构成了比较文学学科理论发端的内外历史成因及学理依据。从这五个要素来看，法国学派兴起的外在经济因素是资本主义大工业生产，外在的文化因素是浪漫主义文学运动、歌德的世界文学主张、法国实证主义思潮和多学科比较的文学研究热潮。大工业生产与歌德的世界文学主张我们在前面已经做了详细的分析。大工业生产促进了文化的世界性交流，从而促进了世界文学视野的形成，法国学派是在这一新的时代氛围中成长起来的学科理论。实证主义思潮则为法国学派的实证性研究提供了方法论基础。我们认为，法国学派的兴起、法国学派学科理论的建构与上述五大因素的关系是和合生发的缘构关系，每一种要素都为法国学派提供了滋养，也在某种程度上规定和约束了法国学派“只能这样”。当然，促成法国学派兴起的动力还有19世纪大学分科教育的时代背景以及克罗齐等美学家的质疑。大学的分科教育与克罗齐的质疑起到的作用是使五大因素凝聚起来，共同促成了法国学派的兴

① 马克思、恩格斯：《马克思恩格斯选集》（第1卷），北京：人民出版社1975年版，第51页。
② 曹顺庆：《比较文学学科理论研究》，成都：巴蜀书社2001年版，第112页。
③ 曹顺庆：《比较文学学科理论研究》，成都：巴蜀书社2001年版，第114～120页。

起。可以说，法国学派学科理论的形成是特定历史时期文化积累的集体结晶。

首先，欧洲文化的持续性交流是法国学派形成的前提。法国学派影响研究探讨的是国别文学间的“事实联系”，有直接关系的欧洲文学的类同性为法国学派的研究提供了可能。梵第根在《比较文学论》中考察了欧洲文学的相互影响，认为：“在古代，只有希腊和拉丁作者的那些对比，以及后者对于前者的从属关系。在中古世纪，在基督教的西欧的新兴文学之间，到处都有着来往，到处都有着相互的影响……在十八世纪，种种有利的新学是很可能催促这种对比走到真正的比较文学的路上去的。文学的眼界扩大起来了：在古典的古代，意大利、西班牙之外，从一七三〇年光景起又加上了英国，而在一七七〇年光景法国发现了德国的文学后，便又加上了一个德国。作品的翻译增多了；知识界的关系愈来愈密切了；文艺的刊物到处创刊出来：‘文艺的共和国’的观念在大部分的人士之间普遍起来了；知识的超国界说便是这个世纪的支配一切的诸特点之一”[①]。可见，梵第根从国际文学交流史的角度来定义比较文学是有坚实的基础的。法国学派试图突破文学的国界，将文学研究的视野投注到国别文学之间的事实性影响关系上，欧洲文学持续性的文学交流历史必然成为这种文学研究的对象。而中国文学与西方文学的交流起步较晚，当然会被法国学者所忽视。

其次，法国实证主义思潮是法国学派科学性学科品质的理论基础。18世纪工业革命席卷全欧，科学家在物理、化学、植物、动物、天文学等方面的卓越贡献引起了人文学者的注意。法国人文学者有意识地将科学精神引入文学研究领域，曹顺庆说：“法国思想家贝勒和封特奈勒继承笛卡尔哲学中的唯物主义因素，提倡自由检验的科学精神。这对法国思想界的影响十分巨大，促成了法国启蒙运动的蓬勃发展。”[②] 19世纪西方在科学技术方面取得了伟大的成就，诸多国家奉科学主义为标准。法国文学批评家勒南甚至呼吁热爱科学、尊重科学、相信科学。这种视科学为人类最好朋友和人类进步最可靠保证的呼声是欧洲19世纪社会思潮的主流。孔德的实证主义是这一时代精神的集中体现。1826年，28岁的孔德在自己的住所举

---

① 梵第根著，戴望舒译：《比较文学论》，长春：吉林出版集团有限责任公司2010年版，第5～6页。

② 曹顺庆：《比较文学学科史》，成都：巴蜀书社2010年版，第73页。

办“实证哲学”的讲座，听众中有不少学界名流，这从某种程度上可以看出实证主义思潮在当时的影响力。1830 至 1842 年孔德陆续发表了《实证哲学教程》六卷本，逐步完成了实证主义哲学体系的建构，实证主义也逐步深入到社会学科的各个领域，最终取代了传统的神学和形而上学的精神探究模式。孔德认为，精神研究也必须采取科学的方法，应该“在不同的个别现象之间建立联系，说明一般的事实”，从而取代过去的神学方式和形而上学的方式，因为这两种方式都是纯粹的想象，缺乏科学的根据。孔德从自己的哲学体系出发，提出了认识事物的实证方式六要素：“第一，实证意味着‘真实’，即以真实的事物为基础，废除空想；第二，实证意味着‘实用’，即以有益于促进人类进步为目的，废除清谈；第三，实证意味着‘确定’，即它的研究必须确实可靠，反对不确定，即反对似是而非的空论；第四，实证意味着‘精确’，反对模糊；第五，实证意味着‘实证’，就是说，以积极的态度去建设，反对‘消极’的破坏；第六，实证意味着‘相对’，即实证研究的成果只具有相对的意义，不承认任何绝对的认识。”① 孔德实证主义六要素强调以事实与事实之间确实而又稳定的关系为基础，通过对这些事实关系的“观察、实验和比较”来推进人类社会研究的科学性。在孔德实证主义的影响下，19 世纪的法国出现了文学批评的科学主义思潮，代表人物有圣伯夫、丹纳、勒南和贝尔纳。这些文学批评家推进了文学批评的科学化进程。

在文学研究中发现文学发展与演变的规律是这个时代文学批评的集体诉求，为了达成这一目的，比较的方法被广泛地运用于文学研究领域。白璧德分析圣伯夫批评方法的特征时指出：“他（圣伯夫）在自己的相对论网络中建立的第一种联系是作品和作品之间的联系，接着是作者与家庭、种族和时代，然后是这个时代于以前时代的关系等广泛范围内的联系。在依据自然原因解释一部文学作品的过程中，他始终尽可能密切地接近特殊的和直接的东西，并且相对地忽略了那些相对一般的原因，如种族、气候诸如此类被泰纳（傅雷译为丹纳，作者注）广泛运用的东西。”② 尽管圣伯夫、丹纳、勒南和贝尔纳在文学批评的一些具体方法上存在着差异，但他们对文学批评的科学性追求与对比较方法的热衷却有着惊人的一致。作家

---

① 罗芃、冯棠、孟华：《法国文化史》，北京：北京大学出版社 1997 年版，第 256 ~ 257 页。

② 欧文·白璧德著，孙宜学译：《法国现代批评大师》，桂林：广西师范大学出版社 2002 年版，第 100 页。

与作家之间的比较、作家与时代之间的比较、作品与作品之间的比较等经验性的比较方法被广泛地运用于他们的文学研究中，比较成为当时文学批评科学化追求的基本手段。曹顺庆针对这一现象认为："伴随着'世界文学'概念的出现以及世界主义意识的增强，在实证主义和科学主义思潮的推动和影响之下，语言、历史、法律、神话、自然科学等领域内的比较研究法得以蓬勃展开并不断深化，促使比较研究的方法论走向系统化和理论化。"① 恩格斯也说："这一切集聚了大量的材料，使得应用比较的方法成为可能而且同时成为必要。"② 在这种注重科学的社会氛围中，法国学者强调了比较文学研究的科学性。梵第根分析科学的"比较"与文学鉴赏的"比较"时说："我们知道，那种'比较'，是在于把那些从各种不同，而且往往距离很远的集体中取出来的事实凑在一起，从而提供一些一般的法则来。可是当我们碰到文学作品的时候，我们可以相信：那'比较'是只在于把那些从各国不同的文学中取得的类似的书籍、典型人物、场面文章等并列起来，从而证明它们的不同之处和相似之处，而除了得到一种好奇心的兴味、美学上的满足以及有时得到一种爱好上的批判以至于高下等级的分别之外，是没有其他目标的。……反之，真正的'比较文学'的特质，正如一切历史科学的特质一样，是把尽可能多的来源不同的事实采纳在一起，以便充分地把每一个事实加以解释是扩大认识的基础，以便找到尽可能多的种种结果的原因。总之，'比较'这两个字应该摆脱了全部美学的含义而取得一个科学的涵义的。"③ 梵第根的这段论述是比较文学法国学派的理论宣言。显然，梵第根对当时的比较方法有清醒的认识，他也注意到了文学的比较研究与科学研究的比较方法存在着差别，因此，他试图改造作为科学研究的"比较"。然而，他以强化因果联系作为比较文学的学科基础，最终不仅没有将文学的比较研究从科学的比较研究中分离出来，反而进一步加强了文学研究的科学性。根据梵第根对比较的论述，我们认为，比较文学法国学派延续着18—19世纪西方文学比较研究的科学传统，并以此为基础开拓了文学跨国别研究的视野。可见，我们没有必要批

① 曹顺庆：《比较文学学科史》，成都：巴蜀书社2010年版，第78页。

② 恩格斯：《自然辩证法》，《马克思恩格斯选集》（第3卷），北京：人民出版社1975年版，第453页。

③ 梵第根著，戴望舒译：《比较文学论》，长春：吉林出版集团有限责任公司2010年版，第4～5页。

评法国学派的科学性，因为这是人类在19世纪科学主义思潮中文学与科学跨界合作的一种有益尝试，它的缺点促使我们更清醒地认识文学的特质，它的优点在于开辟了文学研究的新天地。

再次，意大利学者对文学比较方法的质疑是法国学者建构法国学派的催化剂。曹顺庆先生认为，克罗齐对比较文学学科合理性的挑战促使法国学者选择了“国际文学关系史”作为法国学派的学科理论基础。克罗齐认为，比较是历史研究的一种方法，也是科学研究的通用性手段，因此，它并不能成为一门学科所独有的基石。应该承认，克罗齐的质疑对比较文学的学科建构是致命的打击。比较是通用的方法，文学可以使用这一方法，化学、物理、生物、语言学等其他学科也可以使用这一方法，因此，比较文学并不能因为有了比较就成为一门独立的学科。反过来讲，即使比较的文学不是一门学科，它依然可以有比较，我们前面所考察的文学比较传统已经充分地证明了这一点。比较文学能够成为一门独立学科，它的关键在于区分作为比较文学学科的“比较”与文学的“比较”方法有何不同。法国学者对此做了回答：“比较文学不是文学比较”。这句名言虽然有助于确立比较文学学科独立性，但是它的表述却是错误的，因为比较文学不可能排除比较。梵第根说：“比较文学的对象是本质地研究各国文学作品的相互关系。”① 按照梵第根的定义，比较文学既然是研究文学之间的相互关系，那么这种关系的确定就离不开比较。研究者必须通过比较才能确定跨越国界的作家、作品是否具有异同点。比较依然是比较文学最基础的工作。我们还可以通过伽列的比较文学定义看出这一点。伽列说：“比较文学不是文学的比较。问题并不在于将高乃依与拉辛、伏尔泰与卢梭等人的旧辞藻之间的平行现象简单地搬到外国文学的领域中去。我们不大喜欢不厌其烦地探讨丁尼生与缪塞、狄更斯与都德等等之间有什么相似与相异之处。比较文学是文学史的一个分支，它研究在拜伦与普希金、歌德与卡莱尔以及瓦尔特、司各特与维尼之间，在属于一种以上文学背景的不同作品、不同构思以至不同作家的生平之间所曾存在过的跨国度的精神交往与实际联系。”② 伽列要研究拜伦与普希金、歌德与卡莱尔以及瓦尔特、司各

① 梵第根著，戴望舒译：《比较文学论》，长春：吉林出版集团有限责任公司2010年版，第37页。

② 伽列：《比较文学初版序言》，北京师范大学中文系编：《比较文学研究资料》，北京：北京师范大学出版社1986年版，第42～43页。

特与维尼之间的精神交往与实际联系也离不开比较的方法，只有通过作品的比较才能确定他们之间是否存在着相互影响的关系。只不过，伽列的研究立足于跨国界的实证分析，重点在于通过实证性的材料分析他们之间是否存在着确实的影响关系。比较文学法国学派不能离开比较这一方法，尽管法国学派更看重立足于事实基础上的跨国别作家之间的实际关系，比较降低为分析这种实际关系的手段之一。曹顺庆认为："从某种意义上说，法国学派的自我设限，抛弃'比较'而只取'关系'，正是对圈外人攻击的自我调整和有效抵抗：你攻击'比较'二字，我就从根本上放弃'比较'，如此一来，克罗齐等人的攻击也就没有了'靶子'，其攻击即自然失效。'比较文学不是文学比较'，这句妙语恰切地蕴涵了欧洲学者们的苦衷和法国学者的机巧。而正是对'比较'的放弃和对'关系'的注重，奠定了法国学派学科理论的基础，形成了法国学派的最突出的、个性鲜明的特色。"[①] 曹顺庆认为"比较文学不是文学比较"的观点是法国学派对"比较"的摈弃，并不能说明法国学派的真正特点。事实上，法国学派不是摈弃了比较，同时也不可能摈弃比较。法国学派只是对"比较"做了新的规定，比较不再是传统意义上的美学的比较。而是立足于阐发客观性的国际文学交流事实的比较，这是文学研究的科学方法对文学比较的美学方法的取代，也是法国学派面对世界市场推动下，文学跨国别交流日益频繁的时代特点所开拓的学科领域。从这个角度来看，法国学派的"比较文学"是一个集合名词，这个名词表征着新的文学研究对象与研究目的，比较在这个集合名词中不再是一种独立的方法，它失去了自己的独立地位。比较文学可以运用比较的方法，但是这种方法只是一种工具，用于发现国别文学之间实证性影响关系的工具。克罗齐没有领会到比较文学的整体性，他拘泥于比较，过分强调了比较的方法在比较文学中的决定性作用，从而忽视了比较文学作为集合名词所表征的新的研究领域。法国学派则注意到了比较文学作为集合名词的整体意义，他们在强调"比较文学不是文学比较"时强化了比较文学的学科独立性。不过，"比较文学不是文学比较"并不排斥比较的方法在比较文学学科中的运用。

最后，比较文学的学科建制是现代高等教育分科机制的必然产物。比较文学作为大学教育的专业学科，它与现代高等教育机制有着密切的联

① 曹顺庆：《比较文学学科理论发展的三个阶段》，《中国比较文学》2001 年第 3 期，第 6 页。

系。栾栋曾分析过美学的学科建制与大学教育的关系，他认为科教兴起是美学在近代得以蓬勃发展的重要原因。对此，栾栋先生说："从14到16世纪，学校建制走向近代化。不仅文学、艺术、语法、修辞发展很快，手工、数学、天文、医药也进入了课堂。文艺复兴有力地推动了科学的进步。17至19世纪是西方理性和工业同步腾飞的阶段，其中教育和科学的体系化得到了长足的发展。……社会潮流如此，大学以及整个思想界对审美活动的推崇随之日益科学学科化和意识形态化。"① 社会分工促进了大学教育的专业化和科学化发展，在整个思想界对文学批评的科学化追求中，比较文学如何确证自己的科学性以进入大学课堂成为比较文学的学科开拓者所面临的现实问题。实际上，法国学者正是通过大学课堂建构了自己的学科理论。1827年，维勒曼在巴黎大学开设"中古时期的文学"讲座，其视野已经超越了法国国别文学；1829年，他的讲座论题是：18世纪法国作家对外国文学和欧洲气质的影响之考察。这个讲座的内容虽然比较空泛，但是这个讲题集中介绍了法国文学与欧洲文学的关系，通过大量的实证性材料论证了英国、法国两国文学间的相互影响以及18世纪法国作家对意大利文学的影响。这个讲座的论题是影响研究的经典论题，期间维勒曼直接使用了"比较文学"这一术语，同年他还出版了《比较文学研究》专著，比较文学从此开始有了自己的研究专著。与维勒曼同时或比他稍微晚一些的菲拉莱特·夏尔、约翰·约克、爱德加·季尔等学者也通过公开的讲座讨论比较文学，他们的后继者克沙维艾·马尔密爱、蒙代居、米歇尔和圣雷奈·达扬狄等人也撰写了大量的有关外国文学的论文，由于这些学者在大学的努力，大学教育培养了一批热心文学超国界论的后继者。梵第根说："正和前一段时期一样，这些公开讲座的讲义是常常取杂志论文的形式发表的，因而在高等人士之间传播了比较文学的观念。有几篇讨论到原理和方法论的论文或序文，也在1870年至1880年之间出来了，特别是在意大利和德国。"② 1830年，安贝尔公开提出比较文学的研究设想，并开设了"各国比较文学史"、"论中世纪法国文学与外国文学的关系"等比较文学讲座，受到了学界的欢迎；1832年，圣伯夫开始主讲"各国文学的比较历史"讲座，大力推进比较文学和比较文学史的研究；1887年，德国出

① 栾栋：《美学百年综论》，《陕西师范大学学报》1999年第9期，第86页。

② 梵第根著，戴望舒译：《比较文学论》，长春：吉林出版集团有限责任公司2010年版，第13页。

现了附有纲领性发刊辞的比较文学杂志，该杂志由马克思·柯克主办，它的诞生标志着比较文学研究已经成为一门专业学科。同时，埃德蒙德·歌斯出版了研究英国从莎士比亚时期至浦伯时期的外国影响的专著，里加尔出版了研究阿尔蒂以及西班牙和意大利之间的影响关系的专著，德郁勃出版了研究斯达尔夫人和意大利文学关系的专著，艾拉尔出版了莫里哀在德国的影响专著。这些专门的论著有共同的学术指向：法国作家在国外的影响。可以说，通过实证性分析确认本国作家在国外的影响是19世纪学术界比较文学研究的共同志趣。差不多同一时期，勃吕纳狄尔在高等师范学院讲授比较文学，他的学生也采用博士论文的形式发表了比较文学研究的专著，比较文学开始成为大学教育的独立性学科。梵第根针对这一现象进行了论述，“如果我们着眼于教育方面那么我们就可以看出，在最近二十年中，法国的比较文学讲座增加了许多：从前是只有里昂一处，后来便加上了巴黎大学的（一九一〇）、斯特拉斯堡大学的（一九一九年）和法兰西学院的（一九二五年）。在里尔大学，人们从一九三〇年起研究着法、英和法、波兰的比较文学；在一九三〇年，巴黎大学又增加了一个补充的讲席，同时‘近代比较文学研究院’又聘讲师招学生，使比较文学这门学问得到了一种独立的存在”[①]。可见，比较文学法国学派的建构过程和比较文学的专业化建设过程基本同步。大学中的教授在各个大学开设讲座、编写教材、指导博士生，这些现代科教方式推动了比较文学法国学派的形成。作为大学科教系统的组成部分，比较文学法国学派从一开始就明确了研究对象、研究方法等基础理论，进而在法国文学批评的科学主义思潮中总结、提升了文学的跨国界研究深度，并以此为基础将之引入学院体制，从而使比较文学在大学成为了一个具有影响力的学科。

考察比较文学法国学派的他缘而来，我们必须对其具有“同情的理解”。比较文学法国学派立足于时代环境，是对全球化时代新出现的社会现象的有力回应；法国学派的学者大胆地借用科学的研究方法、研究理念，是在文学研究科学化追求方面的有益尝试；法国学派还立足于大学教育，通过现代科教体系将文学研究与人才培养有机结合起来，是文学教育专业化的时代产物。因此，尽管比较文学法国学派已经被美国学者批评得

---

① 梵第根著，戴望舒译：《比较文学论》，长春：吉林出版集团有限责任公司2010年版，第24页。

体无完肤，尽管国内热衷新潮流的专家学者以海德格尔、德里达的新潮理论抨击法国学派科学性追求的落后和封闭，我们还是认为，比较文学法国学派是人类文学发展史上的一朵智慧之花，是全球化发展历程中的阶段性成果，也是文学科学主义追求的有力尝试。在全球化的发展历程中，法国学派的学科理论、学科方法与学科追求依然会持续下去。

不过，我们在“同情的理解”法国学派的同时，也要看到法国学派“法国”色彩的复杂性。从表面上看，法国学派仅仅是指发源于法国的比较文学学科理论；而实际上，在比较文学学科的全球性建设过程中，法国学派的学科理论已经远远超出了法国的国家疆域而成为全球通行的比较文学学科方法与学科规范，这就使比较文学第一阶段的学科理论都受到了法国学派的影响。法国学派是法国文化秀出的花果，是19世纪法国实证主义、欧洲科学主义思潮、法国文学批评实践以及法国学者与其他国家学者的思想较量等社会能量积聚而成的结晶。它在吸纳这些能量的同时，也通过自身编码的能量影响接受它的国家。任何国家接受法国学派的学科理论与学科规范都带有两面性，一方面，它促进接受它的国家建构新的学科；另一方面，它在建构新学科的同时也遮蔽着接受国的传统文化，这种遮蔽对文化传统迥异于西方的东方国家来说表现得更为明显。

第二节　围绕法国学派的争论：影响研究的局限与贡献

法国学派是比较文学史上第一个以学派命名的学术流派，它有明确的研究对象、研究方法，成员遍布世界各地，影响非常大，历来受到比较文学史研究专家的重视。然而，国内学者受美国学者的影响，对法国学派多有质疑。例如，曹顺庆认为，比较文学学科史是“涟漪式”的结构，每一个涟漪代表着学科发展的某一个阶段，法国学派处于学科发展的第一圈涟漪。他说：“在这种研究中，法国自然成为各种文学现象的放送者、传递者，一切关系的清理和材料的排比，不过是具体的坐实文学影响的存在，为自己国家的文学评功摆好。在这种‘法国中心’或‘欧洲中心’思想指导下的比较文学，必然表现出明显的狭隘民族主义倾向，成为韦勒克所批评的‘两种文学之间的外贸’，违背了比较文学的初衷，限制了比较文学的研究范围。”① 曹顺庆先生的这一评价批评了法国学派的“法国中心主义倾向”，也批评了法国学派缩减学科领域的“自我设限”。这是从比较文学美国学派和中国学派的学科理论角度所作出的评价，我们认为，这种评价过分重视学科理论之间的发展变化，忽视了法国学派与全球化时代背景之间的内在联系。我们如果抛却带有进化论色彩的学科史视野，从全球化进程切入法国学派的精神内核，这样反而可以更客观地认识法国学派在跨国别文学研究方面的贡献与局限。当然，我们的目的不是指手画脚地评点法国学派以彰显中国学派，而是通过认识法国学派的理论贡献与局限，挖掘其中隐藏着的、可供借鉴的文化资源。

一、文学的跨国影响：全球化文学交流事实的科学性考论

我们要想全面地认识法国学派，就必须将法国学派置于全球化的语境中。一方面，全球化语境加强了国家之间的文学交流，为国际文学关系的研究提供了现实的基础；另一方面，法国学派为文学国际性交流提供了可供借鉴的研究方法。可以说，法国学派影响研究是全球化进程中国别文学相互影响的科学性考察体系，也是19世纪科学主义思潮与文学跨国别研究联合作用所开出的智慧之花。从某种意义上说，只要跨国别文学之间存在着事实性的交流关系，法国学派的研究方法就能够通过实证性的考察断定它们之间是否相互影响。当然，由于法国学派过于重视国别文学之间的实证性联系，因此既让文学研究走出了国门，又继续将之禁锢在科学之中，尚未能从文学他化的角度来论述文学跨国界交往的目的与意义，韦勒克对此进行了激烈的批评。

法国学派是考察国际文学关系史的科学体系，因果关系是法国学派解释国际文学关系史的深层结构。法国早期比较文学研究者多从文学史研究和文学批评研究中脱身出来，深受19世纪法国实证主义和科学主义思潮的影响，他们的研究大多是“致力于从渊源、借代、模仿、改编等方面去寻找和证实两种或多种文学中存在的‘事实联系’，采用的研究方法大多是精细和准确的考证式的研究”②。梵第根是法国学派学科理论的奠基人之

① 曹顺庆：《比较文学学科理论发展的三个阶段》，《中国比较文学》2001年第3期，第9页。
② 曹顺庆：《比较文学学科史》，成都：巴蜀书社2010年版，第95页。

一，他对“比较文学特质”的定义是：“真正的‘比较文学’的特质，正如一切历史科学的特质一样，是把尽可能多的来源不同的事实采纳在一起，以便充分地把每一个事实加以解释是扩大认识的基础，以便找到尽可能多的种种结果的原因。”① 梵第根的这个定义规定了比较文学研究的学科性质与学科研究方向。比较文学是科学的历史性学科，它的目的不是通过不同文学作品之间的相同之处或不同之处的比较来对作品的价值与意义作出鉴赏性评价，而是试图通过结果的比对来找到异国作品之所以这样的原因，从而对作品为何能这样作出解释，这是对作品之间因果关系的客观性考察，只不过这种考察将关注点转向了外来文学的影响。梵第根认为，这种考察才能使“比较文学摆脱全部美学的涵义而取得一个科学的涵义”。当我们能够指出作品跨越国界的类似性并通过这种类似性来确定作品之间的跨国别影响关系时，我们也就为文学研究找到了科学性，这是早期法国比较文学研究专家以科学性确定比较文学的美好意愿。实际上，欧洲各国文学之间广泛的相互影响传统为这种实证性考察提供了可能，在法国学派的学者看来，欧洲各国文学之间存在着大量的相互影响的文学交流事实，不对这些事实进行实证性考察就无法阐释欧洲总体文学史。巴斯奈特说：“对欧洲的学者来说，问题依然是探索比较文学的新方向。这些学者学术的形成深受希腊、拉丁经典的影响，《圣经》、日耳曼史诗、但丁、彼特拉克、莎士比亚、塞万提斯、卢梭、伏尔泰、启蒙运动、浪漫主义、后浪漫主义、19 和 20 世纪的小说家等无不影响着他们，一代又一代的作家或借用、或翻译、或剽窃、或强占经典而创作的作品，其影响在一定程度上不可阻挡地贯穿到今天任何人的书写意识中。”② 法国学派影响研究的学科史意义就在于：它在全球化的发展趋势中以因果联系的深层结构来确定影响研究的对象、目的与方法，并将研究重点从民族文学、国别文学转向了国际文学关系史，从而开拓了文学研究的新视野与新领域。可以说，经由法国学者的努力，国际文学关系史的研究才以科学体系的方式进入大学的专业体制。

法国学派有一套系统的影响研究方法。梵第根最早对比较文学的研究对象和研究方法作出了明确的规定。梵第根的规定表述为“在一切场合之

---

① 梵第根著，戴望舒译：《比较文学论》，长春：吉林出版集团有限责任公司 2010 年版，第 4 页。

② 巴斯奈特著，黄德先译：《二十世纪比较文学反思》，《中国比较文学》2008 年第 4 期，第 5 页。

中，我们可以第一去考察那穿过文学疆界的经过路线底起点：作家，著作，思想。这便是人们所谓‘放送者’。其次是到达点：某一作家，某一作品或某一页，某一思想家或某一情感。这便是人们所谓‘接受者’。可是那经过路线往往是由一个媒介者沟通的：个人或集团，原文的翻译或模仿。这便是人们所谓‘传递者’。”① 一个国家的作品经过中间路线（或媒介）到达另一个国家，并对所到达国家的作家发生影响，这是可以通过事实材料加以研究并确定的实证关系。法国学派考察的就是这种事实关系。对此，梵第根说：“在那些原文的复杂的织物中，我们需得带着一种一切真正的文学史家所必要的心理学上的细腻——即心灵——去寻出思想的、感情的或艺术的种种不同的丝缕来，以便再去探寻那一些丝缕是在别处可以发现，是织在别的织物中的。如果没有这种小心，那么我们一定会有一种太空泛、太混沌的批判——特别是对于影响这方面——而在那些并不充实而徒有其表的结论中，把真、伪以及可疑的都混在一起。”② 梵第根认为，影响研究就是详细地分析作品之间的相似性，通过这种相似性最终确定所考察的作品受到了哪些作品的影响。国内比较文学教材根据梵第根的论述将法国学派划分为三个子学科：流传学、渊源学和媒介学，这是对梵第根理论的进一步细化。曹顺庆先生主编的比较文学教材分别对流传学、渊源学和媒介学作出了定义。流传学“就是从给予影响的放送者出发，去研究作为终点的接受的情况，包括文学流派、文艺潮流、作家及文本等在他国的际遇、影响及被接受的情况”③。渊源学“又称为源流学或源泉学，属于影响研究的范畴。它是指以文学接受者为出发点，去探寻放送者的影响，也就是在比较文学视野中，揭示某一文学现象或作家的主题、题材、人物、情节、风格、语言等的外来因素，是一种对跨国影响渊源的实证性追溯和研究”④。媒介学“是与渊源学相对的一个与影响研究有关的术语，它是影响研究的重要组成部分，研究外国作品进入本国的方式、途径、手段及其背后的因果规律”⑤。从流传学、渊源学与媒介学的定义来看，影响

---

① 梵第根著，戴望舒译：《比较文学论》，长春：吉林出版集团有限责任公司 2010 年版，第 39 页。

② 梵第根著，戴望舒译：《比较文学论》，长春：吉林出版集团有限责任公司 2010 年版，第 40 页。

③ 曹顺庆：《比较文学教程》，北京：高等教育出版社 2006 年版，第 63 页。

④ 曹顺庆：《比较文学教程》，北京：高等教育出版社 2006 年版，第 66 ~ 67 页。

⑤ 曹顺庆：《比较文学教程》，北京：高等教育出版社 2006 年版，第 89 页。

研究是一种定量、定性的实证性研究方法。其研究目的在于通过外围性的资料探查、分析各个国家的文学现象或者主题、题材、人物、情节、风格、语言与另一个国家文学的相互关系。这种分析需要扎实的实证性资料，梵第根据此认为，比较文学研究专家必须精通多种语言，能够流利地阅读和他的研究有关的许多国家的文学作品的原文。在梵第根看来，这种研究“只不过把一个本国文学史在国内所研究的问题，迁到国外去而加以扩大，并很有用地补充了本国文学史所给予的部分的研究而已”[①]。从研究方法来看，法国学派影响研究与民族文学史的研究并无区别。影响研究其实是将民族文学的研究体系挪用到跨国别的文学关系上，国际文学关系史不过是研究视野改变了的民族文学史。

梵第根在跨国别文学影响关系中提出了超越比较文学的总体文学概念，这是科学思维模式在文学研究领域的进一步扩展。梵第根认为，比较文学关注国家之间的文学关系，是两种成分之间的二元关系，他说：“地道的比较文学最通常研究着那些只在两个因子间的‘二元的’关系；这些因子或者是作品，或者是作家，或者是作品或人的集团：这些关系则是关于艺术作品的实质或内容的。这种在一个放送者和一个接受者之间的二元关系之证实（有时还有一个传递者的指示），本身是有兴趣的，使人更清楚地认识了或者是出发点，或者是到达点。”[②] 在梵第根看来，局限于放送者—接受者的二元关系的比较文学仅仅说明了跨国别文学之间的相互影响，并不能对“整个的文学之国际史” 作出贡献。在明确理解了各国文学之间所具有的同一类事实后，梵第根要建构的是一般文学，即“在那必要的第一步各本国文学史的那边，在那补充各国文学史，使它们两个两个地沟通，并使它们的许多部分变成很易解的比较文学的那边，插进了一个第三种的学问，去更接近更完备地达到历史的真实，而完成了前两者所开始了的综合的工作：这便是一般文学”[③]。梵第根的一般文学概念是比较含糊的。一方面，他试图通过同类事实的比对概括出具有一般性的文学理论，

① 梵第根著，戴望舒译：《比较文学论》，长春：吉林出版集团有限责任公司 2010 年版，第 47 页。

② 梵第根著，戴望舒译：《比较文学论》，长春：吉林出版集团有限责任公司 2010 年版，第 138 页。

③ 梵第根著，戴望舒译：《比较文学论》，长春：吉林出版集团有限责任公司 2010 年版，第 140 ~ 141 页。

这属于“美学上或心理学上的”研究；另一方面，他又试图通过扩大跨国别研究范围的方式来探讨“许多国文学所共有的事实关系”。前者是文学规律的探寻，所使用的是归纳的方法：同一类文学现象多次出现于不同的国家文学之中，可以以此为依据归纳出文学的规律；而后者是实证性的研究，是由两个国家之间的文学影响关系扩大到多个国家之间的文学影响关系。因此，梵第根的一般文学定义为：“所谓‘文学之一般的历史’或更简单的‘一般文学’者，就是一种对于许多国文学所共有的那些事实的探讨——或者以那些事实，或以它们的相互依赖关系论，或以它们的符合论。这个名称，虽则已用了好几年了，可是总还没有多大威信，所以我们需要加以一致解释。一般文学是与各本国文学以及比较文学有别的。这是关于文学本身的美学上的或心理学上的研究，和文学之史的发展是无关的。‘一般’文学史也就是‘世界’文学史。它只要站在一个相当宽大的国际的观点上，便可以研究那些最短的时期中的最有限制的命题。”① 梵第根提出“一般文学”概念，本意在于超越比较文学事实考证的局限，试图通过文学现象在国别文学中的类同性来概括出文学的一般规律，从而培养出一种超越国家、超越民族的文学理论视野。这是一种典型的科学归纳方法，认为自然科学可以借助实验的重复性手段而归纳出自然规律，文学研究也可以通过文学现象的类似性总结出文学规律。这种思路实际上已经成为比较诗学的学科基础，刘介民在《中国比较诗学》的绪论中说：“我们要借助于各民族诗学的比较，探寻世界文学更普遍的规律，将对各国各民族创作和研究都会作出突出贡献并产生深远影响。”② 这是对梵第根一般文学主张的具体运用，也是对中西诗学比较目的的明确表述。比较不是单纯的文学的跨国界影响，而是必须通过这种跨国界文学的相似性总结出文学的一般规律，这种对规律的热衷俨然成为法国学派思想之所以凝聚于东方国家的最好解释。然而，文学规律这一提法仅仅是西方国家在19世纪所信仰的阶段性认识，这一阶段性的认识在20世纪后期遭到了西方学者的批判。因此，我们认为，信奉规律并以此作为比较文学学科基础不仅不能促进比较文学学科的健康发展，而且还会在接受规律的同时压制东方国家的文化传统。

---

① 梵第根著，戴望舒译：《比较文学论》，长春：吉林出版集团有限责任公司2010年版，第141页。

② 刘介民：《中国比较诗学》，广州：广东高等教育出版社2005年版，第1页。

从文学的跨国别影响的实证考察到一般文学规律的归纳探求，法国学派的学科理论充分体现了全球化进程中文学跨越国界相互影响的时代特征。在农业经济为主导的封建社会，文学虽然偶尔也越出国界，但这种越出尚不自觉且影响也不大，文学的发生、发展还局限于民族文学或者国别文学之中。直到资本主义生产方式主导下的全球化时代到来，文学随着世界市场的扩张走出了国界，进入了世界性交流的境遇。比较文学法国学派把握到了文学交流的新的时代特征，提出了系统性的文学研究方法，这对于深入研究文学的世界性交流具有积极意义。我们认为，法国学派从科学主义的角度论述了文学的世界性交流，尽管存在着一定的局限，但是法国学派奠基于文学的事实性交往，对存在着文学交流历史的欧洲文学来说依然有着强大的生命力。我们也相信，随着文学交流境域的不断扩大，文学交流历史的不断沉淀，国别文学之间的事实联系将会越来越丰富，法国学派所提倡的影响研究也将会持续存在下去。

二、围绕“比较与影响”的争论：法国学派理论范式的争议

比较文学法国学派的建构过程是一个不断争论的过程。法国学派建构之始就受到了克罗齐的质疑，它是在回应克罗齐质疑后的学科“新生”；法国学派在发展的高峰又遭遇到来自美国学者韦勒克的致命性攻击，并在受到攻击后逐渐式微。克罗齐质疑“比较”方法作为比较文学学科集合名词的合理性，韦勒克攻击法国学派“影响”研究忽略了文学性，这些质疑一方面促使法国学派反思自身学科理论的局限，不断完善国际文学关系研究的理论与方法，另一方面也推进了比较文学学科理论的飞跃性发展，拓展了比较文学研究的领域。因此，认真探讨围绕比较文学法国学派的争议不仅可以理清法国学派的理论局限，而且可以为比较文学的进一步发展提供借鉴经验。

克罗齐在比较文学学科建构之初就对比较文学学科的合理性提出了质疑。克罗齐认为比较只是研究方法之一，它不足以圈定一个独立的领域，因此，他批判将比较方法转换为一个专注于文学史研究的学科概念的做法。法国学派尽管认为“比较”这个词组有缺陷，意义含糊，但他们仍然将比较文学的“比较”与作为研究方法、研究手段的“比较”区分开来。也就是说，比较文学能够作为一个学科首先必须回应“比较”究竟是不是

一种方法。卢梭等人编写的《何谓比较文学》一书一开始就论述了比较方法与比较文学学科的关系，就是对这一问题的主动回应。卢梭等比较文学学者认为比较方法是“比较类似的结构和现象，这些结构和现象是从它们所属的总体或组别的某些方面抽取出来的，那是为了突出共性，并从中得出规律”[①]。比较文学有比较的方法，但是比较文学的比较方法不是为了抽取共性，而是为了确定每个国家的文学对世界文学的贡献。卢梭因此说：“诚然，比较各种文学，并不是从事于比较文学。不过，无论如何这是准备研究比较文学，也许必须达到这种比较，如果人们想确定每个国家的文学对文学的共同财富——世界文学作出的不可替代的贡献的话，从歌德开始人们就赋予世界文学这个词许多意义，而且它还包含生动的先贤祠的意义，在这里各国文学对比与日俱增。”[②] 在卢梭等法国学者看来，比较文学有“比较”，但是有“比较”的文学并不就是比较文学。比较文学的“比较”是立足于世界文学的“比较”，也就是说比较文学的“比较”是跨越了国别的“比较”，同时也是朝着世界性的总体文学迈进的“比较”。跨越国界的“比较”是法国学派“国际文学关系史”的理论基础，总体文学则是法国学派进行“比较”的学科追求。梵第根将比较文学定义为各国文学作品的相互关系，以此批评并列举出类似的书籍、典型人物、场面、文章以比同较异的做法，认为这不是科学性的做法，也没有历史的含义，其目的就是将比较文学与作为方法的“比较”区分开来。基亚则认为“比较文学不是文学的比较”，“比较文学不是总体文学，比较文学可以导致总体文学”[③]。基亚的这两个论断明确地将比较文学与“比较”方法划清了界限。从法国学者回应克罗齐的质疑来看，法国学者为比较文学的学科基础提供了两个新的文化资源：跨越国别的文学关系与总体文学的文学建构。这两种文化资源是全球化推动下文学跨国别交流的理论性研究成果，从这个角度来看，比较文学法国学派的学科建构是对全球化时代背景的反映，特别是总体文学的设想与市场不断从国别走向世界的全球化进程相互呼应。市

---

① 皮埃尔·布律内尔著，黄慧珍、王道南译：《何谓比较文学》，上海：上海社会科学院出版社 1991 年版，第 3 页。

② 皮埃尔·布律内尔著，黄慧珍、王道南译：《何谓比较文学》，上海：上海社会科学院出版社 1991 年版，第 2 ~ 3 页。

③ 转引自伽列：《比较文学初版序言》，《比较文学研究资料》，北京：北京师范大学出版社 1986 年版，第 42 ~ 43 页。

场可以从民族、国家的疆界中走出来，文化当然也需要从民族、国家的疆界中走出来。世界市场是一个整体，人类文化也是一个整体。卢梭说："文学、语言、民族，这三个长期独立的实体在十八世纪，尤其在十九世纪初汇合起来，最终三个概念形成一个实体。比较文学渐渐起来反对新型的这三个分隔的基本单位。"① 显然，法国学者不仅论述"比较"是基于国际文学关系的事实联系，而且追求一种"世界性"的同一文学，从这个角度来看，比较文学法国学派才真正地具有韦勒克所论述的歌德文学主张：世界各国文学合而为一的一元论色彩。这种一元论色彩是世界统一市场在文学领域的能量释放。人们在全球化进程中发展了世界市场的统一意识，这种意识影响到文学领域，其结果就是文学发展的一元论。从这个角度来看，比较文学的"比较"已经不仅仅是作为方法的"比较"了，它是一种方法，更是一种新的研究视野与时代精神。

曹顺庆先生认为法国学派的理论特征是："首先，法国学派理论与体系的建立，是承续了法国比较文学初级阶段的遗产，其观念与方法论同样来源于十九世纪的浪漫主义、实证主义及科学主义以及二十世纪初兴起的伯格来主义。……我们看到，从比较文学学科理论的发端，到法国比较文学研究的兴起与初步形成，再到法国学派的建立，无不是上述的时代语境作用的结果：从浪漫主义那里，造就了法国学派基本理论的依归——建立总体文学或文学世界主义的终极目标（尽管他基本局限于欧洲中心主义的立场）；从实证主义那里，演绎出学派理论的方法论原则——惟科学主义、惟事实主义和历史相对主义，故着重推究不同文学间的事实联系，把影响研究放在首位，排除美学的评价与判断；从柏格森的生命哲学那里，则孕育出学派在批评实践上的个性化追求和具有民族精神意识的情感体验展现。"② 除却对法国学派与柏格森的生命哲学的关系的论述有点牵强外，曹顺庆先生对法国学派的科学主义、实证主义与惟事实主义的总结还是符合实际的。然而，科学主义、实证主义与惟事实主义只是法国学派学科理论的品格，它以科学的态度、实证的材料进行文学的跨国别研究，它想给予这个学科扎实的实证基础与充分的说服力，这样的学科追求自有其合理之处，我们不应该过于批评其科学性倾向。曹顺庆先生还认为法国学派的总

---

① 皮埃尔·布律内尔著，黄慧珍、王道南译：《何谓比较文学》，上海：上海社会科学院出版社1991年版，第17页。

② 曹顺庆：《比较文学学科理论研究》，成都：巴蜀书社2001年版，第144～145页。

体性特征是："比较文学研究的目标，是建立'欧洲中心主义'的'国际文学史'；研究的层面，包含比较文学和总体文学两大类型；研究的方法，主要是'实证'的影响研究，但同时也没有放弃综合研究；研究的范围除了以事实联系为基础的影响研究外和文类学及主题学为对象的历史研究外，还包括作为总体文学追求的带有跨学科性质的思想史和形象学的初步研究；研究的焦点，主要是各国文学间的关系即文学的'外贸'往来这样的外缘性研究，而非作品本身的美学价值判断这般的内在性研究，其间文学关系的二元实证特点尤为明显。"① 这一类批评法国学派的欧洲中心主义与文学的"外贸"倾向是美国学者韦勒克的观点，中国学者如曹顺庆等大多也承继了韦勒克的这一观点，多从这两个角度来论述法国学派的不足。但是，如果我们反过来设想：假如美国学者或者中国学者运用法国学派的学科理论来研究国别文学关系史，我们又将会怎么研究？一方面，法国学派强调文学跨国别交流的事实性基础，也就是首先必须存在跨国别的文学交流关系才能成为研究对象。另一方面，不管是美国学者还是中国学者都有语言和文化方面的局限，各国学者更娴熟、自然地掌握的是本国语言与文化，因此，当他们进行跨国别文学关系史的研究时，首先考察的是本国文学与其他国家文学的交流关系。从这两个角度来看，批评法国学派的欧洲中心主义与文学外贸倾向是没有道理的。美国学者进行跨国别文学关系史的研究自然有美国中心主义的倾向，其他国家学者的研究也会带有以本国文学为中心的色彩。韦勒克的批评反而说明，文学研究可以跨越国界，但是文学研究跨越不了民族文学的"前见"。任何文学研究都是效果历史的文化行为。因此，法国学派实证的研究方法可以为任何国家所借鉴。当然，我们还必须看到，实证的方法与科学的结果是两回事。我们可以采取实证的方法探究跨国别的文学交流事实，但是这种研究不一定就能得出客观的、科学的结论。法国学派恰好混淆了方法与结果的关系。雷马克说："如果有朝一日每一个教师都能非常自然地从尽可能广阔的方面来看待文学，而不顾及其民族疆域，那时，比较文学作为一个特殊的领域，其使命也就该完结了。但是这一天还很遥远，语言上的障碍、气质上的倾向和知识积聚与分散都将继续无限期地迫使学者们有所分工。"② 文学的跨国别研

① 曹顺庆：《比较文学学科理论研究》，成都：巴蜀书社2001年版，第148页。

② 亨利·雷马克：《比较文学的法国学派和美国学派》，《比较文学研究资料》，北京：北京师范大学出版社1986年版，第65页。

究不可能因为实证的方法而取得客观的结果，也就是说，国际文学交流史的研究总会有“中心主义”与“外贸”的倾向，也会有与生俱来的文化“前见”。文学跨国别研究摆脱不了“前见”，正如谢弗勒所言：“任何人，不管他从事何种文学对象的研究工作，总是植根于某种文化中，既有其群体的文化（有时是继时或同时的几个群体的文化），也有他个人铸造的文化。”①

美国学者除了批评法国学派的“欧洲中心主义”与文学“外贸”倾向外，还认为法国学派实证研究是文学的外在研究，缺失了文学内在研究的维度。这是美国学者从新批评的角度对法国学者所作出的批评。这种批评涉及如何理解法国学派所谓的“影响”问题。法国学者内部对“影响”的看法也存在着分歧。其中，伽列就认为“影响”是难以证实而又不可称量的因素，做起来十分困难且靠不住。伽列说：“人们或许又过分专注于影响研究了。这种研究做起来是十分困难的，而且经常是靠不住的。在这种研究中，人们往往试图将一些不可称量的因素加以称量。相比之下，更为可靠的则是由作品的成就、某位作家的境遇、某位大人物的命运、不同民族之间的相互理解以及旅行和见闻等等所构成的历史。譬如英国人与法国人、法国人与德国人等等之间彼此如何看法。”② 但是法国学派又离不开“影响”，因为如果没有“影响”，国际文学关系史的实证考察就失去了基础。流传学与渊源学之所以能够判定跨国别的文学之间存在事实联系，就是依据于“影响”。王向远认为法国学派不赞成“影响研究”是对法国学者论述的误解。他说：“看来，法国学派基本上是不主张做‘影响研究’的，这反映出了他们的比较文学观念是狭隘的，带有实证主义思维的偏见，在今天已不足取法。”③ 王向远的判断依据来自法国学者朗松的一段话：“真正的影响，是当一国文学中的突变，无以用该国以往的文学传统和各个作家的独创性来加以解释时，在该国文学中所呈现出来的那种情状——究其实质，真正的影响，较之于题材选择而言，更是一种精神存在……是得以意会而无可实指的。”朗松首先定义了“影响”，然后才指出“影响研究”难以通过实证的材料进行说明。这里边显示出法国学派的两

① 谢弗勒著，王炳东译：《比较文学》，北京：商务印书馆2007年版，第179页。

② 伽列：《比较文学初版序言》，《比较文学研究资料》，北京：北京师范大学出版社1986年版，第43页。

③ 王向远：《比较文学学科新论》，南昌：江西教育出版社2002年版，第49页。

难：如果没有“影响”，法国学派所谓的事实“关系”就没有研究的价值；如果提倡“影响”，精神层面上的“影响”又很难通过实证的方法加以确证。我们以《歌德在法国》这样经典的法国学派论题为例。如果我们不做“影响”研究，《歌德在法国》这样的论题就只能做成歌德生平与法国所发生的联系这样的历史性材料的堆积，这种堆积完全是外围性的研究，而这种研究正是韦勒克所批评的“只有文学史，没有文学批评”的外在研究。实际上这种研究也不是法国学者所提倡的，因为民族文学研究也存在着这种倾向，19世纪的社会学批评就是这种倾向的典型形态。谢夫莱尔认为法国学派：“需要补充说明的是，在很长一段时间内，法国比较文学研究者们确实更加关注法国文学可能对外国作家造成的影响而忽略了它可能受到外国作家的影响。总之，在我们国家便产生了一种主要是基于影响概念的方法。”① 笔者觉得谢夫莱尔的看法更为公允。法国学派研究国际文学关系史存在着以法国作家、作品为考察中心的倾向，这种倾向的合理性我们在前面已经作出了分析。谢夫莱尔认为法国学者在做这种研究的过程中产生了“基于影响概念的方法”，这就说明，法国学者的实证性研究也需要从外围的史料分析进入作品内在的影响分析，只不过法国学者对这方面的强调不够充分，他们早期的研究更侧重于外围性的事实考察。从法国学者对“影响”的态度来看，美国学者对法国学派的批评补充了法国学者研究的不足。王向远也认为，在影响研究上，法国学者与美国学者的看法几乎一致。他这样表述：“无论后来的人们对‘影响研究’的分歧有多么大，而在‘影响’及其特点的认识上，与法国学派的认识几乎一致的。甚至在许多‘美国学派’及美国学者的论述中，也可以发现他们与‘法国学派’在‘影响研究’问题上看法的一致。”② 这就说明，“影响”尽管难以实证考察，但是法国学派确实又难以谈论没有“影响”的关系。

围绕法国学派“比较”与“影响”的论证充分说明了实证方法在文学研究领域的两难。以科学的态度和方法进行文学研究，这没有问题。但是，以科学的态度和方法进行文学的“影响”研究，却很难保证研究结果的科学性与实证性。跨国别文学有影响，影响必须经过作家对外国文学作品的吸纳表现出来，而作家在创作文学作品时又强调文学创作的独创性，

---

① 谢夫莱尔著，钱林森译：《比较文学方法论及新世纪发展前景》，《中国比较文学》2000年第4期，第117页。

② 王向远：《比较文学学科新论》，南昌：江西教育出版社2002年版，第49页。

因此，想从作者所创作出来的作品确定文学作品之间的相互影响，无异于从主观的文学创作过程与个性化的文学作品中分离出属于别人的客观的东西。这种分离尽管可以找到外围性的验证材料，但却无法量化影响的程度。因此，法国学派的“影响研究”最终又难免带有分析者的主观性，是一种难以确证的精神现象。王向远针对“影响研究”提出了判断与假设的方法，他说：“运用‘影响研究’方法的第一步，就是判断与假设。判断与假设，是指在并不充分的事实条件下，依据直觉、分析与推理，提出影响关系存在的假说，指出某一作家受到了某一外来文学的影响。”① 尽管我们可以判断和假设国别文学之间的相互影响，但是这种假设也充满着主观性。以王向远所举的中国神猴形象孙悟空与印度文学关系为例。胡适在神猴形象中找到了神猴与印度史诗《罗摩衍那》中哈努曼的背景；鲁迅则在神猴形象中发现了形若猿猴的“无支祁”的形象；季羡林发现了《国王本生》中小猕猴与神猴的渊源关系；赵国华则通过详细考证得出结论——《大唐三藏取经诗话》中的猴行者是综合了《六度集经》中几个印度神猴形象的基本要素，而最终以第四十六个故事《国王本生》中的小猕猴为主要原型创造出来的属于中国的神猴。这些研究都作出了假设与判断，也都能在文本中找到依据。然而，两者相似就一定能够说明两者之间存在着影响吗？赵国华在考证印度佛典与中国神猴的关系后得出结论说：“作为《西游记》中孙悟空的前身，猴行者的神猴形象虽然源出印度，但他既不是简单的照搬，也不是生硬的模仿，而是对印度文学的营养经过自己的消化和吸收后，所创造的中华民族的神猴。”② 围绕神猴形象的影响研究充分说明，文学形象上的类似并不能对国别文学之间的影响关系做定量的分析；反之，文学形象上的相异也不能确证国别文学之间就不存在相互影响。因为，文学是作家创作出来的文学，期间有着作家对文化的消化与吸收，而影响研究无法定量地探究作家这种消化与吸收的程度。

比较文学法国学派开启了全球化时代文学研究的第一扇门。它的意义就在于，经由法国学者的理论建构，跨国别文学的研究进入了学科教育的体制。在此之前，欧洲文学虽然也有跨国别的交流历史，但这种文学交流处于自发阶段，对此的讨论也是散点式的，还没有形成学科意义上的理

① 王向远：《比较文学学科新论》，南昌：江西教育出版社2002年版，第150页。
② 赵国华：《论孙悟空神猴形象的来历》（下），《南亚研究》1986年第2期，第54页。

论。法国学者建设了一个专业性的学科研究跨国别文学关系，从此，全球化时代的跨国别文学关系有了科学而系统的研究方法、研究目的以及研究范式，从这个意义上讲，法国学派具有学科范式的作用。当然，由于法国学派的学科理论未能摆脱19世纪的科学主义与实证主义思潮的影响，其学科理论受到美国学者的批评。对于这种批评，我们认为是学科范式之间的斗争，并不能抹杀法国学派的时代意义。

第三节　从影响到熔铸：走出法国学派的理论局限

法国学派虽然开启了全球化时代文学研究的新范式，但是这种开启还带有19世纪社会进化论和科学主义的偏见。美国学者韦勒克批评影响研究："没有一个人能够说明一件艺术品形成的'原因'是另一件艺术品，尽管可以在两者之间找到不少平行与类似之处。后来的艺术品没有前者可能无法形成，但却不能说明产生它的原因是前者。文学中的这类研究的整个概念是外缘的，往往被狭隘的民族主义侵蚀，造成计算文化财富的多寡、在精神领域计算借贷的弊端。"① 韦勒克的批评说明，法国学派打开了文学研究的跨国别领域，但是这种研究还带有文化中心主义和进化论的倾向。在探讨国别文学的相互影响时，文化输出国容易对文化接受国产生一种文化优胜的心理。其逻辑是：输出国的文化是发达进步的，接受国的文化是在"我"的影响下才得以发展的，因此，接受国的文化没有输出国的文化优秀。这种文化心态与资产阶级掠夺东方国家的逻辑如出一辙，不仅不利于文化的全球性交流，更助长了接受国对异国文化的抵制心理。韦勒克认为比较文学必须克服民族偏见和地方主义，他说："我们既需要民族文学，也需要总体文学。我们既需要文学史，也需要文学批评。我们需要一个广阔的视野和角度，这只有比较文学能够提供。"② 韦勒克认为，比较文学可以提供一个广阔的视野和角度，一方面提倡民族文学与总体文学共

① 韦勒克：《比较文学的名称和实质》，《比较文学研究资料》，北京：北京师范大学出版社1986年版，第40页。

② 韦勒克：《比较文学的名称和实质》，《比较文学研究资料》，北京：北京师范大学出版社1986年版，第41页。

存，另一方面又提倡外围研究与内部研究并存。美国学者将这种视野和角度理解为平行研究，这种观点比法国学派更为开放。我们认为，平行研究的真理观念也隐含着不平等关系，那是西方文化系统对东方文化系统的卷而藏之。想要彻底地消除文学跨国别交流的地方主义和民族偏见，就需要对异国文学采取更为开放的态度。

当代学者姚鹤鸣认为“西方化”的文化侵略虽然有着不可避免的消极作用，但我们也没有必要过分忧虑和恐惧，他说：“优势的文化形态要能够在一个民族中得到扩散并为这个民族所接受，必须要适应该民族的文化圈的特殊情形。而一个民族吸收其他民族的文化形态，也总是以本民族的文化形态为根本，将外来文化民族化，使之成为自身文化形态的一部分。”① 姚鹤鸣的这番主张发表于2007年，中国从开放海禁到1949年国家主权确立再到21世纪发展成为世界的第二大经济实体，中国文化一直与西方文化发生着难以分隔的联系。姚鹤鸣在中国经济迅速发展的现状下对西方文化的态度还是很豁达，他的主张在某种程度上超越了文化中心论的局限。王卫东、杨琳也认为：“文化的差异性不可能通过分配而消除，只能通过不同文化间的交流、理解而达到共享。民族文学和文论不仅需要吸收，更需要推出，即不但要拿来，而且要拿出。”② 21世纪中国学者的这些论述表现出更为豁达的世界胸怀。全球化进程不仅在地域上促进政治、经济文化的交流，而且在文化心态上培养人们更为世界性的视野。19—20世纪初的中心主义和社会主义达尔文主义强化的是落后、狭隘的“种族意识”，人们曾经因为这些“主义”付出了沉重的代价。新世纪需要人类发展出更为理性、更为豁达的世界主义胸怀。中西方学者近年来有关世界文学的论述展现出人类在全球化进程中对异己性他者的态度正从排斥、掠夺到承认、接纳的方向推进。栾栋教授在这一时段适时提出了比较文学的“熔铸说”，顺应了全球化发展的趋势。“熔铸说”不但不拒绝外来文化，而且强调对外来文化熔而铸之的创新意识。我们认为，从姚鹤鸣的吸收异国文化成为自己的一部分到栾栋的“熔铸说”，当代中国学者对比较文学的认识正在尝试着超越法国学派影响研究的自我中心主义倾向，也正在努力摆脱文化外贸的狭隘心态，这些努力体现了全球化进程对人类自我意识

① 姚鹤鸣：《文化全球化和马克思的“世界文学”》，《广西师范大学学报》2007年第2期，第27页。

② 王卫东、杨琳：《如何走出西化的文化话语》，《思想战线》2004年第4期，第83页。

的提升与锻造。栾栋的“熔铸说”是当代中国学者对比较文学的高端冲刺论述得最为深入、系统的学说之一，我们以之为视角论述比较文学研究走出法国学派影响研究局限的可能。

比较文学研究的“熔铸说”，是栾栋针对比较文学研究的偏颇而提出来的学术思想。栾栋认为，熔是熔化、冶炼，兼及浇铸过程，他说：“古人用镕，指铸造范型，熔化之熔与注范之镕结合。……本文用熔铸，指称熔化、铸造和创新的全过程，旨在说明比较研究中的一个非常重要的方法：将各种比较对象冶为一炉，把自己研究的内容铸造成一个完整的创新作品。这是比较研究的难题，是比较研究中一个非常重要的思想。”① “熔铸说”提出了对比较文学研究的一种新的介入视野，这种视野恰好可以弥补法国学派影响研究的科学性与自我中心主义倾向的不足。影响研究重在说明影响的发生与结果，熔铸重在比较研究的独创；影响研究注重实证性的事实分析与考察，熔铸旨在将诸多可接触到的文化成果铸造为新的文化成果；影响研究采取客观的态度，排除主体的主观性行为，熔铸则强化主体的消化与吸收能力，以主体的独创为旨归。再从具体的研究过程来看，影响研究不关注作品的具体分析，熔铸则强调对作品的内部细读。可见，如果从熔铸的角度来看法国学派，那么法国学派所提倡的实证性事实联系就只是比较研究的基础性研究，只能说明确实有“联系”这一事实。在此基础上，比较研究需要拾级而上，通过对作品的具体解读，分析作者如何消化与吸收，从而提倡会通性的文学视野。栾栋的熔铸说除了补苴影响研究外，还对比较研究提出了另一追求：文化独创的高端冲刺，这一方面的内涵我们留待比较文学中国学派的建构再进行讨论。

熔铸说突破了文学影响关系的民族主义倾向。熔铸对异己文学保持开放平等的态度，熔铸必须吸收异己文学才能“熔而铸之”，它对其所吸收的异己文学没有看低一等，反而认为异己文学是成就“我”的文学，是对“我”的恩惠。这种对异域文学保持开放平等的心态与法国学派的做法有较大区别，法国学者的论述对象是欧洲，因为欧洲诸国存在着历史悠久的文化联系。以18世纪为例，卢梭分析说：“欧洲首都巴黎也汇聚外国人。所有的沙龙都因一些异国客人参加而自豪。有些人定居下来，如格林、加里阿尼。另一些人走遍了城市和乡村，艺术家的习性并没有遮住他们的眼

① 引自栾栋：《释熔铸》，《栾栋书稿·比较文学十五讲》（第五讲）。

睛。……普列服神父和伏尔泰应该在这居住过；孟德斯鸠去英国和意大利旅游；法尔科内和狄德罗旅游行程到达鲜为人知的土地——俄国；至于日内瓦人让—雅克·卢梭则一直过着游荡的生活。”① 欧洲各国历史悠久的文学交流传统强化了法国学者以国际文学关系史为比较文学学科基础的信心。梵第根依据欧洲文学交流的情况将欧洲各种文学关系分为三大类："一类是希腊和拉丁文学之间的关系，一类是中世纪和古代文学之间的关系，第三类是近代欧洲各国文学之间的关系。第三类关系最广泛、最复杂，正是比较文学要研究的对象。”② 第一类文学关系我们在前面已经以古典主义文学比较研究加以论述了，第三类文学关系与第一、第二类文学关系的区别就在于第三类文学关系是国别文学之间的关系，这既涉及国别文学之间的相互影响，又涉及国别文化与国家利益之间的较量。法国学者立足于第三类文学交流关系，孜孜不倦地寻求国别文学相互交流的实证事实，只不过，法国学者在探讨这类关系时带有强烈的文化民族主义意识。韦勒克认为："比较文学的兴起是为反对大部分十九世纪学术研究中狭隘的民族主义，抵制法、德、意、英等各国文学的许多文学史家们的孤立主义。……但是，这种想作为各民族之间的协调因素的真诚愿望，却常常被当时当地狂热的民族主义所淹没和歪曲。……库尔提乌斯已为自己认为的好欧洲人的概念下了定义：‘我只知道有一种好的欧洲人：他尽力把握本民族的精神，同时又尽力从一切方面，从其他民族精神的独特性中吸取养料，不管是友好的民族还是敌对的民族。’他提出一种文化上的强权政治：一切都为壮大本民族的力量服务。”③ 韦勒克在上述论述中列举了巴尔登斯柏格、伽列、库尔提乌斯等法国学者的文化行为，有力地说明了法国学派在其影响研究的科学性下所掩盖着的民族主义。这种民族利益至上的思维作为一种社会能量影响到比较文学法国学派的学科建制。进一步讲，法国学派学科理论是这种社会能量的文字编码，它编码着民族国家的利益，也通过这种编码影响其他民族的文化建构。

美国学者将比较文学的领域扩展到了东西方，突破了法国学者所设想

---

① 皮埃尔·布律内尔著，黄慧珍，王道南译：《何谓比较文学》，上海：上海社会科学院出版社1991年版，第23页。

② 刘象愚：《从比较文学到比较文化》，上海：复旦大学出版社2011年版，第49页。

③ 韦勒克：《比较文学的危机》，《比较文学研究资料》，北京：北京师范大学出版社1986年版，第55～56页。

的欧洲范围的文学关系，这种拓展将更多的异域文学摆在了互相交流的平台，在某种程度上冲击了法国学派的民族中心主义。然而，诸多异己文学相互交流，这既是全球化所带来的机遇，也蕴涵着民族文学与异域文学冲突的危机。因此，国别文学之间的异质性空前凸显。杜书瀛认为："不言而喻，地球上各种不同的文化的确存在非常大的差异，但是差异再大的文化现象，也很难避免发生联系、产生影响，尤其是在现代。……不同的文化碰在一起，有的可能会和睦相处，亲切交流，很容易取得价值共识，相通相融，合为一体，包括结合之后生出新的文化现象；有的则有矛盾、冲突，有时会格格不入，有时会打起来，会发生'战争'。"① 影响研究以科学性掩盖了文化影响的这些复杂现象，从表面上来看只是关注国别文化之间的事实联系，也就排除了异质文化之间交流的冲突，实质上却通过研究策略强化了国别文学影响的民族主义色彩，因此，法国学派学科理论不能处理如何对待异质文化之间的平行发展和同源文化之间的冲突等全球性文化交流的现实问题。美国学派以文学规律归纳国别文学之间的异质性，使异质性成为规律的一个归纳"因子"，然而，这只是对异质性因子的理性分析，还未能充分发挥异质性对于民族文学创新的意义。熔铸说强调的是熔铸多元文化，其旨归在多元文化和合之后的创新，即如杜书瀛所说的："按照事物发展的已有经验，单亲繁殖、近亲繁殖，不如远缘杂交来得好。不同文化甚至差异很大相距遥远的文化的碰撞、交融，可能发展得更茁壮。"② 与美国学派异质说不同的是，熔铸熔多元文化，就是既承认异质文化存在的合理性，又提倡吸收异质文化的优势，推动人类文化创新性成果的出现。综上可知，熔铸说的这种视野超越了法国学派的自我中心主义，也超脱了美国学派寻求规律的理论构想，其旨归在创新，其成就是人类的文化成果。因此，熔铸是全球化时代异质文化和合发展的东方智慧。

熔铸强调文学作品的细读与文学作品的审美分析，试图通过细读与艺术批评方式发掘可以熔而创新的异质文化，从而弥补了影响研究只重事实分析不重文学批评的局限。美国学者提倡文学的内部研究并以此批评法国学派的外部研究，韦勒克为此还提出了比较文学需要文学史也需要文学批评的观点。法国学派也提出要重视作品，但是法国学者是从作品的流通角

---

① 杜书瀛：《文化的全球化与民族性问题》，《民族艺术研究》2002 年第 3 期，第 14 页。
② 杜书瀛：《文化的全球化与民族性问题》，《民族艺术研究》2002 年第 3 期，第 14 页。

度来展开对作品的研究的。谢弗勒在《比较文学》一书中说：“比较文学史学应侧重于作品。出于一种‘消极’的原因，作者史的研究在民族文学史学的范围内更容易进行。出于比较文学角度的原因，重点应放在作品的流通以及作品之间的依附关系上。”① 谢弗勒将创作学和作品分析限定在民族文学史的研究范围内，主张比较文学只研究作品的跨国别流通，这是法国学者对作品分析的主要看法。中国学者王向远也认识到文学作品的细读在影响研究中的必要性，他认为作品分析是证实影响关系的重要途径。他说：“‘影响’是作为一种精神的、心理的现象而存在的；‘影响’和‘被影响’如影如声，难以被精确地定量分析。但是，不能定量分析，并不等于不能被确认、不能被证实。要证实‘影响’之存在，方法和途径有多种。但最主要的，还是对具体作家作品的分析，其中包括对主题与题材的分析，对典型人物的解剖，对情节结构的解析，对形象与意象的对比等等。总之，主要是对具体作品的审美的批评。”② 王向远以陈泓对日本唯美主义在中国的影响研究为例来说明作品分析的重要性。文中论述到：陈泓借助影响研究的方法，大致梳理出中国对日本文学中以谷崎润一郎为代表的唯美主义作家、作品以及文学精神在20世纪前几十年的介绍、翻译与接受情况，再以日本或西方的唯美标准衡量中国现代文学中的唯美主义，最终得出日本唯美主义文学对中国作家、作品“不影响”的结论。③ 王向远则通过对谷崎润一郎的作品与郭沫若、郁达夫作品的仔细比较研究，得出了“郁达夫、郭沫若作品中的许多细节都与谷崎润一郎的作品相似”的结论。通过这一研究例子，王向远认为：“这个例子表明，对作品的分析、对作品的审美的批评，是‘影响分析法’的关键之所在。‘影响’常常是渗透到作品中的，‘影响分析法’的精髓，就是为了确认影响关系而进行的作品的分析批评。”④ 王向远对作品分析的强调强化了影响研究的证据链。然而，通过作品分析确认影响存在还仅仅只是看到了文学输出国与文学接受国之间的“同”。从熔铸的角度来看，国际文学交流有“同”，同时也有“异”。国别文学交流之间的“同”是影响发生的结果，而国别文学

---

① 谢弗勒著，王炳东译：《比较文学》，北京：商务印书馆2007年版，第49页。

② 王向远：《比较文学学科新论》，南昌：江西教育出版社2002年版，第52页。

③ 陈泓：《日本唯美主义文学在中国：从引进到流失——以谷崎润一郎为中心》，孟庆枢：《日本近代文艺思潮与中国现代文学》，长春：时代文艺出版社1992年版。

④ 王向远：《比较文学学科新论》，南昌：江西教育出版社2002年版，第55页。

之间的同中之异则是文学接受国熔铸的创造性成果。巴赫金论述文化的外在性时说："在文化领域内，外在性是理解的最强有力的杠杆。异种文化只有在他种文化的眼中，才得以更充分和更深刻地揭示自己（然而并不是全部，因为还会有其他文化的到来，它们将看到和理解更多的东西）……在两种文化发生这种对话性相遇的情况之下，它们既不会彼此融合，也不会相互混同，各自都会保持自己的统一性和开放的完整性，然而它们却相互丰富起来。"① 巴赫金认为异国文化对于"我"的意义就在于促使"我"更加丰富，这种丰富性不是彼此融合也不是混同，而是保留着文化特点的相互对话。巴赫金的观点显然更为通达。"我"只有通过"他"才能更好地认识自己，"我"也只有吸纳了异于"我"的"他"才能丰富"我"的存在。这种"我"与"他"的关系已经超越了比较文学寻求"我"与"他"的类似性，走向了"我"对"他"异于"我"的方面的熔铸。法国学派看到了国别文学交流的"同"，此"同"是熔铸研究的基础。熔铸在影响研究的基础上进一步探讨同中之异，并强调将"异"消化吸收以求文化创新。从这个角度来看，影响研究与文学的细读可以会通。影响研究是影响关系的实证性考察，它能够说明事实是怎样的，从而促进对作品的认识。而文学作品的细读则有助于发现作品中"他"的痕迹，这一方面为影响研究提供依据，另一方面则在细读中以"我"对"他"的吸纳给出作品的艺术成就的价值评判。可见，影响研究与细读并非存在不可逾越的鸿沟，文学是人学，会通之妙存乎人心。

熔铸强调吸纳多元文化的优势，创新性地发展民族文化，这就超越了简单地论述多元文化并存的主张。在比较文学研究中强调熔铸是比较文学学科发展的方向。2000 年，当代法国学者谢夫莱尔在与钱林森先生访谈时谈到了比较文学的发展前景。钱林森问谢夫莱尔 21 世纪比较文学的发展前景是什么，谢夫莱尔回答说："人性是同一的，以此作为出发点是很重要的——所有的人都是某种人类文化的载体——然而文化的多样性及它们平等的尊严也是事实。比较研究者不是万能的，但他们能够，而且应该在他们的研究及教学中重视文化的这种尊严并为发现它们提供便利：比如说，让法国学生学习一部日本小说、一出波兰戏剧、一门中国哲学，这便是向他们提供了一些结识其他作品、不同的思考和写作方式的可能性。这些与

① 转引自刘宁译：《巴赫金译文两篇》，《世界文学》1999 年第 5 期，第 221 页。

外国的联系可能会成为困难的源泉：如果有谁从法国的浪漫主义大师如拉马丁或维尼，甚或雨果的名字出发去对自己以前从未接触过的德国浪漫主义进行探索的话，他就会碰到一种真正的文化休克。当然也存在着所谓的‘文化转移’的现象，但是这些转移，它们也是人类社会生活的一种环境，它们要求真正地扎根到那特定的社会和文化中去，一般来说那是人们在其中度过了自己的 Lehrjahre、‘学徒时期’的社会和文化。”① 谢夫莱尔已经意识到，比较文学不仅仅是客观地考察国别文学之间存在的实证关系，比较文学更为关键的使命在于开阔人的视野，促使人们更为开放地接纳异国文化。当钱林森继续问谢夫莱尔文学的全球化与文学发展之间到底有什么联系时，谢夫莱尔回答说：“我觉得全球化首先是可能将要影响整个星球的一种经济现象，无论其实行何种政治制度。一切文学首先都是与某种语言、某种写作相联系的，而在这一领域进行统一化的任何尝试都将是灾难性的。如果说翻译需要进行而且需要很多，那么每一种语言自身也需要懂得创造。对那些通过互联网进行生产、销售、购买等商业活动的人来说，也许将会有某种共同的言语，某种‘基础美国语’；但是每一种文学还是将会遵循它自己的冲动，同时如果必要的话，它还会借助于其他的一些冲动。”② 通过这段话可知，谢夫莱尔意识到了“创造”在跨国别文学交流中的重要意义。比较文学首先承认国别文学存在的合理性，这种合理性超越了经济、政治的统一化进程。异国文学对于本国文学的意义就在于：我们可以通过学习异国文学来吸纳异国文学，从而创造出新的文化成果。这与栾栋的熔铸思想是相通的。当我们超越了比较研究的客观性和实证性时，我们将会发现异国文学向我们开启了一个崭新的领域。法国学派影响研究只看到国别文学之间的实证关系，而忽视了国别文学之间的熔铸关系。因此，法国学派的学科理论沉沦于科学性而不能理解和解释文学影响的精神联系，也不能在全球化的语境中更好地说明应该如何接纳异质文化这一问题。

比较文学家 A. 欧文·奥尔德里奇（A. Owen · Aldridge）诗意地描述比较文学的未来：“在地理大发现的年代，没有一个欧洲航海旅行家能在

---

① 谢夫莱尔著，钱林森译：《比较文学方法论及新世纪发展前景》，《中国比较文学》2000年第4期，第120页。

② 谢夫莱尔著，钱林森译：《比较文学方法论及新世纪发展前景》，《中国比较文学》2000年第4期，第120～121页。

其有生之年踏遍整个南北美洲，而在20世纪，任何旅行者都可以乘飞机在三四个月里游遍全球各大都市。我们期待着未来的文学研究也许会出现同样的进步，覆盖全球。”① 文学研究覆盖全球首先是文学研究跨越国家的疆界。比较文学法国学派注意到了文学国际交流的现实，针对这种跨国别的文学交流提出了系统性的研究方法，是文学研究走出国界的一次有力的尝试。尽管法国学派的学科理论还有待完善，但是法国学派的努力拓展了文学研究的领域，对促进形成覆盖全球的文学研究作出了重大的贡献。法国学者卢梭等人在《何谓比较文学》一书中说：“比较文学遵照其原则和性质，今天终于遍及全球，并且因国家而异起着各种变化。民族知识的传统，当地的需要，各种文化塑造出它的面貌。起源于法国的比较文学现在变成全世界的。”② 以法国为开端的比较文学能够成为全世界的大学教育专业，这正说明文学走出国界、走向世界是时代发展的必然趋势，法国学派为全球化时代文学走出国界的研究奠定了坚实的第一步。美国学者布洛克评价法国学派说：“没有法国学者的努力，就不会有比较文学这一学科，没有法国比较文学大师在半个多世纪内作出的努力，就不太可能有比较文学研究近年来在美国和其他地方的蓬勃发展。”③ 布洛克在此充分肯定了法国学者对比较文学的开创之功。概而言之，法国学者创建了比较文学，从此，文学研究开始走出国界，进入了全球化时代国别文学交互影响的境域。

---

① 戴维·达姆罗施著，丁欣、李小均译：《比较文学的问题和选择》，《中国比较文学》2003年第4期，第26～27页。

② 皮埃尔·布律内尔著，黄慧珍、王道南译：《何谓比较文学》，上海：上海社会科学院出版社1991年版，第17页。

③ 布洛克著，陈惇、刘象愚译：《比较文学的新动向》，《比较文学概论》，北京：北京师范大学出版社1988年版，第61页。

第五章

美国的崛起与美国学派

对于比较文学美国学派的认识，国内比较文学的教材、专著多从比较文学学科理论发展史的角度来论述美国学者韦勒克对法国学派学科理论所作的批评，这种论述模式带有进化论的色彩，国内某些极端的学者甚至认为美国学者对法国学派的批评是法国学派的终结。曹顺庆在其专著《比较文学学科理论研究》中就认为："法国学派的历史性消解，实际上是其内部自身矛盾逻辑发展的必然和代表新生力量的美国学派的冲击这样两种内外因素合力的结果。"① 这些观点都仅仅是从学科发展史的角度来论述美国学者批评法国学派的比较文学理论，而忽视了美国学派诞生的全球化背景。我们认为，美国学派与"二战"后经济全球化的继续推进互为因果。世界市场在资产阶级的推动下从欧洲走向了东方世界，东方农业国家被迫改变原有的生产方式以加入资本主义体系，在这一全球化进程中，东西方文化传统的异质性问题引起了西方学者的注意。新的历史现实呼唤新的文化编码为其服务，美国学派正是顺应这一时代呼唤而诞生的。如果说，法国学派的学科理论是文学在欧洲走出国家疆界的有益尝试，那么美国学派的学科理论则是比较文学走出欧洲、走向世界的进一步推进。美国学派扩展了比较文学研究的内容，这种扩展是美国学者顺应"二战"后全球化的发展趋势而对比较文学学科理论所做的调整。可以说，美国学派是以自己的理论姿态吸取资本主义生产方式全球体系化的社会能量，反过来又通过学科理论建构的方式影响着人们对世界整体性的认识。

第一节　美国崛起与全球性文化交流

美国是一个移民国家。自 1492 年哥伦布发现新大陆以后，西班牙人、法国人、英国人陆续进入北美，开始在北美进行殖民活动；17 世纪到 18 世纪，欧洲各国殖民者不断从非洲贩运黑人奴隶到北美充当劳动力，200 多年的黑人贸易使黑人遍布美国；19 世纪，美国从亚洲各国特别是中国沿海地区招募工人，因此，亚洲华裔也成为美国社会的一个重要族群。可见，美国是一个"以英国移民为主导的，由白人、黑人、亚裔黄种人、犹

---

① 曹顺庆：《比较文学学科理论研究》，成都：巴蜀书社 2001 年版，第 153 页。

太人、印第安人等多族群组成的多元化的混合社会。这是理解美国社会历史的关键。不同国家、不同肤色的移民汇集于北美，形成了多民族的殖民地文化，最终在国际化的背景下经过多元民族文化的冲撞与整合，形成了统一的美利坚民族，并且为独立的美国文学的形成与发展奠定了基础”①。多民族混合的种族结构使美国文化表现出多元性、多族群性的特点。美国文化容纳了以中国文化为主导的亚洲文化、以英国文化为主导的欧洲文化和以黑人文化为主导的非洲文化，这些文化各有自己的文化历史和文化心理结构，有着相对独立和稳定的创作—接受圈子，因此，美国虽然有通用的语言和统一的价值观，但其文化结构却是多元与多族群的。

多元化与多族群的美国先天具有资本主义的性格。黄仁宇认为美国成为资本主义国家是先有资本主义的性格，而后才构成国家的。黄仁宇分析北美洲各国能各按其实际国情进入资本主义体制的背景条件有：一是宗教上的宽容；二是社会上的向上流动性；三是土地所有权的容易获得。这三个方面的有利条件促进了商业经济的繁荣发达。当然，其诱发因素是在北美洲殖民成功的英国人将资本主义体制移植到了北美洲。黄仁宇说：“18世纪上半期，北美殖民地一度经济繁荣。这时候大西洋的国际贸易，通过法属西印度洋群岛，形成了一种三角形交换的方式。西印度所产的蔗糖、糖浆和水果，在欧美都极畅销，北美殖民地则向之输出面粉、鱼类、牲畜和木材。新英格兰的殖民地则以糖浆酿成甘蔗酒向欧洲倾销，包括英国。此外北美洲仍以烟草、稻米、靛青、木材、皮毛、粗铁、鱼油等输入英国，换取纺织品和各种铁器。1733年英国议会通过法案，对法属殖民地向英属殖民地输入的蔗糖与糖浆，课以极重的关税。这种征取，所牵涉的不仅为糖与酒，又间接涉及整个大西洋的贸易，结果法令不行，各船长伪造提单，海关人员也睁一只眼，闭一只眼。英国又鼓励殖民地制造生铁，但不许炼钢，这种禁令亦同具文。”② 可见，18世纪的北美洲在英国的殖民统治下，农业与商业经济归并为一体，城市自治而不受封建特权的管制，较早地具备了发展资本主义的条件。独立战争以后，美国不断接受不同国家的移民，最终成为一个多民族和多元文化并存的资本主义国家。

如果说，美国的诞生是资本主义在世界历史中的更进一步，那么“二

---

① 王向远：《宏观比较文学讲演录》，桂林：广西师范大学出版社2008年版，第172页。

② 黄仁宇：《资本主义与二十一世纪》，北京：生活·读书·新知三联书店2003年版，第298~299页。

战”后美国的崛起则是全球化对人类社会生活的更深入的渗透。“二战”后，美国取代英国成为资本主义体系中的霸权国家。霸权国家是指在资本主义体系中政治、经济、军事和外交甚至文化原则与文化意愿上具有绝对优势的国家，它的形成是资本主义体系中大国之间竞争的结果。第二次世界大战后，美国的经济实力达到了登峰造极的地步，世界上没有任何国家与之相当甚至接近它的水平。“1945 年，美国国民生产总值占世界生产总值的 40% 以上，对外贸易占资本主义世界的 1/3，黄金储备占资本主义世界的 3/4。它拥有其他国家所不具备的绝对军事优势，尤其是建立霸权不可缺少的海上和空中打击力量。美国海外驻军规模之大，超过历史上任何一国和平时期在别国的驻军数量。无可匹敌的全球投送能力使美国能对发生在世界不同地区的事件或危机作出迅速反应。重大创新和主导经济部门都集中在美国。美国的大众文化和生活方式在世界各地传播，成为不少国家竞相引进和效法的榜样。”① 美国凭借强大的经济、军事实力倡导重建经济贸易、投资以及货币自由兑换的开放体系，创建了一个遍布各处的自由多边秩序和冷战联盟体系。G. 约翰·伊肯伯里说：“在 1944—1951 年间，美国领导人致力于建立世界上最广泛的机制：全球的、地区性的、安全的、经济的以及政治的。联合国、布雷顿森林体系、关税及贸易总协定、北大西洋公约组织以及美日联盟都建立起来了。美国承担了援助希腊和土耳其以及重建西欧的昂贵义务。它协助重建了日本与德国的经济。通过《北大西洋宪章》、《联合国宪章》和《人权宣言》，它勾画了一个进步的国际社会的前景。通过以上方式，美国在形成一个多边规则、制度、开放市场、民主共和国及地区伙伴关系世界方面发挥了领导作用，并把自身置于其中心位置。”② G. 约翰·伊肯伯里认为，以美国为中心的霸权主义既推动了战后发达工业国家间的贸易与投资的增长，又增强了美国的霸主地位。这是一个良性循环：“美国战后安全联盟体系与多边机制推动了世界市场的扩展，反之，世界市场的扩展推动了增长，并将西方世界秩序转变为 20 世纪下半叶世界政治中充满活力的和胜利的中心。”③ 从全球化的发

---

① 王洛林：《全球化与中国：理论与发展趋势》，北京：经济管理出版社 2010 年版，第 11 页。

② G. 约翰·伊肯伯里：《美国霸权的全球化》，戴维·赫尔德著，王主才译：《全球化理论》，北京：社会科学文献出版社 2009 年版，第 37 页。

③ G. 约翰·伊肯伯里：《美国霸权的全球化》，戴维·赫尔德著，王主才译：《全球化理论》，北京：社会科学文献出版社 2009 年版，第 36 页。

展历程来看，战后以美国为中心的资本主义体系推动了资本与投资的全球性流通。美国依靠自己强大的经济和军事实力推动欧洲一体化、促使日本融入世界经济，从而将投资与贸易的经济联系推广到全世界，特别是将东方国家纳入了世界经济体系之中。可见，美国主导下的全球化是真正意义上的全球化，地球上任何一个国家都感受到了来自资本主义生产方式的影响，东方农业国家或者调整自我以加入资本主义体系，或者固守自我继续成为资本主义体系的边缘国家，继续接受资本主义体系的挤压。这一阶段的全球化促使东方国家与西方国家走进了相互交往的境域。

学界普遍认为，以美国为中心的全球化是全球化进程中的第三阶段，这一阶段的特点是全球的经济、政治与文化更加一体化。方汉文认为全球化的第三阶段为20世纪中期以后，这一阶段："在经济生活方面，科学技术的高度发展推动了新的全球化浪潮，多种新技术的使用使全球的经济发展更加一体化，成为了破除文化疆域的推动力，使全球化成为世界性的共识。……当然，最重要的还是文化领域的交往流通及理论研究关系如法律、道德、宗教、文学艺术等领域的交流，全球化就是世界各民族的经济文化间的共同协调与合作的全面展开"①。第三阶段的全球化确实加强和推进了全球的进一步联系，亚洲和非洲国家被纳入了世界经济体系之中，东西方文化交流取代了欧洲文化交流的中心地位，成为这一阶段最为突出的世界性文化交流事件。美国学者贝尔说："交通运输业和通讯业的革命近在咫尺。大型喷气式客机的成倍增加和协和式飞机的最终起用，将使世界各地的旅客数量增长并减少所需时间。国际通信卫星的增多将加快国际间资料传播的速度（其成本低廉），扩大国际间电视节目的交流，尤其是'实况转播'。……在《人类理性进步的历史概观》（一七九三年）一书中，孔多塞对平等观念和民主观念在世界上的传播方式做了一些预言。他指出：主要的变革工具是廉价的印刷业。今天，任凭新闻检查制度如何健全，新闻消息和思想观念照样通过国际电台和国际电视传播到四面八方。"② 科学技术特别是网络通讯技术的发展促使文化走出了国家的疆域，这种"走出"比法国学派所着眼的"影响"关系更为强烈，更多没有相互"影响"的国家也进入了文化交流关系的境域。英国学者汤林森在其《文

---

① 方汉文：《比较文化学》，桂林：广西师范大学出版社2003年版，第19页。

② 丹尼尔·贝尔著，赵一凡译：《资本主义文化矛盾》，北京：生活·读书·新知三联书店2003年版，第265页。

化帝国主义》的第一章分析了一张澳大利亚土著人在自家门前庭院围坐着观看电视的照片的含义。文中描述的看电视的家庭处于游牧部落，但是他们所看到的节目是由卫星传送的欧美城市生活的内容。汤林森所关注的土著人过着传统的生活，游离于城市生活的边缘，但是他们的精神文化却受到城市生活的影响，充斥着城市生活的喧嚣。这是一张很有意思的照片，它揭示了全球化发展第三阶段的特征：越来越多没有任何事实性联系的国家与文化传统开始走进了文化交流的境域。这就突破了法国学派对比较文学研究对象的限定。法国学派研究的是存在着影响关系的文学交流，一个国家的文学通过人物、出版物等的中介作用对另一个国家的文学发生影响，这种影响是实体性的，也是可以实证考察的。而汤林森所提供的照片却说明了另一种文化关系，在这种文化关系中，即使文化传统存在着极端差异的国家也可以借助科学技术而联系起来，这种联系却不一定是一种文化对另一种文化的实质性影响。人们可以欣赏着异国的文化，却继续着自己的生活方式和文化传统。因此，这一阶段的文化交流与其说加强了文化之间的影响，不如说是将原来被法国学派忽视了的没有影响关系的文化传统的差异性凸显了出来。文化在全球化的语境中交流着，这种交流是带着自身强烈的文化特点进入到交流的“市场”之中，它们不可能因为差异而不交流，也不可能在短时间内因为交流而接受了对方的“影响”。这种新的文化交流情境与交流特点是法国学派的学科理论无法把握的。

以美国为中心的全球性文化交流具有文化霸权的性质，这一点为国内比较文学界所忽视。文化的全球交流不会是平等性的交流，政治、经济与军事上占据霸权地位的国家往往凭借自己的霸权地位强行推行自己的文化观念，从而获得文化上的霸权地位。马克思针对精神生产与物质生产的关系说：“统治阶级的思想在每一时代都是占统治地位的思想。这就是说，一个阶级是社会上占统治地位的物质力量，同时也是社会上占统治地位的精神力量。支配着物质生产资料的阶级，同时也支配着精神生产的资料。”① 世界文化的交流也是如此，占支配地位的国家在精神生产方面也占据了主导地位，因此，马克思还说：“各民族之间的相互关系取决于每一个民族的生产力、分工和内部交往的发展程度。”② 各民族之间由于生产

① 马克思、恩格斯：《马克思恩格斯选集》（第1卷），北京：人民出版社1975年版，第52页。
② 马克思、恩格斯：《马克思恩格斯选集》（第1卷），北京：人民出版社1975年版，第25页。

力、分工和内部交往的不平等地位，他们对于文化的支配地位也随之不平等。意大利马克思主义者葛兰西在此基础上提出了文化霸权的看法。葛兰西认为政治领导权决定着文化的统治地位，他说：“既然领导权机构的建设构成了新的思想体系的形式，既然这种建设决定了意识的改革和认识方法的改革，那么这种建设也就是一种认识行为、一种哲学行为。”① 葛兰西的文化霸权思想虽然没有涉及国家与国家之间的文化不平等关系，但是，由于第三阶段的全球化是以美国为中心的霸权主义国家的全球性贸易与投资关系，美国在全球化中占据了政治、军事与经济的领导权，因此，它必然也占据着文化的领导权。美国学者贝尔说：“美国成长为一个帝国主义强国，并非完全是因为经济的推动，更重要的原因是，作为世界强国，它在世界各地卷入（有时是主动加入）了第二次世界大战后随即而来的意志的较量。这样，美国开始在世界上施加一种权威的影响，如果它还算不上是一种霸权的话。”② 美国对世界所施加的权威影响就是对自身意识形态的褒扬与推广，从而将自己的文化观念与价值标准打包强加给经济落后的国家，其结果就是第三世界国家逐渐陷入了文化失语的困境。以文学理论为例，曹顺庆指出当代中国：“我们根本没有一套自己的文论话语，一套自己独有的表达、沟通、解读的学术原则。我们一旦离开了西方文论话语，就几乎没有办法说话，活生生一个学术‘哑巴’。”③ 按照马克思的理论，经济、政治与军事的霸权与文化的霸权是一种良性互动的关系：经济、政治与军事的霸权推动了文化的霸权，文化的霸权维护着经济、政治与军事的霸权。因此，美国主导下的全球文化交流是以美国文化为中心，是维护美国经济、政治与军事的霸权地位的全球性文化往来。

美国将世界各国、各民族融入到投资与贸易的境域之中，强调国家与民族的文化认同，否认国家与民族的差异性成为这一阶段全球化的“精神鸦片”。现阶段的全球化是真正的全球性的政治、经济与文化交流，国家与民族之间特别是东西方国家与民族之间所存在的文化传统的差异是美国所要消除的“全球化障碍”。美国只需要世界通用一种语言——美式英语，一种经济制度——资本主义制度，一种价值观——美式民主，一种文化认

---

① 葛兰西著，葆煦译：《狱中札记》，北京：人民出版社1983年版，第51页。

② 丹尼尔·贝尔著，赵一凡译：《资本主义文化矛盾》，北京：生活·读书·新知三联书店2003年版，第254页。

③ 曹顺庆：《文化失语症与文化病态》，《文艺争鸣》1996年第2期，第50～58页。

同——基于普遍主义的真理，一元单极社会——美国霸权的国际社会，全球政治、经济与文化的多元化是美国所不能接受的。英国学者本尼狄克特·安德森在《想象的共同体》一书中认为民族只是一种“想象的社群”，也就是说民族性是人们对本民族生活方式的“想象”，是一种想象的“政治社群”，也是“被想象为既是内在有限的又是至高无上的政治社群”。在这里，民族的想象性取代了民族生活的历史性与情感认同的真实性，这正是全球化对民族性的有意识地消解。马克思曾说，宗教是人民大众的鸦片。雷蒙·阿隆反过来说，马克思主义是知识分子的鸦片。伊曼努尔·华勒斯坦在此基础上接着说，真理才是人民大众和知识分子的真正的鸦片。为了消除国家与民族的差异，除了从理论上说明民族是想象性群体外，还有一种更好的办法就是推行一种世界性的价值观。正如马克思所说：“贵族统治时期占统治地位的是忠诚信义等概念，而在资产阶级统治时期占统治地位的则是自由平等等概念。总之，统治阶级自己为自己编造出诸如此类的幻想。所有历史学家（主要是十八世纪以来的）所共有的这种历史观必然会碰到这样一种现象：占统治地位的将是愈来愈抽象的思想，即愈来愈具有普遍性形式的思想。事情是这样的，每一个企图代替旧统治阶级的地位的新阶级，为了达到自己的目的就不得不把自己的利益说成是社会全体成员的共同利益，抽象地讲，就是赋予自己的思想以普遍性的形式，把它们描绘成唯一合理的、有普遍意义的思想。”① 工业革命以来，自然科学所取得的伟大成就造就了“真理”概念，这一概念成为资本主义体系中资产阶级着力装扮的“唯一合理的、有普遍意义”的思想，成为吸引全球化进程中边缘国家加入资本主义体系的工具。伊曼努尔·华勒斯坦说：“我们所受的集体教育告诉我们，当真理事实上是自我理性化时，寻求真理就是一种无私的美德。寻求真理被宣称为进步的基石，从而也是幸福的基石，然而，它在许多方面与维持一个等级制的、不平等的社会结构却至少是一致的。资本主义世界经济扩张的过程，包括经济结构的边缘化，以及加入国家体系并受其制约的弱国结构的产生等，在文化层面上带来一系列后果：基督教的教化，强制推行欧洲语言，教授特定技术和道德准则，改变法律条文等。大部分这类转变都是由军事力量实现的。其余部分由‘教育者’的说服加以实现……这些复杂过程也就是我们有时所说的‘西方

---

① 马克思、恩格斯：《马克思恩格斯选集》（第1卷），北京：人民出版社1975年版，第53页。

化’，或者，更带傲慢意味的‘现代化’。其合法化源泉是对分享普遍主义意识形态的果实和信仰的愿望。”[①] 真理以及规律的客观性蕴涵着文化的等级结构，因为这是西方国家借助自然科学的成就而提炼出来的压制异己文化的最普遍形式。“真理”是西方现代文化观念的典范与象征，它从古希腊一路走来，其身影从朦胧到清晰，其影响从局部到世界，其能量辐射从欧洲到全球，可以说，“真理”是西方意识形态的表征。真理将西方意识形态遮蔽在客观、科学的普世性之下，它吸纳了西方的社会力量，又以文化形态的“面孔”对历史发生影响，特别是对东方的文化历史发生影响。一旦承认真理、认同真理，那么非西方文化就必须消弭自身文化传统的特点，进而以西方文化的价值观念融入资本主义世界体系。以英国为中心的霸权国家的全球化，其真理概念就带有进化论的色彩，真理代表着进步和现代化，缺乏真理表述的国家或者民族被认为是野蛮、落后的，欧洲扛着“真理”的旗号理所当然地掠夺和殖民东方国家；而以美国为中心的霸权国家的全球化，真理概念已经成为知识分子的自觉追求，真理终于彻底地掩盖住了自身不平等的痕迹，释放出诱惑东方国家加入现代化的强大说服力。

以真理为核心的普遍主义是一种认识论，也是一种全球文化认同的价值观。这种普遍主义的实质就是：“对世界（包括物质世界和社会世界）的富有意义的、一般的表述是存在的，它们普遍并永远正确；同时，科学的目标是寻找这些普遍性表述，并在公式中剔除一切所谓主观的，即一切受历史限制的因素。”[②] 普遍主义的价值观是资本主义意识形态牌楼的奠基石，也是全球化意识形态的奠基石。全世界各个国家参与到以美国为主导的全球化进程中来，除却军事上的强制性打击，美国还倡导一种看似代表着全人类利益的价值观，以真理为核心的普遍主义充当起这种文化角色。因此，我们认为，美国崛起以及以美国为中心的全球化在意识形态方面的重要特征为推行以真理为核心的普遍主义的全球性文化观念，这种文化观念看似客观，其实掩盖了东西方文化在全球化语境中的不平等地位。因为东方国家必须放弃自己的文化传统才能加入到真理这一西方文化主导下的文化阵营中来。

---

① 伊曼努尔·华勒斯坦著，路爱国、丁浩金译：《历史资本主义》，北京：社会科学文献出版社1999年版，第48页。

② 伊曼努尔·华勒斯坦著，路爱国、丁浩金译：《历史资本主义》，北京：社会科学文献出版社1999年版，第47页。

第二节　全球化与美国学派

国内比较文学界对比较文学美国学派的学科理论评价很高，这些评价多从学科理论进化的角度来论述美国学派相对于法国学派的“突破”。代表性观点如曹顺庆认为：“自比较文学诞生迄今，整个比较文学的历史似乎由一个又一个的圈子组成，而整个比较文学的发展是一个个圈子的突破，或者说是一次又一次地挣脱人为的桎梏而向前发展的。”[①] 如果说法国学派是比较文学的第一个圈子，那么美国学派就是比较文学的第二个圈子，美国学派突破了法国学派的局限。又如王向远所说：“在韦勒克实现了从‘文学关系史’研究，到通过平行研究进行‘审美价值判断’的第一个突破之后，美国的比较文学学者亨利·雷马克、欧文·奥尔德里奇、韦斯坦恩、约翰·迪尼、刘若愚、厄尔·迈纳等人，进一步发挥、补充、修正了韦勒克的观点，对美国学派的比较文学学科理论进一步加以提炼与阐释，在比较文学的研究对象、研究领域的界定上，又做了第二、第三个突破。”[②] 曹顺庆、王向远所谓的“突破”源于美国学派对法国学派研究对象的进一步拓展：一是将有事实联系的国别文学拓展到没有事实联系的国别文学；二是将文学的外在性研究拓展到文学的内在性研究；三是提出了文学的跨学科研究。我们必须承认，这些拓展确实拓宽了比较文学的研究领域，将国别文学关系和文学与其他学科的关系都纳入到了比较文学的研究范围之中。然而，国内学者在重视美国学派对比较文学研究领域的拓展时忽视了美国学派学科理论的全球化语境，从而对美国学派学科领域所蕴涵着的不平等关系放松了警惕。

王向远论述美国学派的诞生时说：“美国又是个只有二百多年历史的年轻国家，早期的美国文学主要是对英国文学的模仿。文化传统与文学传统的积淀还不够深厚，同时也没有历史包袱，和古老的欧洲大陆相比，思想更为自由，更为充满活力。在比较文学研究中，如果一味地承袭欧洲及

① 曹顺庆：《中外比较文论史》，济南：山东教育出版社1998年版，第186页。

② 王向远：《比较文学系谱学》，北京：北京师范大学出版社2010年版，第160页。

法国的‘国别文学关系史研究’，在其框架内展开比较文学，那就只能被动地研究美国是如何受欧洲一些国家文学的影响的，此外别无他途。无论在研究资源方面，还是学术积淀方面，都没有任何优势可言。只有另辟蹊径，例如重视没有事实关系的民族文学间的平行比较研究，才能获得广阔的发展空间，才能使多元文化集合体的美国文学得到客观的评价。另一方面，欧洲与法国所主张的以悠久的历史传统积淀为基础的‘文学关系史’的研究，具有在19世纪就已趋于完善的一整套实证研究的学术方法的支持，美国人要颠覆实证主义传统，回避自己的历史尚浅的局限，就必然另外寻求一套可与实证主义相抗衡的新的方法论，那就是20世纪20年代俄国形式主义文学批评流派的开创者罗曼·雅各布森提出的‘文学性’命题，以及继承了俄国形式主义、在30年代后逐渐形成的‘英美新批评派’所倡导的将文学文本与作家、与社会、与时代、与读者切断关系的文学‘本体论’。”① 曹顺庆先生也认为平行研究取代影响研究是因为美国没有办法开展影响研究，他说：“但对美国学者来说，面临的却是国史不长，无功可记的尴尬场面。影响研究无疑是以法国之长比美国之短。如果要搞实证研究的影响研究，那美国只有讲欧洲对它的影响。这对从英国统治下独立出来的美国来说，肯定是不愿意的。”② 王向远和曹顺庆都认为，美国学者之所以提倡平行研究，是因为美国国史太短，不可能开展美国文学影响欧洲文学的实证考察工作。这种看法实际上是从国家与国家之间的利益关系揣测文学研究，从而将文学研究直接意识形态化了。我们认为，法国学派尽管有自己的方法论上的缺陷，但是作为一套系统性的研究方法，任何国家的学者都可以采用。法国学派凝聚着一代法国学者的智慧，你开启它，它就因你而“在”起来；你不理会它，它就掩盖自己，期待能够开启自己的有缘人。是否运用这一研究方法不是简单的国家利益关系的较量问题。王向远还认为，美国学者为了批评法国学派的实证研究，必然寻求与实证主义相抗衡的新的方法论，这就又有简单化理解“新批评”思潮与美国学派关系的倾向了。“新批评”代表着一种新的文学研究思潮，从时间上看，它发端于19世纪末的唯美主义，接续于20世纪20年代的俄国形式主义批评流派，因此，美国“新批评”派的形成从时间上要早于美国学派

① 王向远：《比较文学系谱学》，北京：北京师范大学出版社2010年版，第154～155页。
② 曹顺庆：《比较文学学科史》，成都：巴蜀书社2010年版，第9页。

的建构。即使从韦勒克的学术研究历程来看，代表韦勒克成熟的文学本体论思想的《文学理论》一书出版于1948年，而他批评法国学派的代表性论文《比较文学的危机》则发表于1958年，也就是说，韦勒克是在学术思想非常成熟的状态下，娴熟地运用“新批评”理论对法国学派的实证主义提出批评的。因此，“新批评”从某种程度上讲是20世纪中期美国文学研究的精神象征，它在美国起步，它身上聚焦的社会能量均带有美国色彩，它对世界文化的影响表征着美国文化在世界文化上的主导性地位不断凸显。因此，韦勒克选择“新批评”的细读方法来批判欧洲科学主义思潮的实证研究，这不仅是两种文学研究范式的交替，而且是全球化进程中欧洲文化与美国文化对文化话语权的争夺的表现。从这两方面的分析来看，国内学者论述美国学派与法国学派的关系时，由于缺乏全球化的视野，从而对美国学者批评法国学派作出的理解与阐释还比较肤浅。我们应该认识到，美国学派与法国学派是两种比较文学学科范式。这两种学科范式的争斗既有全球化进程中霸权国家的力量较量，也有欧洲文化与美国文化的互相角力，更有全球化进一步推进所导致的文化交流境域的变化。

从全球化的发展进程来看，美国学者提倡平行研究以扩大影响研究的范围是全球化发展的必然结果。英国主导下的全球化是欧洲一体化的全球化，也是资本主义世界体系开始冲出欧洲并试图进入非资本主义国家的全球化。这一阶段的全球化，由于欧洲国家经济体制基本相同，文化源头有共同的“两希”文化基因以及欧洲国家之间存在着相互影响的悠久历史，因此为实证性考察奠定了基础；另一方面，这一阶段的全球化受益于西方的工业革命，自然科学所信奉的真理观念深入到人文社会科学的各个领域，生物学研究的进化论思想也影响着人文学者对异己文化的看法，因此，欧洲国家在政治、经济和军事上采取野蛮的掠夺方式完成了资产阶级的资本原始积累，文化形态上则移入自然科学的精神与方法，以自然科学的客观性和真理的普世性掩盖中西文化的不平等关系，并以之为基础对异己文化施加意识形态上的影响。可见，法国学派的影响研究既表征着19世纪欧洲的精神文化特征，也体现了全球化进程中欧洲国家对东方国家的经济掠夺与文化遮蔽的不平等关系。20世纪美国主导下的全球化进一步扩展，东方国家以异质文化形式加入了全球化的历程，并且积极摆脱自身的文化传统以求融入西方国家主导下的“现代化”。在这个阶段，由于美国文化与欧洲文化的差异性，特别是东方文化与西方文化的互不影响性浮出了水面，法国学派的学科理论无法应对平行发展的东西方文化的“比较”问题，比较文学学科理论的扩展是顺应全球化进程所作出的文化调整。巴登斯贝格认为：“仅仅对两个不同的对象同时看上一眼就作比较，仅仅靠记忆和印象的拼凑，靠一些主观臆想把可能游移不定的东西扯在一起来找点类似点，这样的比较决不可能产生论证的明晰性。”① 在巴登斯贝格看来，两个文学对象必须存在相互影响的事实关系才能进入比较文学的研究视野，如果以此限定比较文学的学科对象，那么美国与欧洲、东方与西方的文学研究就永远不能进入比较文学的研究领域，这显然不利于资本主义体系的全球性推进。因此，比较文学的学科对象从影响研究扩展到平行研究，这并不是简单的学科理论的自我发展问题，而是全球化推动下顺应现实需要的必然结果。

美国学派将比较文学的研究视野扩展到了东方，特别是将中国、日本为主的非印欧语系的东亚文学纳入了研究范围，这是没有事实联系的文学之间的比较研究。韦勒克说：“比较也不能仅仅局限在历史上的事实联系中，正如最近语言学家的经验向文学研究者表明的那样，比较的价值既然存在于事实联系的影响研究中，也存在于毫无历史关系的语言现象或类型的平等对比中。”② 东方国家的文学进入比较文学研究视野是对影响研究范围的扩大，中美诸多学者都对这种扩展作出了肯定。哈佛大学比较文学系主任克劳迪欧·纪廉说：“只有当世界把中国和欧美这两种伟大的文学结合起来理解和思考的时候，我们才能充分面对文学的重大的理论性问题。”③ 东方文学特别是中国文学迥异于西方文学传统的特殊性得到了美国学者的承认。另一位美国学者霍克思也认为：“中国文学的研究价值乃在于它本身形成了一个独立的，与西方完全无关的文学世界……如果拿我们对小说、民谣、戏剧或诗歌的诸般臆测来衡量中国文学的话，我们会立刻产生一些值得一再追问的基本问题。”④ 很显然，在美国学者眼里，中国文学与西方文学的差异性与互不影响关系成为比较文学的研究对象有助于两

---

① 巴登斯贝格著，干永昌译：《比较文学：名称与事实》，《比较文学研究译文集》，上海：上海译文出版社 1985 年版，第 33 页。

② 韦勒克：《比较文学的名称和实质》，《比较文学研究资料》，北京：北京师范大学出版社 1986 年版，第 28 页。

③ 转引自卢康华、孙景尧：《比较文学导论》，哈尔滨：黑龙江人民出版社 1984 年版，第 53 页。

④ 李达三：《比较文学之新方向》，台北：联经出版事业有限公司 1978 年版，第 171 页。

国全面地认识各自文学的基本特征。刘若愚在阐述中国文学理论的研究目的与必要性时也说："在写这本书时，我心中有三个目的。第一个也是终极的目的，在于提出渊源悠久而大体上独立发展的中国批评思想传统的各种文学理论，使它们能够与来自其他传统的理论比较，从而有助于达到一个最好可能的世界性的文学理论。我相信，对历史上互不关联的批评传统的比较研究，例如，中国和西方之间的比较，在理论的层次上会比在实际的层次上导出更丰硕的成果，因为对各国别作家与作品的批评，对于不谙原文的读者，是没有多大意义的，而且来自一种文学的批评标准，可能不适用于另一种文学；反之，属于不同文化传统的作家和批评家的文学思想的比较，可能展示出哪种批评概念是世界性的，哪种概念是限于某几种文化传统的，而哪种概念是某一特殊传统所独有的。进而可以帮助我们发现（因为批评概念时常是基于实际的文学作品），哪些特征是所有文学所共同具有的，哪些特征是限于以某些语言所写以及某些文化所产生的，而哪些特征是某一特殊文学所独有的。"① 刘若愚强调将中国文学理论纳入世界文学理论之中对于比较文学研究的重要性，中国文学理论对西方文论有反观的意义，世界文学理论只有加入了中国文学理论，才能确保其文学概念的世界性。也就是说，中国文学理论应该成为而且也是世界文学理论的重要构成部分，如果中国文学理论缺席，那么文学理论的世界性就不是"世界性"的了。从中美学者的这些观点来看，文学理论的世界性是 20 世纪比较文学研究的重要话题，这种世界性的话题超越了法国学派所提倡的影响研究，因为这个世界存在着另一类平行发展的文学传统。

如何研究没有影响关系的平行对象？韦勒克从"新批评"的角度作出了回答。韦勒克批评法国学派的实证主义，认为实证主义是"惟事实主义"、"惟科学主义"，他说："惟事实主义继承了以科学客观性和从因果关系解释一切的经验主义和实证主义的传统。当时法国比较文学中以搜索、积累证据为主体的研究蔚成风气。这种研究特别注重从作家作品在国外的声誉、不同民族文学间的媒介——旅行者、翻译者、政治宣传者等历史的研究来探索文学关系。这类研究中假设存在的中性事实好像有一条线与前面的事实相联系的观点是经不起推敲的。文学研究中关于原因的整个观念也完全是标新立异的、批评不当的，没有一个人能够说明一件艺术品形成

① 刘若愚著，杜国清译：《中国文学理论》，南京：江苏教育出版社 2006 年版，第 3 页。

的原因是另一件艺术品，尽管可以在两者之间找到不少平行与类似之处。后来的艺术品没有前者可能无法形成，但却不能说明产生它的原因是前者。文学中这类研究的整个概念是外缘的，往往被狭隘的民族主义侵蚀，造成计算文化财富的多寡、在精神领域计算借贷的弊端。”① 韦勒克的批评对法国学派的打击是致命的，因为韦勒克直接攻击了法国学派的学科理论基础：文学影响的因果关系。这种攻击是20世纪初至20世纪50年代新的文学观念对19世纪以法国为典型的实证主义文学观念的批判，韦勒克的批评也意味着以美国为主导的文学观念开始全面取代欧洲实证主义文学观念。韦勒克接着说：“我和其他许多人所主张的是摆脱十九世纪因袭来的机械的、惟事实主义的观念，而实行一种真正的批评。这种批评意味着对价值与质量的重视，对艺术品本身及其历史性的理解的重视，因此要求批评史具有这样一种理解力。最后，它还要求有一种国际的角度，能够看到整个文学史与文学研究的未来理想。比较文学当然要克服民族的偏见与地方主义，但并非因此无视或减少不同民族文学传统的存在和活力。”② 韦勒克倡导比较文学研究要回到对作品的价值与质量分析上来，也就是回到韦勒克在《文学理论》一书中所提倡的文学内部研究中去。韦勒克在《文学理论》一书中说：“文学研究的合情合理的出发点是解释和分析作品本身。”③ 他在《批评的诸种概念》一书中也说：“我们必须正视‘文学性’的问题，它是美学的中心问题，是文学和艺术的本质。”④ 韦勒克理直气壮的断言显示了英美“新批评”美学原则的极度自信，这种自信也显示了崛起后的美国在文化层面上企图全面取代欧洲的文化领导权的决心。

没有事实联系的东西方文学因为共有“文学性”而构成一个整体，这标志着文学普遍主义观念的形成。前面我们已经分析了经济全球化与普遍主义的关系，这里我们再通过东西方文学的整体性诉求进一步揭示普遍主义对比较文学研究领域的影响。从“文学性”的角度来整合东西方文学，这必然是文学的一元论。实际上，这也是韦勒克的文学主张。韦勒克认为

---

① 韦勒克：《比较文学的名称和实质》，《比较文学研究资料》，北京：北京师范大学出版社1986年版，第40页。

② 韦勒克：《比较文学的名称和实质》，《比较文学研究资料》，北京：北京师范大学出版社1986年版，第41页。

③ 韦勒克、沃伦著，刘象愚等译：《文学理论》，南京：江苏教育出版社2005年版，第155页。

④ 韦勒克著，丁泓、徐徵译：《批评的诸种概念》，成都：四川文艺出版社1988年版，第276页。

比较文学要求："扩大眼界，抑制乡土和地方感情，这是不容易做到的。然而，文学是一元的，犹如艺术和人性是一元的一样。只有运用这个概念来研究文学史才有前途。"① 文学是一元的，也就是说所有的民族文学都有共同性，都是文学大家庭中的一员，都属于文学。在"文学"这一抽象视野下，全球文学史也具有了理论上的合理性。韦勒克说："无论全球文学史这个概念会碰到什么困难，重要的是把文学看作一个整体，并且不考虑各民族语言上的差别，去探索文学的发生和发展。"② 借助"文学"这一抽象的概念，韦勒克消弭了民族文学的差异性，全世界的文学因为"文学"一词的普遍性与抽象性而走到了一起，共同成为全球文学史的一个声部。文学真理是"文学"这一抽象概念的普遍性诉求，比较诗学则是研究文学普遍性的具体学科。美国学派提出没有影响关系的平行研究，最好的整合手段就是文学真理。文学具有真理，真理是客观的、不以人的意志为转移的，因此，我们不需要领会民族文学的特殊性与历史性。当民族文学成为归纳真理的一个"因子"时，民族文学的特殊性与历史性就被真理掩盖了。真理是客观的，特殊性与历史性只是走向真理的一个阶段、一个组成部分。文学真理的诱惑力促使比较文学平行研究走向了比较诗学。法国学者艾田伯说："历史的探寻和批判的或美学的沉思，这两种方法以为它们自己是势不两立的对头，而事实上，它们必须互相补充；如果能将两者结合起来，比较文学便会不可违拗地被导向比较诗学。这种美学不再是从形而上的原理中演绎出来，而将从具体文学的细致研究中归纳出来，要么是研究文学类型的历史演进，要么是研究不同的文化中创造出来的与文学类型相当的每一种形式的性质和结构；因此，与一切教条主义水火不容，它能成为真正具有实用价值的美学。"③ 艾田伯接受了美国学者的批评理论，将文学的外部研究和内部研究结合起来，试图通过文学细读归纳出文学规律，从而促使比较文学走向比较诗学。问题就在于，如何通过没有影响关系的跨国别文学提炼出文学的规律？美国学者厄尔·迈纳针对这一问题说："比较的规模决定着比较的性质，当然也决定着比较的结果。在邓恩和约翰逊之间可以很好地进行比较，因为他们是同代人，甚至是朋友，他们经常用同样的文类和亚文类进行写作。然而，如果拿邓恩抒情诗中的戏

---

① 韦勒克、沃伦著，刘象愚等译：《文学理论》，南京：江苏教育出版社2005年版，第46页。

② 韦勒克、沃伦著，刘象愚等译：《文学理论》，南京：江苏教育出版社2005年版，第446页。

③ 干永昌：《比较文学研究译文集》，上海：上海译文出版社1985年版，第116页。

剧性因素去与约翰逊的戏剧进行比较，就会使人误入歧途，因为二者间的差别太大。……然而，当我们把日本的两位诗人与中国的两位诗人进行比较时，我们会发现这时两位中国诗人似乎非常相似，而与两位日本诗人却判然有别。同样，两位日本诗人此时看上去也很相似。如果我们再进一步扩大比较的规模，把邓恩和约翰逊（或者雨果和波德莱尔等）也纳入比较之列的话，我们一面会为中国诗人与日本诗人之间的神似而目瞪口呆，一面会为西方诗人之间的酷肖而惊叹不已。”① 厄尔·迈纳在这里扩大了文学比较的范围，他认为文学比较的范围越大，文学的相同性与差异性就将表现得越突出。不过，这种“同与异”在厄尔·迈纳看来只是“初步的思考”。厄尔·迈纳更关注的是“通过跨越东西方的世界各国文学的广泛比较，才能看出世界各国文学广泛的共同性，才能提炼出属于各国、各民族文学的独有的文学特性”②。厄尔·迈纳最终关注的是文学的共性。共性是从民族文学个性之中提炼出来的，民族之个性只有将各国文学摆在一起进行比较才能确定，厄尔·迈纳对民族文学个性与共性的理解看起来很辩证，实际上也隐藏着西方文化遮蔽异己文化的危险。文学、个性、共性这些话语都是西方文化的产物，特别是“文学”这一西方概念的全球性推进已经压抑了东方国家的文化生态系统。另一方面，个性与共性的界定也是小年时段的思维，它们只能看到文学之所“是”，未能把握文学在大年时段中从“是”向“非”的辟化。当代许多中美学者都未能警惕厄尔·迈纳比较诗学这两方面的先天不足，反而在其基础上又进一步推进，终究走向了崇尚真理的极端思维。叶维廉就认为跨文化、跨国度的文学比较目的是寻求文学的规律，他说：“我们在中西比较文学的研究中，要寻求共同的文学发展规律、共同的美学据点，首要的，就是就每一个批评导向的理论，找出它们各自在东西方两个文化美学传统里生成演化的‘同与异’，在它们互照互对互比互识的过程中，找出一些发自共同美学据点的问题，然后才用其相同或近似的表现程序来印证跨文化美学会通的可能。”③ 叶维廉和厄尔·迈纳都重视东西方文学的差异，只不过叶维廉对文学规律的寻

---

① 厄尔·迈纳著，王宇根、宋伟杰等译：《比较诗学》，北京：中央编译出版社 1998 年版，第 29～30 页。

② 王向远：《比较文学系谱学》，北京：北京师范大学出版社 2010 年版，第 169 页。

③ 温儒敏、李细尧：《寻求跨中西文化的共同文学规律——叶维廉比较文学论文选》，北京：北京大学出版社 1987 年版，第 32 页。

求与确证表现得更为积极。由于他热衷于文学的共性与规律，文学的差异性就自然地退化为文学规律的一个表现因子。这就贬低了民族文学特性在世界文学中的地位。从逻辑学的角度来看，从差异中寻求共性是不完全的归纳推理。东方文学有现象 A，与之平行发展的西方文学也有现象 A，因此，我们可以判定 A 是东西方文学的共同规律。这种判定实际上是不充分的，然而，中国的许多学者都未重视这一问题，而只是重视其积极的方面。如王向远说："平行研究的第一种功能，是使文学现象'连类比物'、'相类相从'，从而为总结民族文学、世界文学中的基本规律而提供、整理大量相似、相同或相通的文学事实。"[①] 钱钟书先生也认为："比较文学的最终目的在于帮助我们认识总体文学乃至人类文化的基本规律，所以中西文学超出实际联系范围的平行研究不仅是可能的，而且是极有价值的。"[②]然而，规律以及寻求规律的方法都来自西方，当我们接受西方的文学普遍主义观念和文学规律的设想时，东方文学的特征已经被西方文学观念所掩盖了，并使之成为西方文学规律的个案，东方文学哪里还有自己的话语呢？这就容易出现诸如曹顺庆先生这样的情况：一方面惊讶于中国文论已经失语，另一方面又和其他中国学者一样呼吁建设基于文学规律的比较诗学，殊不知，中国文论的失语正是推崇美国学派平行研究的必然结果。

著名数学家华罗庚曾在其专著《数学归纳法》中举了一个例子：从一个袋子里摸出的第一个是红玻璃球，第二个是红玻璃球，甚至第三个、第四个、第五个都是红玻璃球，我们很自然地作出猜想："是不是这个袋子里的东西全部都是红玻璃球呢？"但是，当我们有一次摸出一个白玻璃球的时候，这个猜想就失败了。这个时候，我们又会出现另一种猜想："是不是袋子里的东西都是玻璃球？"但是，当我们摸出一个木球的时候，这个猜想又失败了。接着，我们又会出现第三个猜想："是不是袋子里的东西都是球呢？"这个猜想对不对，我们必须把袋子里的东西全部摸出来才能知道结果。文学的魅力就在这里，我们永远不知道西方文学或者东方文学将会出现什么"球"，即使我们已经摸出了五个红玻璃球。因此，在人类的无尽可能的创造力面前，谈客观、科学的规律只是西方普遍主义文学观念对东方文学的话语戕害。文学规律与文学普遍观念只是全球化进程中

---

① 王向远：《比较文学学科新论》，南昌：江西教育出版社 2002 年版，第 78 页。

② 张隆溪：《钱钟书论比较文学与"文学比较"》，《比较文学研究资料》，北京：北京师范大学出版社 1986 年版，第 92 页。

被装扮成人类普遍观念的西方文学话语，中国学者执着于文学规律就只能陷入更深的“失语”状态。

第三节 文学他化与比较文学的跨学科研究

美国学者雷马克对比较文学有一个经典的定义，他说：“比较文学是超出一国范围之外的文学研究，并且研究文学与其他知识和信仰领域之间的关系，包括艺术（如绘画、雕刻、建筑、音乐）、哲学、历史、社会科学（如政治、经济、社会学）、自然科学、宗教等等。简言之，比较文学是一国文学与另一国或多国文学的比较，是文学与人类其他表现领域的比较。”① 雷马克的比较文学定义为比较文学开辟了跨学科研究的新领域，他甚至认为这是美国学派与法国学派的根本分歧所在。他说：“我们遇到的不是强调重点的不同，而是‘美国学派’与‘法国学派’之间阵线分明的根本分歧。”② 雷马克提出研究文学与其他知识和信仰领域之间的关系的主张，打破了文学封闭的疆域，这对拓展文学研究的广度和深度有积极的意义。然而，雷马克虽然突破了文学的疆域，但他对文学的理解仍然处于文学“是文学”的视域，未能从文学他化的角度阐述文学“是文学”又是“非文学”的“辟性”。因此，雷马克的跨学科主张不是文学与其他学科的生硬比类，就是文学研究漫无边际的扩展，从而未能全面地发挥文学跨学科的意义与功能。可见，雷马克的比较文学跨学科主张先天不足。国内一些学者探讨跨学科研究深受雷马克影响，因此，他们论述文学与其他知识学科的关系时只看到各自的疆域性，而忽视了中国文化文史哲互根的智慧，也缺乏吸取新历史主义等当代人文成果的智慧，导致中国的比较文学跨学科研究没有取得突破性的成果。我们认为，跨学科研究需要用文学他化的视野来进行救赎。栾栋极力主张文学他化，并对文学“是文学”与“非文学”的“辟性”作了大量的论述。只有立足于文学他化，比较文学

---

① 亨利·雷马克：《比较文学的定义与功用》，《比较文学研究资料》，北京：北京师范大学出版社 1986 年版，第 1 页。

② 亨利·雷马克：《比较文学的定义与功用》，《比较文学研究资料》，北京：北京师范大学出版社 1986 年版，第 4 页。

跨学科研究才能走出生硬比类与无边比较的困境。

雷马克是从系统论的角度来论述文学与其他知识和信仰领域的跨界研究的，这是文学跨界同时又被封闭的尝试，必将导致文学跨学科研究的生硬比类。雷马克说："我们必须弄确实，文学和文学以外的一个领域的比较，只有是系统性的时候，只有在把文学以外的领域作为确实独立连贯的学科来加以研究的时候，才能算是'比较文学'。学术性研究不能仅仅因为讨论了必然反映在全部文学里的人生与艺术某些固有的方面，就划入'比较文学'的范畴。……一篇论莎士比亚戏剧的历史材料来源的论文（除非它的重点放在另一国之上），就只有把史学和文学作为研究的两极，只有对历史事实或记载及其在文学上的应用进行了系统比较和评价，只有在合理地作出了适用于文学和历史这两种领域的结论之后，才算是'比较文学'。讨论金钱在巴尔扎克的《高老头》中的作用，只有当它主要（而非偶尔）探讨一种明确的金融体系或思维意识如何渗透进文学作品中时，才具有比较性。探讨霍桑或麦尔维尔的伦理或宗教观念，只有涉及某种有组织的宗教运动（如加尔文教派）或一套信仰时，才可以算是比较性的。描述亨利·詹姆斯小说中某个人物，只有在根据弗洛伊德（或阿德勒、荣格等）的心理学理论把这个人物的轮廓勾画得条理清晰之后，才能算属于比较文学范畴。"①

雷马克将文学看作一极，把其他学科也看作一极，文学的跨学科研究就是文学这一极与其他极的系统性比较。这无疑是将文学看作一个自行封闭的实体。文学封闭了自己，它与其他学科的比较就是各自封闭着自身的两个圆圈的相互碰撞，这样的比较能够"比较"出什么呢？是说明了文学援引了系统的历史材料、金融体系与宗教观念，还是从历史材料、金融系统与宗教观念的视界重新对文学作了解释？不管怎样，这种将文学作为"是文学"的封闭视界，忽视了文学他缘而来时与人类其他知识和学科领域的和合共处，也遮蔽了文学对其他知识的熔铸包容。雷马克尝试着让文学走出疆域，但是由于缺乏文学"是文学"与"非文学"的"辟性"思维，他的尝试又让文学退回了封闭的疆域。

美国学者对跨学科的论述需要他化的推进。文学的本真蕴涵着文学

---

① 亨利·雷马克：《比较文学的定义与功用》，《比较文学研究资料》，北京：北京师范大学出版社1986年版，第6页。

"非文学"的"辟性"，文学在源始处是"文学非文学"的缘构。栾栋考察中文古汉语"辟"字的复杂组合时说："辟字的结构就很深刻地透露出了这样一种前文化与辟文化在缘起处的凑泊。……这说明从远古上古到高古，文化二字和辟字一样，也包含着'祭拜'、'言食'、'瑞信'、'辛痛'、'相合'、'灾祸'、'颠倒'、'通变'、'生死'、'教行'等相反相成、相生相克、相悖相通、相兼相权的张力场义项。从上述信息中不难看出，在中国古代，'辟、文、化'中字字有生克，笔笔有解析，绘声绘色地擘画出有物混成的缘构样态，活灵活现地传达出天地初判的音韵信息，惟妙惟肖地披露出三才文化的缘构精神。"[①] "辟文学"首先说明了文学从非文学处的他缘而来。栾栋说："辟文学之思和文学渊源都植根于人文生态深层，而且相互滋养，共同构成艺文理论和诗化哲学的百会大穴。文学由非文学化生而来，'是'文学与'非'文学由之结缘。"[②] 文学从"非文学"化生而来，说明了文学在缘起处就与其他知识和信仰领域有着天生的亲缘关系，文学"是文学"只是近代文学秀出的偶缘性成果。现代汉语"文学"的概念直接来自英语语词"literature"，是英语"literature"的现代移植。韦勒克认为，文学最初的含义是有关读和写的知识，其后指一切文字作品，文艺复兴以后才被用来特指那些具有重要意义的文字作品，而文学作为现今文学的意义是18世纪以后的事情了。他说："'文学'作为现今文学的含义之一，表示所有的文学作品，是在十八世纪民族化了的，随即被运用到法国、德国、意大利和威尼斯文学中，与此同时，它也就失去了原先广泛的含义，变成狭义的，我们今天所谓的'想象文学'，也就是诗歌和想象的、虚构的散文。"[③] 韦勒克通过对"literature"的词源考察，揭示了文学成为独立学科的"是文学"仅仅是在18世纪以后的时期，而文学在源始处表示的是所有的文字作品。历史是文字作品，宗教也是文字作品，人类其他知识领域都是文字作品，因此，文学在源始处与人类其他知识领域是浑融一体的。余虹也认为"literature"有大写文学与小写文学的区别，大写文学从小写文学中区分出来才意味着文学批评与文学教育的开始。余虹说："为了把具有审美价值的文学与不具有审美价值的文学

---

① 栾栋：《辟文化简说》，《中国文化研究》2011年（秋之卷），第164～165页。

② 栾栋：《辟文化简说》，《中国文化研究》2011年（秋之卷），第144页。

③ 韦勒克：《比较文学的名称和实质》，《比较文学研究资料》，北京：北京师范大学出版社1986年版，第19页。

区别开来，19 世纪下半叶的一些批评家如阿诺德等人用大写的文学来表示前者，用小写的文学来表示全部文字作品及其生产。将小写的文学中那些具有审美价值的文学大写是 19 世纪以来西方文学批评史上影响深远的工作，它不仅导致了一种特殊的‘文学研究’学科与‘文学教育’专业，还造就了此后的主流‘文学’观。”① 可见，文学作为“是文学”是人类精神文明发展史上的后期成就，是审美价值从文字家园中的成熟秀出。小写文学呵护着大写文学，是大写文学的母体。小写文学作为文字作品必然包含着历史、宗教、政治等人类知识信仰，是诸多学科形成并独立之前的共同母体。中国文学的发展与西方文学的发展异曲同工，栾栋说：“《诗经》自然是先民的歌唱，无疑是文学，但就是这样一个伟大的文学文本，在其收集、删改、编纂的大手笔——孔丘那里，整改的目的却在于‘兴观群怨’，在于‘思无邪’，在于外交辞令的需求，所谓‘不学诗，无以言’。《离骚》、《天问》当然是文学之瑰宝，而且是有诗人姓名的骚体诗歌，但是作者并没有从今天我们理解的文学意义上看待文学和创作文学，而是质疑自古以来的不解，抒发饱受各种压抑的幽愤。司马迁的《太史公书》有‘无韵之《离骚》’的美称，而作者本意则是‘史家之绝唱’，即师法周孔，究天人通古今成一家之言。魏文帝的《典论·论文》是推崇文学的‘皇上’御笔，然而‘经国之大业，不朽之盛事’本质上却在于政治考量。《文心雕龙》一向被视为文学自觉的鸿篇巨制，倘若透彻地解析刘勰的深衷，则明了其原道前提的预设和文体丛林的擘画，即原本是文学神思的还原，是诗性智慧的别裁，换言之，作者真正表达的是文学悖论：文学是文学，同时还有文学非文学。”② 文学“是文学”是学科建制以后所谓的文学学科，它有自己的研究对象、研究方法和所“是”之定义，这些规定都是大学体制教育和分工机制下的人为设定。文学因这些规定强化了自己的审美特质，突出了自己与其他人文知识学科的区别。然而，文学之所“是”只是文学之所“非”的婴儿，文学有所“是”亦有所“非”，文学所“是”是秀出，文学所“非”是母体。因此，文学与非文学并非两个或多个各自封闭的实体，文学的跨学科也不是作为封闭实体的“文学”与其他封闭实体的学科的系统性比较，而是文学自己的人文还家——回归所

---

① 余虹：《文学知识学》，北京：北京大学出版社 2009 年版，第 14 页。

② 栾栋：《文学他化论》，《学术研究》2008 年第 6 期，第 5 ~ 6 页。

“是”之由来的母体。在母体层面上，文学与人类其他知识领域有共同的家园，而文学跨学科就是回归自己的精神家园的表现。

当代语言哲学的理论探讨也为文学与其他知识领域的亲缘关系找到了例证，我们以雷马克所举的文学与历史的关系为例。雷马克认为文学与历史是两个系统性的知识领域，跨学科研究必须是在文学与历史两极之间进行的系统比较与评价才能划入“比较文学”的范畴。显然雷马克将文学与历史看作是各有自己学科规范的学科，文学是虚构的，历史是真实再现的现实，这是西方世界对文学与历史的传统定位，雷马克正是在这种传统定位的影响下论述文学与历史的跨学科问题的。有意思的是，德国哲学家卡西尔曾描述德国历史学家兰克阅读瓦尔特·司各特历史小说时的强烈感受，作为历史学家的兰克阅读历史小说时的感受形象地验证了雷马克的主张。兰克年轻时沉醉于瓦尔特·司各特富于浪漫色彩的历史作品，但当他发现作品中所描写的情节与历史事实相违背时，他大为震惊，说：“我研究了孔米尼以及同时代的一些赞赏他的作品的报道，开始深信，像司各特的《昆丁·达威特》中所描写的那样一个路易十一和大胆理查，从来就没有存在过。通过这种比较我发现，历史的根据无论如何要比一切浪漫小说更美，更有趣味。我对浪漫小说感到厌恶并决心在我的著作中避免一切虚构和捏造，始终坚守事实。”① 卡西尔在评价兰克的这种“震惊”与对浪漫小说的“厌恶”时说：“然而，把历史的真实定义为‘与事实相一致’——使事物与理智相一致，这无论如何都不是对问题的令人满意的解答。”② 卡西尔之所以对兰克的主张感到不满意，是因为兰克过分强调了历史的真实性。这是18—19世纪的历史观，也是文学与历史各成独立学科的立论基础。在19世纪的历史学家看来，历史的特征就是“真实”，它所记录的事件是对已经过去的时间的如实描绘，而文学可以虚构，可以想象。因此，虽然文学与历史同属于一个符号系统，但历史的真实与文学的虚构将它们截然分开。卡西尔从符号学的角度质疑了历史真实的客观性。卡西尔认为，物理学的对象可以通过实验而重复出现，而历史学家的对象却不可再生，因此，一切历史的记录都只是符号的记录。卡西尔对此论述说：“一切历史的事实，不管它看上去显得多么简单，都只有借着对各种符号

① 卡西尔著，甘阳译：《人论》，上海：上海译文出版社2007年版，第239～240页。
② 卡西尔著，甘阳译：《人论》，上海：上海译文出版社2007年版，第240页。

的这种事先分析才能被规定和理解。除了各种文献或遗迹以外，没有任何事物或事件能成为我们历史知识的第一手的直接的对象。只有通过这些符号材料的媒介和中介，我们才能掌握真实的历史材料——过去的事件和人物。"① 历史必须通过语言才能呈现，历史的呈现是后人对过去事件的掌握与描绘。因此，历史呈现的真实性只是描述历史的真实性，卡西尔认为这仅仅是历史学家在历史背后所发现的统一性而已。他说："他（历史学家）必须在历史人物的数不清的而且常常是自相矛盾的言论的背后发现统一性。"② 我们可以以中国史书的历史记载存在的不可避免的虚构性为例说明历史所谓的"真实"。《左传》记录了鲁隐公元年（前722）到鲁哀公27年（前468）的历史事件，这256年的纷繁复杂的史料要进入《左传》则避免不了记录者对史料的选择与讲述。过去的事件经由后人讲述，就出现了现实事件与讲述事件之间在真实性上的"断痕"。实际上，《左传》、《国语》记事的虚构情节也引起了中国学者的重视，钱钟书评论《左传》"僖公二十四年"中介子推母子间的对话时说："上古既无录音之具，又乏速记之方，驷不及舌，而何其口角亲切，如聆声咳欤？或为密勿之谈，或乃心口相语，属垣烛语，何所据依？如僖公二十四年介之推与母偕逃前之问答，宣公二年鉏麑自杀前之慨叹，皆生无傍证，死无对证者。作家虽曲意弥缝，而读者终不厌心。……盖非记言也，乃代言也，如后世小说、剧本中之对话独白也。左氏设身处地，依傍性格身份，假之喉舌，想当然耳。"③ 钱钟书通过具体的历史情节的描写说明了历史与小说、戏剧的可相通之处。从学科体制来看，历史是历史，文学是文学，但从历史的实际记录来看，历史有文学，文学也有历史。钱钟书说："则是史是诗，迷离难别……顾此仅字句含蓄之工，左氏于文学中策勋树绩，尚有大于是者，尤足为史有诗心，文心之证也。"史与诗迷离难辨，钱钟书对历史的这一看法较兰克等更为豁达，与当代"新历史主义"的某些看法遥相呼应。历史业已逝去，不可能重复和还原，我们能够看到的只是语言记载的历史，是过去事件的被阐释和被编码。因此，历史记录离不开诗心、文心的运作采择，历史是诗心、文心共同作用下的历史。对此，美国文艺理论家海登·怀特海曾经指出："历史不仅是指我们能够研究的对象以及我们对它的研

① 卡西尔著，甘阳译：《人论》，上海：上海译文出版社2007年版，第241页。
② 卡西尔著，甘阳译：《人论》，上海：上海译文出版社2007年版，第251页。
③ 钱钟书：《管锥编》，北京：生活·读书·新知三联书店2010年版，第271页。

究，而且是，甚至首先是指借助一类特别的写作方式与话语而达到的与‘过去’的某种关系。”①

“新历史主义”对文学与历史内在关系的论述尝试着超越文学与历史的学科界限，我们可以以之为基础来深入认识文学与其他知识领域的跨学科问题。沃尔什认为，历史这一指称具有双重性，他说：“历史一词本身是模棱两可的。它包括①过去人类各种活动的全体，以及②我们现在用它来构造的叙述和说明。这种模糊性是很重要的，因为它为历史哲学同时打开了两个可能的领域。这种研究，正如我们上面以传统的形式所简单描述它的那样，可能涉及历史事件的实际过程。而另一方面，它可能是关注历史思维的过程，靠了历史思维，我们就达到第二种意义上的历史。”② 在沃尔什看来，历史是被系统地叙述出来的，历史的客观性需要文本加以表述，离开了文本的表述，历史所谓的过去人类的各种活动将无法呈现。因此，在沃尔什看来，历史也是出奇的主观的，历史之光总是投射到写历史的人身上。沃尔什的观点与蒙特洛斯的两个绕口令般的“新历史主义”的定义可以互证：文本的历史性与历史的文本性。我们比较感兴趣的是蒙特洛斯对“历史的文本性”的认识，历史只有依靠文本才能保存下来，人们所认识到的真实历史也是文本表述的历史。正如詹姆逊所说：“我们只有通过预先的（再）文本化才能接近历史。”③ 历史进入文本，历史的文本化也成为历史性事件，读者对历史的认识必须依靠这些文本，因此，文本与历史构成了双向互动关系。张进说：“历史与文本之间的关系无法用公式化的理论来给出，相反，文本与世界、文本的物质性与它所产生的意义、艺术与历史之间的交互作用是每一次批评实践调查的对象。……同样，蒙特洛斯提醒人们注意话语领域与物质领域之间动态的、不稳定的、交互式的关系。这样，文本成了塑造历史的能动力量，文学成了文化与物质实践、‘讲述话语的年代’与‘话语讲述的年代’之间双向辩证对话的动力场。”④ 从历史的文本化来看，人类任何的知识领域都需要以文本的形式加

---

① 海登·怀特海：《“描绘逝去时代的性质”：文学理论与历史写作》，拉尔夫·科恩著，程锡麟等译：《文学理论的未来》，北京：中国社会科学出版社 1993 年版。

② 沃尔什著，何兆武译：《历史哲学导论》，桂林：广西师范大学出版社 2001 年版，第 7 页。

③ 詹姆逊著，王逢振、陈永国译：《政治无意识》，北京：中国社会科学出版社 1999 年版，第 70 页。

④ 张进：《新历史主义与历史诗学》，北京：中国社会科学出版社 2004 年版，第 45 页。

以表述，任何文本的表述又都是历史性的表述。因此，从表述的层面上看，文学与历史、文学与哲学、文学与其他学科的界限并非不可消弭。弗莱说："文学位于人文学科之中，其一侧是历史，另一侧是哲学。由于文学最充分地体现了语言的本性和言语的运用成规，文学成为哲学和历史重新认识自身的基本参照。"① 由此可见，文学与历史、哲学以及其他知识学科都是天、地、神、人的缘构，是在促使世界从大地绽出的文化人、人成文的历史性成果，其间的学科界限仅仅是人为性的阶段性认识，并不能成为僵化人、固化人的亘古不变之"真理"。比较文学的跨学科真正要跨出文学的学科领地，就应该从人文学的高端视角来观照人文群科之间的内在关联。

单纯的历史与单纯的文学，或者文学与人类其他知识信仰的各自封闭只是18—19世纪分工机制和科别教育的独断论的抽象。历史有诗心、文心，文学之中也有历史意识，文学的历史意识构成了文学传统，因此，文学与历史具有互文性。英国现代派文学大师艾略特说："传统是一个具有广阔意义的东西……首先，它包括历史意识。对于任何一个超过二十五岁仍想继续写诗的人来说，我们可以说这种历史意识几乎是绝不可少的。这种历史意识包括一种感觉，即不仅感觉到过去的过去性，而且也感觉到它的现在性。这种历史意识迫使一个人写作时不仅对他自己一代了如指掌，而且要感觉到从荷马开始的全部欧洲文学，以及在这个大范围中他自己国家的全部文学，构成一个同时存在的整体，组成一个同时存在的体系。这种历史意识既意识到什么是超时间的，也意识到什么是有时间性的，而且还意识到超时间的和有时间性的东西是结合在一起的。"② 人是有传统的生物，人与动物的区别就在于人活在现在却又背负着过去的历史，担负着未来的发展可能，因此，历史意识是人天生的自我意识。这种天生的自我意识不仅横跨了历史与文学的边界，而且将人文知识领域这一概念带到了"人"的存在面前。法国哲学家笛卡尔说："全部科学合在一起就是人类的智慧，这种智慧尽管能用于各种不同的学科，但始终是一个整体，不会因此被分化成不同的东西，正如太阳光不会由于照耀在不同的事物上就会被

---

① 余虹：《中国文论与西方诗学》，北京：生活·读书·新知三联书店1999年版，第115页。

② 托·斯·艾略特著，李赋宁译：《艾略特文学论文集》，南昌：百花洲文艺出版社1997年版，第3页。

分化成不同的东西一样。”① 卡西尔服膺笛卡尔的这段论述，他接着评价说：“不管人类知识的对象会是如何的相异，知识的各种形式总是显示出内在的统一性和逻辑的同质性。历史思想与科学思想并不是靠它们的逻辑形式，而是靠它们的对象与题材而被区分的。”② 笛卡尔将人类知识领域归原于人类的智慧，卡西尔则进一步认为人类各种知识形式具有内在的统一性和逻辑的同质性，这些论述无疑看到了知识领域分科背后的同一性。知识是人类的知识，知识可以分类，从而在题材和研究对象与方法上各有侧重。但是，这些分类并不意味着各种知识之间就是各自封闭的，封闭的知识领域必须走出自己的疆域。走出来就是人与文之间的化感通变。伽达默尔探究历史对象与我们的关系时说：“实际上，只是由于那个能把对象正确描述给我们的人，该对象才对我们真正表现出重要性。所以，虽然对象确实是我们的兴趣所在，但对象只是通过它在其中向我们呈现的方面而获得它的生命。我们承认对象有在不同的时间或从不同的方面历史地表现自己的诸不同方面；我们承认这些方面并不是简单地在继续研究的过程中被抛弃，而是像相互排斥的诸条件，这些条件每一个都是独立存在的，并且由于我们才结合起来。”③ 卡西尔看到了人类知识领域分科的统一性和逻辑的同质性，伽达默尔又将这种统一性与逻辑的同质性立足于此“在”的存在。知识领域看似各有自己的对象、研究方法和知识传统，这些“各有”的东西将对象封闭了起来，形成了各自独立的学科王国。但是，伽达默尔则认为，知识的对象离不开我们的存在，因为我们存在于世，对象才能向我们呈现出来。也就是说，我们“在”，知识的对象才向我们表现出自身，从而开启自己的知识领域；我们“去”，知识对象又将被尘封、掩盖。因此，知识对象与我们的存在互为启蔽。从文学他缘而来的角度、文学与其他知识领域的语言母体角度以及从文学与历史等知识领域的存在论哲学基础，当代学者不断地敲打学科封闭的硬壳，力图使学科从自身封闭的疆域中走出来，走向与其他学科化感通变的缘构境域。文学本根在界、本真在否、本能在化，因此，文学的跨学科研究不是封闭的文学与封闭的其他学科对象的两极比较，而是文学走出来的必然选择。栾栋先生论述人文学术“还家”观念时说：“依学科互补，文史需要哲学提炼，史哲需要文学浸

---

① 卡西尔著，甘阳译：《人论》，上海：上海译文出版社2007年版，第243页。

② 卡西尔著，甘阳译：《人论》，上海：上海译文出版社2007年版，第243页。

③ 伽达默尔著，洪汉鼎译：《真理与方法》，上海：上海译文出版社1992年版，第366～367页。

润，文哲需要史学给养；就思维调谐，形式逻辑需辩证逻辑解蔽，辩证逻辑需修辞学润色，修辞学需诗学升华。文史哲互根在这里显山露水，学术还家在其中逶迤而归。”① 文学化疆破体走出自身的封闭性疆域，人文学术之间的互通互感是如此的自然灵动！文史有哲，促使文史深化提升；哲史蕴文，促使哲史文采飞扬；文哲寓史，促使文哲悠久深沉。文史哲融通互补，超越的是生硬的比较，迎来的是生机勃勃的人文还家。

文学他化还有他适与他辞的生态学现象。“适”与“辞”都是文学走出自己的疆界进而走向人文生态园林的高姿态选择。雷马克也提出从整体上扩大文学研究的范围，雷马克说：“我们所理解的比较文学不是一门必须不惜一切建立自己固定法则的独立学科，而是一门迫切需要的辅助学科，是维系地区性文学各小部分的纽带，是连接人类事业中实质上有机联系着而形体上分离的各领域的桥梁。不管在比较文学的理论方法有着怎样的分歧，人们对其任务的看法却是一致的：使学者、师生以及读者，更好地、更全面地把文学作为整体来理解，而不是看作一种局部的片断或几种孤立的局部片断。要达到这个目的，最好的办法是不仅把几种文学相互联系起来，而且把文学和人类知识和活动的其他领域，特别是艺术和思想领域联系起来；也就是，从地理上和属性上扩大文学研究的范围。”② 我们认为，雷马克对比较文学的这段阐述才真正体现了美国学派对法国学派的突破。国内学者认为美国学派对法国学派的突破有二：一是将法国学派的事实影响关系扩展到没有事实关系的影响研究，二是提出了比较文学跨学科研究。这种看法只是看到美国学派“量”上的扩张，而忽视了比较文学“质”上的飞跃。实际上，美国学派对比较文学学科理论最为重要的贡献就在于对“比较”的突破性理解，即将比较文学置于人文整体领域与国际视野之中，从而突破了法国学派的实证精神。韦勒克说：“比较文学的定义最好是根据它的角度和精神，而不是根据文学中任何被分隔开的部分作出。比较文学将从一种国际的角度研究所有的文学，在研究中有意识地把一切文学创作与经验作为一个整体。”③ 韦勒克的这一看法与雷马克的主张

---

① 栾栋：《论人文学术还家》，《学术研究》2007年第10期，第7页。

② 亨利·雷马克：《比较文学的定义和功能》，《比较文学研究译文集》，上海：上海译文出版社1985年版，第214页。

③ 韦勒克：《比较文学的名称和实质》，《比较文学研究资料》，北京：北京师范大学出版社1986年版，第28页。

殊途同归，只不过这种思想被国内比较文学界忽视了，甚至有学者批评这种主张，认为它将导致比较文学作为一个学科的疆界失去控制，比较文学如果无所不包、无所不能，就失去了作为学科的规定性与存在的合法性。[①]显然，这种理解固守了文学学科的疆界，缺乏文学他化的理论修养。文学他适与他辞并不意味着文学没有疆界，相反，文学是在他适与他辞中达到道化的境界。栾栋释“适”的含义有：到、去、应、嫁、宜、畅、巧、偶、刚、仅、若、探等10多种缘域性内容，他认为文学他适是文学启蔽的道化缘域。栾栋对此表述说：“文学他适，就是文学非文学。这两个命题从不同侧面反映了启蔽性文学的道化缘域。文学道化与启蔽缘域，丰富的声息互动互合，复杂的根须相养相依。”[②] 文学他适才能与宗教、艺术、历史、哲学、政治、经济、军事、教育、科学等门类相生相克、相反相成，从而构成人文领域的道化生态。文学有“他”才能化有疆为无疆，文学他适与他辞才能走出自我进而走向人文生态园林，文学走向生态园林才能与人情世态通变道化。因此，从表面上看，文学他适与他化是文学自我规定性的消弭，实质上却是文学确保“是”文学的本根。一种文学如果只知固守疆界，必将死去。文学他化才能吸纳他者、才能他在，文学由此无处不在，文学因此生生不息，又何有文学缺乏自我规定性的顾虑？美国学者雷马克与韦勒克已经有了解放文学的冲动，栾栋的文学他化思想则从文学本体层面上彻底解放了文学，促使文学走出疆域，进而走向启蔽的人文生态园林。从文学他化而言，跨学科研究还仅仅是走在“他化”的路上。

美国学派如果以雷马克1961年发表的《比较文学的定义与功用》一书为学派成立的标志性事件，那么它成立至今已有50多年。这50多年以来，我国国内比较文学界对美国学派的理解还很肤浅。部分学者领会到美国学派平行研究是归纳文学规律的方法，其中的代表如王向远说：“平行研究的第一种功能，是使文学现象‘连类比物’、‘相类相从’，从而为总结民族文学、世界文学中的基本规律而提供、整理大量翔实、相同或相通的文学事实”[③]；部分学者则认为美国学派存在着“西方中心主义”的残余，其中的代表如曹顺庆说：“毫无疑问，美国学派关于比较文学的学科理论继法国学派后已经完成一种新的‘建制化倾向’。它在突破法国学派

---

① 王向远：《比较文学系谱学》，北京：北京师范大学出版社2010年版，第162～163页。
② 栾栋：《文学他化说》，《文学评论》2009年第4期，第191页。
③ 王向远：《比较文学学科新论》，南昌：江西教育出版社2002年版，第78页。

的狭小研究空间之后，却又形成新包围圈。这一包围圈将比较文学的文化探源法、东西跨文化研究法等统统排斥在外。”① 应该说，这些观点都是对美国学派的正确理解与阐发，但是仅仅这样阐发还是远远不够的。国内比较文学界实际上忽视了韦勒克与雷马克对比较文学整体性研究的体悟与发挥，我们认为，这方面才是美国学派超越法国学者而具有自己精神特征的地方。当然，美国学者也有缺失，美国学者想跨越文学疆界进而解放文学的封闭性规定，但是他们仅仅看到比较的跨界性，未能从文学“是文学又非文学”的本真出发去理解比较文学的跨学科性质。栾栋的文学他化论不针对比较文学，却道出了比较文学跨学科、跨国别的内在性质。文学“是文学又非文学”的命题揭示了文学之跨界（跨学科、跨国别）不是文学与其他学科、其他国别文学的“比较”，而是文学本身具有的自我规定性。文学“是文学又非文学”，因此，文学能“辟”、能“化”、能“否”，能寓他而在，能他化而去，从而达到兼他而在、他辞而异的境界。文学他化，文学也就走出了自己的疆界，熔铸其他人文学科，含蕴世道人情，文学因此而通变迁移，兼容生生不已的宇宙气息。更为难得的是，栾栋的文学他化论不仅将文学推进人文生态园林相生相克的境地，还促使文学向道化升华，文学的道化就是文学突破小年的局限走向“大年小年同流，双年飞年共舞”的境界。可见，文学他化论推进了跨学科研究，促使比较文学向高端迈进。

① 曹顺庆：《比较文学学科理论研究》，成都：巴蜀书社 2001 年版，第 192 页。

第六章

全球化与中国比较文学

第一节　全球化进程中的中西文化关系

中国比较文学的学科建制过程应该在全球化的背景下进行论述。首先，中国文学的世界视野的形成是全球化推动的结果，中国在这个过程中为了加入全球化甚至付出了沉重的代价。中国文学与西方文学本有各自独立、平行发展的文学传统，是资本主义一体化、世界经济全球化的发展进程迫使中国打开国门接受来自西方的政治、经济、文化的影响与渗透，因此，近代中国文化与西方文化的交流是不平等的，中国单向地改变自己以接受西方文化的同化。中国以资本主义的边缘化国家身份加入资本主义世界体系，需要接受来自资本主义体系的各种不平等要求。其次，现代中国的文化建设与中国的民族独立和现代化转型有着密切的联系，也就是说，中国现代文化建设是中国现代化转型的一个组成部分，也是民族独立、民族国家建设过程推动下的必然结果。而中国的现代化转型是在西方资本主义体系推动下的被动选择，中国现当代文化建设深受西方文化的影响，是西方文化介入后中国传统文化不得已的自我蜕变。最后，中国现当代文化的发展历程以及中国知识分子对待西方文化的态度与全球化进程中中国经济、政治、军事力量的发展有着密切的联系。在半殖民地半封建社会时期，中国知识分子积极向西方寻求民族独立与发展的现代化道路，西方文化是中国文化积极吸纳的对象。改革开放30多年来，中国成为经济总量仅次于美国的经济大国，超越了英国、法国、德国等西方老牌资本主义国家。随着中国政治、经济与军事力量的发展，中国成为世界强国之一已经成为事实，中国文化的民族性与独立性随着中国国力的强盛也被提上日程，从而刺激着中国知识分子建设具有中国特色的文化的热情，知识界要求摆脱西方文化影响的呼声越来越高。而中国知识分子对西方文化的态度变化直接影响了中国学界对比较文学中国学派的建构。可以说，比较文学与中国学科建设的关系从一开始就不是一个纯粹的学术问题，它的诞生与发展和中国社会的现代转型以及中国在全球化进程中的地位有着密切的联系。

中西文化早有接触，但是早期的接触是简单的、直观性的交流，缺乏比较文学的世界视野。方汉文认为，比较文化学发展的第一阶段是上古到19世纪，他说："第一阶段是从上古到19世纪，这是比较文化的史前期，是最初的发展时期。这个时期中，由于多种民族文化之间的互相交流与影响，产生了初期的、粗浅的文化比较，这种比较是直观的、形式上的比附，但为以后进一步的文化比较奠定了基础。"① 方汉文描述的比较文化第一阶段的特点是符合比较文化发展的实际的，但他对比较文化第一阶段的下限时间定得过晚。我们认为，比较文化第一阶段的特点是尚不具备比较文化的世界视野，这时的中西文化之间的交流是平等而又自发的，早期中国文化与西方文化的比较是各自独立发展着的文化传统之间散片性的接触。曾逸在《走向世界文学》一书中认为："近现代文学时代的最重要的文学现象，莫过于以古希腊、罗马文化为基础的西方文学与以儒、佛、道为背景的东方文学之间的空前的接近、交流和融合，及其所促成的东方现代文学的诞生。"② 曾逸在这里论述的是近现代东西方文学交流的特点，如果将东西方文学交流的时间回溯，那么从上古到近现代之前东西方文化交流的特点就是以"两希"文化为基础的西方文化和以儒、佛、道为背景的东方文化的平等交流，这两种文化虽然异质并已有接触，但是文化的发展轨迹沿着各自传统文化的惯性前行，异己文化未能对民族文化的独立发展产生重大影响。因此，这一阶段的文化比较是"各民族文学在世界范围内的多中心的、分途发展的时代"③，就如方汉文所说的只是"直观的、形式上的比附"，西方文化没有对中国文化产生决定性的影响，中国文化也未能改变西方文化的发展轨迹。实际上，这一阶段由于物质生产水平与交通运输能力的限制，东西文化的交流带有想象性和自我中心主义倾向。《史记·大宛列传》一文记载了汉代所认为的西方国家——大月氏、康居、安息、条支、黎轩、奄蔡等诸国，司马迁记载这些国家的信息多来自张骞的西行见闻，所记述的西域诸国的地理山川、风光景色、物产所有、人生情态、语言习俗、面容肤色都迥异于中原，司马迁在记述时多称对方"其俗土著"，带有典型的自我中心主义倾向。类似的记录又如《史记》记述"条支"："条支在安息西数千里，临西海。暑湿。耕田，田稻。有大鸟，卵如瓮。人众甚多，往往有小君长，而安息役属之，以为外国。国善眩。

① 方汉文：《比较文化学》，桂林：广西师范大学出版社2003年版，第5页。
② 曾逸：《走向世界文学》，长沙：湖南文艺出版社1986年版，第14页。
③ 曾逸：《走向世界文学》，长沙：湖南文艺出版社1986年版，第7页。

安息长老传闻条支有弱水、西王母，而未尝见。”[①] 司马迁记述“条支”的方式多有以“我”度“他”的想象成分（以中原传闻弱水、西王母比附条支），对其记述也极为简单。西方古希腊时期也有对中国等东方国家的记载，希罗多德之前的历史学家阿里斯提士就记述了中亚地区的人并称之为“塞人”，这些记述和司马迁的记述一样，都是极为简单的、带有想象成分的描述。受制于古代落后的交通方式，东西方国家之间的来往极为不方便，自给自足的农业生产方式也阻碍着东西方文化的交流热情。因此，我们认为，东西方文化交流的第一阶段是农业时代的文化交流，这一阶段的文化交流不会影响各自的文化发展形态与物质生产方式，它们仅仅是东西方文化发展历史进程中对异己文化的好奇与想象性的比附。

13、14 世纪，欧洲威尼斯、西班牙、葡萄牙等国开始进入了资本主义的萌芽阶段，威尼斯基于物品交换的需要发展了造船技术，这些船只“有杆之船尾舵代替了舷舵，蜈蚣船上的划桨手，三人成为一个小单位，行动较前更为便利。威尼斯的护航队，一般官有民用，开始进出于英伦海峡，往来于伦敦、南开普顿和布鲁兹等处”[②]。造船技术的发展促进了中西文化的交流，欧洲诸国与中国有了更多实质性的接触，文化之间的影响关系从原来的漠不关心到为了处理商品交换过程中出现的现实问题而不得不引起重视。15 世纪，葡萄牙成为世界航海技术最为先进的国家之一。葡萄牙人凭借先进的航海技术从海上找到了一条绕过非洲通往东方的海上道路，这条道路的开拓刺激了欧洲人到中国的热情，传教士想到中国传教，冒险家和商人想到中国寻找财富，中国繁荣富裕、文明开化的形象成为欧洲商人寻找财富、文学家与哲学家批判欧洲封建文化的“理想乐园”。据 1975 年《世界自然科学大事年表》记载，从公元前 6 世纪至 11 世纪，世界上重要的科学成就、发明或创造共 231 项，其中中国有 135 项；从 11 世纪到 16 世纪，世界上的科学成就、发明或创造共 67 项，其中中国有 38 项。英国剑桥大学凯尼斯学院院长李约瑟博士指出：“中国古代的发明和发现，远远超过同时代的欧洲，特别是在 15 世纪之前，更是如此。”[③] 可以看出，中国在相当长的历史时段中处于中西文化交流的优势地位。这种经济、文

---

① 司马迁：《史记》，北京：中华书局 2010 年版，第 7285 页。

② 黄仁宇：《资本主义与二十一世纪》，北京：生活·读书·新知三联书店 2003 年版，第 81 页。

③ 转引自陈辛仁：《现代中外文化交流史略》，北京：中国书籍出版社 1997 年版，第 1 页。

化与政治上的优势地位保证了中西文化交往的平等往来。可见，一个国家可以不具有海外殖民扩张的意识与野心，但是不能没有抵抗外来殖民的实力。早期人类的往来都是基于利益的考量，甚至为了实现利益而起掠夺的野心，进而不惜采用屠杀掠夺的野蛮方式。

15、16世纪，西方欧洲国家开始摆脱中世纪的影响，先后由封建社会向资本主义社会过渡，从而在近代科学技术方面取得了快速发展。而中国在这一阶段仍然处于封建社会，占统治地位的经济形态仍然是自然经济。经济形态上的不对称和科学技术上的逐渐落后使中国开始成为西方国家扩张、殖民的对象。恩格斯说："葡萄牙人在非洲海岸、印度和整个远东寻找的是黄金；黄金一词是驱使西班牙人横渡大西洋到美洲去的咒语；黄金是白人刚踏上一个新发现的海岸时所要的第一件东西。"① 我们认为，恩格斯的论述说明了中西文化交流出现了新的时代特征，那就是商人取代传教士逐渐成为中西关系的主要阶层，武力征服是欧洲资产阶级掠夺财富的主要手段。这一阶段的中国处于农业经济时代，而西方国家处于资本主义快速发展的阶段，西欧国家对黄金白银和商品市场的强烈需求刺激了西方对东方的物质产品和精神文化交流的欲望。正是这种欲望促使西方国家开始重新重视远在大洋之外的古老国度——中国，他们不断寻求进入中国的通道，试图将中国纳入到可以自由交换的商品市场体系之中。然而，以中国为代表的东方国家当时还处于自给自足的经济模式之中，没有与西方强国平等交换商品的意识，这就导致了中国在是否开放海禁问题上的反复。葡萄牙人、西班牙人是全副武装、一路行进到亚洲的，其间国力孱弱的亚洲小国沦为他们的殖民地，葡萄牙人、西班牙人在这些殖民地建立军事基地，垄断了这些国家的海上贸易。1513年5月，葡萄牙驻马六甲大首领派若热·阿尔瓦雷斯乘坐帆船从马六甲进入中国，成为"迄今所知的第一个到中国的葡萄牙人，也是第一个从海路到中国的欧洲人。而且，他的中国之行具有官方性质，因为他在中国竖起了第一块葡萄牙国王纪念碑"②。葡萄牙大首领的到来是中葡文化交流的标志性事件，西欧国家凭借武力名正言顺地殖民亚洲国家，不过因为当时的中国国力强盛，葡萄牙人并不敢深入中原，只是占

---

① 马克思、恩格斯：《马克思恩格斯全集》（第21卷），北京：人民出版社1975年版，第450页。

② 路易士·凯尤：《欧维士——第一个到中国的葡萄牙人》，澳门：澳门文化学会1990年版，第10页。

据了澳门。葡萄牙人在澳门修建教堂、修道院、修女院和神学院，成立澳门教区，西欧教士逐渐充当了中西文化交流的“旅游人”和“传道者”。方汉文认为：“葡萄牙人和西班牙人是最早以东南亚为基地研究中国的，他们分别以马六甲和菲律宾为基地，为进一步侵占中国做准备。他们掌握的许多关于中国的报告和记述，也因此成为近代早期欧洲人撰写的第一批关于中国的著作。……内容最为详尽的则是加斯帕尔·达·克鲁斯的《中国情况详介》，这是近代欧洲第一部全面介绍中国的专著。”① 由此可见，在这个阶段，欧洲人进入东方不是纯粹的文化交流，文化交流的背后是赤裸裸的经济掠夺与武力侵占。马六甲、菲律宾由于国力孱弱，很快成为葡萄牙人的殖民地，而澳门由于明代政府的腐败也成为了葡萄牙人的领地，葡萄牙人在这些殖民地开展了文化“西化”的教育工作，力图从文化上将澳门等地纳入西欧体系。方汉文总结传教士来华目的时说：“虽然在客观上传教士为中西文化的交流做出了不可磨灭的贡献，但葡萄牙等西方传教士来华的目的，绝不是为了沟通中西文化，而是为了用天主教来统治中华民族，为本国的商人甚至为他们的殖民地军队开辟道路。对此，传教士利玛窦直言不讳，说传教士就是充当天主的勇兵来征服异教的中国。”② 传教士的传教目的说明西方国家在资本主义时代垂涎的是中国的财富，文化交流与经济掠夺互相促进。中西文化由原来的想象性比附逐渐走向了实际性的接触。西方国家主动地认识中国并科学地分析、判断中国的国力与社会经济、文化等情况，中国则缺乏海外扩张的意识，处于受动的一方。

英国工业革命之前，中国是西方国家想象中的开明、富强、繁荣的黄金世界。拉伯雷在《巨人传》一书中把象征智慧和理想的神瓶放在了中国附近；意大利旅行家马可·波罗则通过其游记《马可·波罗游记》第一次把地大物博、丰裕富饶的中国展现在欧洲人面前，激发了欧洲人对奇异的东方世界的向往。在相当长的一段时间里，马可·波罗的游记是欧洲人认识中国的实证材料；马可·波罗之后，传教士利玛窦更深入地理解和译介了中国文化，他翻译了大量中国儒家经典到西方，并向中国介绍了西方的科学知识。利玛窦在中国28年，他的汉文译著有19种，近半数是介绍西方科学知识的，对中西文化交流作出了重大贡献。这一时期，中国由于强

① 方汉文：《东西方比较文学史》，北京：北京大学出版社2005年版，第344页。
② 方汉文：《东西方比较文学史》，北京：北京大学出版社2005年版，第345页。

大的经济实力和高度发达的文化成为欧洲人热衷的理想世界和时代风尚，16、17世纪，欧洲文学、艺术、服饰等方面都有模仿中国的印记。沈立新总结当时的欧洲风尚时说："从上流社会的沙龙到普通国民的家庭，中国艺术品作为室内装潢已蔚然成风，被视为高尚的情趣。"① 这个时期的文化交流，西欧国家虽然有在中国扩展市场、掠夺财富的强烈欲望，但是中国还处于封建社会的强盛时期，国家统一、经济发达、文化先进，国家整体实力远远超过了欧洲。同时，欧洲的英国、法国和意大利等诸国正从分裂走向统一、从封建社会走向资本主义社会，国家政治、军事正处于分裂、对立的状态，中国大一统的国家局面和先进发达的文化传统吸引了欧洲人的目光，甚至为欧洲的文艺复兴提供了知识资源。然而，中国由于经济上自给自足，文化上固守传统，因此，中国对西方文化的输入并不热心，带有强烈的自我中心主义倾向。钱穆说："在当时中国人眼里，中国即是整个的世界，即是整个的天下。中国人便等于这世界中整个的人类。当时所谓的王天下，即是等于现代人理想中的创建世界政府。凡属世界人类文化照耀的地方，都统属于惟一政府之下，受同一的统治。所以中庸上说'今天下车同轨，书同文，行同伦，舟车所至，人力所通，天之所覆，日月所照，霜雪所堕，凡有血气者，莫不尊亲'。这种境界，便是说全世界人类都融聚成为一个文化团体了。"② 这就说明，古代中国人在文化观念上还不具有现代的民族国家意识，中国知识分子所认为的同一世界是文化观念上的同一，拥有同一文化观念的就是同一团体，不属于同一文化观念的则是未开化的诸"夷"，这种观念与现代西方民族国家观念相比，难免具有固守自封的中心主义倾向的自大。利玛窦曾经说过："因为不知道地球的大小而夜郎自大，所以中国人认为所有各国中只有中国值得羡慕。就国家的伟大政治制度和学术的名气而论，他们不仅把别的民族都看成是野蛮人，而且看成是没有理性的动物。在他们看来，世界上没有其他地方的王国朝代或者文明是值得夸耀的；这种无知使他们越骄傲，一旦真相大白，他们就越自卑。"③ 利玛窦批评了当时中国的世界观念，这种观念具有排外的性质。利玛窦深识中国统治者的文化心理，他为了在中国传教而不得不逢迎

① 沈立新：《中外文化交流史话》，上海：华东师范大学出版社1991年版，第149页。

② 钱穆：《中国文化史导论》，北京：商务印书馆1994年版，第37页。

③ 利玛窦：《中国札记》，何兆武：《中西文化交流史论》，北京：中国青年出版社2001年版，第246页。

当时的统治者，这就说明了16、17世纪中西文化交流在观念上的差异。西方人通过航海技术扩展了自己的世界视野，具有殖民扩张的欲望，而中国人则固守传统、夜郎自大，缺乏世界胸怀，中国的这种夜郎自大最终导致了中国农业经济未能顺应时代发展潮流而顺利转型。

中国“夜郎自大”的文化心态如果有强大的经济、军事实力作为后盾，还是可以继续保持中西文化交流过程中的各自独立发展的初始形态。但是，当西欧国家通过工业革命和资本主义生产方式取得生产力和科学技术的飞跃发展后，西方国家的军事和经济实力超越了中国，中国这时就难以保持传统文化发展的独立性了。中国的国门被西方打破，逐渐沦为西方国家侵占、殖民的对象，失去了与西方平等交流的权利。黄仁宇认为：“公元1800年前后，西方人因为工业革命的成功，促进了文明大跃进，也开启了现代国家的序幕；但同时期的中国，虽然出现实用主义学说，却因改良的科技武力仍然屡战屡败的经验，及往后一连串的文化罹难与退却（文化大革命），致令‘现代中国’迟至20世纪才出现。”[①] 黄仁宇认为，1800年前后中国与西方的文化交流关系出现了大的变动，这一变动取决于中国与西方国家形态上“质”的差异。也就是说，西方国家完成了现代国家的历史演变，而中国仍然处于落后状态。因此，19世纪至20世纪前50年是西方现代国家掠夺中国的150年，同时也是中国开始寻求向现代化转型的150年。期间，1840年爆发的鸦片战争是中西文化交流关系的转折点，从此，西方国家以社会进化论为理论视野，将中国社会与中国文化视为野蛮、落后的，进而心安理得地殖民和掠夺中国；中国知识分子则开始打开世界视野，面向西方寻求图存与自强的道路。可以说，在中国100多年的近代史中，西方文化对中国文化占据了压倒性的优势。这一压倒性的优势迫使中国开始积极引进西方文化，而欧洲则开始大力丑化、抛弃中国文化，形成“一边倒”的单向不平等的文化影响关系。曾逸揭示这种中西方文化交流的不平等关系时说：“如果与东方现代文学的诞生过程中几乎每一个重要作家都受到西方文学陶冶的影响事实相比，如果与东方文学从西方近代文学中汲取了新的文学观念、建立了新的文学体系的影响事实相比，两种影响趋势之间的不平衡是显而易见的。西方文学对东方文学的影响与东方文学对西方文学的影响之间的不平衡，是世界历史发展不平衡的

① 黄仁宇：《中国大历史》，北京：生活·读书·新知三联书店2003年版，第230页。

产物。”[①] 显然，曾逸认为，东西方在经济、军事力量上的不平衡关系导致了文学交流上的不平衡关系，这是从马克思经济基础决定上层建筑的唯物史观作出来的结论，当然有其合理性。但是，我们还认为，这种不平衡关系的出现是西方以坚船利炮的武力掠夺为基础的，也就是说，中国学习西方是被迫性的民族抗争，而西方则借助军事上的优势，通过文化上蔑视、嘲笑中国进而掠夺中国。米丽耶·德特利在《19 世纪西方文学中的中国形象》一文中写道：“总的来说，19 世纪初期欧洲文学中的中国人形象多是表面的、漫画式的；它退化到一些衣着饰品的细节描写（男人穿着妇女们才穿的彩色长袍，带着阳伞、扇子等等），以及一些外形特征（女人的小脚、男人的辫子、黄皮肤、长指甲、吊眼睛——此时尚未有用‘蒙古褶的眼睛’一词）和一些琐碎小事（爱情、诗歌、漫步、梦幻）。其中对中国人精神状态的勾画往往自相矛盾（对旧事和诗歌的趣味、对外表的关心、无所事事、懒散、专制、文雅、感情细腻、无动于衷、怯懦等等）。这说明了欧洲人对这个民族所知甚少，对它的态度是不稳定的……1840 年以来描写中国的文学大量涌现（随着中国国门被迫打开，涌现了大量游记以及从游记中汲取灵感的虚构作品），这些作品给人的印象是无休止地和过去的文学作品进行清算：因为它们不断地有意无意地对照耶稣会士和启蒙哲学家塑造的理想的中国人形象，建立一个完全相反的新形象。对中国事物的态度由喜好到厌恶，由崇敬到诋毁，由好奇到蔑视。”[②] 欧洲文学中的中国形象以 1840 年为界是一个值得注意的转变，因为这一年欧洲资本主义对中国取得了军事上的胜利，他们打开了中国的国门，开始肆无忌惮地掠夺和殖民中国，欧洲文学中的中国形象也随其军事上的胜利而取得了文化上的优越感，欧洲人开始厌恶、诋毁和蔑视中国文化，甚至以“野蛮”、“非人道”、“兽性”等形容词描绘中国人，对中国形象进行诋毁。西方文化丑化中国形象与经济掠夺是互相促进的，经济的掠夺行为需要文化意识形态进行掩护、遮蔽，而文化上的歧视则为经济上的掠夺提供合理的意识形态。这充分说明欧洲人在 19 世纪对中国有着一种文化的优越感，这种优越感以达尔文社会进化论为理论基础，强调的是对中国的武力征服与文化教化。

---

① 曾逸：《走向世界文学》，长沙：湖南文艺出版社 1986 年版，第 16 页。

② 米丽耶·德特利：《19 世纪西方文学中的中国形象》，孟非：《比较文学形象学》，北京：北京大学出版社 2001 年版，第 248 页。

处于这种文化交流关系中的中国知识分子只能图存与自强。图存是华夏民族的种族生存与延续，自强则是在图存的基础上华夏民族的发展与强大。因此，图存是基础，自强是目的。图存与自强观念的形成说明近代中国知识分子在西方列强入侵的民族存亡关头被迫打开了世界视野，将中国的生存与发展置于世界资本主义的发展潮流之中。蒋延黻引用了李鸿章于1864年写给恭亲王和文祥的信来论述自我观点。此信大致内容为："鸿章窃以为天下事穷则变，变则通。……前者英国各国，以日本为外府，肆意诛求。日本君臣发愤为雄，选宗室及大臣子弟之聪秀者，往西国制器厂师习各艺，又购制器之器，在本国制习。现在已能驾驶轮船，造放炸炮。去年英人虚声恫愒，以兵临之。然英人所恃而为攻战之利者，彼已分擅其长，用是凝然不动，而英人固无如之何也。夫今之日本即明之倭寇也，距西国远而距中国近。我有以自立，则将附丽于我，窥伺西人之短长；我无以自强，则并效尤于彼，分西人之利薮。日本一海外区区小国，尚能及时改辙，知所取法。然则我中国深维穷极而通之故，夫亦可以皇然变计矣。……鸿章以为中国欲自强则莫如学习外国利器。欲学习外国利器，则莫如觅制器之器，师其法而不必尽用其人。欲觅制器之器，与制器之人，则我专设一科取士，士终身悬以为富贵功名之鹄，则业可成，业可精，而才亦可集。"蒋延黻解读这封信时说："李鸿章第一认定我国到了十九世纪唯有学西洋的科学机械然后才能生存。第二，李鸿章在同治三年已经看清中国与日本，孰强孰弱，要看哪一国变得快。日本明治维新运动的世界的历史的意义，他一下就看清了，并且大声疾呼要当时的人猛醒与努力。这一点尤足以表现李鸿章的伟大。第三，李鸿章认定改革要从培养人才下手，所以他要改革前清的科举制度。不但此也，他简直要改革士大夫的人生观。"① 除却蒋延黻对李鸿章的高度评价外，我们认为，李鸿章这一封写于1864年的信透露出鸦片战争后知识分子对世界与中国的关系的理性认识。鸦片战争不仅打开了国门，也打开了中国知识分子的视野，中国知识分子在新的历史语境中不得不将中国的图存与自强置于世界整体之中。正如李鸿章所认为的：日本弱，英人则诛求之；日本强，日本则凝然不动。中国亦如此。中国强，日本则附丽我；中国弱，日本则与西人一起诛求我。因此，中国之强与弱直接关系到中国之生死存亡。李鸿章还认为，中

---

① 蒋延黻：《中国近代史》，上海：上海古籍出版社2006年版，第86页。

国图存与自强必须学习西方，尽管这个时候李鸿章要学习的是西方的制器之器。李鸿章的这封信既是洋务运动的宣言，也是中国学习西方文化以求现代化的开端。同时期的冯桂芬在《校邠庐抗议》中认为学习西方要经过三个过程："实则师而法之；继则比而齐之；终则驾而上之。"这三个过程指出了中国知识分子学习西方的被动与无奈，以及力求通过学习西方最终超越西方的目的与理想。可见，中国近代文化的图存与自强实质上就是中国知识分子被动地吸收西方文化来改造中国文化，以求融入西方主导的资本主义体系。在这一过程中，中国文化必须改变自我，必须吸纳西方文化以完成对传统文化的改造。简而言之，这一过程是中国传统文化融入西方文化主导的现代化过程，也是中国民族国家的建设过程。

在中国传统文化的现代转型过程中，中国传统文化为一极，西方文化为一极，这两极文化的力量对比受制于中国与西欧、日本等资本主义国家之间的政治、经济与军事力量的对比。从总体上看，当西欧、日本的政治、经济与军事取得对中国压倒性的优势时，西方文化也随之不断地压缩中国传统文化的生存空间。这种西方文化主导下的中西文化比较在经历了甲午中日战争、第一次世界大战后的"五四"时期表现得最为明显。当时，中国政治、军事上的失利导致中国知识分子对传统文化失去了信心，中西文化比较变成了引进西方文化以批判中国文化。胡适认为："中国的旧文化的惰性实在大得可怕，我们正可以不必替'中国本位'担忧。我们肯向前看的人们，应该虚心接受这个科学工艺的世界文化和它背后的精神文明，让那个世界文化充分和我们的老文化自由接触，自由切磋琢磨；借它的朝气锐气来打掉一点我们的老文化的惰性和暮气。将来的文化大变动的结晶品，当然是一个中国本位的文化，那是毫无疑问的。"① 胡适的论述包含两方面的内涵：一方面，中国文化必须学习西方文化，以西方文化改造中国文化，因为中国文化已经落后了；另一方面，胡适认为，学习西方文化的目的是改造中国文化，改造后的中国文化仍然是中国本位的文化。胡适的论述在"五四"时期具有典型性。中国知识分子学习西方文化是不得已的、被迫性的选择，他们内心深处依然对中国文化的新生充满着热情和自信，言语间也透露出中国文化必将凌越西方文化的"自我中心主义"倾向。可见，近现代中国知识分子在文化逻辑上与西方知识分子并无两

① 胡适：《胡适论学近著》，济南：山东人民出版社 1998 年版，第 435 页。

样，只不过中国处于落后挨打的境地，中国知识分子不得不打开视野，积极吸收西方文化。假使中国国力强盛，中国知识分子对待西方文化也会如同西方列强对待中国文化一般，因为在这一阶段，整个人类的文化思维都受到了达尔文社会进化理论的影响。黄仁宇说："19 世纪末期，因着西方工业革命之成熟，已是社会达尔文主义时代。任何斗争之失败者，都可能被视为品格低劣。"① 因此，文化的生存空间往往由国家的政治、经济和军事实力所决定。大国文化是优胜文化，是经济、军事落后国家的效仿对象；经济、军事落后的国家的文化是劣势文化，是需要更新改造的对象。中西文化的比较关系，实际上就是政治、经济与军事实力较量的结果。由此看来，近现代中西文化比较从一开始就不是纯粹的学术研究，也不可能是文化之间的共荣发展。文化交流属于意识形态领域，它凝结着太多的政治、经济、军事等方面的社会能量，这些能量都要求文化以自己的方式为它们服务。王向远说："比较文学当初在法国以至欧洲是作为文学史研究的一个分子而产生的，它一开始就是一种纯学术现象，一种'学院现象'。而 20 世纪初比较文学在中国就不是作为一种单纯的学术现象出现的，真正意义上的比较文学学术研究到了 20 世纪 80 年代后才得以形成。中国比较文学从根本上说就是一种文化现象、人文现象，它与中国文学由传统向现代的转型密切相关。它首先是一种观念、一种眼光、一种视野，它的产生标志着中国文学封闭状态的终结，意味着中国文学开始自觉地融入世界文学中，标志着中国文学开始尝试与外国文学进行平等的对话。"② 王向远的这段论述虽然指出中国的比较文学一开始就不是纯学术现象，但他又认为它标志着中国文学开始尝试与外国文学进行平等对话。这是一种相互矛盾的论述，因为只有纯学术的研究才能有平等对话的可能。在近现代的中西文学比较中，中国文化处于弱势地位，西方文化处于优势地位，这种文化地位上的不平等只能导致中国文化向西方文化学习的不平衡关系。整个近现代中西文化交流都体现着这种不平衡的文化关系。

西方文化在近现代对中国文化的压倒性优势随着中国国力的强大而发生了微妙的变化。1949 年，中华人民共和国成立，中国甩掉了半殖民地半封建社会的帽子，开始进入社会主义建设的新阶段。改革开放以来，中国

---

① 黄仁宇：《中国大历史》，北京：生活·读书·新知三联书店 2003 年版，第 255 页。

② 王向远：《宏观比较文学讲演录》，桂林：广西师范大学出版社 2008 年版，第 11 页。

的经济实力大大增强，军事、政治、文化也得到了全方位的发展与提升，特别是2011年中国已经成为世界第二大经济实体，近代中国知识分子所期盼的华夏民族立于世界强林的愿望终于在20世纪末得以实现。随着中国政治、经济、军事实力的提升，当代知识分子也要求中国文化在世界上占有一席之地，近现代中国文化被西方文化单向影响的关系正微妙地转化为呼吁中西文化之间的平等交流。西方知识界因为中国的强盛而开始重新认识中国传统文化。从中国比较文学的发展来看，这体现在中国当代知识分子积极建构比较文学中国学派，特别是于20世纪末将“和而不同”与变异学作为比较文学中国学派的学科理论基础。“和而不同”是乐黛云教授提出来的理论构想，乐黛云教授强调的是中国文化与西方文化同处于世界之中，形成文化共同发展的大格局。中国文化在“和而不同”的语境中并不需要西化，而是主动性地吸取西方文化的优点以成就中国文化的创新。变异学是曹顺庆先生提出来的构想，曹顺庆先生认为，法国学派、美国学派以求同为基础，变异学则研究文化交流过程中文化的变异情况，中国文化与西方文化成为平等交流的两极，其交流的结果是文化的变异。曹顺庆先生说：“西方理论自身也产生了变异，即西方文论的中国化。学术界已有不少学者讨论‘西方文论中国化’的问题。西方的文论话语必须与中国传统话语的言说方式相结合，我们应站在中国学术规则的立场上选择性地、创造性地吸收西方文论，切实有效地推动中国文论话语的发展，才能真正地实现西方文化中国化，从根本上解决中国文论话语的‘失语症’现状。”① “失语症”是近现代知识分子以西方文化改造中国文化所产生的衍生现象，中国文化经由近现代的全盘西化浪潮，无论从言说方式还是话语表述上都深受西方文化的影响，中国传统文化的声音在现代化浪潮中逐渐减弱。曹顺庆先生要求“西方文论中国化”则重新强调了中国文化在吸收西方文化时的独立地位与平等身份。原来是西方文化压制、取代中国文化，现在是以中国文化为主吸收西方文化，文化的主动权从西方文化那里回归到中国文化手中。可见，20世纪末的中国学派“和而不同”与变异学研究思潮是中国文化重新争取主动权的产物，也是中国崛起后文化创新的自觉要求。

20世纪的中西文化交流史是中国在全球化语境中融入资本主义世界体

---

① 曹顺庆：《迈向比较文学第三阶段》，上海：复旦大学出版社2011年版，第131～132页。

系的民族文化转型史。中国从资本主义的边缘国家发展为世界经济体系中的强国，这中间经历了多少文化转变的阵痛？这中间又有多少知识分子在徘徊、在流泪、在呐喊、在欢呼？曹顺庆先生回答这一问题时说："很显然，陈独秀的中西比较、东西方比较更是与民族主义心态、对民族的命运的焦虑心态扭结在一起的。而这种比较心态并不仅仅停留在近现代之交这一代人的身上，而是贯穿了整个二十世纪。在二十世纪的学人中，没有受到这种比较心态煎熬的学人恐怕不多吧！"① 西方的坚船利炮打开了中国的国门，也打开了中国知识分子的世界视野，即使是在不平等的政治、经济与军事关系下，中国一代代知识分子还是凭借自己的良心与学识从学习、比较到吸纳、创制，为文学的发展作出了自己的独特贡献，也促使中国后发而上，走上了强国之路。在全球化的语境中回顾 100 多年来的中西文化交流，我们更多地体会到比较文学纯学术背后的不"纯"，这种不"纯"不仅没有戕害比较文学，反而促使比较文学在中国生根发芽、开花结果。

第二节　从阐发法到变异学研究：比较文学中国学派的学科理论

形成比较文学中国学派是中国比较文学界最为自豪的学术创举之一。建构一个以中国命名的比较文学学派，并将这个学派推向世界，形成与法国学派、美国学派并驾齐驱的格局，这样的宏伟目标是每一个现当代中国比较文学学者最为积极也最为热心的学术追求。吴宓、钱钟书、季羡林等老一辈学者为此付出了许多心血，乐黛云、饶芃子、曹顺庆等新一辈比较文学学者为此既继承又创新，努力在前辈的基础上将比较文学中国学派的理论主张推向世界。比较文学中国学派的创制看似为普通的学术行为，实质上，它更是中国学者在较劲、在证明，在向全世界发出重新认识中国文化与学术的呼唤。在中国学派得到国际比较文学界的认可后，中国学者立即提出比较文学三分天下的看法，刘象愚先生说："20 世纪 80 年代之后，

① 曹顺庆：《比较文学学科史》，成都：巴蜀书社 2010 年版，第 619 页。

比较文学进入了第三阶段。这个阶段的比较文学又出现了两个明显的变化。一个变化是地域上的，一个是理念和内涵上的。就地域而言，比较文学从欧美走向全世界，逐渐实现了全球化。在全球多元的格局中，原先的欧洲和北美双雄并列的形态逐渐淡出，以东方为主的世界其余地区的比较文学崛起，形成了大体上三分天下的局面。”① 刘象愚先生的看法于理智中透着激情与自信，他的三分天下指的是法国学派、美国学派和东方比较文学并立。曹顺庆先生则直接将中国学派看做比较文学发展的新阶段，他说：“比较文学的发展经历了三个阶段，即以法国学派为代表的第一阶段（欧洲阶段），以美国学派为代表的第二阶段（美洲阶段），以及比较文学在亚洲崛起后的第三阶段（亚洲阶段），这第三个阶段的学科理论体系之一就是已经成形的中国学派。比较文学中国学派的提出具有划时代的意义，标志着比较文学发展到了一个全新的阶段。这个阶段的出现预示着比较文学已经突破了欧美学派的框架而呈现出新的气象，也是学术创新的一个有力例证。”② 综合刘象愚先生和曹顺庆先生的观点，我们认为，比较文学中国学派的形成是全球化进一步推进的必然结果。法国学派体现的是欧洲一体化的全球化；美国学派则将全球化的视野扩展到全球，但其深层次的文化根基仍然没有脱离欧洲文化；中国学派则是在世界经济全球扩展的基础上所形成的东西方文化的交流和合。在世界市场全球化推进的过程中，国别文化之间的影响关系除却有共同文化源头的欧洲文化之间的相互影响外，还有文化传统平行发展的中国与西方文化的影响关系。中西文化关系是跨异质文化之间的交流往来，显示出不同于法国学派所规定的比较文学学科对象的时代特征，而法国学派学科理论难以容纳这些文化现象。中国学者立足于东西方异质文化比较的时代特征，并以此作为比较文学中国学派的学科理论基础，适时提出了建设比较文学中国学派的主张，推进了比较文学学科理论的发展。

比较文学中国学派最早是由台湾学者提出来的。根据曹顺庆先生和孟昭毅先生的考证，比较文学中国学派是台湾学者于1971年1月18日至24日在台湾淡江大学召开的第一届比较文学国际会议上提出来的学术构想；1972年李达三在台湾大学外文系讲课时，开始有具体的“比较文学中国学

① 刘象愚：《从比较文学到比较文化》，上海：复旦大学出版社2011年版，第56页。
② 曹顺庆：《迈向比较文学第三阶段》，上海：复旦大学出版社2011年版，第88～89页。

派”说法；1976 年，古添洪、陈慧桦出版了台湾比较文学论文集《比较文学的垦拓在台湾》，该书在序言中明确指出：“在晚近中西间的文学比较中，又显示出一种新的研究途径。我国文学，丰富含蓄，但对于研究文学的方法，却缺乏系统性，缺乏能深探本源又平实可辨的理论，故晚近受西方文学训练的中国学者，回头研究中国古典或近代文学时，即援用西方文学的理论与方法，以阐发中国文学的宝藏。由于这援用西方的理论与方法，即涉及西方文学，而其援用亦往往加以调整，及对原理与方法逐一考验、逐一修正，故此种文学研究亦可目之为比较文学。我们不妨大胆宣言说，这援用西方文学理论与方法并加以考验、调整以用之于中国文学的研究，是比较文学中的中国学派。”[①] 这段序言明确提出了命名比较文学中国学派的主张，也规定了比较文学中国学派的具体内涵。曹顺庆先生对这一序言持高度肯定的态度，他认为：“这是关于比较文学中国学派较早的说明性文字，尽管其中提到的研究方法由于过于强调西方理论的普世性而遭到美国和大陆比较文学学者的批评和否定，但这毕竟是第一次从定义和研究方法上对中国学派的本质进行了系统论述，具有开拓和启明的作用。”[②] 之后，陈慧桦、李达三先生等台湾学者不断撰文论述比较文学中国学派的具体内涵。1977 年，李达三发表了《比较文学中国学派》一文，对比较文学中国学派拟达成的目标作出了系统的论述，学界普遍认为这篇论文是比较文学中国学派正式命名的标志。

李达三先生在《比较文学中国学派》一文中认为，比较文学中国学派拟达成的目标有五：第一是“在自己本国的文学中，无论是理论方面或实践方面，找出特具‘民族性’的东西，加以发扬光大，以充实世界文学”；第二是“推展非西方国家‘地区性’的文学运动（如：中—日—韩），同时认为西方文学仅是众多文学表达方式的其中之一而已”；第三是“做一个非西方国家的发言人；同时，和其他许多发言人一样，并不自诩能代表所有其他非西方的国家。作为发言人的目的在宣扬并拥护‘第三世界’对文学所做的贡献”；第四是“一旦非西方诸文学的学者，藉比较方法研究文学，而能够知己知彼时，他们就会逐渐构想一些新的文学观念，透过发表，公之于世，以与西方传统的文学观念相抗衡。……唯有如此，我们方

---

① 古添洪、陈慧桦：《比较文学的垦拓在台湾》，台北：东大图书有限公司 1976 年版，第 1～2 页。

② 曹顺庆：《迈向比较文学第三阶段》，上海：复旦大学出版社 2011 年版，第 75 页。

可期待一种真正世界化的比较文学之诞生”；第五是“消除许多人的无知及傲慢心理”。这五个目标的关键词是“非西方”，也就是说，李达三对比较文学中国学派的学术构想最为关键的地方是强化中国的民族性，以此提高中国文化在世界文化大格局中的地位。台湾学者的这番努力说明了20世纪70年代的中国知识分子极力想摆脱西方文化的单向影响，试图重新在西方文化的理论框架下确立中国文化的地位。这种文化传统的自主与自立意识体现了台湾知识分子在现代化进程中为中国文化谋求世界地位的强烈愿望。19世纪中期到20世纪的前50年，中国是世界资本主义体系的边缘国家，中国要完成从边缘到中心的转变必须进行传统文化与物质生产方式的现代转型，西方文化对中国文化取得了压倒性的优势，中国文化甚至已经患有“失语症”。1949年，中华人民共和国成立，中国大陆开始进行社会主义建设。台湾此时则在美国的支持下实行资本主义制度，大陆与台湾虽然经济制度不同，但是都成功地抵制了美欧资本主义国家的殖民野心，重新实现了国家与地区的主权独立。经过20多年的经济建设，台湾成为亚洲经济体系中经济发展速度最快、经济总量增加最多以及科技最为发达的地区之一。经济实力与现代化水平的持续性加强、民族国家主权地位的确立需要代表国家意识形态的文化作为支撑，中国文化的自主性与独立性随之成为知识分子最为关心的问题，这不仅是文化发展的学术问题，更是关系国家主权地位的战略问题。台湾文化的根基是中国传统文化，因此，回归中国传统文化不仅是台湾知识分子对文化民族性的认同，而且是台湾在经济现代化以后试图在世界文化格局中谋求文化独立性的战略性举措。

台湾学者对比较文学中国学派的学术构想一般称为“阐发法”，中国大陆学者一方面批评“阐发法”，另一方面则试图以“双向阐发法”完善台湾学者对中国学派的学术构想。陈惇先生和刘象愚先生认为阐发研究是影响研究和平行研究之外的第三种比较文学研究类型，他们认为“这一方法特别适用于文化系统迥异的诸民族文学的比较研究，它包含了下述三方面的内容：一是文学理论对文学现象的阐发，即用一种恰当的外来模式解释本民族文学中的某些作品或文学现象，或者反过来，用本民族文学中的某些理论模式解释外民族文学中的作品和文学现象，以期在理解某些文学现象和作家作品方面获得一个新的角度和视野……二是理论对理论的相互阐发，即把不同民族文学的观念、理论、方法相互发现，相互印证，相互阐释，以达到完善某种文学观念、理论和方法的目的；三是在跨学科研究的范围内，阐发研究是以别的学科对文学作出阐发，或者用别的学科的理论来解释文学中的各种问题，而不是相反”①。这是中国学界对“阐发法”所作出的最为系统的论述，它既包括了本民族文学与理论和外民族文学与理论的双向阐发，也包含了文学与非文学学科的双向阐发。中国的民族文化与西方文化的双向性阐发虽然存在着这样那样的问题，但它是中国现代化过程中传统文化现代化的必然选择，也是中西方跨文化研究必须面对的时代课题。近现代著名的中国学者或多或少都具有西方文化修养，王国维、陈寅恪、吴宓、朱光潜、钱钟书等著名学者都是在运用西方理论与方法的基础上取得了卓越的成就。杨周翰据此认为：“有的台湾和海外学者用西方的新理论来研究、阐发中国文学。他们认为‘中国学派’应走这一条路。我觉得未尝不可。例如王国维和吴宓就分别用西方哲学和西方文艺观点研究《红楼梦》，阐发出一些用传统方法所不能阐明的意义。也许有人说，这不是比较文学，只是用舶来的理论的尺度来衡量中国文学，或用舶来的方法来阐释中国文学，而不是不同的文学之间的比较研究。不过我认为从效果看，这种方法和比较文学的方法有一致的地方。”② 显然，杨周翰是比较认可“阐发法”的，其认可的依据是王国维等著名学者使用了“阐发法”创造性地阐释了中国文学，并取得了令人瞩目的成就。近现代中国学者在使用“阐发法”方面着重于其内容的第一个方面，这一方面是本民族融入西方文化世界的捷径，通过这种方法，中国文学与西方文化拉近了距离，成为可以与西方文化遥相呼应的人文成果，其结果是中国文学在西方理论与方法的观照下呈现出新的文学意义，这种意义是西方文化所赋予的。因此，它们也可以认为是中国文学的西方化。“阐发法”需要研究者对中西方文化有深入的了解，做得好的话确实能够通过西方文化这一他者迂回地进入中国文学，而对其蹩脚的使用则会演变成生硬的套用。曹顺庆对这一局限有详细论说：“但是许多人在运用西方文论之时，都只有运用，没有阐发。例如，不少中国文学史将西方浪漫主义、现实主义概念运用于中国文学，根本不考虑这些概念与中国文学实践是否吻合，更没有对西方理论加以‘调整’、‘考验’和‘修正’，而是硬性套用。这实际上是将西方理论强加于中国文学，中西处于不平等的地位，西方理论是权

---

① 陈惇、刘象愚：《比较文学概论》，北京：北京师范大学出版社 2000 年版，第 135 页。

② 杨周翰：《镜子和七巧板》，北京：中国社会科学出版社 1990 年版，第 4 页。

威，中国文学是注脚，实际上是西方理论的‘独白’或‘独霸’，这种情况，在苏联文学概论统治中国文坛之时尤为明显。”① 到了20世纪80年代，中国大陆运用阐发法所取得的成就并不令人满意。一方面，当代许多年轻学者没有现代学者的国学积累；另一方面，50年代到70年代中国与欧美文化将近30年断裂的政治文化环境也影响了40年代以后出生的学者对欧美文化的认识。因此，80年代的诸多阐发研究的成果不仅在整体水平上比不上现代学者，而且还出现了文学研究思潮追着西方文学批评潮流而“各领风骚三五年”的喧嚣局面，援用西方理论与方法阐释中国文学变成了文学研究的追新猎奇。至于双向阐发中的以中国文学理论与方法阐释西方文学的方法，据王向远先生考证，截至2002年还没有相关论文对此进行论述。王向远先生针对这一情况有如下表述：“但是，既然前提是中国‘缺乏系统性，缺乏既能深探本源又能丰实可辨的理论’，又拿什么去‘双向阐发’呢？事实上，到目前为止，似乎还很难找到以中国文学阐发西方文学的研究论文，即使在学贯中西的钱钟书的著作中也很难找到这样的例子。”②

曹顺庆先生在阐发法的基础上，提出比较文学中国学派的特征是跨异质文明的主张。“比较文学是跨文化的文学研究”这一命题最早是由远浩一提出来的，1988年，远浩一在《中国比较文学》一书中直接以“比较文学是跨文化的文学研究”为题阐释了比较文学中国学派的特点。曹顺庆先生在此基础上主张以“跨异质文化”作为比较文学中国学派的理论特征，他说：“跨文化研究（跨中西异质文化）是比较文学中国学派的生命源泉，立身之本，优势之所在；是中国学派区别于法、美学派的最基本的理论和学术特征。”③ 两年后，曹顺庆先生更为明确地说：“因为，我们可以说，跨越中西方异质文化，正是中国学派的基本立足点，是比较文学中国学派区别于法国学派和美国学派的最突出的特色所在。无论是法国或美国学派，都没有大规模地涉及这种跨越巨大文化差异的比较文学研究，而中国比较文学从诞生之日起，便面对着这种巨大文化差异的鸿沟。如何跨

---

① 曹顺庆：《阐发法与比较文学“中国学派”》，《中国比较文学》1997年第7期，第31～32页。

② 王向远：《阐发研究及中国学派：文字虚构与理论泡沫》，《中国比较文学》2002年第1期，第36页。

③ 曹顺庆：《比较文学中国学派基本理论特征及其方法体系初探》，《中国比较文学》1995年第1期，第18页。

越这条文化差异的鸿沟，从一开始就成为中国比较文学的焦点和难点，同时也是比较文学中国学派的实践基础以及一系列方法论和学派特色的出发点。……笔者认为，比较文学中国学派的基本特征，就在于探讨这种跨越中西方异质文化的文学碰撞、文学浸透、文学误读，并寻求这种跨越异质文化的文学对话、文学沟通，以及文学观念的会通、整合与重建。"① 将"跨异质文化"作为比较文学中国学派的基本立足点得到了中国比较文学界的广泛认可，乐黛云、陈惇、孙景尧、谢天振、杨乃乔、孟昭毅等学者都各自在其主编的比较文学教材中强调跨异质文化比较的重要性与必要性。乐黛云、陈跃红在《比较文学原理新编》一书中提出："如果说过去比较文学主要存在于以希腊、希伯来文化为主要来源的欧美同质文化之间，那么，21 世纪的比较文学无疑将以异质、异源的东西方文化为活动舞台。……异质文化之间的比较文学研究并不只是中国比较文学的特色，而将是 21 世纪世界比较文学进入一个崭新阶段的历史标志。"② 杨乃乔也在其主编的《比较文学概论》一书中说："中国比较文学研究最重要的特点是跨文化，西方比较文学研究是在西方同质文化的圈子里发生和发展起来的……西方学者在很长的时期里并未意识到异质文化之间开展文学比较研究的重要意义。"③ 综合这两部国内比较有代表性的教材对跨异质文化研究的看法，我们认为，国内学者都注意到了中西文化比较的跨异质性特点。这一特点源于中西文化原是平行发展的文化系统，这一平行发展被西方国家主导下的世界市场的不断扩张所打破，因此，中西文化关系被迫卷入了资本主义体系的中国传统文化与异质性的西方文化的交流与比较。曹顺庆先生的观点立足于中西文化的异质性并强调了这种异质性文化的比较与交流，对推动比较文学中国学派的建设有重要的意义。当然，对以"跨异质文化"作为比较文学中国学派的学科立足点这一观点，国内也有学者提出异议。王向远先生就较为深入地质疑了"跨异质文化"的提法。王向远认为"跨东西异质文化"这个提法本身就是似是而非的。王向远说："任何不同的民族文化都有其质的规定性，相比之下都可以说是'异质'的。东方和西方的文化当然也是'异质'的。而且，西方诸文化之间的差异、东方诸文化之间的差异，有时比东方与西方文化的差异还要大。……看来，

① 曹顺庆：《阐发法与比较文学"中国学派"》，《中国比较文学》1997 年第 7 期，第 32 页。
② 乐黛云、陈跃红：《比较文学原理新编》，北京：北京大学出版社 1998 年版，第 19 页。
③ 杨乃乔：《比较文学概论》，北京：北京大学出版社 2002 年版，第 196 页。

把所谓‘跨文化’研究作为中国学派的‘基本理论特征’，这个提法本身就缺乏‘跨文化’的广阔的世界视野。”[①] 王向远对“跨文化”研究的批评看起来有道理，但实际上是对“中国学派”做了狭隘化的理解。首先，王向远承认了东西方文化的异质性，他认为这种“异质性”既存在于国别文学研究、民族文学之间，也存在于东西方文化之间。既然东西方文化是“异质性”文化，那么东西方的文学比较就应当是“跨异质性文化”的文学关系。法国学派有跨异质性，美国学派也有跨异质性，中国学派的跨异质性顺承法国学派与美国学派，这正说明“跨异质性”的比较是比较文学研究的共同特点。因此，问题不在于“跨异质性”是否存在于法国学派与美国学派之中，而在于法国学派与美国学派是否针对跨异质性提出有力的研究方略；其次，按照王向远的观点，如果日本学者也提出一个比较文学日本学派，那么它的特征恐怕也是“跨东西方异质文化”，日本学者就可以以此质疑中国学者以“跨东西方异质文化”作为中国学派学科立足点的合理性。实际上，这种质疑是对中国学派的片面理解，一个以国别命名的比较文学学派不一定就是本国学者对本国文学与外国文学关系的比较研究。中国学派以“跨东西方异质文化”为比较文学中国学派的学科立足点，日本学者也可以以此研究日本文学与外国文学的关系，只要日本也存在着这种“跨异质文化”的特性即可。学术乃天下之公器，法国学派影响研究不是法国学者的比较文学研究专利，世界任何国家的学者都可以采取影响研究的方法研究本国文学与外国文学的实证联系，甚至可以在研究过程中加以调整、改造与提高。以“跨东西方异质文化”为中国学派的学科立足点是对中西文化关系的准确把握，问题不在于“跨东西方异质文化”的提法是否导致另一种形式的“西方中心论”，而在于如何从哲理的角度来阐释“跨异质文化”，如何从方法论上为“跨异质文化”研究提供具体的研究方法。

曹顺庆先生于2005年又提出了比较文学变异学的理论主张，他认为变异学是跨异质文化研究的进一步深化，变异学的根本理论立足点就是异质性中的可比性。他说：“比较文学的文学变异学将变异性和文学性作为自己的学科支点，它通过研究不同国家之间的文学现象交流的变异状态，以

---

① 王向远：《阐发研究及中国学派：文字虚构与理论泡沫》，《中国比较文学》2002年第1期，第38页。

及研究文学现象之间在同一个范畴上存在的文学表达上的变异，从而探究文学现象变异的内在规律性所在。”① 曹顺庆先生将变异学的研究分为四个方面：语言层面变异学研究、民族国家形象变异学研究、文学文本变异学研究、文化变异学研究。变异学研究是曹顺庆先生近年来极力主张的比较文学学科理论，尽管他对变异学作了具体的界定并给出了具体的研究领域，但是变异学的理论尚未能揭示跨异质文化比较的特征。“一千个读者就有一千个哈姆雷特”，精神科学的理解与解释已经内在性地蕴涵着变异。因此，民族文学的理解与解释也会存在着变异，伽达默尔就曾说：“艺术的万神庙并非是一种把自身呈现给纯粹审美意识的无时间的现时性，而是历史地实现自身的人类精神的集体业绩。所以审美经验也是一种自我理解的方式。但是所有自我理解都是在某个于此被理解的他物上实现的，并且包含这个他物的统一性和同一性。只要我们在世界中与艺术作品接触，并在个别艺术作品中与世界接触，那么这个他物就不会始终是一个我们刹那间陶醉于其中的陌生的宇宙。我们其实是在他物中学会理解我们自己，这就是说，我们是在我们的连续性中扬弃体验的非连续性和瞬间性。”② 伽达默尔将精神科学的理解与解释看作此在在世自我理解的事件，从而将精神科学的理解与解释置于“没有完成”的境域中。精神科学包括文学艺术在这种“没有完成”的理解与解释的境域中已经存在着理解与解释的变异问题，这种变异包括了文学语言的变异、文学形象的变异、文学文本变异与文化过滤的变异等诸多可能。因此，文学变异不仅在跨异质文化中存在，而且也在同质性的民族文化中存在。一篇文言文作品的现代文翻译存在着变异，一部古典作品的现代阐释存在着变异，古典文化的当代阐释也存在着变异，可见，变异是精神科学在理解与解释过程中所产生的必然结果，它不是跨异质文化研究的特有现象。另一方面，变异学如果注重跨文化文学比较中的“变异性”，那么如何从跨文化交流中分出相同与变异呢？雷马克批评影响研究时指出：“有不少关于影响研究的论文过于注重追溯影响的来源，而未足够重视这样一些问题：保存下来的是些什么？去掉的又是些什么？原始材料为什么和怎么样被吸收和同化？结果又如何？”③ 这样

① 曹顺庆：《迈向比较文学第三阶段》，上海：复旦大学出版社 2011 年版，第 153 页。

② 伽达默尔著，洪汉鼎译：《真理与方法》，上海：上海译文出版社 2004 年版，第 125～126 页。

③ 亨利·雷马克：《比较文学的定义与功用》，《比较文学研究资料》，北京：北京师范大学出版社 1986 年版，第 2 页。

的质问也适合变异学，我们可以问：相同的是些什么？变异的又是些什么？原始材料为什么和怎么样被吸收而发生变异？这些问题将使变异学研究进入无限的同异比较的循环之中。曹顺庆先生的博士生王蕾曾与佛克马讨论过变异学，佛克马对变异学研究的理解是“研究一些不能用具体来证明的，甚至于是不明晰的，产生于想象和直觉的文学现象”。当王蕾问佛克马如何看待“比较文学变异学”时，佛克马回答说：“就我对这个概念的了解，我想这么说，有些现象是可以通过具体的事实来发现并解释的，这样的发现或解释我们通常叫实证主义研究。从这个意义上讲，我认为我们当然可以研究那些不能用具体的事实来发现和研究的现象。但在研究这类现象时我们不会用相同的方式，也就是说我们不会用具体的事实讨论、检验这一结果。也许我们会使用某些特定的抽象而且模糊的概念，但是这些概念却可以帮助我们理解事物、解释事物。……我认为卡尔·珀浦的所有的知识都是暂时的理念，对我们或许有帮助。他认为人的一切知识都是暂时的，甚至于所谓的具体事实之类的知识也是暂时的，也许某一天其他同仁会告诉你，你忽视了某些具体事实，所以，除了可以用具体事实进行思考并进行研究某些现象之外，那些不很明晰的现象也是可以进行研究的。”① 有趣的是，佛克马对比较文学变异学的理解迥然不同于曹顺庆先生与王蕾，这究竟是比较文学变异学现象，还是对比较文学变异学的“历史地理解与解释”呢？

当代中国比较文学界还有一种“和而不同”的呼声，这是北京大学学者乐黛云提出来的主张。乐黛云教授认为，当今世界是多元文化共存的世界，多元文化的共存强调“和而不同”。她说：“‘和而不同’原则认为事物虽各有不同，但绝不可能脱离相互的关系而孤立存在，‘和’的本义就是要探讨诸多不同因素在不同的关系网络中如何共处。……‘和’的主要精神就是要协调‘不同’，达到新的和谐统一，使各个不同事物都能得到新的发展，形成不同的新事物。”② “和而不同”重视差异，同时又超越了纯粹差异性的多元主义。因为，中国文化中的“和”能生物，这种“生物”正如乐黛云所说：“‘和’的主要精神就是要协调‘不同’，达到新的和谐统一，产生新的事物，这一事物又与其他事物构成新的不同。例如不

---

① 王蕾：《比较文学、中国学派和文学变异学——佛克马教授访谈录》，《世界文学评论》2008 年第 1 期，第 10 页。

② 乐黛云：《比较文学与比较文化十讲》，上海：复旦大学出版社 2004 年版，第 64 页。

同的原料构成一道菜，这道菜又与其他许多菜一起构成一桌筵席。最后，所有的不同并不消失，而是构成更大、更完美的和谐。"① 乐黛云教授"和而不同"的主张深化了对跨异质文化的认识，因为东西方文化的异质性是历史形成的客观现实，既然全球化将这两种异质性文化推到了相互比较的境域，如何对待这两种异质性文化就成为了当代知识分子难以逃避的时代问题。针对近现代中国知识分子全盘西化的倾向，我们现在强调异质文化的共存与"和而不同"，这不仅仅是为了提高华夏文化的地位，更是为了促使华夏文化对世界文化的深一层发展，并为此提供生生不息的文化资源。"和实生物，同则不继，和而不同"的这种华夏智慧为世界文化的发展提供了祥和共处的广阔空间。因此，我们认为乐黛云"和而不同"的理论主张虽然还在发展，但其深厚的传统文化底蕴已经超越了当前比较文学界只知"差异性"而未能"和而不同"的激进主张。当然，"和而不同"对"和"的阐发还有待深入。我们认为，"和"虽然有融合之意，但"和"还需要拾阶而上到达"熔铸"。"和"的对象是异，"和"之旨归在创造。从这个角度而言，栾栋的"熔铸说"深化了"和而不同"的主张。

当代中国比较文学的发展如果借用刘圣鹏的观点则是三家平分天下。刘圣鹏说："中国比较文学二十年是中国比较文学理论复兴的二十年，总结分别处于华北、华南、西南三地的三大学术组团，及华北乐黛云、华南饶芃子、西南曹顺庆学术组团的理论实践成果及其内涵的差异性内核和有关中国学派的呼吁倾向，可以有效地观照世界比较文学格局中的中国比较文学理论特色。"② 如果不去计较三大学术组团是否能代表中国比较文学的发展现状与学术成就③，而仅从比较文学学术组团林立的繁荣局面出发，我们也可以看出：新中国成立以来，中国比较文学确实在快速地发展着，也确实推出了一些有建设性的理论主张，也取得了一些可观的成果。我们认为，建国后特别是 80 年代以来的比较文学有一个总主题，就是凸显中国文化在世界文化大格局中的地位。从中西文学的双向阐发、中西文学的异质性与比较文学变异学研究，再到多元文化的"和而不同"以及中国文化的"走出去"战略，中国学者不断地突出了中西文化的差异性以及差异性

① 乐黛云：《比较文学与比较文化十讲》，上海：复旦大学出版社 2004 年版，第 35 页。

② 刘圣鹏：《差异性研究与比较文学中国学派》，济南：齐鲁书社 2006 年版，第 2 页。

③ 栾栋认为刘圣鹏的"三分天下"看法只注意到比较文学界"热门"的观点，忽视了真正有创新性的远离权力中心的研究成果。说到底，这种分法是皮相之见解。

文化的多元共处问题。这是对近现代中国学者以西方文化改造中国传统文化以融入西方主导的现代化的文化行为的重新认识，也是对中国传统文化地位的重新确认与凸显，期间反映了中国经过30多年的改革开放实现了由全球化的边缘国家到全球化的中心国家的华丽转变的事实，也显示了随着经济实力的增强，中国作为世界强大的经济实体之一对建构代表中国民族国家主权的意识形态的迫切需要。中国经济在全球化大格局中的地位提升得越快，中国传统文化与西方国家和平共处的呼声就越高，中国对代表民族国家形象的意识形态的需要也就越迫切。换句话说，中国改革开放的成就增强了中国知识分子对传统文化的自信以及对国家文化的认同感，也凸显了中国国家文化形象建设的迫切感。因此，比较文学中国学派的建设问题不仅是学科理论进一步发展的学术问题，也是中国建设国家文化战略的重要组成部分。

20年来，中国比较文学的学科理论借助西方的理论话语不断地要求与西方文化平起平坐，其悖论在于当我们运用西方理论发现了中国文化的“失语症”时，我们所运用的西方化的言说更加深了这种文化“失语”。叶舒宪认为这种状况是一种“被动角色”，他说：“后发型的现代化国家在这种全球化过程中所扮演的是被历史牵着走的被动角色。西方作为一种‘异文化’，从原来的敌对者不知不觉地变成了东方国家的现代化榜样和未来文化发展的自我前景。这一现实给本土知识分子所带来的失落感和错位感也是激发出文化身份焦虑的原因。”[①] 中国当代知识分子转向中国传统文化中以寻求文化的认同感，这种由经济地位与国家意识形态刺激下的文化认同转向并没有促进中国文化的跨越性发展，相反，中国文化在这种身份焦虑感中对西方文化表现得更加无所适从，文化的创新性意识也逐渐下滑。欧洲跨文化研究院主席阿兰·李比雄说：“重登世界舞台，中国并不像西方在昏昏欲睡中想的那样，是一个幽灵或一个前来抢夺它繁荣强盛的居心叵测的人，而是如故事中所描写的那样，这个夜访者，前来把欧洲从梦境中解放出来，向它展示用迥异的语言文字新开辟的别样洞天。”中国的经济确实重返了世界舞台，但是中国知识分子能否用迥异于欧洲的言说方式开辟迥异于欧洲文化的“别样洞天”呢？进一步来说，中国知识分子直接用迥异于欧洲的语言文字自说自话是否又能引起欧洲的注意呢？这些问题

① 叶舒宪：《文学与人类学》，北京：社会科学文献出版社2003年版，第13页。

是当代中国比较文学研究所难以回避的，它们体现了全球化进程中边缘化国家重回世界舞台的两难与困境，中国知识分子只有从此两难与困境中突围才能真正把“欧洲人从梦境中解放出来”。

小　结

本编以“历史与逻辑一致”的方法对比较文学学科发展史与全球化的内在联系进行了全面、系统的考察，并从全球化进程各个阶段的特点出发对比较文学法国学派、美国学派与中国学派的学科理论作出“了解之同情”的阐释。这一编的研究由于紧扣全球化进程来阐释比较文学学科发展的历史背景、学术特点与理论贡献，立足于中国学者长期以来在比较文学学科理论研究上的深厚积累，扎根于当前比较文学中国学派有代表性的理论著述，因此，从某种程度上深化了比较文学学科史的研究。本编还以栾栋先生人文学中的“熔铸”与“他化”理论反思比较文学法国学派与美国学派的学科理论，我们的目的是通过人文学的迂回发现比较文学学科理论需要提携会通的地方，从而对隐藏在比较文学中的问题进行质疑，借此开辟比较文学研究的新的可能性。经由人文学的迂回，我们重申了栾栋在《比较文学的困惑》一书中提出来的观点：比较文学是“在路上”的学科，并以栾栋“比而不较，和而不同，通而不隔，化而不存”的人文学思想对法国学派与美国学派的学科理论作了深一层的推进。通过这一编的研究我们发现，比较文学中国学派的理论建设虽然取得了突出成就，但在一些关键性问题上还存在着进一步深化的空间，这些研究为第三编所提出来的理论主张作了铺垫。

第三编
走向熔铸：比较文学的别一种智慧

“别”字从空间上看是和已有位置保持距离，“别离”有离开原有位置之意。“别”还有“他”的词义，“别人者，他人也”。可见，汉语之“别”与“是”构成了时空上的两极：“是”为一极，“别”为另一极，“别是”、“莫非是”、“难道是”等词语是对“是”的质疑。“别”因为远离了“是”，因而可以开拓出区别于“是”的别有天地的境界，成语“别树一帜”、“别具一格”和“别出心裁”均蕴涵着不同常规而具有的创新性行为。我们认为，“熔铸”是比较文学研究的别一种智慧，这恰是从“别”的意义出发理解熔铸与比较文学学科理论的关系。国内比较文学界多延续着法国学派、美国学派的理论体系来探讨比较文学的学科理论，保守者固守欧美国家比较文学的学科理论与方法，激进者则批评法国学派与美国学派的局限，试图建设比较文学中国学派的学科理论。然而，保守者与激进者的理论视野都还局限于欧美学科理论之所“是”，因而只是对欧美比较文学学科理论的缝缝补补，未能深入地为比较文学学科建设开拓出新的天地。栾栋先生的比较文学“熔铸说”不针对比较文学学科，但是比较文学“熔铸说”具有文学他化的视野，着重强调了多元文化熔而创新的思路，是对“跨异质”文化比较与“和而不同”思想的深化。因此，我们认为，可以从熔铸的角度来阐发比较文学学科理论新的走向。

当前，比较文学中国学派的研究尚需进一步深化。首先，比较文学中国学派还没有对中国文史哲互根思想进行系统的研究。比较文学中国学派的理论建设必须有中国传统智慧，中国传统智慧是比较文学中国学派凸显中国特色的重要思想资源。然而，当前的比较文学界将眼光聚焦于西方文化，从而忽视对中国传统思想的开垦，特别是忽视了中国传统文史哲互根的学术特色。我们认为，文史哲互根的中国实践与智慧超越了美国学派的跨学科研究。《周易》的两栖文化机制、《论语》的对话智慧、《史记》的史蕴诗心、《文心雕龙》的辟性运思、《诗品》的诗性言说、《沧浪诗话》以禅喻诗、宋代理学的援禅入儒等文史哲互根的智慧体现了文史哲一家的亲缘和合关系，这种亲缘和合关系远远超越了美国学者所认为的跨学科是“文学”与“非文学”学科的系统性比较的主张。其次，比较文学中国学派还需要进一步总结中国近现代学者在中西学融会方面所取得的成就。中国的近现代转型是中国传统文化接受西方文化的影响快速进入西方文化主导的资本主义体系的过程，这一过程中的中国知识分子一方面有深厚的国学基础，另一方面出于救国图存的焦虑心理而积极引进和吸纳西方文化，因此，中国近现代学者的文化实践就是中西学融会的最好典范。这些学者诸如王国维、鲁迅、钱钟书、陈寅恪、朱光潜、熊十力、牟宗三、钱穆、唐君毅等的文化主张与文化实践是国内比较文学界必须深入总结的近现代文化资源，中国特色的比较文学理论与实践就体现在这些学者的文化实践上，因为近现代中国知识分子的中西学融会实践代表了资本主义体系的边缘化国家或者第三世界国家在现代化转型过程中的文化发展历程。最后，比较文学中国学派的理论建构还需要深一层地把握文学的本根、本真与本能，这是最为抽象亦是最为重要的文学观念上的创新性研究。比较文学学科理论的突破性发展需要在文学观念上有质的突破。佛克马说："我认为对于一切知识的认识都是需要理论作指导的，都是以某种理论为依据的。理论与观察、研究，也就是所谓的事实之间的关系是相当重要的，当然这只是一种认识论层面的讨论。"① 他认为，比较文学学科理论的突破性发展需要理论创新，因为从认识论层面上看，任何有关对象的认识都需要以理论为指导，推进比较文学学科理论的建设也应如此。从比较文学中国学派的发展历程来看，比较文学中国学派的理论建构难以有突破性的发展的主要原因在于文学观念上未能取得"质"的突破。也就是说，中国学者论述比较文学中国学派的理论仍受制于西方话语，仍然是采用西方文学观念一脉相承的"是"字派思维模式。因此，尽管中国学者努力在世界比较文学界树立中国学派的旗帜，但是由于其理论地基立足于西方，从而未能真正从西方比较文学理论的局限中突围而出。综上所述，比较文学中国学派的理论建构虽然已经取得了较大的成就，但还存在着进一步拓展的空间。其最为核心的问题是还没有对文学有突破性的理解。

我们尝试从栾栋先生的"辟文学"思想来介入比较文学。栾栋先生的"辟文学"思想揭示了"文学非文学"的"辟"性，文学"他化"思想阐述了文学自性他性、自律他律和自在他在的系谱学命脉，文学他缘而来、他适而去、他辞而异的生态学现象以及文学辟化、归化、无化的化道性端倪，这些思想都是对文学观念的突破性研究，是从大年和允漏时空中对文学的全新观照，不仅超越了当前文论界论文学只知"文学是什么"的局限，而且将文学推进到球外文明与大年飞年同流共舞的时空境界。我们认

① 王蕾：《比较文学、中国学派和文学变异学——佛克马教授访谈录》，《世界文学评论》2008 年第 1 期，第 10 页。

为，栾栋的“辟文学”与文学“他化”思想是对文学观念的创新性阐发，他将文学从“是”的单面性中解放出来，还原了文学“是”与“非”和合缘构的“多面神和九头怪”面貌，从而为当代文论与比较文学学科理论的深化研究提供了立论基础。因此，我们可以在论述栾栋文学思想的基础上，经由栾栋文学思想的迂回重新进入比较文学学科理论的研究，以此发现被西方文学思想所掩盖了的比较文学的生机与活力，重新开辟比较文学研究新的可能与空间。

第七章

比较文学的他化视域

视域即看事物的角度与范围，视域决定了我们所能看到的区域，一旦视域改变，我们所看到的景象也随之改变。文学他化是栾栋精心阐发的文学思想，我们以之为视域，就是希望在文学他化思想的指引下对比较文学学科理论作深一层的推进。这样一种以文学思想反观比较文学学科理论的方法是经由理论的宏观视野迂回进入具体学科的研究策略。栾栋的文学他化思想虽然不是直接针对比较文学学科理论的，但是，它是对文学的本根、本真与本能的创造性阐发，它在“文学”研究层面上比比较文学更为抽象，这是我们可以以此迂回进入比较文学学科理论研究的基础。法国汉学家于连认为经由一种外在性的他者文化迂回的益处有二：“首先，对于西方哲学家来说，有利于发现其他的可能的一致性模式，我将把它称作别的可理解性；并且，通过它进行钻研，直到进入思想的背井离乡状态。然而这种迂回也暗示着一种回归：关键是从外在性的观点开始，再回到欧洲理性由以出发的部分——被埋藏的、不明确的、而欧洲思想却将之作为自明性的部分，它同等地对待这些部分，在其上繁荣发展起来。”① 我们经由文学他化思想的迂回以进入比较文学学科理论，目的也是从一种宏观的文学视野出发，发现比较文学学科理论所埋藏的、不明确的而比较文学将之作为自明性的观点与方法。从这个角度而论，文学他化与比较文学学科理论就不是一种思想与一门学科理论的两张皮似的相互隔离，而是迂回地进入“互文见义”的中国智慧，即于连所说的：“如果说，一个不能够在没有另一个的情况下被思考，那是因为这一个已成为另一个，也就是说，它暗中潜伏在另一个之中并且必须归结于它。……在中国如此普遍运用的平行表达之中，每一个相对的表达都通过另一个得到理解，正如人们所说的‘互文见义’。所以，在中国，意义的迂回没有任何过分雕琢：因为当我说这一个时，另一个已经涉及，而说另一个时，我更深切思考的是这一个。”②

---

① 杜小真：《思考他者：围绕于连思想的对话》，北京：北京大学出版社2011年版，第3~4页。

② 弗朗索瓦·于连著，杜小真译：《迂回与进入》，北京：生活·读书·新知三联书店1998年版，第385页。

第一节　突围比较——栾栋的文学思想及其启示

栾栋先生是当代著名的文史哲贯通的学者。《陕西师范大学学报》1996年第4期、《学术研究》2007年第10期、《中国文学年鉴》2009年卷均有对栾栋求学经历、治学成就与治学特点的介绍，这些介绍立足于栾栋的人品，突出的是栾栋的治学特点。

《陕西师范大学学报》对栾栋先生的介绍如下：

他先后在法国的十几所大学选修著名教授的精华课程，对古希腊哲学、德国古典哲学、现当代哲学、美学和文艺学用力勤奋，造诣深厚。栾栋做学问一重功夫，二重方法，故长期潜心思想方法论研究，在中西美学方法论的比较方面颇有见地。……其渊博的学识常常使西方的对话者吃惊。原计划两个小时的国家博士论文答辩延长为四个半小时，足见评委（著名哲学、美学、文艺学专家）们对其论文（3卷本《审美本体论》）和辩才的赏识。受法国著名美学家达隆教授、文艺学学部委员拉斯科教授的大力推荐，他先后在法国索邦大学、文化交流学院等高等学府求学、执教和承担科研项目，考取了法国教育部的高级职称资格证书，学术档案存录优秀人才库。①

《学术研究》“学人风采”专栏对栾栋的介绍如下：

栾栋教授出生于中医世家，有良好的经史子集基础；在法国求学求教11年，奠定了扎实的西学文类功底，既重视科班培养，又看好淹贯研究，学兼中西，术修多科，博观取约，厚积薄发，在文史哲融通方面用功甚勤。②

---

① 润华：《栾栋教授》，《陕西师范大学学报》1996年第4期，第177页。

② 引自《学术研究》2007年第10期封底。

上述这些介绍突出了栾栋先生治学文史哲会通的特点。栾栋先生治学着力最多的是文学，但他是从哲学的层面论述文学之本根、本真与本能，使文学得到了哲学的提升；栾栋先生论文、解史、释哲，用诗意的语言阐释了文学、历史、哲学之间的和合缘构关系，哲学深化提炼了文史，文学浸润了史哲，史学又给养了文哲，文史哲三科在栾栋先生手里实现了真正的脉络会通。“辟文学”与“文学他化”思想是他着力最多的学术原创思想，文史哲会通的特点在其中表现得最为突出。栾栋先生的“辟文学”与“文学他化”既是文学思想，又是在哲理层面上的文学原道，也是文学的大年与允漏时空的文学解史。

“辟文学”是栾栋先生对文学之本根、本真与本能的全新阐释。2004年，栾栋先生在《哲学研究》上发表了《〈文心雕龙〉辟文学之美学思想刍议》一文，这是用其“辟文学”思想对刘勰《文心雕龙》体系的深化与提炼，其别树一帜的界外思考与别开生面的论述风格显示了“辟文学”的原创性与穿透力。时隔四年，栾栋先生又在《文学评论》上发表了长篇论文《辟文学通解》，这是对“辟文学”思想最为深入的论述，也是中国知识界首次对“文学非文学”的“九头怪与多面神”命题进行的哲理性提炼。栾栋先生在论文提要中表述如下：

> 辟文学是文学非文学的理论纲领，文学非文学是辟文学的逻辑命题。辟文学是文学非文学的思想方法，文学非文学是辟文学的文史根据。辟文学是文学非文学的理论诉求，文学非文学是辟文学的真实体现。辟文学是文学非文学的诗学导向，文学非文学是辟文学的生态涵养。文学非文学和辟文学是一种新文学原理的两个侧面，前者是文学走向辟学时代的全新观点，后者是文学实现自我改造的思想脉络；前者是文学脱胎换骨的理论前提，后者是实现理论转化的运作技艺。①

栾栋先生将文学从单面的“是”中解脱出来，首次从辟文学理据、辟文学理路与辟文学理会三个层面论述了“文学非文学”的复杂情态，这是对文学亘古难题的圆通性解读。我们认为，栾栋先生的《辟文学通解》一文释放了文学的灵动活力，还原了此在与文学化感通变的缘构关系，凸显

---

① 栾栋：《辟文学通解》，《文学评论》2008年第3期，第23页。

了华夏人文本质上的诗性智慧，对在全球化大潮中推进华夏文明建设有重要的意义。2010 年，栾栋先生又在《文学评论》上发表了《辟文学别裁》一文，该文立足于“别”，所着力开发的是辟文学视野下的文外曲旨、学边遐思与思后余味。如果说《辟文学通解》之“通”是在宏观上的把握，那么《辟文学别裁》之“别”则在界外无心。正如栾栋在文中所说：“辟之为思，其妙在别。从杂多中起整诠是辟，于同构中见异质是辟，在既成中识未济是辟，别样的品质由此发现，别致的风物因之流演，别出的智慧从而披露，辨别这个别态是辟思的一项重要工作。”[①]《辟文学别裁》因其界外无心，故而处处柳成荫。我们认为，《辟文学别裁》所论述的物色物语的华夏智慧、允漏允斗的时空观、较真较假的方法蠡测看似散小而不成体系，实际上却落实了“辟”思通和致化的本性，践履了“辟文学”载成载化的本能。因此，《辟文学别裁》一文是文学的通透性原道，是华夏文史的底蕴性释放，也是生活哲理的睿智性体悟。至此，栾栋先生的“三辟”完整地揭开了“文学非文学”的秘密，栾栋先生之后发表的《辟文化简说》是在“辟”思基础上的文化解说，其思理脉络仍然会通于“三辟”。栾栋先生对“辟文学”思想的系统论述开创了迥异于当前文论界“文学是话语蕴藉的审美意识形态”的教科书式论断，从而为文学各个二级学科的研究提供了新视野，这也是我们以栾栋先生文学思想为视域探讨比较文学学科理论的可行之处，我们期盼在这样一种新的文学思想的启发下重新发现被流行的文学观念遮蔽了的比较文学。

“辟文学”的立足点在“辟”。栾栋先生考辨“辟”字词源时说：“中文古汉语的‘辟’字非常有趣。许慎的《说文解字》一书指出：‘辟，法也。从卩从辛，节制其也；从口，用法者也。’这一解释尚嫌拘谨。其实辟字的含义非常丰富，兼有创制/效法、典章/用度、打开/偏离、开拓/躲闪、治理/偏蔽、怪诞/大方、邪恶/清除等对折/融会的意思。辟（pì）通辟（bì），有君侯/官吏、法度/罪行、征召/斥退、畏缩/勇为、破解/撮合等悖谬/通化的内涵。质言之，以辟字作前缀，足以包容 Para 一词的通关义项，而且还可以补足 Para 所不具备的贯通文脉和熔铸典范的意蕴。”[②]“辟”字能启蔽、能隐秀、能通变，恰好可以把握“文学非文学”的会题。

---

① 栾栋：《辟文学别裁》，《文学评论》2010 年第 4 期，第 186 页。

② 栾栋：《〈文心雕龙〉辟文学之美学思想刍议》，《哲学研究》2004 年第 4 期，第 63 页。

启蔽，从遮蔽中开启，于开启中掩蔽；隐秀，从归藏中秀出，于秀出中归藏；通变，从通和中致变，于致变中会通。栾栋论华夏隐秀、启蔽智慧时说："从辟文化多元辟转的视角看，隐秀是一身多任的变通活动。辟文化最有魅力的变数就在于她对隐秀的启蔽双兼方面。启有打开和开始的双重含义。启蔽，既是蔽的打开，也是蔽的开始。它是隐之开，同时也是隐之蔽。它是秀之启，同时也是秀之辟。辟文化对隐秀户枢的启蔽作用在旋隐旋秀中进行；反过来讲，隐秀户枢的一举多得也在辟文化的即隐即秀中完成。对学术而言，隐秀是非常重要的关捩。对隐秀而论，辟思是举足轻重的节点。"① "文学非文学"命题之"是"与"非"正是在"辟"字启蔽/隐秀关捩上的和合缘构，文学之"是"是文学之"非"的开启、秀出，文学之"非"又是文学之"是"的掩蔽、归藏，这里的"是"与"非"看似矛盾，实际上却揭示了文学之秀出/开启需要归藏/掩蔽的症候群现象。栾栋曾在《文学归藏论》一文中说："从文学本性的理想化过程来看，归藏是文学死灭后无字的陵寝，是文学铩羽时避难的家园，是文学寒流中爱籽护根的积雪；而隐秀则是出神入化的表现手法，是修身养性的艺术锻炼，是虚实相间的化解技巧，由此可见二者在关爱文学的焦点上殊途同归，区别在于面对文学理想化的不同境遇，发挥的作用不尽相同：前者如母亲，像园丁，是文学永恒的保护族；后者似谋士，若战将，是文学不倦的献身群。"② "辟文学"之文学所"是"正如文学之秀出，而其文学之所"非"恰似文学之归藏。"文学是文学"似谋士、若战将，这说明"文学是文学"仅仅揭示了文学秀出之单面；而"文学非文学"则如母亲、像园丁般呵护着"是文学"。栾栋先生"文学非文学"之"辟文学"思想将文学从单一的学科界限中解放出来，重新赋予了文学会通缘构的灵性，文学由此走向了文史哲的大家庭，走进了天地人相参的大环境，也走入了全球化民族和合的大时代。

"辟文学"思想首先解除了文学的疆界。文学疆界是"文学是什么"的外延性总和。文学定义为"是什么"后，文学疆界作为"类"自成一体，它开始明确研究对象、确定研究方法、划定学科界限，从而构筑起自己的疆域版权。这一过程在西方是小写的文学不断向大写的文学的发展，

---

① 栾栋：《辟文化简说》，《中国文化研究》2011 年秋之卷，第 167 页。

② 栾栋：《文学归藏论》，《文学评论》2004 年第 1 期，第 177 页。

小写的文学（literature）表示全部文字作品及其生产，大写的文学（Literature）则表示具有审美价值的文学作品，其中大写文学凸显的仅仅是人类文明发展的阶段性成就。余虹说："将小写的文学中那些具有审美价值的文学大写是19世纪以来西方文学批评史上影响深远的工作，它不仅导致了一种特殊的'文学研究'学科与'文学教育'专业的形成，还造就了此后的主流的'文学观'。中国现代'文学'概念的主要来源即这种经过大写的文学。"[①] 中国现代知识分子则在"诗言志"与"诗缘情而绮靡"的诗学表述中谈论"文学自觉"的话题，从而将文学圈进了才情诗意的疆界。栾栋先生论文学疆界的本质时说："文学作为'类'自成一体，要自由，要领地，要版权，一言以蔽之，要疆域。从反封建专制的角度说，文学的疆域化有其一定的时代进步作用。从社会普遍资本化和高度私有化的意义上讲，疆域化也是分工的产物，同时又被工具理性驯服。"[②] 由此可见，文学疆域仅仅是分工机制与私有化的历史产物，是人类历史性才智运思的结果。文学从非疆域中来，最终需要在非疆域中获得生机。文学理论界热衷于文学"是什么"的疆域成就，从而忽视了对文学疆界的警惕，栾栋先生则注意到了这一点，认为文学疆域压制和遮蔽了文学的灵性，文学"从此脱却无为有为而转向急功近利的量化生存"，因此，文学只有从固守所"是"的疆域中解脱出来才能重新获得生机。栾栋说："始于无，终于有，学科形成之路；始于有，终于无，人才出息之道。理想的极致是起点与终点兼顾，目的与方法合一，有疆无疆，有科无科，追求出神入化和道器不二的境界。"[③] 文学学科从无到有是文学从非文学中的秀出，文学学科从有到无是文学学科从"是文学"向"非文学"的归藏，栾栋所说的解除学科疆域，就是将学科从固守所"是"中解放出来进而重新进入文史哲融会贯通的人文生态林。文学解除疆域始能兼会兼通，这是栾栋"辟文学"思想的深一层内涵。"兼"是文学从学科疆域中抽身而出并对其他知识的吸纳会通。栾栋先生在《辟文学别裁》一文中论述了"辟"对文之"是非"的兼驳、兼会与兼通，他说："兼驳是普遍联系的方法，是连类无穷的培植。兼会是异质同构的智慧，是广结善缘的养护。兼通是无远弗届的举止，是瞬间永恒的神思。一兼并无高下之分，却有点面畸轻畸重之别。

① 余虹：《文学知识学》，北京：北京大学出版社2009年版，第14页。
② 栾栋：《文学的疆域》，《光明日报》，2003年1月15日。
③ 栾栋：《文学的疆域》，《光明日报》，2003年1月15日。

兼驳看好大尺幅的收放，兼会留意多向度的启蔽，兼通注重非固执的和合。三兼运其一，身手已不凡。大家通人往往是三兼互见，辟文辟思神采斐然。”[①]“兼”是文学对非文学领域的吸纳，这种吸纳囊括了文史哲各科，包容了中西学，也会通着天地人，其前缘可至文学性底性处的畜群意识、神话思维的化感通变，其后发可到俯瞰寰球的球外文明的想象与应和。辟文学能兼，兼同时也是理会，栾栋认为：“理会者，脉络之统合，江河之汇聚，才情之嘉集，学术之圆通。称辟文学是理会，正在于辟文学具有如是品格：它是文学众相之生态学聚合，是艺文思维的统独性互补，是诗化哲学的品质性考量”。[②] 文学理会而后才能创新、更新、日日新，从而从容地从“是文学”的疆界中跨界而出。

辟文学之极致在于能化。“化”是将文学之所“是”化解于“非”。固守学科疆界者谈文学是文学，谈历史是历史，谈哲学是哲学；学问之高手者则化解文学于史哲，化解历史于文哲，化解哲学于文史。学问之极致是将有化于无，化而不存。正如栾栋言老子无化之缘道道缘、道化化道、远道道远。老子有道，五千字之《道德经》句句是“道”，老子又化道，《道德经》开篇即说：“道可道，非常道；名可名，非常名。”老子道了吗？《道德经》自然有“道”。老子认为自己所道“非常道”吗？非也，老子是以道（道说）化道（常道）。故而栾栋说：“老子用玄牝、夷稀、婴儿、低谷、溪流喻道，实际上述说道的生成。老子用无来解释万物的终极，反过来看，等于用化道逆证道化。还有那些个太上、太一之类的穷极性词语，都在告诉我们，他是在大道生发处道化化道。这样的本真、魄力和气象，远非孔子、庄子等后来人所能比拟。”[③]“缘道”是“在道”的边缘徜徉，不介入中心而能了然局外，看似“无道说”而实为“在道说”；“远道”则是远离着道，不固执于道。“远”是时间前远与后远，前远可追溯于大道形成之前提，思想触角伸展到宇宙洪荒；后远可远至未来星河漂移之殖民前景，想象遐思飞逸于星外文明。“远道”将“道”从小年中解放出来，观之以大年，则知人类几千年文明和文学几百年学科历史仅仅是宇宙文明的瞬间一秒。老子因为能远道，故其道能与文明发展比翼齐飞。文学“化道”是对其学科建制的返归于天倪。栾栋先生说：“文明化成，采

---

① 栾栋：《辟文学别裁》，《文学评论》2010 年第 4 期，第 189 页。

② 栾栋：《辟文学通解》，《文学评论》2008 年第 3 期，第 27 页。

③ 栾栋：《文学他化说》，《文学评论》2009 年第 4 期，第 196 页。

丽奢华，机关险恶，无所不为，此之谓堕自然而病其天倪。天地破败，人心惟危，强权诈伪，满室皆假，此之谓反自然而败其天倪。”① 文学“道化”则是化解文明的秩序化、强制化的霸道与戾气，重新将文学放归道化天倪处，到达“人类从自然来，终究向自然去。地球由宇宙出，必然同宇宙归。宇宙和道气在，永远与道气变。这里说的来去、出归，不是归死化灭，也不是返老还童，更不是犬儒丧志，或浑噩冥顽，而是道化于天倪处，修养于自然时”② 的境界。

在辟文学观点提出之后，栾栋先生又提出了文学他化思想。文学他化与“辟文学”都聚焦于“文学非文学”的命题，按照栾栋先生本人的看法，文学他化是“文学非文学”思想的一个重要方面，“文学非文学”思想是文学他化的前提和基础。在多次阅读栾栋先生《文学他化论》、《文学他化说》、《文学他化疏》等论文后，我认为，文学他化思想是引入“他”来深化“文学非文学”的命题，如果说“文学非文学”是从文学自我的非—是—非来论述文学本根、本真与本能的话，那么文学他化则在文学自身的内在性演化中加入了第三者的“他”，因而“非文学”的部分功能与特征分给了“他”，并且将“非文学”推进到无确定所指的“他”境界。可以说，“他”的出现是辟文学的具象化。正如栾栋先生在论述“他”时所说：“文学非文学好比一个人的是己非己。在生物学的范畴来讲，他是一个错综复杂的细胞体系，每时每刻是自己又不是自己。其成长过程披露出了个体的自立自足自强，他就是他。而在生物获得性遗传之种属禀性方面他又不是他，他是获得性遗传。他不断吸收的营养成分当然不是自己，充其量慢慢成为自己。他的生老病死展示了一个生命的他化过程。文学亦然，祖上的基因经过了若干次阴错阳差的耦合，在‘这个’时段方才成了一个‘自己’，在成己之时，他有了排异的自我感觉，于是他真以为‘我是独我’。作为人文现象的文学，从其进入社会和历史之时，它是在成为它之自‘我’，然而这个它之‘我’，是许许多多自然环境和社会条件以及历史机遇促成的‘我’，任何一个必要的还原，都意味着我不是我，我是他事物的合成型共在。”③ 在上述论述中，“他”不是“我”所要同一的异己，不是压制着“我”的“上帝”，也不是“我”所要面谈的“他”，

---

① 栾栋：《道学的韵律》，《中国文化研究》2007 年夏之卷，第 17 页。
② 栾栋：《道学的韵律》，《中国文化研究》2007 年夏之卷，第 18 页。
③ 栾栋：《文学他化论》，《学术研究》2008 年第 6 期，第 6 页。

"他"与"我"之关联正如辟文学之"是"与"非"。"我"自"他"中来，则为他缘而来；"我"因"他"而到别处，此为他适而去；"我"如果因"他"离去，便是他辞而异。因此，"我"与"他"的生态现象是栾栋先生所言的"他缘而来"、"他适而去"、"他辞而异"。栾栋先生文学他化思想揭示出文学已知、未知、难知的交相混合的变化莫测的动态结构，其生态学现象正如栾栋先生所论述："文学缘而域，域而缘，缘域合，意象通。称之为大道缘域的意象生态，就是说文学在缘域处与大道一体。她不是载道之体，不是寄生之物，不是把玩之美，而是大道启蔽的意象生态，是人文缘域的目击道存。"①

文学他化揭示出文学"我"与"他"性耦合的系谱学特征。栾栋先生认为文学是自性他性、自在他在与自律他律的"多面神"。文学他性、他在与他律是文学自性、自在与自律秀出之归藏母体、嘉会之自然园林、轮耕通变之飞地，其"我"与"他"体现了文学相反相成、相生相克、相拗相顺的系谱学特征，"他"是对"我"的"独我"幻想的救赎。栾栋先生在《辟文学通解》一文中说："辟文学思想拉开了文学史独门偏闭的铁幕，向全人类告持一个思路，文学的内外（自律—他律）、上下（上层建筑—经济基础）、刚柔（阴性—阳性）、主客（主施—被动）、妍媸（美好—丑恶）、东西（东亚—泰西）等对立的理念，时刻等待辩证的统一；辟文学思想运转一多、众合、共成、溟会、归化等圆通的方略，本身就是星云的涡流。古今文论无不将文学纳入真善美与假恶丑对立斗争的前一方，为文学及其载体划线列队成了文学法官的基本职能。"② "他"的出现劈开了"我"自我封闭的内核，将"我"之所是延伸至非我之"他"的园林，"我"因跨界"他"而获得了生生不息的活水源头；"他"的出现甚至可以将"我"逼至"否"与"化"的极境。"否"是"事物向死而生和由在到无的闭合"。文学之"是"即文学从无到有、从非到是的开启，开启是文学"我"之秀出对非我之"他"的排斥，文学有"是"因而有自己的疆域，但文学之所"是"与"他"是一而二、二而一的合体，文学能成"是"源于有"他"，无"他"即无"是"。因此，当文学从"是"转向"他"时，文学也就以"他"而否定了自己所"是"。栾栋先生说："文学

① 栾栋：《文学他化说》，《文学评论》2009年第4期，第191页。
② 栾栋：《辟文学通解》，《文学评论》2008年第3期，第24页。

悟死、文学体无，这种体悟构成了文学否定性的本真，释放出文学本真性的否定。悟与死，体与无，本真与否定，就是在文学终极考察处的一种多元辟思，或曰一种储藏着本真彻底性秘密的时间‘黑洞’。”① 在栾栋先生看来，“否”引导文学归藏，文学在归藏中期盼着秀出的机缘巧合。这是文学的轮耕，也是文学的休养生息，更是文学的自反性生发。

文学“否”而能“化”。“化”字应该是文学他化的高端追求。“否”因与“是”闭合而显得有些残酷，“化”则将“他”之莫测的变化发挥至极致，凸显了文学“我”借“他”之神妙而归于道化的境界。栾栋先生对道化有一段经典论述，他说：“他化研究是道化的，也是化道的；是原道的，也是远道的；是缘道的，也是援道的。长期以来，人们一门心思求道、遵道、载道、贯道、明道、演道，充其量只是在原道，而忽略了道学中应有的远道、缘道、援道甚至化道，这是人类所有中心主义和堡垒思想使然。”② 西方哲学善于求道，求道是“使……开启”，其辩证处可追溯至苏格拉底的“助产术”，其诗化极境是海德格尔的“诗思言说”，求道开启了“是”，使“是”敞开而成为“存在者”。西学东渐后，中国现当代学者延续着西方古典哲学的论述方式，执着于文学之所“是”，从而忽略了“是”对“他”的霸道性同一。中国文学理论界随之变为求“是”、遵“是”与贯“是”的独秀场。“化”则拉长了时空，在允漏允斗的时空中辨析文学“成化而来，自化而在，他化而去”的灵动性。成化而来有“他”，自化而在寓“他”，他化而去归“他”，“化”的意义就在于文学是文学而没有排斥非文学之“他”，而是将他卷而藏之、化而裁之、变而去之，最终达成“我”与“他”和合共在的境界。

贯穿栾栋先生辟文学与文学他化思想的是允漏允斗的时空观。“文学非文学”之所以能看出“辟”，文学之所以能明了他缘而来、他适而在、他辞而异，关键是对时空的非一般体悟。栾栋先生注重对日常时空的改造，他在《文学他化说》一文中提出了大年的时间尺度，在《辟文学别裁》一文中又提出了允漏允斗的宇宙畅想，这些时空论述扬弃了小年之短促与线性时空之单一。我们认为，辟文学与文学他化思想和栾栋所论述的时空观有着密切的联系，借助栾栋先生的时空观，其辟文学与文学他化思

① 栾栋：《辟文学通解》，《文学评论》2008 年第 3 期，第 23 页。
② 栾栋：《文学他化说》，《文学评论》2009 年第 4 期，第 194 页。

想或可得到深解，反之，辟文学与文学他化所开启的必然是大年与允漏允斗的时空观。大年是栾栋先生量度时间的尺度，这一尺度源自庄子。庄子在《逍遥游》中说："小知不及大知，小年不及大年。奚以知其然也？朝菌不知晦朔，蟪蛄不知春秋，此小年也。楚之南有冥灵者，以五百岁为春，五百岁为秋；上古有大椿者，以八千岁为春，八千岁为秋，此大年也。"① 庄子以晦朔、春秋为小年，其寓意是小年没有超过个体的生命历程，人生百岁，此百岁即是个体之人可以把握体会到的小年。推而广之，则任何事物成"是"后之时段皆可用小年来度量。文学之小年是文学"是文学"的历史。反之，大年则超越了成"是"之时段，它以"八千年为春，八千年为秋"，其春秋或在"是"之前或在"是"之后。也就是说，"是"还未能他化而来时，大年已经存在；"是"还没有他辟而异时，大年还将延续。庄子认为大年才有大知，大知就是既看到眼前之所"是"，又能明了所"是"从非"是"而来的前缘，还能体悟所"是"必将他化而"非"的后续。前缘与后续都超越了小年，因此，小年小知只能知"是"之为"是"。栾栋先生在《文学他化说》一文的开篇即说："物有年轮，是小年。道有年轮，是大年。就文学及其理论而言，东西方数百年来开发的各类学说虽然汗牛充栋，其实只是小年的诗文才情，尚非大年的起承转合。从小年论文学，文学只是这样或者那样的精彩。从大年论文学，文学则是如此却又非如此的淡然。"② 栾栋先生以道论大年，正是对庄子大年智慧的现代阐释。在《辟文学别裁》一文中，栾栋先生又提到了允漏允斗的时空。他说："所谓漏斗形交接，是指所有时空有漏斗型通道，不同时空不同物体像转基因一样在异域扩展。而且漏斗不仅是基因链一种形状，还有桑林天蚕之于婆娑叶片，众多河汉之于多系星云，不同民族之于多元文化……倘若将这些问题纳入辟文学中考量，允漏允斗是一个非常有价值的解析环节。这些思想不是标准意义上的文学，但是无不以其漏斗组合与文学邻里相望，无不可在辟思当口与诗情文思共享。就文学本身而言，诗文以漏斗形互渗，影戏以漏斗状交叉，雅俗以漏斗式变通，异语以漏斗性移译。如果我们要寻找最具典型意义的漏斗化文学样态，中国的格律诗是一个极富特色的例证，平仄对仗抑扬顿挫，阴阳互补起承转合，思接千载，

---

① 王世舜：《庄子译注》，济南：山东教育出版社1995年版，第6页。

② 栾栋：《文学他化论》，《文学评论》，2009年第4期，第190页。

视通万里，异代接武，同船胥壤，时空在漏斗中，诗骚在漏斗中，文学的漏斗将线型时空拆解，却又把散状万类撮合。”① 通过上述论述可知，其所论述的漏斗能够对接，对接的是不同时空中的文化形态。栾栋先生在《文学他化论》一文中所论述的文学对举、替换、逆转、逆反的反文学，文学闭合、变耕、转渡的“化”文学都是漏斗时空中不同文化形态对举的具体表现。以文学的变耕为例，栾栋先生说：“前人说，‘一代有一代之文学’，全面的说法应该是‘一代集百代之大成’。一文有多文的涵养，一生有千秋的关爱。文学间隔是对同类质朴的温情，文学变耕是对他者深沉的挚爱。”② 文学之“集”，文之“多”以及文学之有“千秋关爱”，体现的正是文学对各类时空文化成果的吸纳，也是对自我成“是”的警惕。漏斗时空中的文学不仅是疆界的启蔽，而且是“我”与“他”的和合，体现的正是文学之神秘和文学人与特定时空的和合缘构。文学是漏斗时空中之文学，这样谁还能奢望文学有固定不变的疆界，谁还能为文学之未来所“是”做客观的规定呢？人生是小年只有小知，而文学是大道大年，故而庄子感叹：“吾生也有涯，而知也无涯。”

“辟文学”与文学他化思想是栾栋先生着力最多的领域，也是他集数十年学术积累而开创出来的文学“新”论。栾栋先生治学追求原创，对于一位思想尚在发展演变又不断追求创新的学者，论述其学术思想是非常草率的事情。“辟文学”与文学他化思想根基深厚，栾栋先生的表述又独具风格，其艰深的诗意迥异于欧化式的言说方式，更加深了理解栾栋思想的难度。本节勉为其难，挂一漏万，只能结合论述比较文学的需要而摘取栾栋先生思想的些许精华，以求为比较文学的深一层研究找到一个“新”的观照视野。我们认为，辟文学与文学他化思想具有原创性的学术力量，以之为视角必能观照出比较文学新的问题，而这正是本节不揣冒昧论述栾栋文学思想的原因。

经由栾栋先生文学思想的启示，我们认为，比较文学的“跨国别”与“跨学科”尚有推进的余地。虽然“跨国别”促使文学跨出了国界，“跨学科”也促使文学跨出了科界，但此“两跨”仍未超出文学“是文学”的常规范式，因此，比较文学的“跨”性还没有得到充分的发挥。法国学

① 栾栋：《辟文学别裁》，《文学评论》2010 年第 4 期，第 192 页。
② 栾栋：《文学他化说》，《学术研究》2008 年第 6 期，第 12 页。

派理解“跨国别”时固守文学的国家身份，强调了国别文学之间的影响关系，从而使文学走出了国界却又受制于国家意识形态而未能他化；美国学派将“跨国别”推广到文化传统平行发展的国家，同时加入了“跨学科”的视野，这是对法国学派影响研究的推进，但是美国学派又太拘泥于文学规律，幻想通过“跨国别”与“跨学科”研究来总结文学规律，从而使文学之“跨”进入了规律的牢笼；中国学派强调跨异质文化研究与“和而不同”，这是对东西方异质文化特征的精准把握，但是中国学者建构比较文学学科的理论深受美国学派的影响，因此未能在比较文学学科理论的建构上取得突破性成果。综上可知，比较文学之“跨”已有走出文学疆界的“辟”性萌芽，但还未能“辟”，未能他化，因此，比较文学的学科理论突破的只是文学研究的领域。我们认为，比较文学学科理论要想取得质的飞跃，必须对文学的理解有基本性的突破。栾栋先生的“辟文学”与文学他化突破了文学“是文学”的常规范式，以之为反思视域，可以推进对比较文学“两跨”的理解。这是我们迂回使用栾栋先生文学思想的目的。

第二节　界外辟思：比较文学跨界的他化推进

比较文学的学科基础之一是“跨国界”，这是当前国内比较文学教科书定义比较文学的共识。我国第一部比较文学学科理论著作《比较文学导论》（卢康华、孙景尧合作编写）是这样定义比较文学的：“比较文学是跨越国界和语言界限的文学研究，是研究两种或两种以上民族文学彼此影响和相互关系的一门文艺学学科。它主要通过对文学现象相同与殊异的比较分析来探讨其相互作用的过程以及文学与其他艺术形式和社会意识形态的关系，寻求并认识文学的共同规律，目的在于认识民族文学自己的独创特点（特殊规律），更好地发展本民族文学乃至世界文学；它是一门有独立的研究对象、范畴、目的、方法和历史的文艺学学科。”[①] 卢康华、孙景尧对比较文学的定义首先突出的就是跨越国界和语言界限，他们认为比较文学是跨出了民族文学与文学学科界限的文艺学学科。这一定义综合了法国

---

① 卢康华、孙景尧：《比较文学导论》，哈尔滨：黑龙江人民出版社 1984 年版，第 76 页。

学派与美国学派的观点，又明确了比较文学的研究对象与研究目的，内容全面，是国内比较有代表性的比较文学定义。北京大学乐黛云教授主编的《中西比较文学教程》一书也给出了比较文学的定义："比较文学是一门不受语言、民族、国家、学科限制的开放性的文学研究学科，它从国际主义的角度，历史地比较研究两种以上不同文学之间的关系，文学与其他学科之间的关系。在世界文学的背景上，通过比较寻求各民族文学的特点和文学发展的共同规律。"① 乐黛云的定义与卢康华、孙景尧的定义都注重了比较文学的跨界性与共同规律，这是20世纪80年代国内比较文学界对比较文学的统一认识。

2000年，北京师范大学陈惇教授、刘象愚教授撰写的《比较文学概论》教材对比较文学重新做了定义："什么是比较文学呢？比较文学是一种开放式的文学研究，它具有宏观的视野和国际的角度，以跨民族、跨语言、跨文化、跨学科界限的各种文学关系为研究对象，在理论和方法上，具有比较的自觉意识和兼容并包的特色。"② 陈惇、刘象愚的比较文学定义突出了"四跨"，这"四跨"综合了法国学派、美国学派与钱钟书的观点，同时也接受了韦勒克的看法，突出了比较文学的国际视野，淡化了比较文学与文学共同规律的关系。同为北京师范大学的王向远也为比较文学下了定义："比较文学是一种寻求人类文学共通规律和民族特色为宗旨的文学研究。它是以世界文学的眼光，运用比较的方法，对各种文学关系进行的跨文化的研究。"③ 王向远的定义将"四跨"归并为跨文化研究，重新突出了比较文学与文学规律的联系，在主体内容上与陈惇、刘象愚的定义并无本质差别。四川大学的曹顺庆先生也在其主编的教材《比较文学教程》中为比较文学下了定义："比较文学是以世界性眼光和胸怀来从事不同国家、不同文明和不同学科之间的跨越式文学比较研究。它主要研究各种跨越中文学的同源性、变异性、类同性、异质性和互补性，以实证性影响研究、文学变异研究、平行研究和总体文学研究为基本方法论，其目的在于以世界性眼光来总结文学规律和文学审美特性，加强世界文学的相互了解与整合，推动世界文学的发展。"④ 曹顺庆的论述融合了他对比较文学变异学、

① 乐黛云：《中西比较文学教程》，北京：高等教育出版社1988年版，第33页。
② 陈惇、刘象愚：《比较文学概论》，北京：北京师范大学出版社2006年版，第21页。
③ 王向远：《比较文学学科新论》，南昌：江西教育出版社2002年版，第5页。
④ 曹顺庆：《比较文学教程》，北京：高等教育出版社2006年版，第30～31页。

跨异质文明的研究成果，强调了“跨国”、“跨文明”与“跨学科”三大要素，是近年来比较有代表性的比较文学学科定义。

综合国内比较文学教材的这些定义我们可以看出，“跨”是比较文学学科定义的核心关键词，跨国别与跨学科是比较文学之所以能够成为独立学科的身份特征。曹顺庆先生借用雷马克的比喻认为法国学派跨越了国家界限的墙，美国学派跨越了学科界限的墙，中国学派则要跨越东西方异质文化这堵墙。他说：“从根本上说来，比较文学的安身立命之处，就在于‘跨越’和‘沟通’：如果说法国学派跨越了国家界限，沟通了各国之间的影响关系；美国学派则进一步跨越了学科界限，并沟通了互相没有影响关系的各国文学；那么，正在崛起的中国学派必将跨越东西方异质文化这堵巨大的墙，必将穿透这数千年文化凝成的厚厚屏障，沟通东西方文学，重构世界文学观念。”① 我们姑且不去计较“跨异质文化”的说法在学理上是否行得通，这一点王向远等青年学者已经做了考辨，我们关注的是曹顺庆先生以“跨界”作为比较文学学科安身立命的基础，虽然他对跨界的理解又仅限于走出国家与学科的界限。如果“跨越”是比较文学学科立论基础，那么比较文学与栾栋先生所主张的辟文学就在“跨界”上有了可以比较的地方。我们感兴趣的是，比较文学的这种“跨越”与辟文学“辟”思的“跨界”是否相同？如果两者不同，辟文学“辟”思的“跨界”会带给比较文学研究什么启发？

比较文学的“跨越”与辟文学的“跨界”名同实异，这种“异”恰好为我们以辟文学反思比较文学提供了可能。首先，比较文学的“跨越”是外在性的“跨”出，是民族文学在全球化的推动下跨出国家界限与其他国家的民族文学发生联系，而辟文学的“跨界”是“文学非文学”的内在性他化，是大年与允漏时空下文学的他化。因此，比较文学“跨越”出国家界限后是一个封闭的文学与另一封闭的文学的关系，而辟文学“跨界”后是文学与非文学的缘构关系；其次，比较文学“跨越”国家界限后文学“是”文学的疆域并没有打开，“辟文学”的“跨界”则是文学的有疆无疆。因此，比较文学虽然强调了跨越国家界限与学科界限，但是跨越后的文学仍然封闭着自身。这种封闭性导致比较文学“跨越”后与他国文学和

---

① 曹顺庆：《比较文学中国学派基本理论特征及其方法体系初探》，《中国比较文学》1995年第1期，第22页。

其他学科进行生硬比对，难以促成文学向“他”运动。“辟文学”的“跨界”是自身自性他性、自律他律、自在他在的他化运作，“跨界”后的文学秀出中归藏，其极致甚至可以达成无化的境界，这种境界是比较文学所难以企及的；最后，比较文学的“跨越”由于没有打开文学疆域，其“跨越”后比较文学界仅仅关注文学之间的影响关系或者文学“类”上的抽象规律，而忽视了比较文学“跨越”后民族文学的他化问题。辟文学的“跨界”则不关注文学规律，其关注的是文学本根处的杂糅与本源处的异秉。文学之本根在界，根据栾栋先生的说法是“实际上阐发了文学是文学而又非文学的悖谬质地。此处的质地一词已经一中生多，多而含一，一多互兼，通和致化。一多涵摄，非辟无以聚焦；兼通滋养，跨界才能扩根”①。“辟文学”的“跨界”是对文学封闭疆域的解除，解疆能够推进文学容纳非文学、吸收非文学并向非文学归化，从而促使文学在一与多之间相互涵摄。

比较文学跨界只“跨”而未能“辟”，问题在于对“界”的认识处于将既成当永恒的小年意识。学科之“界”、国别之“界”都是人类文明活动的阶段性成就，“界”有他缘而来的缘构，这些缘构性的组成在历史的某一时段共同烘托出一个学科、一个国别之所“是”，“是”即为定界。然而，“界”有他缘而来，我们对“界”的认识却不能为“界”所僵化。为“界”所僵化就会产生栾栋先生所批评的所谓“惊呼”，即“古代文学领域常常有人惊呼：‘搞语言学的参与了！’‘搞哲学的插手了！’‘搞美学的僭越了！’‘搞现当代文学的闯进来了！’‘搞比较文学的混进来了！’甚至有人认为古代文学批评也属多余。为了突出古代文学纯正的原教旨主义，还有人不惜放弃起码的学术良知，竟然将古代文学之外的其他学科说成‘肤浅的学问’”②。比较文学之“比较”已经在尝试着跨出边“界”，影响研究是文学研究跨出了国“界”，促使文学从民族文学、国别文学的单一系统之中跨越出来，美国学派文学研究是既跨出国“界”又跨出学科疆“界”的研究，促成了文学回归世界文化园地、学科丛林，这两种跨“界”开启了文学研究的新境域。因此，我们认为，应该继续推进比较文学跨“界”辟“思”，将跨国别、跨学科推进到互根、互化的“辟”界。跨

① 栾栋：《辟文学能解》，《文学评论》2008 年第 3 期，第 25 页。
② 栾栋：《文学的疆域》，《光明日报》，2003 年 1 月 15 日。

“界”需要通，而不通之跨“界”尚有类型化的隔阂。栾栋先生认为：“影响论面对大量相互影响的现象而夹手夹脚。平行论被大量拉郎配而牵强附会，如《圣经》比《周易》、柏拉图比控制、海伦比妲己。交流论被大量的‘围城心态’鼓荡不已。……它们共同的弊端——都是对比较‘过程’某一方面的截取，并且将这一既成的类型当山头，把习见的工艺当作坊，把各自的理念当旗帜。”[①] 栾栋先生对比较文学跨“界”三种流向的批评说明了小年的“界”意识对比较文学研究的戕害。我们应明确，学科比较还是小年的成就，是当前看起来如此的结果，并不代表永远如此，也不代表人类以后也能从如此之“界”中突围而出。明了“界”之他缘后，我们还要推进“界”之他化，从而促成人类文化更上一个台阶。跨国别、跨学科的比较文学比民族文学、文学学科之研究多了异己性“他者”的视野，这一他者为我们提供了“通”的可能性。能通才能超越，这也是我们以“辟”思化解“界”的小年意识的意义所在。

辟文学的他化性“跨界”对反思比较文学“跨越”性特点具有启发性。当前比较文学界对比较文学“跨越”的思考局限于以下三点：第一，文学跨国界的影响研究。这是法国学派的学科理论。影响研究是文学跨出国界后的“旅行”，法国学者关注其“旅行”的外部联系，从而忽视了文学“旅行”与文学自身演化的关系，这种忽视遭到了美国学者的强烈反对。美国学者批评法国学派学科理论的合理性就在于：即使从事实层面上说清楚国别文学之间的交往关系，我们也不能进一步说明这种外缘性的文学来往与国别文学的发展有着必然的联系。因为国别文学的演变除却受到外来因素的影响外，还有作者才智、文学内在变化、读者接受等内在因素的综合作用。外来影响是外因，并不能从本质上决定文学的发展。韦勒克批评影响研究时说：“因果解释只能导致‘追溯到无限’，此外，在文学中似乎永远不能绝对成功地做到全然符合‘有 X 必有 Y’这一因果关系的这一要求。我不知道有哪一位文学史家向我们证实了这种必然联系，甚或有能力证实这一点，因为艺术作品是由自由的想象构思而成的整体，如果我们把它分为来源和影响，就会破坏它的完整性和意义，所以孤立地找出艺术品中的原因是根本不可能的。”[②] 韦勒克看重的是对文学作品的描述、解

---

① 栾栋：《比较研究的困惑》，参见栾栋书稿“比较文化十五讲”。

② 韦勒克：《比较文学的危机》，《比较文学研究资料》，北京：北京师范大学出版社 1986 年版，第 53～54 页。

释和评价的内部研究，他认为文学的发展变化是一个同化的整体，不能从中抽离出外部影响。这样的批评在论证民族文学受到外来影响而发生变化时缺乏文学他化的视域。在全球化进程中，外国的文学会影响民族文学，但是外国文学对民族文学的影响在于从外因上促进民族文学吸收非民族文化而向“他”转化。外来影响具有促进和刺激的作用，它会影响民族文学他化的方向，这种影响性因素在文学他化后必将成为民族文学的有机部分，其结果是外来文化的变成民族文化的，民族文化的也是外来文化的，外国文学影响下的文学他化是民族文学的发展成就，因而不存在文学的“外贸”与“记文化账”的必要。第二，文学跨越后的平行研究。美国学者理解的平行研究是封闭性民族文学之间或者封闭性的文学与其他学科之间的比较关系。从民族文学的平行关系来看，美国学派的方法论基础是归纳法：美国学者试图通过归纳来找出文学的规律。雷马克说：“这种分析类比研究不仅像对属于不同国度的两部或多部杰作进行平行比较可能做到的那样有助于认识作品的美学价值和提供一般性解释，而且有助于从文学史的角度进行研究并做出结论。”① 我们在前面已经对美国学派所寻求的文学规律作了批评，此处不再赘述。从“辟文学”的视野来看，美国学派虽然扩展了文学跨越的“范围”，但是美国学者对文学跨越的理解仍然缺乏“他化”的视角，并没有从实质上超越法国学派。“辟文学”的“跨界”能有助于比较文学的“跨界”的原因就在于：比较文学跨越后不必固守文学的疆界。文学如果在跨越国界与学科界限后能够解疆化疆，则民族文学将走进吸纳外国文学与非文学学科知识经验的境域，从而加速民族文学向“他”转化。从这个角度来看，比较文学是民族文学他化的加速器。第三，中国学者看到了中西方跨异质文化的特点，也强调了中西方跨异质文化多元并存的必要。然而，仅仅看到跨异质文学并存还未能抓住全球化的机遇。多元文化并存是必要的，这种看法超越了19世纪达尔文社会进化论的单极思维，但是，文化还必须接纳和创新，全球化将世界各国异质文化卷入了相互交流的境域。因此，我们必须正确对待摆在我们面前的多元文化，必须学会从“他者”的角度来反思自身的文化传统，也必须学会融“他”于“我”，以求“我”与“他”的和合创新。因此，我们认为，吸

① 亨利·雷马克：《比较文学的法国学派和美国学派》，《比较文学研究资料》，北京：北京师范大学出版社1986年版，第71页。

纳他者以求创新才是全球化时代文学研究的时代特点。

法国学者、美国学者与中国学者在比较文学“跨”界的理解上始终无法超脱国家界限与学科界限，究其原因，是固执于从“小年”上理解国家与学科的边界，并将其视为不可逾越的鸿沟。从“小年”来看国家与学科可知国家疆界是国家主权的物质载体，学科边界是分工机制的必然结果，它们都是人类文明他缘而来的阶段性成就。然而，如果我们从“大年”来看国家与学科的界限，那么他缘而来已蕴涵着他辞而异与他适而去的“他化”向度。举一个日常生活的例子也能够说明视域与边界的关系：一个广东揭阳人，当他在广东省内介绍自己时，他会说是揭阳人；当他走出广东，在中国境内介绍自己时，他可以说自己是广东人；当他走出国境，在外国介绍自己时，他可以说自己是中国人；继续类推，当他有一天面对来自宇宙另一星球的人介绍自己时，这个时候他会说自己是地球人。因此，比较文学的问题不在于如何确认文学属于哪个国家，而在于如何看待人类所创造的文化。固守着国家与学科的界限，我们对文学的认识所能达至的远界就仅仅是文学规律，对国别文学的关系也仅仅局限于摆功劳簿；而当我们越出界限，从大年角度来考量文学时，我们立即就能感受到辟文学的灵动与创造力。比较文学在跨越，跨越的是实体性的国家界限与学科边界；比较文学在他化，他化是对化他的救治，他化与跨越的境界差别以此可见一斑。栾栋先生在《比较文学的困惑》一文中综述了比较文学的三大流向、三种浮说和三种进路后总结说：“纵观上述三大流向、三种浮说和三种进路，他们都有一个总的病灶，那就是在比较的比较上面未能超脱，未能走入脱却比较的境界，套用一句时髦的学术用语，叫做‘在路上’。”① 固执于小年的比较、斤斤计较于谁影响谁、局限于科学规律的想象，这样当然不能脱却比较而走向会通。

小年视域下的比较需要大年的文学他化思想的提携与推进。栾栋先生认为可以以“通”突破比较的僵局，他说：“我们可以说，‘在比较’是过程钻仰，‘超比较’是智慧圆通，‘为比较’是利害博弈，‘化比较’是与道相德。若问比较研究之古训，里仁、比德、毋意、毋必、毋固、毋我不啻金玉良言。”② 比较研究要想做到孔子所言的毋意、毋必、毋固、毋

① 栾栋：《比较文学的困惑》，参见栾栋书稿“比较文化十五讲”。

② 栾栋：《比较文学的困惑》，参见栾栋书稿“比较文化十五讲”。

我，关键是我们的视域要能够从小年的局限走进大年的境界，夏虫毕竟不可语冰。比较文学的跨界必须走向他化，因为比较文学的跨界跨越不了文学的国界与学科的边界。跨界后的文学只是封闭的文学与另一封闭的国别文学的接触，或者是封闭的文学与同样封闭的其他学科知识的接触。封闭性的文学是化他的结果，化他需要他化来提携与推进。栾栋先生曾经分析了化他与他化的区别，他说："他化是文学的底色品格，化他是文学的生存需要。化他是近代以降文学自固的常态，他化则成了当今文学多少有些忌讳的话题。自从文学在社会中划出领地且自成一体，文学不断自强，不断自固，不断吸纳，反复完成着文学是文学的化他过程。与之同时，文学是文学的自我意识也日益疏远文学非文学的辩证涵养。"① 由此可见，化他是西方逻各斯的同一性思维，它不断的将异己排斥出去，从而形成自己之"是"，这种同一性思维在近代是各种林立学科的逻辑基础，比较则是这一思维的工具。学科之"是"是与"非是"比较的结果，有文学，就需要有非文学的历史、哲学、数学、物理等学科作为比较的对象。近代以来所确立的国家意识也是这一逻辑思维的结果。国家之"是"与"他"是有区别的，国家这一"我"有"我"的疆界、"我"的主权、"我"的利益……这些属于"我"的东西容不得"他"来染指。比较文学秉承比较的同一性逻辑，视"是"为"是"，视"我"为"我"，当然未能超脱小年的"我"而从大年的"我""他"关系角度来理解"我"之成为"我"以及"他"化"我"的超越。栾栋先生说："文学之我首先不是我——这许许多多的非我原本不是我，只是经历了一次次的分流与偶缘，让文学之我有了那么一个出头之日，让作为自我出现的潜在的非我之我在此刻之我中获得一次绚丽多彩的绽放。"②

从小年来看，文学之"是什么"是人类文明的阶段性成果，国别文学之"是"与"怎样"也仅仅是阶级社会的产物。当今比较文学已经将文学与非文学学科、国别文学之间的文学拉近"共处"的境域，这就说明，人类文明在全球化的推进下已经开始从"是什么"走向理解亲近"非是"的境界。这个时候，如果我们仍拘泥于小年的文明成果，局限于我"是"的同一逻辑，那么我们必将错过大年文学他化的精彩景象。从大年来看比较

---

① 栾栋：《比较文学的困惑》，参见栾栋书稿"比较文化十五讲"。

② 栾栋：《文学他化论》，《学术研究》2008 年第 6 期，第 7 页。

文学，比较之封闭性需要会通，文学之“是”需要“他”来提携。文学非文学之他缘而来、兼他而在、他适而去的他化维度促使我们重新考量比较文学之“比较”。这也是我们在下一章提出文学熔铸的理论依据。

第八章

文学熔铸：比较文学与中国的软实力建设

熔铸是栾栋先生在中山大学的一次学术讲演中提出来的概念，他从《文心雕龙·辨骚》篇来论述屈原之“虽取镕经义，亦自铸伟词”的做法从而提炼出比较文学研究高端冲刺的熔铸智慧。这种智慧立足于创新，其特点在于熔“他”于“我”，使“他”成为“我”之创作的一环。从这一角度来看，熔铸是比较思维的深一层推进。文学熔铸必然他化，文学他化又必然反过来推进文学熔铸，因此，文学他化与熔铸是“辟文学”的孪生形态。栾栋先生说：“刘勰将熔镕混一，既熔且范，尤其强调创新。熔铸作为重要的方法在这里凸显出来。刘勰自己就是熔铸性研究的高手。”[①] 显然，栾栋先生所主张的熔铸迥异于现行的比较文学学科理论，熔铸强调比较的创新性行为，熔“他”于“我”的目的是推出非“他”非“我”、化解“我”“他”的创新性作品，从而推动文学实现本质上的飞跃和创新性的升华。在全球化进程中，文学的熔铸既推动了民族文学的他化，也促进了文化的创新性发展。因此，我们认为，熔铸对当代中国的文化软实力建设有重要的启发。

第一节　熔铸：被忽视了的比较文学别一种智慧

“别”是相对比较文学界主流的研究思潮而言的。法国学派的影响研究、美国学派的平行研究以及中国学者呼吁的跨异质文化研究从研究目的来看都重在说明对象“是什么”和对象“怎么样”。影响研究重在说明跨国别文学之间的“影响关系”，平行研究通过比较没有影响关系的跨国别文学、跨学科比较来总结文学规律，跨异质文化研究则通过归纳跨国别文学“异质”因素以得出文学规律，这些研究都自觉地将“比较”作为一种科学的方法加以运用，是奠基于西方科学的比较方法基础上的研究思潮。按照韦勒克的考证，“比较”这个词最早产生于中古英语，其来源是拉丁语的 comparativus，这个词在 17、18 世纪的一些著述中已经被作为一种方法加以运用。1602 年富尔贝克发表的《法律的比较研究》、1765 年格雷戈里出版的《野兽的比较解剖学》以及第二年出版的《人的状态与官能和动

① 栾栋：《释熔铸》，参见栾栋书稿“比较文化十五讲”。

物的状态与官能的比较研究》等著述都从方法论的角度来看待“比较”。韦勒克在考辨“比较”的词源后总结说：“比较的方法并不是比较文学独有的；它在文学研究所有的分支、社会科学与自然科学所有的领域都被普遍运用着。进一步说，比较也不是研究中的唯一的方法，就是最正统的比较文学家也不会仅仅运用比较这样一种方法。所有的文学研究者在每一项的研究中都不仅要进行比较，还要运用再现、分析、解释、推导、评价、概括等方法。”[①] 韦勒克考辨“比较”的词源本意是批评法国学派将“比较”局限于“影响”关系，不过通过其详尽的词源分析我们可以清楚地看到，西方学术界将“比较”作为一种方法加以运用由来已久，比较文学中的“比较”并没有超出“比较”的方法论传统。这种传统，栾栋批评它“工具理性十分强烈，实用性非常明显”[②]。“比较”的另一种智慧可以在中国传统文化“比”义中得到启发。栾栋分析古汉语“比”的多义性时说：“比，‘密也，二人为从，反从为比’，这里说的是比的第一义——密切相关的‘反从’（不相听从）——较劲；和比的第二义——密切联系的‘亲近’，即与相关事物的亲和性，如孔子说的‘比德’：‘仁者乐山，智者乐水’，君子‘里仁’。……古汉语的比较二字，意蕴深湛。比较合用，义项丰满，圆赅周详。充分体现了我上面说讲的‘圆通’。以‘圆通’作为比较研究的化解性方略，这比西方语言中比较的两个含义——‘比对与较量’既深刻，而且祥和。”[③] 古汉语“比”的亲和性是“比较”通和致化的民族智慧，中国古代文论“比”性思维的诗性智慧就是这种民族智慧的集中体现。《二十四诗品》中自然景观与诗歌风格原属风马牛不相及的领域，可是在司空图的手里，自然景观可以是言说诗歌风格的能指，诗的蕴藉性通过这种言说方式最为恰当地表现了出来。可以说，中国传统文化在“比”的亲和性运作方面有着高超的智慧。

文学熔铸是中国传统文化“比”性智慧的进一步深化。“比”象思维是以可见的事物言说不可见的感受、义理，言说者与被言说者尚处于分离的状态，文化运作的高手善于超越这种分离而指向事物之间的“异中之同”。熔铸则自觉地将多元文化之“异”冶炼为新的文化创造，从而超越

① 韦勒克：《比较文学的名称和实质》，《比较文学研究资料》，北京：北京师范大学出版社1986年版，第56页。

② 栾栋：《比较文学的困惑》，参见栾栋书稿“比较文化十五讲”。

③ 栾栋：《比较文学的困惑》，参见栾栋书稿“比较文化十五讲”。

了事物之间简单的同异之辩。应该说，熔铸的这种思维更加顺应全球化的发展趋势。为了说明文学熔铸与比较文学影响研究、平行研究的差异及其积极意义，我们先对全球化时代文学交流的情况做一次现象学的描述。

我们以西方文学进入中国为例。一部西方小说经由它的主人携带进入了中国，由于它的内容的奇特性、情节的复杂性以及小说观念与中国传统文化的迥异性而引起了中国学者的重视，于是开始有中国学者将之翻译为汉语并在中国传播；而随着西方小说在中国的传播，西方的小说观念也开始引起中国作家的重视，于是逐渐又有中国作家学习西方的小说技法，开始了新的文学创作。这是西方文学影响中国现当代文学的经典模式。从法国学派影响研究的范式来看中西文学关系，学者们关注的是西方小说如何进入中国、西方小说如何在中国译介、西方小说如何通过译介而对中国文学发生影响等问题，这是基于实证考察事实联系的研究范式，它旨在说明西方小说进入中国的方式以及进入中国后对中国文学的影响。这种研究立足于已经成形的西方小说与中国小说，它是从外围性的材料来论证中国小说受到西方小说的影响，从而说明西方小说的影响意义。它不关心中国小说是怎样创作出来的，也不关心进入中国的西方小说会促使阅读它的作家怎样进行新的文学创作。影响研究关心的是基于事实的影响关系，最终得出这样的结论：某某小说受到了某本西方小说的影响。美国学者正是针对法国学派这种外围性的研究批评其影响研究局限于文学的外貌，仅仅研究外国来源和作者的声誉，认为这种比较忽视了文学作品的内部研究。从美国学派平行研究的范式来看，学者们关注的是异质性的中西文学在主题、风格、形象、语言等文学内部因素上的异同，通过这种比较，研究者试图提炼出具有普遍性的文学规律。这也是当代中国各类中西比较诗学著述写作的学理基础。这种研究或是已经创作出来的国别文学作品之间的比对，或是已经创作出来的文学作品与其他知识领域的学科之间的比较。平行研究中比较的目的是找出互不影响的文学作品之间的共性，或者是文学与非文学学科的共性，以此形成文学母题或者发现规律，其内在逻辑是：你有，我有，大家都有，所以文学一定会有。但这种比较不关心作品是如何创作出来的。中国学派的双向阐释法则在美国学派平行研究的基础上提出了以西方文学理论来看中国文学同时又以中国传统文论来看西方文学等主张，这些主张并没有超越美国学派的平行研究，只是在具体的操作方式上实践了美国学派平行研究的理论。从现行的这些比较文学研究范式来看，比较文学界将“比较”理解为一种具体的操作方法，研究者试图通过这一方法来说明影响关系、总结规律或者对已有文本进行重新阐发。这种思维还没有超出从方法论角度来理解“比较”的局限，忽视了比较文学跨“界”所带给我们的新的广阔空间。如果我们换一种角度来看“比较”，中西文学交流则存在着另一种可能。

一本西方的小说进入中国，中国作家被其中的形象、观念、语言表述等因素所吸引，作家尝试着借鉴这本西方小说的经验，尝试着在他/她的小说创作中融入这一西方小说的因子，这个时候他/她的小说创作是受到了西方小说的影响的。不过，当我们将研究的兴趣从分辨小说中哪些是外来的、哪些是本国的这一问题上转移到创作方法上时，我们将从影响研究的事实考察中脱困而出，因为我们对西方小说与中国文学创作的关系有了更为宽广的认识。中国作家在阅读西方小说的过程中激活了西方小说，从而将西方小说的文学因子引入自己的文学创作，从文学接受的角度而言，这是作家的文学视域与西方文学视域的“视域”融合；而从文学创作的角度来看，这是新的文学创作的开端。西方的文学因子被中国作家所吸纳，这些文学因子随着作家的能动性吸收而带有了吸纳者的色彩，它变成了新的文学基因。雷马克认为：“有不少关于影响研究的论文过于注重追溯影响的来源，而未足够重视这样一些问题：保存下来的是些什么？去掉的又是些什么？原始材料为什么和怎样被吸收和同化？结果又如何？如果按这类问题去进行，影响研究就不仅能增加我们的文学史知识，而且能增进我们对创作过程和对文学作品本身的理解。”① 雷马克批评的是法国学派影响研究的方法实际上难以从作品中分离出哪些是“我”、哪些是“他”。反过来说，受到外国文学作品的影响而创作出来的作品已经熔铸“他”于“我”了，也就是说，阅读了进入中国的西方小说的作家，他/她在激活西方小说的同时，也将西方小说的一些文学因子引入到自己的文学创作之中，这些文学因子是民族文学所没有的，同时也是吸纳者个人所独有的。从这一角度来看，比较文学的意义就在于：促使我们关注文学全球化交流中国别文学之间的和合生发。文学熔铸所要探究的就是这种将各种国别文学熔为一炉以成新作的现象。

---

① 亨利·雷马克：《比较文学的定义与功用》，《比较文学研究资料》，北京：北京师范大学出版社1986年版，第2页。

从西方小说进入中国的传播过程来看，比较文学的核心问题是“我”的意识与“他”的意识的关系，这一问题引起了当代西方知识界的关注。乔治·布莱曾经详细描述“我”的意识与“他”的意识的关系，他将这种关系命名为批评意识现象学，乔治·布莱的论述如下：

在一间空屋子里，桌子上有一本书，正等着它的读者。我觉得这是一切文学作品的最初的境况。在某人开始阅读之前，只是一个纸做的东西。它只不过是以它在某处的无生命的在场表明它作为物的存在。就这样，在图书的书架上，在书店的橱窗里。书等着有个人来把它们从其物质性和静止性中解脱出来。它们果真等待、窥视着给它们带来人所共知的巨大变化的那个人的到来吗？不大可能。人们能够肯定的，至多是在读者到来之前，书呆在原处不动。灵魂热切地期待着有件将会改变它的事情发生，这种痛苦的精神活动它们大概是没有体验的。唉，书好像并不知道等待的焦灼。像所有物质的东西一样，它们该是对其境况感到满意。……

为此，我必须回到刚才谈到的那种境况。一本书在那儿，在一间空屋子里等待着。这时一个人进来了，比方说是我，我翻翻书，开始阅读。就在此时，在眼前这本打开的书之外，我看见有大量的语词、形象、观念出来。我的思想将它们抓住，我意识到我抓在手里的不再是一个简单的物了，甚至不是一个单纯地活着的人，而是一个有理智有意识的人：他人的意识，与我自动地设想也存在于我们遇见的一切人中的那个意识并无区别；但是，在这一特别的情况下，他人的意识对我是开放的，并使我能将目光直射入它的内部，甚至使我（这真是闻所未闻的特权）能够想它之所想，感它之所感。①

乔治·布莱试图描述“我”的意识与他人的意识的同一关系。他人的意识隐藏在书本中，等待着“我”来阅读。当“我”开始阅读书本时，他人的意识开始启动，开始对“我”发生作用。乔治·布莱认为，当他人的意识对“我”发生作用时，“我”的意识与他人的意识就汇流成了一种意识。他坦言：“那时我的愿望是：使我的批评成为一种精神之流，与我在

---

① 乔治·布莱著，郭宏安译：《批评意识》，南昌：百花洲文艺出版社 1993 年版，第 253 ~ 255 页。

阅读中跟随的精神之流平行、相像；使他人的思想和我的思想结合，仿佛顺着同一个斜坡流动的同一条河的两条支流。”① 乔治·布莱关注的是阅读活动中读者与作者之间的意识交流。我们可以将乔治·布莱的现象学描述推广到跨国别与跨学科的文学阅读活动中，那么这种活动可以表述为：一本外国文学的著述或者一本文学之外学科的著述静静地待在书架上等待着被阅读，“我”翻开书本，书本的内容立即进入了“我”的视野。这个时候，我们还会固执地分析这本书是资本主义国家的还是社会主义国家的吗？是历史的还是哲学的还是物理学的吗？我想，书本能否发生影响，关键还是在于阅读书本的人是否对之有兴趣。对它有兴趣，它自然会影响你；对它没有兴趣，你即使读它千百遍，书还是那本书，你还是原来的你。这对比较文学研究有一个重要的启发，那就是：我们没有必要过分关注书本的来源，也没有必要过分注意书本对异国读者发生影响的“功劳”，因为这些都是 19 世纪国家意识形态下的功利性思维。读者受到了影响，特别是在影响下创造出了新的文化成果，这不是单纯的阅读了你这个国家的书的结果，在更大程度上是读者自己的创造。法国学派执着于影响研究，甚至从影响中读出了文化发展的不平等关系，这是社会进化论的思维。我们认为，当代全球化进程的最大成就就是突破了 19 世纪狭隘的国家意识形态。当然，乔治·布莱仅仅关心阅读与批评活动，同时将批评活动中“我”的意识与“他”的意识理解为意识之间的合流，这种主张还未能推进文学的创新性研究。熔铸也强调“我”的意识与“他”的意识之间的关系，但是熔铸没有将“我”的意识与“他”的意识理解为两种意识的合流。实际上，进入“我”的意识的“他”的意识已经是“我”观照下的“他”的意识，不可能再是纯粹的“他”的意识了。因此，熔铸说比乔治·布莱的认识显得更为深入一些，更加能够呼应全球化时代的文学研究事实。

当代德国哲学家伽达默尔也探讨过理解过程中意识之间的关系。伽达默尔将理解传统看作理解的一种历史视域。我们也有自己的历史处境，这种处境构成了我们理解的诠释学视域，在这种视域下理解传统就转换为“我”的历史视域与传统的历史处境之间的关系。伽达默尔认为，理解“他”，并不意味着消解“我”的个性，也不意味着通过丢弃“我”自己

① 乔治·布莱著，郭宏安译：《批评意识》，南昌：百花洲文艺出版社 1993 年版，第 277 页。

而置入到“他”的处境中，理解“他”其实是两种视域的融合。伽达默尔说：“这样一种自身置入，既不是一个个性移入另一个个性中，也不是使另一个人受制于我们自己的标准，而总是意味着向一个更高的普遍性的提升，这种普遍性不仅克服了我们自己的个别性，而且也克服了那个他人的个别性。‘视域’这一概念本身就表示了这一点，因为它表达了进行理解的人必须要有的卓越的宽广视界。获得一个视域，这总是意味着，我们学会了超出近在咫尺的东西去观看，但这不是为了避而不见这种东西，而是为了在一个更大的整体中按照一个更正确的尺度去更好地观看这种东西。”① 伽达默尔关注的是理解意识的历史性，“我”的意识有自己的传统，现在的视域是过去不断形成的现在。因此，现在的“我”理解传统，可以构成现在意识对传统的融合，伽达默尔将之命名为“视域融合”。伽达默尔接着又说：“所以，历史视域的筹划活动只是理解过程中的一个阶段，而且不会使自己凝固成为某种过去意识的自我异化，而是被自己现在的理解视域所替代。在理解过程中产生一种真正的视域融合，这种视域融合随着历史视域的筹划而同时消除了这视域。我们把这种融合的被控制的过程称之为效果历史意识的任务。”② 伽达默尔对历史视域的阐释启发我们，任何参与阅读活动的意识都有自己的历史处境，都受到意识的历史处境的制约。从这个角度来看，任何对异国作品的接受都必然带着接受者文化传统的痕迹。本国作品在异域的流通和本国读者对异国作品的接受都不是任意的事件，而是本国的传统意识与异国作品之间互动的过程。伽达默尔认为，理解传统的视域融合最终是现在意识融合了历史视域的筹划活动。换而言之，一个传统意识对异国作品的接受最终是传统意识筹划了异国作品的“他”者意识。伽达默尔不同于乔治·布莱的地方就在于，伽达默尔认为互相接触的两种意识不是平等的，最终是现在的意识融合了历史的意识。这带有“现在”优先性的味道。从伽达默尔对理解活动视域融合的分析来看，理解与解释的活动从来都不是客观性的行为，任何想通过平行研究来获得客观规律的行为都是无视理解活动历时性的理论想象。伽达默尔的理论对国内外比较诗学的建设是一个挑战，比较诗学试图通过异国作品的平行研究来总结文学规律，而这一学科设想必须面对伽达默尔哲学解释

---

① 伽达默尔著，洪汉鼎译：《真理与方法》，上海：上海译文出版社 2004 年版，第 394 页。

② 伽达默尔著，洪汉鼎译：《真理与方法》，上海：上海译文出版社 2004 年版，第396～397 页。

学思想的挑战。

乔治·布莱与伽达默尔的理论对我们深入阐释熔铸是有重要启发的。比较文学也有“我”的意识与“他”的意识的关系问题，只不过“他”的意识与“我”的意识不处于同一传统。这一“他”的意识来自异域，“他”与“我”的意识不处于同一历史视域。乔治·布莱认为，“他”的意识可以与“我”的意识融合为同一条河，也就是说，异域的“他”可以与“我”融合，形成新的“我”；伽达默尔认为，“我”对“他”的理解受制于“我”的历史处境，最终是“我”的现在视域筹划了“他”的意识。熔铸说综合了乔治·布莱与伽达默尔的观点，不过强调的重点不在于阅读活动和理解活动，而在于文化的创新活动。乔治·布莱的论述是熔铸说的基础，两种意识只有能够融合，“我”的意识才能将“他”的意识熔而创新；伽达默尔的论述则强调了熔铸说中“我”的能动性。“我”对“他”的接受不是两种意识的平行对比，也不是从两种意识中总结出客观的规律。“我”接受“他”，“他”是经过“我”观照了的“他”，这个“他”从异域而来，经由漫长的旅程进入“我”的意识，此时这个“他”就不再是处于原来文化语境中的“他”了，而是被“我”接受了的“他”。可见，比较文学的平行研究不可能获得出离于“我”的历史处境的规律，任何“我”总结出来的规律都带有“我”的历史处境的影响。熔铸说强调以“我”的意识来熔铸“他”的意识，最终能够生成创新性的作品，这个作品也有着“我”的痕迹。熔铸说所蕴涵着的“我”的意识与“他”的意识的当代哲学问题推进了我们对比较文学学科建设的理解。

从熔铸说来看比较文学学科理论，我们认为，熔铸说可以从以下几个方面来提携比较文学学科理论。首先，熔铸说将异域作品看作“他的意识”，这就突破了影响研究所执着的文学影响关系的国家意识。异域作品与“我”的关系不仅仅是异国文化对“我”的影响，而且是“我”对一个国家文化的有意识吸纳。异域作品之所以能够发挥作用，能够“在”起来，前提是“我”之在世。“我”在世界中并与异域作品相遇，异域作品才能从书架上走出来，文字背后的思想才能“活”起来。当异域作品“活”起来时，异域作品与“我”的关系就是“我”的意识与“他”的意识的关系，异域作品的国家标签从“他”的意识中隐退。套用钱钟书的说法，只要鸡蛋对我有营养，我们又何必固执这个鸡蛋是美国鸡蛋还是法国鸡蛋呢？可见，固守国家疆界的文学交流是国家意识形态的偏见。其次，熔铸说强调了意识相互作用的历史处境，将“我”的意识看作是一种效果历史意识的行为，这就突破了平行研究试图通过异域作品的比较归纳无时间性的规律的局限。我们认为，作品的阅读与接受都是“我”的阅读与接受，而“我”受制于一定的历史处境。因此，“我”所阅读到的“他”的意识总是在一定历史处境中所读出来的“他”的意识。这种“我”对“他”阅读与接受的历史性抑制了美国学派通过异域作品寻求文学规律的自大心理。“我”所阅读到的、所总结出来的都是历史处境中的意见，其所能达至的极限也只能是学科范式。我们谁也不能预料在“我”之后，他人对“他”的阅读与接受能够读出什么思想，更不能以“我”的阅读是规律而压制他人阐释的自由。最后，熔铸说强调了“我”的意识与“他”的意识和合之后的创新，这就推进了中国学派比较文学跨异质文化比较的主张。中国学者强调东西方异质文化的特征，但是如何面对异质文化这一问题，中国学者的主张还停留于多元文化并存的阶段，乐黛云强调了“和而不同”，但对如何做到“和”，如何“不同”又没有作出具体的阐发。熔铸说强调熔多元文化于一炉而创新，这是对异质文化并存的进一步推进。如果说异质文化并存还有提升中国文化的国家意识形态的意味，熔铸说则超越了国家意识形态的局限。“我”虽然面对着异己的文化，但异己的文化经由“我”的吸纳就不再是异己的文化了，“他”是“我”的“他”，“我”吸纳“他”是为了推出更好的文化成果。因此，我们没有必要过分强调“我”与“他”的并存发展关系。全球化时代给“我”提供的机遇就是：全球化时代将诸多“他”呈现于“我”的眼前，让“我”吸收，推动“我”更新。因此，“熔铸说”是全球化时代文学研究的可行之路。

熔铸是从文学创新的角度来研究中西文学关系的，这也是栾栋先生将熔铸作为比较研究高端冲刺的原因。栾栋先生论述熔铸为“本文用熔铸，指称熔化、铸造和创新的全过程，旨在说明比较研究中的一个非常重要的方法：将各种比较对象熔为一炉，把自己研究的内容铸造成一个完整的创新作品”①。将各类比较对象熔为一炉，首先是化解对象之间的疆界，这就为比较研究扩展了领域。在比较研究中，人是具有能动性的主体，他有自己驾驭各类材料的“统觉”能力，虽然人会受其前见制约，但“统觉”的能动性使他能够熔冶各类材料。在人的手里，文学没有中西的疆界，文学

① 栾栋：《释熔铸》，参见栾栋书稿“比较文化十五讲”。

与其他学科也没有学科的疆界，西方文学可以影响中国，中国文学也可以影响西方；同样，史哲可以影响文学，文学也能提携史哲。因为影响不是文学的外贸也不是国家文化优越性的体现，而是文学的推陈出新。担心文学受到外来文学影响的国家，文学的发展将永远处于近亲繁殖的状态，难以获得跨越性的发展，久而久之只能被敢于吸纳外来文学的国家远远抛弃。对于熔铸的这种化疆解域，栾栋认为是对文学研究条理板块的化解。栾栋批评常见的比较研究只是以条分缕析为能事，以竖条横块为规模，以折冲衡量为板眼，缺乏熔铸的消解性。他说："熔铸研究是对此类研究的消解，即熔化去这些个汇拢于文本中的条理性结论，淘汰掉半斤八两式的人尽可用的评断，以另一种眼光瞻瞩，以另一种熔点开炉，以另一种风范造物。突出的例证是马克思的《政治经济学批判序言导言》。其中不但对政治、经济的熔铸令人震撼，对思想方法乃至希腊文学的论述，同样令人感佩。薄薄的一个小册子，让好多个领域中比较研究的大部头著作黯然失色。"① 熔铸通过化解文学的国界、科界，让文学回归到"辟文学"的灵动境界，这样文学的比较研究才能通和致化。

其次，熔铸的目的是研究的创新。在比较研究的过程中，研究者将跨国界文学的经验、跨学科文学的智慧熔为一炉，文学得到他者的扶持，出炉的是创新性的成果。栾栋认为熔铸的"熔""是把经验当做最初级的材料，熔铸之铸意味着对各种比较性经验的整合和再造。其中披露出一束辩证思想的强光——化解经验实证之时，也努力化解自身"②。熔铸能"铸"，是因为研究者在比对各类文学经验时，能够推理、提炼出新的思想，而当研究者获得新的思想观念时，各类文学经验又成为思想创新源源不绝的活水源头。思想的创新往往来自知识领域的扩大、互证与补苴，反之，思想视野的更新又能将各类文学经验整合一体，为新思想的发展提供论证，因此，熔铸也是人类思维规律的具体表现。以钱钟书先生《通感》一文为例，我们可以更为清楚地看到熔铸在文学创新性研究方面的积极意义。钱钟书先生在《通感》一文中探讨的是"感觉挪移"的现象。他发现中西方文学中都有一种以一种感官打通或交通另一种感官的文学描写手法，比如宋祁的诗歌《玉楼春》中有句名句："红杏枝头春意闹"，"闹"属听觉，

---

① 栾栋：《释熔铸》，参见栾栋书稿"比较文化十五讲"。
② 栾栋：《释熔铸》，参见栾栋书稿"比较文化十五讲"。

使用它是“把事物无声的姿态说成好像有声音的波动，仿佛在视觉里获得了听觉的感受”①。西方像约翰·唐恩的诗“一阵响亮的香味迎着你父亲的鼻子叫唤”，这是以听觉写嗅觉。又比如帕斯科里的名句：“碧空里一簇星星啧啧喳喳像小鸡儿似的走动”，这是以动态写静态。通过对中西文学的这些描写手法的探讨，钱钟书总结说：“视觉、听觉、触觉、嗅觉、味觉往往可以彼此打通或交通，眼、耳、舌、鼻、身各个官能的领域可以不分界限。颜色似乎会有温度，声音似乎会有形象，冷暖似乎会有重量，气味似乎会有体质。诸如此类，在普通语言里经常出现。”② 当钱钟书先生发现了文学描写手法的通感规律后，中西文学各类与通感有关的例子、中西俗语中各类通感的词语都进入了他的视野，成为共同论证、说明通感的经验性材料。可见，熔铸的思维开拓了文学的视野，扩展了文学研究的领域。比较研究的目的是文学思想的整合与提炼，是创新性成果的发现与总结。在创新思想的观照下，中西文学的疆界、文学与其他学科的科界自然可以打通，这是创新性研究互为推进的表现。打通中西文学的疆界、文学与非文学的科界有助于整合和提炼文学思想，而文学思想的创新性成果又能将跨越国界、科界的知识经验熔为一炉，比较研究的高手善于发现也善于论证，这种发现与论证都超越了文学的国界与科界，因为其旨归在创新。

熔铸的结果必将是文学的他化。熔铸是将异己的“他”熔化为新的“我”，此“我”因为有“他”之成就而不再是原来的“我”；而此“他”与“我”一起入炉提炼，“他”也不再是原来的“他”。“他”着“我”之色彩，“我”得“他”之玉成，所以创新性的成果必将是“我”中蕴涵着“他”，“我”因此改变固“我”而转向他化。“他”如何能够成就新的“我”，栾栋对此作了具体的论述。栾栋认为，熔铸研究的聚焦点在于深一层的概括，提携点在于多一环的把握，复合点在于借一步的措置，这些概括、把握与措置既是对熔铸特性的阐述，也是在方法论层面上对如何熔铸所做的规划。异己性的“他”能熔铸成“我”，从深一层概括的角度来说是将各种有关联的资料经过过滤和筛选，进而浓缩为加工后的本质性概括。这就需要从丰富复杂的诸多材料中概括、总结出文学思想。栾栋举例说：“在王国维的《红楼梦评论》、《宋元戏剧考》、《人间词话》，陈寅恪

---

① 钱钟书：《通感》，《七缀集》，上海：上海古籍出版社 1996 年版，第 64 页。

② 钱钟书：《通感》，《七缀集》，上海：上海古籍出版社 1996 年版，第 64 页。

的《金明馆丛稿》，朱光潜的《悲剧心理学》、《诗论》、《西方美学史》、《文艺心理学》，宗白华的《美学散步》，钱钟书的《谈艺录》、《管锥编》等著作中，我们可以明快地领略到这一点。"[①] 我们前面分析的钱钟书先生对文学通感的论述也是深一层概括的鲜明实例。多一环把握是以第三环扣住比较的前两环，从而从比较的对象中得出新的思想。栾栋认可阿多诺把"卢卡契的马克思主义异化论与巴赫金（与意识形态诗学抗争）的狂欢"说以及海德格尔的"诗意栖居"说熔铸成了一种全新的碎片理论和否定性思想的做法，这种方法超越了人为拉扯比较的生硬性。比较研究必须超越"比较"，有了超越"比较"对象的新的认识，研究者才能将多个异己的"他"相互靠拢，而这些异己的"他"也因为研究者的思想而化解了相异性，从而产生异中之同。"异"之所以能"同"，是因为思想超越了异同的表面关系而指向会通与融通的高端认识。借一步措置则是借"他"言"我"，我在"他"的理论机体上进一步言说，进而延伸、演绎出新的思想。最为著名的例子当是海德格尔在胡塞尔现象学的基础上提出了此在存在论。海德格尔在分析了现象的概念、逻各斯的概念以及现象学的先行概念后，最终对现象学的解释是："现象学是说让人从显现的东西本身那里如它从其本身所显现的那样来看它。这就是取名为现象学的那门研究的形式上的意义。然而，这里表述出来的东西无非就是前面曾表述过的座右铭：'面向事情本身！'"[②] 海德格尔对现象学的解释既立足于现象学方法又抹去了胡塞尔现象学上的直观色彩，因此，他的现象学既是现象学又是解释学，是此在解释学的进一步言说。这种借一步措置是借"他"创新，因此，栾栋说："我们看好借一步措置，目的就在于跳出常识或套路来看待事物，尽可能找出叠合点之外的另一种角度。所比本来差异，说异易，说同难，故而在复合处须另辟蹊径，别开生面。借一步，即创新。脱俗熟，开新局。"可见，无论是深一层的概括、多一环的把握还是借一步的措置都是"我"对"他"的熔化铸范，"我"化"他"而创新，创新的成果也是"我"与"他"的会通和合。这种会通和合是"我"向"他"而去，也是"他"向"我"而来，"我"与"他"通过熔铸的火炉而他化。

熔铸是创新的智慧，这种智慧彰显了人在文化创造方面的能动性，也

---

① 栾栋：《释熔铸》，参见栾栋书稿"比较文化十五讲"。

② 海德格尔著，陈嘉映等译：《存在与时间》，北京：生活·读书·新知三联书店 2000 年版，第 41 页。

突出了人类文化经验在人之“统觉”面前的他化属性。人是带着自己的前见切入文本经验的，这种切入，伽达默尔认为是一种视域融合，比较研究只不过是我们与文本经验视域融合的特殊境遇。因此，比较研究从来就不是一个封闭的人对跨国别、跨学科知识与文学经验的冷静比对。伽达默尔强调了理解的诠释学处境，他说：“当我们力图从对我们的诠释学处境具有根本性意义的历史距离出发去理解某个历史现象时，我们总是已经受到效果历史的种种影响。这些影响首先规定了：哪些问题对于我们来说是值得探究的，哪些东西是我们研究的对象，我们仿佛忘记了实际存在的东西的一半，甚而还严重，如果我们把直接的现象当成全部真理，那么我们就忘记了这种历史现象的全部真理。”① 当我们面对来自跨国别或者跨学科的文本并尝试着理解它们时，我们是从自己的视域去激活面前的文本的，这种激活已经体现了我们对文本经验有意识的接受。这些被我们接受的文本经验是我们的视域所找寻的，而所找寻到的经验又构成了我们自己的新的知识。因此，人接受了经验，经验也成就了人。伽达默尔论述文本经验与人的双向互动关系时说：“精神科学的对象就是人及其对于自身所知道的东西。但是人是作为一个行动者而认识自身，并且他对于自身所具有的这样一种知识并不想发现什么东西存在。行动者其实是与那种并不总是一样的、而是能发生变化的东西打交道。在这种东西上他能够找到他必须参与行动的场所。”② 文本不是静止的，文本变动不居，它向不同处境的理解者敞开他们各自所激活的方面。理解者激活了文本，理解者表现了自己，同时也参与到文本所敞开的世界中。我们认为，伽达默尔的哲学诠释学也指明了文本经验与理解者的深层次的熔铸关系。理解者是从自己的视域出发去理解文本的，理解者的理解亦是将文本经验纳入到自己的经验世界，所接受的经验铸入到理解者的视域，从而形成伽达默尔所论述的“视域融合”。可见，比较研究不可能是封闭性的主体对来自异域的文本的冷静考量，比较的深层次是文本经验与人的视域的辩证熔铸关系。人的视域在理解中丰富自己，促使自己的视域他化而与文本经验的视域融合，同时文本经验又经由理解而敞开自身，从封闭的文字结构中他化而成为理解者的一部分。因此，熔铸也是文本经验与理解者的双向他化。人因能理解而他

---

① 伽达默尔著，洪汉鼎译：《真理与方法》，上海：上海译文出版社 2004 年版，第 388 年。

② 伽达默尔著，洪汉鼎译：《真理与方法》，上海：上海译文出版社 2004 年版，第 407 页。

化，文本因能敞开而他化，人与文本因能他化而视域融合。

经由熔铸的迂回阐释，我们认为，比较研究还存在着改造和推进的空间。栾栋认为比较研究尚“在路上”，还存在着“弱点”，他说：“比较是天性，比较文学学科则把天性当必由；比较是手段，比较文学学科却把手段当目的；比较是过程，比较文学学科只把过程当终极。我提倡通化论，强调的是归藏观、突破说和高端论，就是希望学人将天性、手段、过程和必由、目的、终极统一起来，说简单点，就是希望大家把比较文学作为‘学养’。学养是学问与修养的集合体。”① 比较文学是“学养”，学问养人，学问成人，人在学问的护养中熔铸出新。熔铸作为比较研究的别一种智慧改造了比较研究的浅显性、牵强性和附会性，开发和强调了比较研究的创造性，促使和推动比较研究回归人与文本经验相互涵养的存在论境域。从这个角度来看，熔铸是比较研究高端冲刺的助力器。

第二节　熔铸与中国当代文化软实力建设

“软实力”（Soft Power）是美国学者约瑟夫·奈提出的重要概念。约瑟夫·奈认为一个国家的综合国力既包括经济、科技、军事实力等表现出来的“硬实力”，也包括通过文化影响力、意识形态影响力、制度安排上的影响力和外交事务中的影响力等体现出来的“软实力”。“软实力”是国家文化与意识形态的吸引力，它能够通过吸引而非强制促使别人自愿追随自己所制定的标准或制度行事，因此，它是“通过吸引而非强迫或收买的手段来达己所愿的能力。它源自一个国家的文化、政治观念和政策的吸引力”②。约瑟夫·奈有关“软实力”的论述引起了我国国家领导人的注意，胡锦涛同志在十七大报告中提出“文化软实力”这一概念并强调：“要坚持社会主义先进文化前进方向，兴起社会主义文化建设新高潮，激发全民族文化创造活力，提高国家文化软实力，使人民基本文化权益得到更好保

① 栾栋：《比较文学的困惑》，参见栾栋书稿“比较文化十五讲”。

② 约瑟夫·奈著，吴晓辉、钱程译：《软力量：世界政坛成功之道》，北京：东方出版社2006年版，第2页。

障，使社会文化生活更加丰富多彩，使人民精神风貌更加昂扬向上。”① 提高国家文化软实力是中国社会主义先进文化建设的重要组成部分，也是丰富社会文化生活、保障人民基本文化权益的基础。因此，提高文化“软实力”对中国社会主义文化建设有重要意义。

文化软实力与主权国家的世界形象相互塑造，发展国家软实力是现代民族国家塑造国家形象的重要战略问题，这对于中国来说显得更为迫切。传统认识论认为，文化属于意识形态，是对经济基础的反映。新历史主义则认为，文化与“背景”是相互塑造的动态过程。民族国家的主权地位与国家形象需要文化作为意识形态来进行表述，文化在塑造主权国家形象的同时也通过自身的编码力量来影响接受表述的人群。因此，文化软实力具有影响主权国家在世界舞台上发挥何种作用的社会能量。在西方国家主导下的资本主义体系一体化的过程中，中国曾经是这一体系的边缘国家，处于半殖民地半封建社会的状态，从而在文化形态上缺乏自己的独立地位，国家形象也遭受了来自西方文化的诋毁与丑化。因此，在相当长的历史时期，中国的文化软实力非常薄弱，在国际社会上缺乏相应的影响力。当代中国作为已经崛起的经济大国，在世界舞台发挥的作用越来越大，这就迫切要求用与之相应的文化形态来重新塑造国家形象，从而改变西方国家对中国的形象“偏见”。正如国内学者所言：“后奥运时期的中国已是一个和平崛起的大国，在诸如经济等方面的硬实力已经足够强大，而与之不相称的是中国文化软实力的薄弱。故而，与美国、韩国、日本等确立了文化发展战略且取得了显著实绩的国家相比，发展我们国家的软实力显得尤为紧要。只有发展了文化软实力，我们才能在国际上拥有更良好的大国形象，才能在文化全球化的竞争中占据有利地位，我们在诸多国际事务中才能更有发言权。”② 可见，文化软实力建设对于中国而言，是中国重塑国家形象、发挥大国影响力的时代性战略问题。

当代中国的文化软实力建设也是重新反思中西文化关系的时代课题。在西方国家主导下的全球化进程中，中国是以资本主义体系的边缘国家参与到全球化进程中来的，这一进程凝聚着一代代中国知识分子改造中国文化以融入西方世界的努力与追求，凝聚着一代代中国知识分子希望强国复

① 胡锦涛：《高举中国特色社会主义伟大旗帜，为夺取全面建设小康社会新胜利而奋斗》，北京：人民出版社2007年版，第33页。

② 李怡、杨华丽：《“软实力”与“硬道理”》，《海南师范大学学报》2009年第6期，第1页。

兴的抱负与梦想。美国学者提出“软实力”这一概念，企图以“软实力”的文化策略取代殖民时代以枪炮征服东方的野蛮方式，然而这并没有改变西方文化对东方文化的掠夺逻辑。中国是全球化进程中的后进国家，这一特殊的身份决定了中国的全球化是被迫改造传统文化以参与到西方资本主义体系中去的。19 世纪到 20 世纪 100 多年的中国现代化进程充分说明，中国的全球化也是中华民族救亡图存、民族振兴的过程。因为，中国如果不顺应全球化的发展趋势，如果不改造传统文化以参与到资本主义体系，中国不遑论以文化吸引其他国家，民族的存亡都将成为问题。因此，在文化的软实力建设方面，中国已经是被动接受了西方文化或者说被动“被西方文化所吸引”。也就是说，中西方文化在全球化进程中的特定起点决定了中国是西方“硬实力”的殖民对象、“软实力”的改造对象。中国以改造传统文化为代价，经由一代代仁人志士的不断努力，甚至是付出了血的代价才换取了民族生存和国家主权独立的权利。可以说，中国在全球化进程中既承受了西方“硬实力”的戕害，又经受了西方文化“软实力”的改造。当中国重新获得民族发展与国家主权独立之后，如何提高中国文化的“软实力”以回应西方文化对中国 100 多年的影响关系就成为了中国富强后所要考虑的重要问题。20 世纪 90 年代以来，中国经济持续高速增长。到了 2011 年，中国经济总量位居世界第二，中国从半殖民地半封建国家发展为世界现代国家中的经济强国，在“硬实力”上取得了与西方国家相抗衡的力量。当代知识分子因为中国“硬实力”的增强而要求加强“软实力”建设以吸引西方国家，这体现了强大后的中国重新认识传统文化以谋求文化独立与世界性影响的焦虑心理，可见，中国建设软实力不仅是以文化吸引其他国家的问题，而且是富强后的中国在文化层面上应该何去何从的战略选择问题。

20 世纪 70 年代，台湾比较文学界提出“阐发法”，要求运用西方文学理论来阐发中国传统文化，这是在中西文化不平等的交流过程中重新认可中国传统文化的一次有力尝试。中国大陆学者在此基础上提出“双向阐发法”，即在运用西方文学理论来阐发中国文学的同时，也可以运用中国传统文化来阐发西方文学。虽然王向远认为还没有出现以中国传统文化来阐发西方文学的成果，但是双向阐发是中国学者在文化层面上要求中西文化平等交流的理论设想，更为清晰地体现了大陆学者对传统文化的自信以及在全球化进程中回归传统文化的迫切心理。中国当代学界热衷于回归传统文化，这与改革开放特别是90年代以后中国综合国力的持续增强有密切的联系。综合国力的不断增强激发了中国学者重新认识中西文化关系、重新定位全球化进程中中国传统文化的地位的热情。从这种时代语境出发，我们就能很好地理解90年代曹顺庆提出“失语症”、比较文学界提出跨异质文化比较与中西文化“和而不同”等观念的社会现实。简而言之，当中国积贫积弱成为西方国家殖民的对象时，中国知识分子主动接受西方文化以融入西方资本主义体系；当中国主权独立并通过改革开放重新崛起以后，中国必须寻求一条新的文化发展道路来和强大起来的中国“硬实力”相匹配。中国现在已经是经济大国，但还不是文化大国，文化发展上的落后状态已经制约了中国成为世界的政治大国。因此，我们认为，中国有必要提高“软实力”。但是问题的复杂性就在于，对于一个曾经积极吸纳西方文化来改造中国传统文化的经济大国来说，应如何做到反过来认识民族文化呢？对此，乐黛云教授说：“从曾经被殖民或半殖民地区的视角来看，当前最重要的问题，就是在后殖民的全球语境下，如何对待自身的传统文化的问题。”① 当然，这不仅仅是如何看待传统文化的问题，而且是中国文化应该如何发展的问题。

我们应该清楚地认识到，我们已经不可能回归纯粹的传统文化了。在中国文化软实力建设的讨论中，不少学者强调软实力建设要立足于民族文化，如张红就认为：“文化本身具有继承性、独立性。提升文化软实力，应当立足于民族文化的复兴。中华民族的优秀文化是中国软实力的首要资源，随着中国传统文化的现代化，它的优秀价值观念必将在长期被西方文化和观念所主宰的世界上凸显自己的价值。”② 一个国家当然不可能抛弃自己的民族文化，因为它是国家文化的底色。然而，经由100多年的中西文化交流，当代学者对传统文化的认知也带着西方文化的色彩。这一点可以在哲学诠释学中找到学理依据，乐黛云教授作了较为通俗的解释，她说：“我们所说的文化并不等于已经铸就的、一成不变的‘文化陈迹’，而是在永不停息的时间之流中，不断以当代意识对过去已成的‘文化既成之物’加以新的解释，赋予新的含义；它是正在进行着的当前整个社会的表意活动的集合，包括意义的产生、传达以及各种释义活动。因此，文化应是一

---

① 乐黛云：《比较文学与比较文化十讲》，上海：复旦大学出版社2004年版，第4页。

② 张红：《构建和谐社会与提升中国文化软实力》，《理论界》2008年第11期，第36页。

种不断发展、永远正在形成的‘将成之物’。显然，先秦、汉魏、盛唐、宋明和我们今天对于中国文化都会有不同的看法，都会用不同时代当时的意识对之重新界定。”① 实际上，文化与人化感通变，人是文化成之“我”，文是人之启道。时代改变，人之处境也随之变化，人对文之理解与解释也相应地改变，因此，沐浴着欧风美雨的当代知识分子再也无法重现纯粹的传统文化了。正如乐黛云所说：“事实上，任何文化都是在他种文化的影响下发展成熟的，脱离历史和现实状态去‘寻根’，寻求纯粹的本土文化既不可能也无益。即使中国从来不是殖民地，当代中国人也很难完全排除百余年来的西方影响，复归为一个纯粹传统的中国人，正如宋明时代的人不可能排除印度文化影响，复归为先秦两汉时代的中国人一样。因此，我们用以和世界交流的，应是经过当代意识诠释的、现代化的、能为现代世界所理解，并在与世界的交流中不断变化和完善的中国文化。”②

在全球化语境中，国家文化软实力的建设首先是民族文化的他化。一个国家的民族文化在全球化语境中想要对其他国家的文化产生吸引力，就必须将自己的文化打扮成全民族的“文化”，使之成为代表全世界利益的“文化”。马克思曾经分析企图代替旧统治阶级地位的新阶级的思想特点：“事情是这样的，每一个企图代替旧统治阶级地位的新阶级，为了达到自己的目的就不得不把自己的利益说成是社会全体成员的共同利益，抽象地讲，就是赋予自己的思想以普遍性的形式，把他们描绘成唯一合理的、有普遍意义的思想。进行革命的阶级，仅就它对抗另一个阶级这一点来说，从一开始就不是作为一个阶级，而是作为全社会的代表出现的；它俨然以社会全体群众的姿态反对唯一的统治阶级。”③ 通过上述论述可知，新阶级之所以能够在文化层面上战胜旧统治阶级，是因为新阶级的文化代表着更为广泛的阶层利益。一种文化只有先从自己的利益中走出来，只有能够服务更为广大的群体，这种文化才能吸引更多的人，从而得到更多阶层的认可。中国当代文化的软实力建设正如新阶级，它的目的是要取代西方文化，进而形成自己的文化影响力，这在学理上与企图代替旧统治阶级的新阶级的文化举措是一致的。民族文化只有走出狭隘的民族利益才能获得更

---

① 乐黛云：《比较文学与比较文化十讲》，上海：复旦大学出版社 2004 年版，第 5 页。

② 乐黛云：《比较文学与比较文化十讲》，上海：复旦大学出版社 2004 年版，第 6 页。

③ 马克思、恩格斯：《马克思恩格斯选集》（第 1 卷），北京：人民出版社 1975 年版，第 63 页。

多其他民族的认可。马克思揭露了西方资产阶级“博爱、民主、平等”观念所蕴涵的资产阶级利益，这种揭露对我们来说是一种启发。西方资产阶级将自己的阶级利益掩盖在普遍性的文化观念口号之中，从而取得了广泛性的认可。可见，民族文化也必须以普遍性形式将自己描述成全世界的代表才能对异质性的其他民族文化产生吸引力，并以“软实力”的方式对其他民族文化施加影响。民族文化的普遍化过程也是民族文化消除民族狭隘性的过程。民族文化必须他化才能将自己从文化的狭隘性中解放出来，才能获得文化的普遍性形式。文化“软实力”建设本质上是以民族文化他化的形式获得文化的世界性影响力，从而促使异质性文化追随自己而实现民族文化的最大利益。

熔铸在文化“软实力”的建设过程中将发挥重要的作用。曹顺庆先生认为比较文学的发展始终贯穿着世界主义与民族主义的二律背反，他说：“比较文学的发展始终贯穿着世界主义胸怀与民族主义情绪的二律背反。一方面，世界融合、沟通共识一直是比较文学的理想与抱负。……另一方面，实际的比较文学研究中却总是流露出民族主义倾向，因而常常受到比较文学学者的攻击。”① 比较文学之所以存在这种民族主义与世界主义的二律背反，是因为比较文学缺乏文学他化与熔铸的视域。在全球化时代，一个国家的民族文学与其他国家的民族文学走入了互相交流的境域，这种文学相互间的交流为民族文学吸取异质性文学因子而他化创造了历史条件。民族文学能够通过对异质性文学因子的吸纳、熔铸来淡化文学的民族主义倾向，并且因为吸纳了更多的异质性文学因子而表现出更为宽广的世界主义胸怀。全球化时代文化交流的特点就是异质性的文化相互碰撞、相互影响，这个时候各国的民族文化都将面临着固守与开放的两难选择。固守民族的文化传统可以保持民族文化的同一性，但却失去了文化更新发展的机遇；而开放地吸收外来文化可以促进民族文化跨越性发展，但也有失却文化传统的危险。熔铸在文化发展姿态上超越了固守与开放的两难境地。熔铸的目的是创新，传统文化在这种创新中得到新的文化因子的滋养，不但不会被外来文化所取代，而且会因为有新的文化因子的加入而得以发展。熔铸后的文化成果必定是传统文化与外来文化和合会通的结果，它既有民族文化的因子又有外来文化的因子，是民族文化与外来文化各自他化后的

---

① 曹顺庆：《比较文学学科史》，成都：巴蜀书社 2010 年版，第 1 ~ 2 页。

玉成。在全球化时代，我们不能固守纯洁的民族传统，也不应全盘接受外来文化，熔铸中西文化以求文化的推陈出新才是当前中国“软实力”建设的正道。

中国是在半殖民地半封建社会的基础上发展起来的现代国家，熔铸对中国当代文化建设更为重要。经济强大后的中国以什么文化形态吸引其他国家呢？这是值得我们深思的问题。中国的传统文化是与自然经济同步发展的文化形态，在全球化的进程中被西方国家视为落后的、封建的，西方国家从进化论的狭隘心态排斥它，中国近现代知识分子也因救亡图存的现实需要而急切地引进西方文化来批判它，中国传统文化经由全球化的洗礼，既失却了文化所依赖的物质基础，也失却了征服其他国家的吸引力。因此，当代中国的“软文化”建设不可能通过复原传统文化而吸引西方国家，当然也不可能通过倒卖西方文化而影响其他国家。实际上，西方文化进入中国已经经受了中国知识分子的选择与过滤，这种出于现实的选择与过滤是文本理解与解释的效果历史意识，它为中国文化的发展创造了可能。何怀宏认为：“现在参与塑造当今中国及其未来的主要有三种‘源流’：一是三千多年以来的传统历史文化，它主要在人们心灵深处的精神和价值观念层面起作用；二是遭遇西方一百多年以来的启蒙和革命的文化，它主要在社会的意识形态和政治架构层面起作用；三是近二三十年以来的全球化和市场经济的文化，它自然主要是在经济和物质领域起作用，和人们的日常生活息息相关。”① 中国从国别文化之中走出来，面临多种文化资源，这既是文化创新的机遇，也是文化创新的挑战。关键问题是，我们应该如何面对这些文化资源呢？这是一个现实的问题，也是全球化时代自我与他者关系的哲学问题。何怀宏提出了这样的主张：“当务之急还不是所谓‘通三统’的问题，而是‘致中和’或‘执两用中’的问题，即注重两端，在‘三千年’和‘三十年’的两端中寻找中道。”② 他要求优先考虑前三千年与后三十年的文化资源，前三千年是中国的传统文化，后三十年是中国接受西方文化以后创造的现代文化，这两种文化构成了我们可以“致中道”的两端。我们觉得这样的主张还比较保守，因为文化的创新不是在两种文化资源之中找到平衡点，也不是在中道上的“执两用中”。

---

① 何怀宏：《后奥运的中国》，《法制资讯》2009 年第 1 期，第 31 页。

② 何怀宏：《后奥运的中国》，《法治资讯》2009 年第 1 期，第 31 页。

文化的创新离不开主体的前见，它必然是生活在世界之中的此在与文化资源的和合缘构。文化资源会滋养主体，主体如果具有熔铸意识，它就可以将各种文化资源熔为一炉，以自己的创造性活动反哺文化资源。从提高文化“软实力”的角度来看，研究西方文化如何进入中国的重要性远远比不上对以下问题的研究。这些问题就是：中国文化吸纳了哪些西方文化？它在扬弃西方文化的同时又保留了西方文化的哪些部分？我们认为，中国文化对西方文化的选择与过滤是有意识地积累熔铸的“原料”，这些“原料”为中国文化的创新提供了基础。乐黛云教授看好这种经由文化选择与过滤后的文化交流，她举例说：“历史上不同文化之间的互利、互识多半是通过这样的方式来进行。例如，古代中国在自己的文化场中，用自己的话语与印度佛教对话，结果是创造了中国佛教的禅宗。英国哲学家罗素认为，不同文化之间的交流过去已被多次证明是人类文明发展的里程碑。希腊学习埃及，罗马借鉴希腊，阿拉伯参照罗马帝国，中世纪的欧洲又模仿阿拉伯，而文艺复兴时期的欧洲则效仿拜占庭帝国。显然，上述希腊、罗马文化吸收了其他文化之后，仍然主要是希腊、罗马文化，但又不同于接触他种文化之前的希腊、罗马文化。”① 人类文化的跨越式发展需要异己文化的滋润，中国在100多年的现代化进程中接纳了西方几千年的文明成果，已经是时候熔铸创新了。我们相信，熔铸中西文化必能创造出更加辉煌、更加灿烂的文化，从而为人类未来的发展开辟更为合理的路径。

“软实力”是当代文化建设的时代课题，而文学熔铸是回应这个时代课题的战略选择。中国文化必须熔铸，因为熔铸是中国继续现代化的首要选择，也是中国文化走出民族狭隘利益进而重新塑造文化普遍性的唯一途径；中国文化需要熔铸，因为中国是从资本主义体系的边缘国家发展为世界经济大国的，在中西文化关系上，中国文化没有必要自卑也没有必要固守传统文化而盲目自大，因为文化自大其实也是对中国吸纳西方文化改造传统文化的过去的一种自卑。熔铸体现了中国对待西方文化的大度与自信。中国文化应该熔铸，因为这是正确对待中西文化的具有智慧的方法。全球化将世界各国、各民族文化带进了相互交流的境域，美轮美奂的人类智慧的结晶成为可供中国文化吸纳的宝库，成为中国文化他化的生生不息的源泉。因此，我们没有必要固守影响研究与平行研究的条条框框，我们

---

① 乐黛云：《比较文学与比较文化十讲》，上海：复旦大学出版社2004年版，第8页。

应该熔铸，从而创造出新的具有世界性与人类普遍性的文化。如果这一天到来了，中国文化当然也就具有了“软实力”的吸引力。

小　结

本编是在栾栋先生“辟文学”和文学他化思想的直接影响下对比较文学学科理论的局限与突破路径所作的深一层探究。本编首先论述了栾栋先生的“辟文学”与文学他化思想，这是国内第一篇系统地研究栾栋先生文学思想的专论。我们认为，栾栋先生治学注重创新，其“辟文学”与文学他化思想揭示了“文学非文学”的“多面神与九头怪”特征，敞开了文学他缘、他辞与他适的“我”“他”和合的秘密，开启了文学兼他而在、他化而去的会通艺术，这样的文学思想既弥补了当前文学界论学只知“是什么”的单面局限，也化解了西方比较思维跨界而又在界的困境。在栾栋先生文学思想的直接启发下，我们重点阐发了比较文学学科理论“界”内思维的局限、界外辟思的推进的可能以及文学熔铸的别一种智慧。本编还结合当前中国“软实力”建设的现实问题，提出以文学熔铸建设中国“软实力”的看法。我们认为，中国“软实力”建设必须强化熔铸的文学观念，这既是中国适应全球化发展进程的历史选择，也是中国文化走向世界而具有吸引力的现实需要。

结　语

本文论述的重点问题是全球化时代的文学研究，我们的主张是：全球化时代文学研究应该走向熔铸。“熔铸说”作为一种完整的治学思想，源自我的导师栾栋教授。古人也有提到熔铸者，如刘勰，但在他那里，熔铸这个词仅作为比喻而一语带过，并没有形成完整的治学思想。我的导师在熔铸性思想方法上下的功夫非常深，用他自己的诗作来表述，那便是“化境端合天籁生，惨淡经营只课工。比较日月莫蹉跎，且将此生铸黄钟”。栾栋先生治学重视熔铸，看好通化，方法随时空演变，视野因聚焦启蔽，不仅发人深思，而且益人心智。文学通化问题是栾栋先生耕耘不辍的重要学术领域，此须另文专题研究。在我的这本论著中，仅就他的“熔铸说”与比较研究的关系做了一些深入的阐发。我将栾栋教授的熔铸思想推进到比较文学研究领域，并以此为基础强调比较文学在全球化时代走向熔铸的必然趋势，这就需要对这一“推进”的目的与合理性作出解释。熔铸、比较文学、全球化这三个关键词实际上蕴涵着两个重要问题：一是如何认识比较文学与全球化的关系，二是如何理解全球化时代文学研究的熔铸趋势。

一、比较文学与全球化

比较文学与全球化的关系问题是本书前言部分重点阐发的内容，这部分内容的主体部分以“分判与通化：全球化语境中的比较文学研究”为题发表于《广州大学学报》2011 年第 8 期，并被《高等学校文科学术文摘》2011 年第 6 期摘录了主要观点。我们认为，从大的历史时段来看，比较文学的学科建制仅仅是人类文明发展历程中的阶段性成果之一，这一阶段恰好与资产阶级推动下的世界市场基本同步。因此，我们借用了“新历史主义”有关历史与文学的论述，大胆地将比较文学视为全球化时代文学研究的经典范式，从而揭示比较文学学科理论史与全球化时代互为因果、互相塑造的动态缘构关系。

意识与物质、思维与存在的关系问题曾经是西方哲学的基本问题，对于这一基本问题，国内学术界多接受马克思主义的经典论述：物质决定意识，意识反作用于物质。承认物质第一性的重要地位，这当然没有错，诚如马克思所说："思想、观念、意识的生产最初是直接与人们的物质活动，与人们的物质交往，与现实的语言交织在一起的。人们的想象、思维、精神交往在这里还是人们物质行为的直接产物。表现在某一民宅的政治、法律、道德、宗教、形而上学等的语言中的精神生产也是这样。……意识在任何时候都只能是被意识到了的存在，而人们的存在就是他们的现实生活过程。"① 意识当然离不开人们具体的社会实践，但问题在于，当现实生活进入了意识并以文字编码的形式表现出来时，文字编码的意识与现实生活是否还只是简单的单向决定性关系呢？这一追问是我反思比较文学与全球化关系的出发点。比较文学当然是在全球化历程之中，但是比较文学与全球化是否就是简单的全球化（经济、物质生活）决定比较文学（意识形态）呢？"新历史主义"对历史与文学关系的阐述启发了我重新认识这个问题所蕴涵着的复杂性。

格林布拉特提出"社会能量"的概念对我们颇有启发。张进在阐释这一概念时说："新历史主义将文学放在历史现实与意识形态的结合部和交汇处，并从这里观察历史事件如何被意识形态吸收理解以及既定的意识形态如何控制和把握着这一认识过程，特别重视文学文本如何参与形成现行的意识形态这一'逆向过程'。简言之，即'历史事件如何转化为文本，文本又如何转化为文学这样一个循环往复的过程。'……理解新历史主义的关键就在于这个命题的后一点：文学究竟如何对意识形态起反作用？为什么文学是形成意识形态的重要场所？"② 如果从单向的决定论来理解全球化时代与比较文学的关系，我们得出来的结论只能是全球化时代作为比较文学的"背景"起着决定性的作用。然而，当我们结合格林布拉特的"社会能量的流通"论断来看时，就可以更为辩证地看到全球化时代与比较文学互相塑造的动态关系。资产阶级推动了世界市场的全球性扩张，这一扩

① 马克思、恩格斯：《马克思恩格斯全集》（第1卷），北京：人民出版社1972年版，第30页。

② 张进：《新历史主义与历史诗学》，北京：中国社会科学出版社2004年版，第193页。

张过程从早期以武力为基础的野蛮掠夺到后期较为文明的软实力吸引，都在重复地演述着人类发展的新型故事：人类的文明史开始进入了一个以跨民族、跨国别关系为特点的新时代。远古文明、上古文明、中古文明虽然也有跨民族的文化关系，但文化发展的轨迹基本上来自本民族文化传统所推动着的文化惯性。资产阶级主导下的文化世界则打破了民族文化发展的这种惯性。资本主义“主导”性国家在掠夺“边缘”国家的同时，其文化也在不断地扩展着自己的影响力，不断地强迫着异己文化加入自己的文化体系。人类文明发展进程中的这一新的时代特征需要新的意识形态为其辩护。于是，我们在近现代的西方政治典籍中阅读到了普适性的人类价值：平等、自由、理性，东方农业国家从西方自然科学中接受了客观、真理的普适性，从社会学著述中接受了优胜劣汰的社会达尔文主义……文学研究从国别文学研究范式到跨国别、跨学科比较文学学科范式的转变也是文学参与全球化时代意识形态建构的主动行为，全球化进程的不同阶段影响了人类对比较文学学科理论的不同认识，塑造了人类对自我与异己文学的不同态度。另一方面，比较文学作为一门学科，它具有自己的社会能量，它能依靠自己的社会能量来影响全球化进程、影响人类对异己文化的接受。张进在阐述社会能量“流入”、“流出”文学艺术作品时说：“一方面，这种能量或力量可以通过编码而进入文学艺术作品；另一方面，文学艺术作品又不停地释放发挥着它们的能量，对同代的或后代的读者观众产生影响，进而对社会现实发生作用。……社会能量在‘流入’与‘流出’文学作品的‘流通’过程中实现其意识形态功能。”[①] 比较文学通过能量的“流入”与“流出”方式实现其意识形态功能：一方面，全球化能量流入了比较文学，从而开拓了人类的世界意识，促进了文学的跨国别流通与相互影响关系；另一方面，比较文学以其跨国别的姿态也在影响着人类对全球化的接受与理解。可以说，比较文学是全球化时代文学研究的经典范式，它们互相促进、互为因果，构成了相互塑造的动态过程。我们认为，法国学派是对全球化时代文学交流现象的首次理论概括，其“国际文学关系史”的判断虽然有科学主义的倾向，但也是文学研究领域第一次尝试着对全球化文学的活动特点作出的解释，经由法国学派的努力，文学研究开拓了一个跨国别研究的新领域。美国学派平行研究与全球化的进一步拓展

---

① 张进：《新历史主义与历史诗学》，北京：中国社会科学出版社2004年版，第195页。

密切相关。世界市场的全球性拓展将传统文化平行发展的东西方国家卷入了相互影响的境域，这一新的文化现象是法国学派学科理论所无法解释的。美国学者顺应时代发展提出了平行研究，进一步打破了文学研究的国界与学科界限，是文学研究顺应全球化发展的进一步深化。比较文学中国学派的创建、发展与中国在全球化时代的地位有着内在的联系。近现代中国是全球化时代的边缘国家，当代中国是全球化时代的经济强国，随着中国在全球化发展进程中的地位变迁，中国学者论述中西文化关系的逻辑也随之发生了变化。近现代中国学习西方，是全球化边缘国家融入全球化的主动性行为，期间接受了全球化中心国家对全球化边缘国家的不平等关系；当代中国学者提出跨异质文化交流，反思“失语症”，提倡“和而不同”，这些则是国家经济实力强盛后的中国重提传统文化影响力的表现。本篇论文的这些观点正是从比较文学与全球化的动态过程入手，尝试着结合全球化进程较好地来解读比较文学学科理论的“背景”。

如果从社会能量“流入”与“流出”的关系来理解全球化与比较文学的话，那么比较文学中国学派的理论建构就不仅是纯粹的理论性问题，而且是关系中国国家形象塑造的战略性问题。基于此，我们结合比较文学中国学派的学科理论探讨了当代中国文化软实力的建设问题。中国曾经是资本主义体系的边缘国家，在全球化的进程中曾经不得不以西方文化来改造传统文化以完成现代民族国家的建设。在这一过程中，中国形象遭受了西方文化的丑化与诋毁，这是西方文化从社会达尔文主义出发来对中国作出的形象“塑造”。新中国成立以后，中国以主权独立的国家身份参与到全球化进程中，并逐渐成为资本主义体系中的经济大国，这一身份的转变需要重新塑造中国形象，从而使中国在世界政治、经济、文化等各个层面上发挥越来越大的作用。比较文学是全球性的学科，比较文学跨国别、跨学科视野又体现着全球化的意识形态，因此，中国学者以此为切入点建构比较文学中国学派，这对于塑造中国文化形象有积极的促进作用。可以说，在比较文学中国学派中，我们如何阐释自我与异己性他者的关系，如何理解世界意识，如何立论跨国别、跨学科的文学关系，从某种程度上来说也是在向世界传达中国是如何表述中国与外国关系的信息。因此，比较文学中国学派既是中国对世界比较文学的理论贡献，也是中国向世界传达新的世界关系的意识形态。我的论文也是从这个角度出发，着眼于从国家软实力建设的战略高度来论述了比较文学中国学派的学科理论建设问题。

二、走向熔铸的全球化时代文学

熔铸这一学说是栾栋教授在中山大学的一次学术讲演中提出来的，这次讲演的讲稿还没有正式发表，因此，国内学界对此学说的了解并不多。从表面上看，我是栾栋教授的学生，我运用导师的思想作为论文的核心理论，这既是对导师理论的自我夸示，也是缺乏独创性的表现。实际上，我接受导师的理论并以之为全球化时代文学研究的基本范式，这不仅是我在学习、运用导师的思想，而且是我对全球化时代文学研究的基本问题的理解与阐发。我认为全球化时代文学研究的基本问题与当代哲学的他者问题是相通的。文学走出国别、走出民族，它遇到的必将是异己性的他者，文学应该如何对待这一他者呢？法国学派、美国学派对此做了规定，形成了既有国别“色彩”又有全球性价值的学科理论。当代中国学者积极建构比较文学中国学派，也提出了“阐发法”、“双向阐发法”、“和而不同”、“变异学”等主张。而我把“熔铸说”看作可以与这些主张对话的一种主张，我期待着因为这一主张的提出而能在比较文学界兴起讨论的热潮。

栾栋教授的“熔铸说”是他在许多文章中都阐发过的一个观点。如他在《哲学研究》期刊上刊登的《易辩法界说》一文中就主张对中西方母体思维方法的熔铸创制。在《哲学研究》期刊上发表的另一篇文章《文史哲学阙略管见》中，他解析了中西比较研究中缺乏熔铸的弊端和原因，其中就涉及描述“类比而非自出机杼、自铸新体、自成方略”[①] 的问题。正是有感于文学比较、史学比较、哲学比较中的“摆饾饤”现象，有感于比较研究“在路上”的前不着村后不着店的状况，他进一步提出了辟文、辟学、辟思的突破类比方法的理论和实践[②]。这些论文鞭辟入里、针针见血，从原理和方法上将人们带出了类比的循环圈，攀升到一个理论创新的高度，或曰熔铸的高度。栾栋教授的这些高水平论文本身就是熔铸的典范。他的“熔铸说”是一个圆通的体系，他的理念、术语都是别开洞天、自铸新说的。除了上述例子，我们还可以参考他在《文学评论》上连发的三篇论文：《文学归藏论》、《文学归潜论》、《文学归化论》，学界将它们称作

① 栾栋：《文史学阙略管见》，《哲学研究》2005 年第 12 期，第 102 页。
② 栾栋：《〈文心雕龙〉辟文学之美学思想刍议》，《哲学研究》2004 年第 12 期，第 64 页。

“归论”或“三归说”。“三归说”将后现代大家们的那种孤魂无归的苦恼一扫而空。而他在《学术研究》上发表的《论人文学术还家》一文则百尺竿头，更进一步，提出了“文史哲互根”的新命题。为了解决学术界“类比而不自铸，描述而不创新”的通病，栾栋教授还创立了文学“他化说”。只要认真系统地阅读栾栋教授的论文，便可以感受到一种崭新的文学理论话语，而且这些话语还是颇具规模地矗立在我们面前的。这些著述可以概括为熔铸：既是一种新型的文学理论（熔铸学说），又是实践性的熔铸创新。栾栋教授对“熔铸说”有这样的解释：“通俗点讲，‘熔铸说’是为了超越法国影响比较派所采取的多元文化历时且共时的交叉契合，也是为了突破美国平行类比派拉郎配陋习的‘时中’举措，同时也有超脱目前国人急欲竖起中国学派旗帜的‘我中心’局限。‘熔铸说’冶比较和考证于一炉，集物我与时空于一体的创新，是对比较研究乃至广义的学术研究的更高一个层次的追求，是力求将‘我学你学他学’熔为一体的尝试。”① 栾栋教授认为，我们通常给予学术二字很崇高的地位，事实上学术确如章学诚所言，是充满了“私”家的东西。在上面这段关于“熔铸”的解说中，我们能够感受到栾栋教授那样一种破执而在和有容乃大的精神气质。在学术研究和创造方面，他为我们传达出两个方面的信息：一方面是作为学理层面上的熔铸理论（学说），另一方面是作为实践层面上的熔铸创新主张。这两方面内容也是我将本书主题定为“熔铸说与全球化时代”的原因。从学理层面上看，“熔铸说”是针对全球化时代而提出来的理论创新的主张，即以“熔铸说”为命题的主张良性全球化的文学研究；从实践层面上看，它是将全球化时代的文学作为兼容并包以创新的世界性活动。熔之，熔之，实即有容乃大。铸之，铸之，或可无中生有。人类期待良性的全球化，“熔铸说”推动的正是这样一种良性的文化运动。这两方面内容有一个共同的旨归：将诸多他者熔铸一炉而推出创新性的成果。

这一思想在现当代学者的论述当中也有过相近似的片段闪现，而栾栋教授却将这些思想整合成了一个命题、推导为一个主张、落实为一种行为，其中“‘我’在淡化，‘你’在溶入、在渗透，‘我’与‘他’互通有无、勾兑诸种元素、破执破独、共成经纬。此经纬不是一般意义上所说的和谐，而是新天地所需要的以全人类福祉为旨归的大器。大器中有和谐，

① 此段出自栾栋教授与笔者的交流。

但是大器中也有恶欲的冲突与转化；大器中有逆动，然而大器中更多的是契合正反、导引善举的人文主调，是天人相得、自然而然的低昂互节。私学是小器，公学是大器，这也是为什么古人常说学术乃公器的原因。孔子说‘君子不器’，是指杰出的人不小器而大器，因为大器可以通化近道。全球化中期待的新天地的大器，其人其德其才，当如万钧之洪钟，无铮铮之细响，其根其脉其传，恰似六合之精华，有熙熙之大美，一如《周易》、《道德经》、《论语》等经典，是集思广益之大成，即旷世经典，非一己之私言。此类经典，实际是囊括小器以熔铸大器。大器不僵，大器不固，大器通化，大器近道，成就大器方可入化境而近道。换言之，熔铸何为？在治学和做人的意义上，就是在学习古人写经，成就大器以近道。熔铸之于治学，就是提倡一种写经的精神。说全球化需要熔铸，就是说全球化需要致公器而写经，需要全世界的优秀学者共襄写经的善举。此经何经？能为全人类福祉作经纬的学术大旨。”[①] 栾栋教授的这段话，把熔铸的品格解释清楚了，即公器大器之集思广益；他把熔铸的思维艺术揭示出来了，即不封、不闭、不固、不执；他把熔铸的功能阐发明确了，即契合正反、导引善举；他把熔铸的后续运动披露出来了，即一如真正的经典，开合时中、化感不已。栾栋教授关于“熔铸说”的标准是否定得过高了呢？有点儿，但是也不为太过。试想，上古、高古、近古都有经典，那么，我们的时代为什么出不了经典呢？面对全球化这么罕见的历史机遇和严峻挑战，不是最应该出经典的吗？从不愧当今时代、不负天下苍生、不做苟且学问的角度来看，“熔铸说”的突破性、可行性和崇高性都让我们感喟不已。在这个意义上，我们还可以看出，栾栋教授倡导的“熔铸说”，实际上是激励每个学者扎根现实而又超越现实，努力兼收并蓄以集思广益。从学术深层方面考虑，栾栋先生是不主张一窝蜂扎堆地去搞大兵团作战的，但是他非常看好追求卓越境界的“熔铸”。他有一句很发人深思的话：“‘熔铸’是推进学问过程的真正的协作。表面上静悄悄，沉甸甸，实际上在独乐乐中表达出众乐乐之乐陶陶。”[②] 统与独、兼与专、人与己、是与非等永恒的治学问题在“熔铸说”中都有着广阔的发挥余地。

“熔铸说”的提出必然会引发两个相关问题的争论。第一个问题是中

---

① 参见栾栋：《原创论讲义》。
② 参见栾栋：《原创论讲义》。

西熔铸创新以后的文化产品是世界性的还是民族性的？这一问题其实是不需考虑的问题，因为这一问题忽视了熔铸的主体—作者—前见问题。任何熔铸都是“人”主导下的文化行为，作为熔铸的主体摆脱不了伽达默尔所论证了的历史前见。因此，我们认为，熔铸是带有效果历史意识的文化行为，熔铸产品属于一定历史时段、一定文化前见，熔铸的意义就在于具有前见的主体努力吸纳给予他的各种文化资源，从而在天地神人的结构中努力促使世界从大地之中绽放出来。世界是此在在世的世界，因此，熔铸而成的创新性产品也是在世界中的产品。第二个问题是熔铸作为栾栋教授的个人见解，如何具有推广的普适性？这是受制于近代真理观念而产生的困惑，认为精神科学的真理具有普适性与客观性是近代自然科学对精神科学僭越的结果。实际上，如果关注库恩在《科学革命的结构》一书中有关范式的论述、海德格尔在《艺术作品的本源》一书中有关艺术真理的理论以及伽达默尔在《真理与方法》一书中有关精神科学真理要求的阐发，我们就可以对理论的普适性有新的理解。我认为，“熔铸说”是关于全球化时代文学研究与创作的一种主张，它能否成为比较文学学科范式还有待考察。实际上，我将栾栋教授的“熔铸说”引入比较文学学科理论之中，并提出走向熔铸的主张，其积极意义也正在于期待着“参与”与“契合”，舍此则不能确定学科范式。因此，本书的目的不是提出真理，而是提出一个有待大家参与的、可以讨论的“话题”。

我把栾栋教授的“熔铸说”与全球化运动结合起来看，有一种超前置后的意义。笔锋所及，有栾老师学术思想的推动，也有我对比较文学学科的理性认识与深入推进。

首先，本文从全球化的进程来反思比较文学的学科发展与学派更迭，这是对比较文学学科理论研究的进一步深化。国内比较文学诸多著述多从法国学派、美国学派以及中国学派诞生、发展的时代背景与哲学思潮等来论述比较文学，等于是在西方学派的前提下“接着讲”。我们认为，这样的研究不仅缺乏对比较文学与全球化关系的宏观的把握，而且缺乏对比较文学学科及其方法的“反权近道”的逆推，因为与“照着讲”一样，“接着讲”追逐的依然是线性思维。伊格尔顿在《二十世纪西方文学理论》一书中对英国文学兴起的论述启发了我论述比较文学的兴起。我认为，19世纪初期法国维尔曼、圣伯夫、丹纳、斯达尔夫人等的文学研究虽然已经有拿本国文学与外国文学相比较的意识，维尔曼甚至于1829年提出了比较文学的概念，但是这些理论家们的理论及行为都还属于文学比较，与1886年巴斯奈特所提出的比较文学学科与其他文学研究还有很大的区别，区分的标准就在于：看其研究中是否具有自觉的世界意识。文学的世界意识与资本主义推动下的世界市场互为因果。世界市场的扩展必然会打破对民族文学、国别文学的迷恋，从而与民族之外、国家疆界之外的他者一起进入文学交流的境域。所以，我们认为，资本主义体系化过程中的文学研究带给我们的新的问题就是：走出国别的文学应如何接受不能被自我所同一的“他者”？这个问题与当代哲学对他者的论述是同一时代问题。我的论文论述了中西文学比较传统以及从文学比较到比较文学的转向，我所重点着力的也是全球化带给文学研究的这一新时代问题。我在修改过程中将论文题目改为全球化时代的文学研究，意在将比较文学学科作为全球化文学研究的经典范式，从而将研究重点转向讨论比较文学的世界意识与全球化进程的内在联系上。

其次，我论述比较文学研究的“熔铸”问题，以此作为讨论比较文学中国学派建构的聚焦点，应该说这本身就是一种理论创新。法国当代哲学家利科对想象的论述启发了我们认识比较文学研究的自我与他者形象问题。在远古、中古以及近古的文化交流受制于科学水平，人类对自我之外他者形象的想象更多的是“缺席想象”，这种“缺席想象”最早带有迷恋自我的情景，而在文艺复兴与启蒙运动过程中逐渐从迷恋自我走向了批判自我，即以他者形象批判自我的文化弊端，并寻求建构新的意识形态。资本主义主导下的世界性文化交流活动与之最大的区别是：人类对他者的想象从缺席走向了“在场”，过去是在“我”之外遥不可及的地方而现在则直接来到我的面前，并和“我”发生了生产、流通与消费等直接的商品活动关系。那么“我”应该如何对待“他”呢？这种文化关系纠缠在西方对东方在技术、生产方式占据优势的实际中就显得更为复杂。早期西方资本主义仅仅努力同一异己之他者，仅仅将“他者”作为掠夺财富的对象，在19世纪社会达尔文主义的推动下发展出先进—落后、文明—野蛮的二元结构中心论后，心安理得地残杀、殖民、掠夺落后的国家。两次世界大战使这种对待他者的意识形态遭遇到了空前的挑战，如何对待他者成为了当时至今哲学界思考的重要问题。我认为，资本主义世界市场的推动过程也提高了人类对他者的认识。从同一到对话，体现了人类走出自我迷恋后所呈现出来的理性与文明意识。我对熔铸的论述依据自我与他者的哲学理论，扎根于中国文化近现代转型与全球化的关系，更加强调自我主动吸纳他者以成新知的向度。我所论述的歌德、王国维、钱钟书等学者都有这方面的特点。可以说，我的研究依据于导师的“熔铸说”，但我更求推进人类在对待他者特别是中国在对待西方文化的观念上有新的突破。

如果我们关注2012年陈平原教授对“大学教育走向国际的反思以及繁荣社会科学”的命题的相关讨论就会发现，当前国内在中西文化关系的认识上还存在“西方至上”和“迷恋自我”的思潮，这两种思潮或许将伴随全球化时代而影响着人们的世界意识。我在这些文化思潮中突出“熔铸说”的主张，某种程度上也是希望削减这两种思潮的影响力。人类从部落意识中走出来，许多国家在这一过程中付出了很大的代价，但是不可否认，在21世纪的今天，人类对待他者的意识已经超越了19世纪和20世纪前期的自我中心主义，既然我们开始从自我中心主义中走出来了，我们就没有必要再走回去，而且实际上也不可能再走回去。因此，警惕全球化时代自我中心主义与西方至上的文化思潮是文化守望者的时代课题。从这一角度而言，“熔铸说”在全球化时代的现实意义就显得非常突出了。“熔铸说”突破了比较，扎根于培植良性的全球化，警惕着自我中心主义与西方至上的偏见，它所敞开的文化资源是“辟”而思之，是归化且他化的境界，对人类自我与他者良性关系的形成应该有促进作用。基于此，我们希望借助这篇论文来引发学术界对“熔铸说”的进一步讨论。中国需要文化来塑造自己的国家形象，需要伟大的创新的学说向世界叙述全球化时代国家之间的关系，也需要大境界的心胸来表述自我与他者的关系，因此，知识界在这些软实力建设的战略问题上还任重道远。

参考文献

一、中国专著

1．曹顺庆：《比较文学学科史》，成都：巴蜀书社 2010 年版。

2．邓晓芒：《哲学史方法论十四讲》，重庆：重庆大学出版社 2008 年版。

3．乐黛云等：《比较文学原理新编》，北京：北京大学出版社 1998 年版。

4．杨周翰：《欧洲文学史》，北京：人民文学出版社 1990 年版。

5．北京师范大学中文系比较文学研究组选编：《比较文学研究资料》，北京：北京师范大学出版社 1986 年版。

6．曹顺庆：《比较文学教程》，北京：高等教育出版社 2006 年版。

7．王向远：《比较文学学科新论》，南昌：江西教育出版社 2002 年版。

8．杨周翰：《镜子和七巧板》，北京：中国社会科学出版社 1990 年版。

9．胡适：《胡适论学近著》，济南：山东人民出版社 1998 年版。

10．牟宗三：《中西哲学之会通十四讲》，上海：上海古籍出版社 2008 年版。

11．潘一禾：《西方文学中的跨文化交流》，杭州：浙江大学出版社 2007 年版。

12．乐黛云、张文定：《比较文学》，北京：中国文化书院 1987 年版。

13．许慎撰：《说文解字》，杭州：浙江古籍出版社 2006 年版。

14．许慎撰，段玉裁注：《说文解字注》，上海：上海古籍出版社 1988 年版。

15. 王筠：《说文释例》，北京：中国书店 1983 年版。

16. 李圃主编：《古文字诂林》，上海：上海教育出版社 2004 年版。

17.《十三经注疏》整理委员会编：《十三经注疏》，北京：北京大学出版社 2005 年版。

18. 罗振玉：《殷墟书契考释三种》，北京：中华书局 2006 年版。

19. 郭沫若：《郭沫若全集》，北京：科学出版社 1982 年版。

20. 杨树达：《积微居小学金石论丛》，北京：中华书局 1983 年版。

21. 杨树达：《积微居小学述林》（卷二），北京：中华书局 1983 年版。

22. 朱立元：《西方美学通史》，上海：上海文艺出版社 1999 年版。

23. 刘怀荣：《赋比兴与中国诗学研究》，北京：人民出版社 2007 年版。

24. 陈鼓应、赵建伟：《周易今注今译》，北京：商务印书馆 2005 年版。

25. 刘勰著，周振甫译注：《〈文心雕龙〉译注》，南京：江苏教育出版社 2006 年版。

26. 李建中：《古代文论的诗性空间》，武汉：湖北人民出版社 2005 年版。

27. 高亨：《周易大传今注》，济南：齐鲁书社 1983 年版。

28. 闻一多：《闻一多全集》（第二册），北京：生活·读书·新知三联书店 1982 年版。

29. 孔颖达：《周易正义》，北京：北京大学出版社 2000 年版。

30. 孙诒让：《墨子间诂》，《诸子集成》（第五卷），长沙：岳麓书社 1996 年版。

31. 庄春波：《墨学与思维方式的发展》，北京：中国书店 1997 年版。

32. 钱钟书：《管锥编》，北京：中华书局 1986 年版。

33. 纪昀等著：《钦定四库全书总目》，北京：中华书局 1997 年版。

34. 郭绍虞：《诗品集解·续诗品注》，北京：人民文学出版社 2006 年版。

35. 严羽著，郭绍虞校释：《沧浪诗话》，北京：人民文学出版社 2006 年版。

36. 张尚仁：《欧洲认识史概要》，北京：人民出版社 1983 年版。

37. 朱光潜：《西方美学史》，北京：人民文学出版社 1979 年版。

38. 范明生：《古希腊罗马美学》，上海：上海文艺出版社 1999 年版。

39. 汪子嵩等：《希腊哲学史》，北京：人民文学出版社 2004 年版。

40. 张光直：《考古学专题六讲》，北京：文物出版社 1986 年版。

41. 朱龙华：《罗马文化与古典传统》，杭州：浙江人民出版社 1996 年版。

42. 王焕生：《古罗马文学批评史纲》，南京：译林出版社 1998 年版。

43. 王焕生：《两兄弟》，《古罗马戏剧选》，北京：人民文学出版社 2000 年版。

44. 王焕生：《安德罗斯女子》，《古罗马戏剧选》，北京：人民文学出版社 2000 年版。

45. 洪汉鼎：《理解的真理》，济南：山东人民出版社 2001 年版。

46. 朱立元：《当代西方文艺理论》，上海：华东师范大学出版社 1997 年版。

47. 伍蠡甫、胡经之：《西方文艺理论名著选编》，北京：北京大学出版社 1986 年版。

48. 张进：《新历史主义与历史诗学》，北京：中国社会科学出版社 2004 年版。

49. 罗芃、冯棠、孟华：《法国文化史》，北京：北京大学出版社 1997 年版。

50. 王洛林：《全球化与中国：理论与发展趋势》，北京：经济管理出版社 2010 年版。

51. 沈汉：《资本主义史》，北京：人民出版社 2009 年版。

52. 黄仁宇：《资本主义与二十一世纪》，北京：生活·读书·新知三联书店 2003 年版。

53. 王向远：《比较文学系谱学》，北京：北京师范大学出版社 2010 年版。

54. 郑克鲁：《外国文学史》，北京：高等教育出版社 2001 年版。

55. 方汉文：《东西方比较文学史》，北京：北京大学出版社 2005 年版。

56. 杨武能：《歌德与中国》，北京：生活·读书·新知三联书店 1991 年版。

57. 余匡复：《德国文学史》，上海：上海外语教育出版社 1991 年版。

58. 钱钟书：《谈艺录》，上海：上海古籍出版社 1994 年版。

59. 陈惇、刘象愚：《比较文学概论》，北京：北京师范大学出版社 2000 年版。

60. 杜小真：《远去与归来：希腊与中国的对话》，北京：中国人民大学出版社 2004 年版。

61. 曹顺庆：《比较文学学科理论研究》，成都：巴蜀书社 2001 年版。

62. 刘介民：《中国比较诗学》，广州：广东高等教育出版社 2005 年版。

63. 刘象愚：《从比较文学到比较文化》，上海：复旦大学出版社 2011 年版。

64. 孟庆枢：《日本近代文艺思潮与中国现代文学》，长春：时代文艺出版社 1992 年版。

65. 王向远：《宏观比较文学讲演录》，桂林：广西师范大学出版社 2008 年版。

66. 方汉文：《比较文化学》，桂林：广西师范大学出版社 2003 年版。

67. 干永昌：《比较文学研究译文集》，上海：上海译文出版社 1985 年版。

68. 卢康华、孙景尧：《比较文学导论》，哈尔滨：黑龙江人民出版社 1984 年版。

69. 李达三：《比较文学之新方向》，台北：联经出版事业有限公司 1978 年版。

70. 刘若愚著，杜国清译：《中国文学理论》，南京：江苏教育出版社 2006 年版。

71. 温儒敏、李细尧：《寻求跨中西文化的共同文学规律——叶维廉比较文学论文选》，北京：北京大学出版社 1987 年版。

72. 钱钟书：《管锥编》，北京：生活·读书·新知三联书店 2010 年版。

73. 曾逸：《走向世界文学》，长沙：湖南文艺出版社 1986 年版。

74. 司马迁：《史记》，北京：中华书局 2010 年版。

75. 沈立新：《中外文化交流史话》，上海：华东师范大学出版社 1991 年版。

76. 何兆武：《中西文化交流史论》，北京：中国青年出版社 2001 年版。

77. 黄仁宇：《中国大历史》，北京：生活·读书·新知三联书店 2003 年版。

78. 孟非：《比较文学形象学》，北京：北京大学出版社 2001 年版。

79. 蒋廷黻：《中国近代史》，上海：上海古籍出版社 2006 年版。

80. 曹顺庆：《迈向比较文学第三阶段》，上海：复旦大学出版社 2011 年版。

81. 古添洪、陈慧桦：《比较文学的垦拓在台湾》，台北：东大图书有限公司 1976 年版。

82. 乐黛云、陈跃红：《比较文学原理新编》，北京：北京大学出版社 1998 年版。

83. 杨乃乔：《比较文学概论》，北京：北京大学出版社 2002 年版。

84. 乐黛云：《比较文学与比较文化十讲》，上海：复旦大学出版社 2004 年版。

85. 刘圣鹏：《差异性研究与比较文学中国学派》，济南：齐鲁书社 2006 年版。

86. 杜小真：《思考他者：围绕于连思想的对话》，北京：北京大学出版社 2011 年版。

87. 王世舜：《庄子译注》，济南：山东教育出版社 1995 年版。

88. 钱钟书：《七缀集》，上海：上海古籍出版社 1996 年版。

89. 胡锦涛：《高举中国特色社会主义伟大旗帜，为夺取全面建设小康社会新胜利而奋斗》，北京：人民出版社 2007 年版。

90. 洪汉鼎：《理解与解释——诠释学经典文选》，北京：东方出版社 2006 年版。

91. 曹顺庆：《比较文学论》，成都：四川教育出版社 2002 年版。

92. 曹顺庆：《比较文学史》，成都：四川人民出版社 1991 年版。

93. 曹顺庆：《世界文学发展史》，北京：北京师范大学出版社 2001 年版。

94. 曹顺庆：《跨文化比较诗学论稿》，桂林：广西师范大学出版社 2004 年版。

95. 曹顺庆：《中外文学跨文化比较》，北京：北京师范大学出版社

2000 年版。

96. 曹顺庆：《中外比较文论史》，济南：山东教育出版社 1998 年版。

97. 曹顺庆：《比较文学新开拓》，重庆：重庆大学出版社 1996 年版。

98. 曹顺庆：《中西比较诗学》，北京：北京出版社 1988 年版。

99. 季羡林：《比较文学与民间文学》，北京：北京大学出版社 1991 年版。

100. 季羡林：《佛教与中印文化交流》，南昌：江西人民出版社 1990 年版。

101. 王向远：《中日现代文学比较论》，长沙：湖南教育出版社 1998 年版。

102. 王向远：《中日比较文学论文索引》，南昌：江西教育出版社 2002 年版。

103. 王向远：《中国比较文学研究二十年》，南昌：江西教育出版社 2003 年版。

104. 王佐良：《中外文学之间》，南京：江苏人民出版社 1984 年版。

105. 余虹：《中国文论与西方诗学》，北京：生活·读书·新知三联书店 1999 年版。

106. 乐黛云、王宁：《西方文艺思潮与 20 世纪中国文学》，北京：中国社会科学出版社 1990 年版。

107. 乐黛云、张辉：《文化传递与文学形象》，北京：北京大学出版社 1999 年版。

108. 乐黛云、张铁夫：《多元文化语境中的文学》，长沙：湖南文艺出版社 1994 年版。

109. 乐黛云：《跨文化之桥》，北京：北京大学出版社 2002 年版。

110. 叶维廉：《寻求跨中西文化的共同文学规律》，北京：北京大学出版社 1986 年版。

111. 叶维廉：《中国诗学》，北京：生活·读书·新知三联书店 1992 年版。

112. 叶舒宪：《文学与人类学》，北京：社会科学文献出版社 2003 年版。

113. 陈挺：《比较文学简编》，上海：华东师范大学出版社 1986 年版。

114. 方汉文：《比较文学基本原理》，苏州：苏州大学出版社 2002 年版。

115. 刘向彪：《简明比较文学教程》，北京：文津出版社 1990 年版。

116. 刘向彪、刘介民：《比较文学教程》，北京：中国青年出版社 2001 年版。

117. 卢康华、孙景尧：《比较文学导论》，哈尔滨：黑龙江人民出版社 1984 年版。

118. 孟昭毅：《比较文学通论》，天津：南开大学出版社 2003 年版。

119. 孙景尧：《简明比较文学》，北京：中国青年出版社 1988 年版。

120. 王福和：《比较文学原理与实践》，沈阳：辽海出版社 2002 年版。

121. 吴家荣：《比较文学新编》，合肥：安徽教育出版社 2004 年版。

122. 徐志啸：《中国比较文学简史》，武汉：湖北教育出版社 1996 年版。

123. 乐黛云：《比较文学原理》，北京：高等教育出版社 1988 年版。

124. 朱维之：《中外比较文学》，长沙：湖南人民出版社 1997 年版。

125. 张铁夫：《新编比较文学教程》，成都：四川教育出版社 2002 年版。

126. 中国比较文学学会编：《欲望与幻想——东方与西方》，南昌：江西人民出版社 1991 年版。

127. 中国社会科学院文学所编：《比较文学论文选集》，北京：北京大学出版社 1982 年版。

128. 中国社会科学院文学所《中外文学研究参考》编辑部编：《中西“比较诗学”论文选》（内部交流），1985 年版。

129. 余虹：《文学知识学》，北京：北京大学出版社 2009 年版。

130. 沈汉、王建娥：《欧洲从封建社会向资本主义社会过渡研究——形态学的考察》，南京：南京大学出版社 1993 年版。

二、外国译著与原著

1. 马克思、恩格斯：《马克思恩格斯全集》（第 1 卷），北京：人民出版社 1975 年版。

2. 梵第根著，戴望舒译：《比较文学论》，长春：吉林出版集团有限责任公司2010年版。

3. 马克思、恩格斯：《马克思恩格斯选集》（第1卷），北京：人民出版社1972年版。

4. 马克思、恩格斯：《马克思恩格斯全集》（第46卷），北京：人民出版社1980年版。

5. 库恩著，金吾伦、胡新和译：《科学革命的结构》，北京：北京大学出版社2003年版。

6. 卡尔·波普尔著，舒炜光等译：《客观知识——一个进化论的研究》，上海：上海译文出版社1987年版。

7. 伽达默尔著，洪汉鼎译：《真理与方法》，上海：上海译文出版社2004年版。

8. 摩尔根著，杨东莼、马雍、马巨译：《古代社会》，南京：江苏教育出版社2005年版。

9. 马林诺夫斯基著，李安宅译：《巫术科学宗教与神话》，北京：中国民间文艺出版社1986年版。

10. 弗洛伊德著，赵立玮译：《图腾与禁忌》，上海：上海人民出版社2005年版。

11. 维科著，朱光潜译：《新科学》，北京：人民文学出版社2008年版。

12. J. G. 弗雷泽著，徐育新、汪培基、张泽石译：《金枝》，北京：新世界出版社2006年版。

13. 列维—布留尔著，丁由译：《原始思维》，北京：商务印书馆1997年版。

14. 亚里斯多德著，罗念生译：《诗学》，北京：人民文学出版社1997年版。

15. 翁贝尔托·埃科著，王天清译：《符号学与语言哲学》，天津：百花文艺出版社2006年版。

16. 亚里士多德著，颜一、崔延强译：《修辞术·亚历山大修辞学·论诗》，北京：中国人民大学出版社2003年版。

17. 亚里斯多德著，罗念生译：《修辞学》，北京：生活·读书·新知三联书店1991年版。

18. 保罗·利科著，汪家堂译：《活的隐喻》，上海：上海译文出版社 2004 年版。

19. 多米尼克·塞克里坦著，艾晓明译：《古典主义》，北京：昆仑出版社 1989 年版。

20. 亚里斯多德、贺拉斯著，罗念生、杨周翰译：《诗学·诗艺》，北京：人民文学出版社 1962 年版。

21. 罗素著，何兆武、李约瑟译：《西方哲学史》，北京：商务印书馆 2004 年版。

22. 斯达尔夫人著，徐继曾译：《论文学》，北京：人民文学出版社 1986 年版。

23. 斯达尔夫人著，丁世中译：《论德国的文学与艺术》，北京：人民文学出版社 1981 年版。

24. 欧文·白璧德著，孙宜学译：《法国现代批评大师》，桂林：广西师范大学出版社 2002 年版。

25. 大冢幸男著，陈秋峰等译：《比较文学原理》，西安：陕西人民出版社 1985 年版。

26. 丹纳著，傅雷译：《艺术哲学》，合肥：安徽文艺出版社 1998 年版。

27. 黑格尔著，朱光潜译：《美学》，北京：商务印书馆 1997 年版。

28. 马克思 ：《资本论》（第 1 卷），北京：人民出版社 2004 年版。

29. 马克思、恩格斯：《马克思恩格斯全集》（第 25 卷），北京：人民出版社 1975 年版。

30. 伊曼努尔·华勒斯坦著，路爱国、丁浩金译：《历史资本主义》，北京：社会科学文献出版社 1999 年版。

31. 爱克曼著，朱光潜译：《歌德谈话录》，北京：人民文学出版社 2000 年版。

32. 韦勒克、沃伦著，刘象愚等译：《文学理论》，南京：江苏教育出版社 2005 年版。

33. 海德格尔著，陈嘉映等译：《存在与时间》，北京：生活·读书·新知三联书店 2000 年版。

34. 利温奇著，朱杰勤译：《十八世纪中国与欧洲文化的接触》，北京：商务印书馆 1991 年版。

35. 巴斯奈特著，黄德先译：《二十世纪比较文学反思》，《中国比较文学》2008 年第 4 期。

36. 皮埃尔·布律内尔著，黄慧珍、王道南译：《何谓比较文学》，上海：上海社会科学院出版社 1991 年版。

37. 谢弗勒著，王炳东译：《比较文学》，北京：商务印书馆 2007 年版。

38. 谢夫莱尔著，钱林森译：《比较文学方法论及新世纪发展前景》，《中国比较文学》2000 年第 4 期。

39. 苏源熙著，何绍斌译：《关于比较文学的对象与方法》，《中国比较文学》2004 年第 3 期。

40. 巴赫金著，刘宁译：《巴赫金论文两篇》，《世界文学》1999 年第 5 期。

41. 戴维·达姆罗施著，丁欣、李小均译：《比较文学的问题和选择》，《中国比较文学》2003 年第 4 期。

42. 丹尼尔·贝尔著，赵一凡译：《资本主义文化矛盾》，北京：生活·读书·新知三联书店 2003 年版。

43. 葛兰西著，葆煦译：《狱中札记》，北京：人民出版社 1983 年版。

44. 韦勒克著，丁泓、徐徵译：《批评的诸种概念》，成都：四川文艺出版社 1988 年版。

45. 厄尔·迈纳著，王宇根、宋伟杰等译：《比较诗学》，北京：中央编译出版社 1998 年版。

46. 卡西尔著，甘阳译：《人论》，上海：上海译文出版社 2007 年版。

47. 拉尔夫·科恩著，程锡麟等译：《文学理论的未来》，北京：中国社会科学出版社 1993 年版。

48. 托·斯·艾略特著，李赋宁译：《艾略特文学论文集》，南昌：百花洲文艺出版社 1997 年版。

49. 弗朗索瓦·于连著，杜小真译：《迂回与进入》，北京：生活·读书·新知三联书店 1998 年版。

50. 约瑟夫·奈著，吴晓辉、钱程译：《软力量：世界政坛成功之道》，北京：东方出版社 2006 年版。

51. 海德格尔著，孙周兴选编：《海德格尔选集》，上海：上海三联书店 1996 年版。

52. 伽达默尔著，严平编选，邓安庆等译：《伽达默尔集》，上海：上海远东出版社 2003 年版。

53. 黑格尔著，朱光潜译：《美学》，北京：商务印书馆 1997 年版。

54. 黑格尔著，贺麟、王太庆译：《哲学讲演录》，北京：商务印书馆 1997 年版。

55. 黑格尔著，梁志学译：《逻辑学》，北京：人民出版社 2002 年版。

56. 胡塞尔著，张庆熊译：《欧洲科学危机和超验现象学》，上海：上海译文出版社 2005 年版。

57. 布吕奈尔著，葛雷、张连奎译：《什么是比较文学》，北京：北京大学出版社 1989 年版。

58. 约斯特著，廖鸿钧等译：《比较文学导论》，长沙：湖南文艺出版社 1988 年版。

59. 亨利·基弗著，颜保译：《比较文学》，北京：北京大学出版社 1983 年版。

60. 韦斯坦因著，刘象愚译：《比较文学与文学原理》，沈阳：辽宁人民出版社 1982 年版。

61. 艾田浦著，许钧、钱林森译：《中国之欧洲》，郑州：河南人民出版社 1999 年版。

62. 约翰·迪尼著，刘介民译：《中西比较文学理论》，北京：学苑出版社 1990 年版。

63. 伊维·谢佛雷尔著，冯玉贞译：《比较文学》，台北：台湾远流出版公司 1991 年版。

64. Jürgen Pieters, ed., *Critical Self-fashioning: Stephen Greenblatt and the new historicism*, Frankfurt am Main: New York: Peter Lang, 1999.

65. Bassnett, Susan, *Comparative Literature: A Critical Introduction*, Oxford: Blackwell Publishers, 1993.

66. Clement, Robert J., *Comparative Literature as Academic Discipline: A Statement of Principle*, Praxis, Standards. New York: The Modern Language Association of America, 1978.

67. G. N. Devy, *After Amnesia: Tradition and Change in Indian Literary Criticism*, Hyderabad: Orient Longman, 1992.

68. Guillén, Claudio, *The Challenge of Comparative Literature*,

Cambridge: Harvard University Press, 1993.

69. King, Anthony D. ed., *Culture*, *Globalization and the World-System*, London: Macmillan, 1991.

70. Levin, Harry, *Grounds for Comparason*, Cambridge: Harvard University Press, 1980.

71. Prawer, S., *Comparative Literature Studies*: *An Introduction*, London: Duckworth, 1973.

三、学术论文

1. 王宁:《比较文学的全球化》,《国际学术动态》2001 年第 6 期。

2. 阎孟伟、朱丽君:《全球化的实质和进程与马克思的全球化理论》,《南开学报》2007 年第 1 期。

3. 陈独秀:《答佩剑青年》,《新青年》1917 年第 3 卷第 1 号。

4. 陈独秀:《今日中国之政治问题》,《新青年》1918 年第 5 卷第 1 号。

5. 季羡林:《门外中国文论絮语》,《文学评论》1995 年第 6 期。

6. 曹顺庆:《比较文学学科理论发展的三个阶段》,《中国比较文学》2001 年第 3 期。

7. 栾栋:《守望·开放·更新》,《郑州大学学报》2003 年第 5 期。

8. 乐黛云:《比较文学发展的第三阶段》,《社会科学》2009 年第 9 期。

9. 张洁:《“匕”本义探寻》,《湖北职业技术学院学报》2009 年第 3 期。

10. 栾栋:《辟文学通解》,《文学评论》2008 年第 3 期。

11. 方汉文:《比较主义学科方法的思维方式之源》,《西北大学学报》2005 年第 5 期。

12. 陈莉:《司空图〈二十四诗品〉中的意象批评模式研究》,《唐都学刊》2006 年第 3 期。

13. 彭庭选:《比较方法及其在认识中的作用》,《江汉论坛》1991 年第 11 期。

14. 王济亨:《司空图〈诗品〉注译》,《山西师范大学学报》1983 年第 4 期。

15. 栾栋：《略论中国文化的两栖机制》，《陕西师范大学学报》1994 年第 4 期。

16. 马强：《智慧的火花》，《文教资料》2008 年第 1 期。

17. 朱全国：《亚里士多德的隐喻观分析》，《前沿》2010 年第 10 期。

18. 于杰：《亚里斯多德与贺拉斯文艺美学观异同比较》，《黑河学刊》1998 年第 2 期。

19. 管新福：《斯达尔夫人的比较文学观述评》，《贵州师范大学学报》2008 年第 1 期。

20. 周均平：《泰纳美学思想的历史地位、局限和影响》，《求是学刊》1989 年第 5 期。

21. 张秀玲：《工业革命——世界整合与裂变的双刃剑》，《山东大学学报》1999 年第 3 期。

22. 李衍柱：《全球化视阈中的民族文学与世界文学》，《江西社会科学》2007 年第 2 期。

23. 高小康：《"世界文学"与全球化文学界说》，《社会科学辑刊》2002 年第 2 期。

24. 王卫东、杨琳：《如何走出西化的文论话语》，《思想战线》2004 年第 4 期。

25. 栾栋：《美学百年综论》，《陕西师范大学学报》1999 年第 9 期。

26. 赵国华：《论孙悟空神猴形象的来历》，《南亚研究》1986 年第 2 期。

27. 栾栋：《辟文化简说》，《中国文化研究》2011 年秋之卷。

28. 栾栋：《文学他化论》，《学术研究》2008 年第 6 期。

29. 栾栋：《论人文学术还家》，《学术研究》2007 年第 10 期。

30. 栾栋：《文学他化说》，《文学评论》2009 年第 4 期。

31. 曹顺庆：《阐发法与比较文学"中国学派"》，《中国比较文学》1997 年第 7 期。

32. 王向远：《阐发研究及中国学派：文字虚构与理论泡沫》，《中国比较文学》2002 年第 1 期。

33. 曹顺庆：《比较文学中国学派基本理论特征及其方法体系初探》，《中国比较文学》1995 年第 1 期。

34. 王蕾：《比较文学、中国学派和文学变异学——佛克马教授访谈录》，《世界文学评论》2008 年第 1 期。

35. 栾栋：《辟文学别裁》，《文学评论》2010 年第 4 期。

36. 栾栋：《〈文心雕龙〉辟文学之美学思想刍议》，《哲学研究》2004 年第 4 期。

37. 栾栋：《文学归藏论》，《文学评论》2004 年第 1 期。

38. 栾栋：《文学的疆域》，《光明日报》，2003 年 1 月 15 日。

39. 栾栋：《道学的韵律》，《中国文化研究》2007 年夏之卷。

40. 李怡、杨华丽：《“软实力”与“硬道理”》，《海南师范大学学报》2009 年第 6 期。

41. 张红：《构建和谐社会与提升中国文化软实力》，《理论界》2008 年第 11 期。

42. 栾栋：《文学归化论》，《文学评论》2009 年第 6 期。

43. 栾栋：《解史——论史学意识》，《中国文化研究》2008 年春之卷。

44. 曹顺庆：《文化失语症与文化病态》，《文艺争鸣》1996 年第 2 期。

在学期间的科研成果及发表的学术论文

一、与学位论文相关的主要学术论文

1. 李亚旭:《分判与通化:全球化语境中的比较文学研究》,《广州大学学报》2011 年第 8 期。(该论文被《高等学校文科学术文摘》2011 年第 6 期摘录)

2. 李亚旭:《科学的他者:论人文学的词源意义及其学理品性》,《吉首大学学报》2012 年第 1 期。

3. 李亚旭:《当代文论文本意义的他者视域》,《贵州师范大学学报》2011 年第 5 期。

4. 李亚旭:《亚里斯多德〈诗学〉中的比较思维——一种比较文学学科理论前史的考察》,《齐齐哈尔大学学报》2011 年第 4 期。

5. 李亚旭:《论人文学的学理体性与学科品格——以栾栋的人文学思想为橥栝》,《社会科学评论》2011 年第 2 期。

6. 李亚旭:《抗争荒诞:论马尔罗小说的死亡意识》,《三峡大学学报》2012 年第 3 期。

7. 李亚旭:《从诸子贯通到天人合一》,《河南社会科学学报》2012 年第 8 期。

8.《解释与艺术真理的敞开》拟发表于《井冈山学院学报》。

9.《启蔽的张力——论法国汉学家于连的〈论语〉研究》一文正在投稿。

10.《华夏道启的跨界境域——论〈周易〉的两栖文化机制》一文正在投稿。

二、与学位论文相关的科研课题

海纳百川：基于人文学的比较文学，广东省“211 工程”三期重点学科建设项目子项目，课题编号：GDUFS211－2－040。

后 记

当我校对完书稿时，我才意识到应该给书稿补上后记。平时读出版的博士毕业论文，我最喜欢的就是论文的后记，后记中的感谢总能传达出人世间的温情。是啊，如果你不是官二代富二代，能够坚持到博士毕业，特别是文学博士毕业，期间需要有多少“贵人”的扶持呀！感谢虽然已经成为博士毕业论文后记的俗套，但我甘愿蹈袭这样的俗套。因为我知道，在我求学的道路上，需要感谢的人实在太多了。

我要感谢我的爷爷，我的奶奶和我的父母。我家祖上都是文盲，我从来没有听长辈说过我的祖上曾经出过读书人。我的父母也从来没有想到他们唯一的男孩能够读到博士，能够在城市里工作。长期生活在潮汕地区的边远农村，我知道，长辈们最期盼的事情是这个男孩能够早点结婚，生养许多孩子，从而和其他家庭一样儿孙满堂。当我考上大学时，我的爷爷、奶奶已经年逾古稀，我的父母也早过了知天命之年。父亲常年在外承包工程，年近八十的爷爷承担了家里所有的农活。每年暑假回家，看到年迈的爷爷弯腰收割水稻的情景，看到奶奶和妈妈忙碌的身影，我明白，这个家是多么需要年轻的壮劳力啊！大学毕业后，我放弃了留在普宁工作的机会到南京继续深造，那时，我的父母已经意识到，他们唯一的儿子已经越来越远离他们了。我选择了另一条道路，这条道路却使年迈的老人孤独地生活在农村。没有其他的理由，仅仅因为爱，对孙子对儿子的爱，他们愿意扶持我，从我出生一直扶持到现在。

我要感谢我的亲人常年来对我的帮助。我的姑姑、姑丈视我如己出，总是尽自己的能力帮助我。在城里工作的姑姑、姑丈总是担心我在外面营养不好，我一回去，他们总会张罗着给我补身子。这么多年来，我已经养成了习惯，每次回家总要在姑姑家待上几天；我的姐妹出阁比较早，各有自己的家庭，但是，她们理解自己的弟弟，一有时间就到老家帮忙照看年迈的爷爷、奶奶，省却了我的后顾之忧；我的岳父岳母体谅我，不仅从经济上扶助我，还一直帮我带小孩，使我有更多的时间锻造我的论文；我的妻子结发七年来相夫教子，无怨无悔地支持我的工作与学业。环绕着一个小小的我，竟有如此多的亲人在默默付出。我心惶然，任何感谢也难以承载亲人们如此的情谊。当然，他们从来也没有想过向我索取感谢。

我还要感谢在论文写作过程中关心与指导过我的领导、老师和朋友。尤其要感谢我的导师栾栋先生。栾先生学贯中西，他看重人品，追求原创，坚持“卓识方大器，博浩乃兼容。道德通文章，取精可用宏”的治学境界。我的论文核心概念“熔铸”是栾先生多年运思的结晶，他无私地为我讲解“熔铸”，期盼我能以之推进比较文学研究。在我论文预答辩及答辩期间，栾先生刚动完手术，但他不顾一切地为我张罗论文的答辩事宜，甚至为我手写了几千字的答辩要点。栾先生最关爱的是自己的学术与学生，师恩如山，导师对我的栽培让我终生难忘！同时，我还要感谢参加我的论文评审和答辩的徐真华教授、郑立华教授、方开瑞教授、于奇智教授、张进教授，他们在评审我的论文过程中给予我许多宝贵的修改意见，徐教授、郑教授在广外主讲的课程也使我获益匪浅；感谢我所在的单位领导王敏教授、鲍昌宝教授、孟建安教授、曾毅教授，骆礼纲教授、邱瑞祥教授、邢建勇书记、何耀明副书记，他们理解我在职读书的难处，尽力为我提供生活和学习上的帮助和照顾；感谢张宁教授、何光顺师兄，同门杨劼、孔莉姮、章晓宇、雷晓敏。张教授睿智深思，我非常怀念在广外期间与张教授、何光顺师兄坐而论道的日子，在他们身上，我体会并汲取着传统知识分子的那份胸怀与热诚。我和我的同门坚持了一年的读书会，我们一起分享自己的阅读体会，一起讨论栾老师的学术精神，同门们的智慧给了我诸多引导和启迪。感谢本丛书策划人，暨南大学出版社总编辑史小军教授和本书责编郭婷，没有他们的帮助，此书也不能顺利出版。这一路走来，需要感谢的人实在太多了。诸多师友如此厚爱，我无以为谢，唯借此文，聊表寸心。

最后，我以导师栾栋先生在我的毕业论文初稿上所做的标语诗为本书作结。栾先生在我的论文中写道：“2 月 15 日，做梦，我所在红军队伍集结待命，侦察兵报告，面前的山村就是朱德部队翻越雪山的路线。我知道路途的艰险，立即鼓动大家，做标语诗并谱曲。”标语诗如下：

同志们哪，快快上，
前面就是主战场。

伟大的雪山来帮忙，

红军长征有希望。

这段标语诗还附有曲谱，沉郁顿挫，不失果敢刚毅。我的导师梦寐以求的是那样一种光明俊伟的事业。“伟大的雪山来帮忙”，将大自然的障碍理解为“帮忙”，颇有享受苦难，而且视之为“玉汝于成”的气概。一种高山大海般的精神气质洋溢在字里行间和乐音曲段中。每次读这一标语诗歌，我总感受到巨大的鼓舞。迎击困难的动员，奔赴主战场的激情，雪山、长征、希望等意象的绽放，既是老师的日有所思夜有所梦，也是他对我们的鞭策和期盼。

李亚旭

2012 年 8 月

写于肇庆延安居